Die Hand des Pharaos

Die Autorin

Elizabeth Peters wuchs in Illinois auf und promovierte in Ägyptologie am bekannten Institut für Orientalistik an der *University of Chicago*. Sie gewann alle wichtigen Krimipreise in den USA, unter anderem den *Edgar Award*. Sie lebt in einem alten Bauernhaus im Westen von Maryland.

ELIZABETH PETERS

Die Hand des Pharaos

Roman

Aus dem Amerikanischen
von Ulrich Hoffmann

Weltbild

Die amerikanische Originalausgabe erschien 2008 unter dem Titel
The Laughter of Dead Kings
bei William Morrow, New York.

Besuchen Sie uns im Internet:
www.weltbild.de

Dieses Werk wurde vermittelt durch die
Literarische Agentur Thomas Schlück GmbH, 30827 Garbsen.
Übersetzung: Ulrich Hoffmann, Hamburg
Projektleitung: Eliane Wurzer, München
Redaktion: Carmen Dollhäubl, Augsburg
Umschlaggestaltung: zeichenpool, München
Umschlagmotiv: Shutterstock (© sculpies); laif Agentur für
Photos & Reportagen GmbH, Köln (© Phil Mcauliffe / Polaris)
Satz: avak Publikationsdesign, München
Druck und Bindung: : CPI Moravia Books s.r.o., Pohorelice
Printed in the EU
ISBN 978-3-86365-305-7

2016 2015 2014 2013
Die letzte Jahreszahl gibt die aktuelle Ausgabe an.

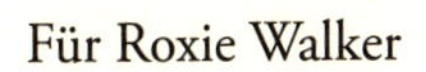
Für Roxie Walker

Vorwort

Vor Kurzem habe ich mit mehreren meiner Schriftstellerfreunde über ein Problem gesprochen, das wir unter Kollegen »das gegenwärtige Jetzt« nennen. Eine meiner Serien spielt in Echtzeit; entsprechend altern die Figuren mit jedem Jahr und jedem Band. Die Vicky-Serie und die Arbeiten vieler meiner Freunde funktionieren anders. Vicky trat zum ersten Mal 1973 auf. Da war sie noch keine dreißig. Der letzte Band erschien 1994, über zwanzig Jahre später, aber Vicky war nur einige Jahre gealtert. Sie ist erst Anfang dreißig, obwohl die Welt, in der sie lebt, sich stark verändert hat. Der Kalte Krieg ist zu Ende, der Wahnsinn im Irak hat begonnen, das Internet hat seine Tentakel in unser aller Leben ausgestreckt, und die Leute laufen herum, als hätte man ihnen ihre Handys ans Ohr geklebt.

Wie erklären wir Autoren diese Inkonsistenzen und Anachronismen? Wir tun es eben nicht, denn wir können es nicht. Bitte schreiben Sie mir also nicht, um mich auf diesen Sachverhalt hinzuweisen, ignorieren Sie das Problem, genau wie ich es getan habe, und lesen Sie im »gegenwärtigen Jetzt«. Um meine Freundin Margaret Maron zu zitieren, der ich diesen Begriff und viele ausgezeichnete Ratschläge verdanke: »Ist es nicht toll, in unserem Paralleluniversum Gott spielen zu können? Wir können der Sonne befehlen, stillzustehen, und sie tut es!«

1

I cover my ears, I close my eyes, still I hear your voice and it's tellin' me lies… Mein Gesang lässt nicht unbedingt Tausende von Fans freudig kreischen, aber ich war doch ein wenig beleidigt, als mein Hund mit einem Jaulen aufsprang und zur Treppe lief. Normalerweise gefällt es ihm, wenn ich singe. Er ist der Einzige, der es mag. Davon abgesehen ist sein Gehör eigentlich ganz gut.

John kam die Treppe herunter. Er stoppte Caesars Frontalangriff mit einem strengen Kommando – etwas, das mir noch nie gelungen ist – und trat auf mich zu. Ich hatte ihn seit zwei Wochen nicht mehr gesehen. Meine Zehen kribbelten. Er trug ein blaues Hemd, passend zur Farbe seiner Augen – und denen der Siamkatze, die sich an seine Schulter schmiegte. Mit einer Hand stützte er Claras Oberkörper; seine langen Finger waren ebenso elegant geformt wie die kleinen seehundbraunen Pfoten, die darauf balancierten. Clara hatte John anfangs nicht sonderlich gemocht, aber er hatte sich bemüht, ihr Katzenherz für sich zu gewinnen (zumal die Alternative Bisse und Kratzer gewesen wären), und es war ihm mithilfe vieler Hühneropfer gelungen. Zusammen sahen sie umwerfend aus. Er sah auch allein umwerfend aus.

Ich hatte aufgehört zu singen und sagte mürrisch: »Wenn man vom Teufel spricht… Wieso kannst du nicht wie jeder normale

Mensch zur Haustür reinkommen, statt durch mein Schlafzimmerfenster zu klettern? Das weckt gewisse Erinnerungen in mir.«

* * *

Erinnerungen an die Zeit, in der Interpol und mehrere konkurrierende Verbrecher nach ihm und den Kunstschätzen, mit denen er sich davongestohlen hatte, suchten. Mittlerweile war er ein ehrlicher Antiquitätenhändler, sofern ich ihm das glauben durfte – was ich wahrscheinlich besser nicht tun sollte. *Telling me lies.* Mir Lügen zu erzählen war schon damals eine seiner Lieblingsbeschäftigungen gewesen.

Ich griff nach dem schmuddlig weißen, wollenen Etwas mit der gefährlich lose daran baumelnden Häkelnadel, das ich in meinen Schoß hatte fallen lassen. Ich tat so, als würde ich mein Werk betrachten. Ich gab mich kühl, als würden mich sein gewinnendes Lächeln und die sehnsuchtsblauen Augen komplett kaltlassen. Verdammt, er hatte sich zwei elend lange Wochen nicht sehen lassen. London ist keine zwei Flugstunden von München entfernt. Ich weiß das, ich bin die Strecke oft genug geflogen. Dank eines gutmütigen Chefs konnte ich mich leichter von meinem Job im Museum abseilen als John sich aus seinem Antiquitätenladen – wenn man seiner Darstellung glauben konnte. War das alles nur gelogen?

»Wie laufen die Geschäfte?«, erkundigte ich mich.

Keine Antwort. Ein Plumpsen und eine laute Siamkatzenbeschwerde ließen mich aufblicken. Clara stand auf ihren Pfoten zu seinen Füßen und starrte zu ihm hoch, während John – nein, er starrte nicht, er *glotzte* mich ungläubig an. Nun ja, weniger mich als das scheußliche Ding, das ich in Händen hielt.

»Was ist denn das?«, krächzte er.

»Kein Grund, unhöflich zu werden«, sagte ich abwehrend. »Es ist ein Babymützchen. Ich kann noch nicht sonderlich gut häkeln, aber ich kriege es schon noch raus.«

John taumelte zum nächsten Sessel und ließ sich hineinfallen. Er war weiß wie ein Laken, viel weißer als die klägliche Mütze, die zudem noch von Claras Versuchen, mit ihr zu spielen, in Mitleidenschaft gezogen worden war. »Was zum Teufel ist los mit dir?«, fragte ich. »Bob – du weißt schon, Bob, mein Bruder – und seine neue Frau erwarten ihr erstes Kind, und ich dachte, es wäre eine nette Geste, wenn ich … wenn ich …«

Er stieß erleichtert den Atem aus, und da begriff ich. Es war wie ein Schlag in den Solarplexus.

»Ah«, sagte ich. »Aha. Manchmal bin ich so langsam im Kopf. Hast du das wirklich gedacht? *Das* hast du also gedacht! Nicht nur, dass ich Mami würde, sondern dass ich – Augenblick, gleich habe ich's, ich komme schon drauf –, dass ich mich habe schwängern lassen, um dich zur Ehe zu zwingen. Allein schon von der Vorstellung wird dir schlecht! Du widerwärtiges Stinktier! Du elender Hurensohn! Ich wette, deine Mutter warnt dich schon seit Monaten: ›Sei vorsichtig mit diesem Flittchen, sie wird versuchen, dich …‹«

»Vicky!« Normalerweise spricht er in einem samtigen Tenor, aber wenn es wirklich sein muss, kann er lauter brüllen als ich … Und glauben Sie mir, in diesem Fall musste es sein. Er sprang auf und kam auf mich zu. Ich warf die Babymütze mitsamt der Häkelnadel nach ihm. Er duckte sich. Das Wollknäuel rollte vom Sofa, und Clara schoss hinterher. John packte mich an den Schultern.

»Hör auf zu schreien und hör mir zu.«

»Das hast du geglaubt, nicht wahr? Das hast du geglaubt.«

»Was geglaubt? Dass du blöd genug wärst, so eine antiquierte Nummer abzuziehen? Nicht in meinen wildesten Träumen. Aber du musst zugeben, dass mein erster Eindruck gerechtfertigt war durch die Beweislage, wie sie sich mir zu diesem Zeitpunkt darstellte.«

»Hör auf zu reden wie ein Anwalt. Mir geht es nicht darum, was du gedacht hast, sondern um deine Reaktion darauf. Allein schon die Vorstellung hat dich in Panik versetzt. Du hast ausgesehen, als würdest du gleich ohnmächtig werden.«

»Ja.«

Ich war jetzt in Stimmung für einen lauten, befriedigenden Streit, aber dieses leise Eingeständnis nahm mir den Wind aus den Segeln. Das Beste, was mir noch einfiel, war ein schwaches »Du gibst es also zu?«.

»Vielleicht trifft alles, was du mir vorgeworfen hast, zu, und noch vieles andere mehr, aber ich bin nicht so selbstgefällig, dass mir die Konsequenzen meiner eigenen Missetaten entgehen. Zum Teufel, Vicky, ich habe andauernd Angst! Zugegebenermaßen bin ich einer der größten Feiglinge der Welt, aber ich habe auch Angst um dich. Es gibt in der großen, bösen Welt da draußen eine Menge Menschen, die mich auf den Tod nicht ausstehen können und die mir Rache geschworen haben.« Die Worte quollen aus ihm heraus, sein Gesicht rötete sich, seine Finger gruben sich in meine Haut. »Als wir uns miteinander eingelassen haben, habe ich versucht, es dir auszureden. Dass du mit mir in Verbindung gebracht werden kannst, reicht aus, dich in Gefahr zu bringen. Aber wie du mir damals mit beachtlicher Eloquenz versichert hast, bist du erwachsen, und es war deine Entscheidung. Du hast mich überzeugt, trotz meines klaren Standpunkts und entgegen dem letzten verbliebenen Rest von Gewissen in meiner Brust. Was glaubst du, wie ich mich einen entsetzlichen Augenblick lang gefühlt habe, als ich dachte, dass es noch eine weitere potenzielle Geisel gäbe, ein hilfloses, unendlich verwundbares, absolut unschuldiges Wesen, das möglicherweise für meine Missetaten büßen muss? Die Leute, von denen ich spreche, hätten nicht die geringsten Skrupel, ein Kind zu benutzen, um sich an mir zu rächen – und an dir.«

Jetzt fühlte *ich* mich wie das widerwärtige Stinktier.

»Es tut mir leid«, murmelte ich. »Ich habe dich beschimpft, ohne nachzudenken. Es gibt auch ein paar Leute, die sauer auf mich sind.«

»Ja, das kann man durchaus sagen.« Es gelang ihm zu lächeln.

»Na ja. Schon gut.«

»Es tut mir leid. Ich meine … alles.«

Ich wusste, was er meinte, und wagte nicht, es zu Ende zu denken. Ich erhob mich, um meinen erbärmlichen Versuch hausfraulicher Normalität aus Claras Klauen zu retten. Er saß da, mit schlaff im Schoß liegenden Händen, und sah ungewöhnlich hilflos aus. Als ich das Garn unter den Sesseln und den Tischbeinen herausgefädelt hatte, stand John an der Kommode und mixte uns Drinks. Ich konnte ihm wirklich keinen Vorwurf machen. Ich warf das alberne Garnknäuel in den Mülleimer und nahm das Glas, das er mir reichte.

»Tut mir leid, was ich über deine Mutter gesagt habe.« Wenigstens war mir die Luft ausgegangen, bevor ich sie mit Schimpfnamen bedacht hatte. Jen und ich würden nie die besten Freundinnen werden, und meiner nicht sonderlich bescheidenen Meinung nach war sie ein wenig zu besitzergreifend ihrem kleinen Jungen gegenüber, aber unhöflich bleibt unhöflich, selbst wenn man die Wahrheit sagt.

John zuckte mit den Achseln. »Ihretwegen habe ich mich so lange nicht gemeldet. Nein, es ist nicht so, wie du denkst; ich musste runter nach Cornwall und mich um einen kleinen Notfall kümmern. Jemand ist ins Haus eingebrochen.«

»Wie schrecklich!«, rief ich, wobei ich mich nur ein ganz klein wenig verstellen musste. Ein Einbrecher, der Jen in die Arme liefe, hätte mein ganzes Mitleid, es sei denn, er wäre bis an die Zähne bewaffnet.

»Sie ist nicht verletzt und hat sich nicht einmal besonders erschreckt. Du kennst sie ja.«

»Allerdings.«

»Sie hat gar nicht bemerkt, dass jemand eingebrochen hatte, bis sie in den Dachboden ging, weil sie ein wenig sauber machen wollte.«

Mein erster und bislang letzter Besuch auf dem Familiensitz war dem wohlmeinenden Bestreben Johns geschuldet, seine Mutter an mich zu gewöhnen, oder wenigstens an die Vorstellung, dass es mich gab. John hatte bereits bei einer früheren Gelegenheit mitgeteilt: »Du würdest sie nicht mögen, und sie würde dich auch nicht mögen.« Als ich Jen das erste Mal getroffen hatte, auf sozusagen neutralem Boden, hatte ich sie jedoch ganz amüsant und ausgesprochen nett gefunden.

Das war, bevor sie herausgefunden hatte, wer ich war – genau genommen welches Verhältnis ich zu John hatte.

Als er vorgeschlagen hatte, ein paar Tage in Cornwall zu verbringen, damit Jen die Gelegenheit bekäme, mich besser kennenzulernen, hatte ich gedacht: Warum nicht, wir können es ja versuchen. Und ich habe es versucht, wirklich. Ich hatte mir sogar ein Kleid gekauft. Es war in einem zurückhaltenden Grünton, mit einem anständigen Ausschnitt und einem Rock, der bis zur Mitte der Wade reichte. Ich hatte meine Nägel rosa lackiert und passenden Lippenstift aufgetragen. Ich war beim Friseur gewesen. Ich sah, wie John unklugerweise bemerkte, aus wie die jungfräuliche Heldin eines Vierzigerjahre-Musicals.

Dabei müssen Sie bitte berücksichtigen, dass ich Jen nicht

als Bedrohung wahrgenommen hatte. Mir war rasch klar gewesen, dass Johns Gefühle seiner Mutter gegenüber aus einer Mischung von Genervtheit und mitfühlender Zuneigung bestanden. Er würde tun und lassen, was er wollte, ganz egal, was sie sagte oder dachte. Mir war allerdings nicht klar gewesen, dass Jen sich schlicht weigerte, diese Sachlage zu akzeptieren.

Es heißt, Amerikaner wären süchtig nach Antiquitäten. Ich vermute, das sind wir wirklich, denn es gibt bei uns nicht viele Häuser, die über dreihundert Jahre alt sind. Jens Zuhause verfügte über das volle Programm – Säulen mit formlosen Wappentieren obenauf, ein schweres schmiedeeisernes Tor, eine gewundene Auffahrt mit knorrigen Bäumen, einen kreisrunden Kiesplatz vor der Haustür. Das Gebäude selbst sah aus wie die Karikatur aus einem Kitschroman: Die originale, für sich genommen durchaus elegante Steinfassade war mittlerweile voller Flechten und dicht mit Efeu überwuchert, und an beiden Ecken ragten unpassende Türmchen auf, zu allem Überfluss samt Mauerzinnen. Einen Moment lang fragte ich mich amüsiert, ob irgendwo in der Nähe ein übermotivierter Deko-Gnom wohnte.

Es hatte den ganzen Tag geregnet oder genieselt; die Wolken hingen tief und dunkel über dem Haus, der Nebel waberte um die Türmchen. Ich wäre nicht überrascht gewesen, wenn Jen das Wetter bestellt gehabt hätte. Das Portal öffnete sich, als wir näher kamen, und da stand sie wie die böse Hausherrin in einem dieser Kitschromane: ganz in Schwarz und auf einen schwarzen Krückstock mit silbernem Knauf gestützt. Ich war ziemlich sicher, dass der Stock nur eine Requisite war; auf unserer Ägypten-Kreuzfahrt war sie wieselflink gewesen, und zu ihrer Garderobe hatte kein einziges langes schwarzes Kleid gehört.

Wir tranken Tee im Kleinen Teezimmer (man konnte die Großbuchstaben hören, als Jen die Worte aussprach). Ich hatte erwartet, dass er von einem Treuen Diener serviert würde (entschuldigen Sie die Großbuchstaben, sie sind ansteckend). Ich vermute, dass Jen keinen hatte auftreiben können, aber die Hausdame trug immerhin eine Schürze und eine weiße Rüschenkappe. John saß da und schaute unbeteiligt, während Jen und ich Konversation betrieben. Ich fürchtete so sehr, etwas Falsches zu sagen, dass ich sie die meiste Zeit reden ließ. Es ging im Wesentlichen um den bemerkenswerten Stammbaum und die so tief verwurzelte Ehrbarkeit der Familie Tregarth. Sie fasste es zusammen in dem Satz: »Es hat niemals einen unehrlichen oder ehrlosen Tregarth gegeben.« Ich wäre fast an meinem glasierten Gebäckteil erstickt.

Nach dem Tee führte mich Jen herum, wobei sie darauf achtete, dass mir klar wurde, dass es nicht ein einfaches Haus war, sondern der Familiensitz, durchzogen von Geschichte und Tradition, wie es jemand aus einer amerikanischen Maiszüchterfamilie nie gebührend würde schätzen können. Ich begriff, worauf sie hinauswollte, und es gefiel mir nicht sonderlich, aber während wir durch die Flure über endlose Treppenfluchten stiefelten, steigerte sich meine schlechte Laune aus einem ganz anderen Grund. Das Haus war ein Anachronismus, ein riesiger weißer Elefant. Ich wäre nicht in dem Geschäft, in dem ich bin, wenn ich nichts übrighätte für historische Werte, aber irgendwo muss man die Grenze ziehen, manchmal muss auch etwas Altes Platz machen für Neues. Dieses Haus war ganz nett, aber keineswegs einzigartig, es war hübsch, aber im Alltag völlig unpraktisch. Es kostete John ein kleines Vermögen, dafür zu sorgen, dass das Ding nicht einfach über Jen zusammenstürzte. Er hatte einmal in einem seltenen Augenblick der Frustration zugegeben, dass er das Haus schon längst abgerissen und den Grund verkauft hätte, wenn Jen nicht wäre.

»Das Lager befindet sich auf dem Dachboden, falls du dich erinnerst«, fuhr John fort. »Sie bekam einen ganz schönen Schrecken, als sie sah, was geschehen war – jemand hatte alle Kisten und Schubladen geöffnet und den Inhalt verstreut. Sie rief die zuständige Polizeistation an und ließ einen Constable kommen, um den Schaden zu begutachten. Nachdem sie sich bei dem eine Weile ausgeschimpft hatte, teilte er ihr mit, dass er nicht viel für sie tun könne. Soweit sie sehen konnte, fehlte nichts – jedenfalls nichts von Wert, weil nichts von Wert dort oben gewesen war. Wir bewahren den Familienschmuck nicht auf dem Dachboden auf.«

»Ich wusste nicht, dass ihr Familienschmuck besitzt.«

»Es war eher eine Metapher«, sagte John und lächelte verschmitzt. »Was ich meine, ist, dass dort nichts war, was sich zu stehlen lohnte. Und es gab auch keine nützlichen Anhaltspunkte. Sie konnte nicht einmal sicher sagen, wann der Einbruch stattgefunden hatte.«

»Trotzdem«, fragte ich, weil mich die Sache nun langsam doch interessierte, »ist die Vorstellung beängstigend, dass man irgendwelchen Eindringlingen ausgeliefert ist. Wie ist der Nicht-Dieb überhaupt reingekommen?«

»Mein liebes Mädchen, du hast das Gebäude doch gesehen; es gibt zwanzig Türen und hundert Fenster allein im Erdgeschoss, und drei verschiedene Treppenhäuser. Sie schläft tief, und ihr Zimmer liegt an der Vorderseite des Hauses.«

»Deutet das nicht darauf hin, dass der Einbrecher sich im Haus auskannte? Er scheint immerhin nicht an ihrer Tür vorbeigetrampelt zu sein.«

»Freu dich nicht zu früh, Sherlock. Man kann aus den vorliegenden Beweisen keine vernünftigen Schlüsse ziehen. Die wahrscheinlichste Theorie ist, dass irgendein Jugendlicher aus der

Gegend von seinen Freunden herausgefordert wurde, ins Haus einzusteigen und wieder herauszukommen, ohne sich erwischen zu lassen. Lächerlich und dumm, ich weiß, aber so ist die Jugend nun einmal. Jen wird in der Umgebung als eine Mischung aus Edeldame und Gewitterhexe betrachtet – mit anderen Worten: eine Herausforderung.«

Er nippte an seinem Drink, und ich sagte empört: »Du reagierst ganz schön gelassen für einen pflichtbewussten Sohn. Sie sollte dort nicht allein sein, in diesem großen, einsamen Haus.«

»Ich habe versucht, sie zu überreden, nach London zu ziehen«, sagte John. »Sie will nichts davon wissen. Ehrlich, Vicky, es geht ihr hervorragend. In ihrer Ecke der Welt gibt es keine Serienmörder, und falls ihr ein bedauernswerter Übeltäter über den Weg laufen sollte, wäre er in größerer Gefahr als sie. Sie nimmt ihren Stock mit ins Bett. Unter dem Silberknauf befindet sich ein Pfund Blei.«

Ich ging zum Fenster und sah hinaus. Alles war grau – grauer Himmel, graue Straßen, graue Häuser wie kleine Schachteln in einer Reihe, und selbst die Blumenbeete und Büsche und alle anderen verzweifelten Versuche der Individualisierung wurden durch das Wetter vergraut. Ich benötigte wegen meines übergroßen Dobermanns ein Haus mit Garten, und dieser Vorort außerhalb des Stadtzentrums von München war das Beste, was ich mir leisten konnte. Es war okay. Ich verbrachte meine Arbeitszeit inmitten von Kunst aus dem Mittelalter und der Renaissance, ich brauche nicht noch mehr davon zu Hause.

Das Schweigen dauerte an, durchbrochen nur durch das Schnurren Claras und das schwere Atmen Caesars. Ich sagte, ohne mich umzuwenden: »Es ist etwas geschehen, oder?«

»Ich habe dir doch …«

»Nicht Jen. Etwas anderes.«

Er machte Anstalten aufzustehen und stieß einen Schrei aus, als Clara ihre Klauen in ihn schlug. Ich nahm ihm das leere Glas aus der Hand und befüllte es erneut. Ein weiteres Anzeichen, falls ich noch eines gebraucht hätte. Normalerweise brauchte er viel länger, um einen Drink wegzuhauen.

»Du hast überreagiert«, sagte ich. »Okay, ich auch, aber nicht aus demselben Grund. Du wärst nicht in Panik verfallen, wenn du nicht vor Kurzem, und gegen deinen Willen, daran erinnert worden wärst, dass, wie du es so schön formuliert hast, mehrere unangenehme Personen Interesse an dir haben. Wer ist diesmal hinter dir her? Was hast du angestellt?«

»Nichts! Ich habe verdammt noch mal nichts Verbotenes getan. Das ist die Wahrheit, ob du es glaubst oder nicht.«

Ich glaubte es. Nicht wegen des ehrlichen Blicks aus diesen kornblumenblauen Augen – John konnte sich den Weg in den Himmel erlügen –, sondern wegen des Hauchs von Empörung in seiner Stimme. Wie bei einem Ganoven, dem man vorwirft, in ein Haus eingebrochen zu sein, obwohl er doch ein perfektes Alibi hat, weil er zur gleichen Zeit eine Bank ausraubte.

»Schmidt kommt zum Essen«, sagte ich. »Er wird sich freuen, dich zu sehen.«

Seine Reaktion war nicht eindeutig, nur ein Zwinkern und eine winzige Pause, bevor er antwortete. »Wie nett. Ich hoffe, mein unerwartetes Auftauchen bringt dich essensmäßig nicht in die Klemme. Ich kann noch etwas besorgen, wenn du möchtest.«

Vielleicht bildete ich es mir nur ein. Aber wie dem auch sei – es war sinnlos, die Sache jetzt weiterzuverfolgen. »Er bringt etwas zu essen aus seinem Lieblingsdelikatessenladen mit. Es wird genug sein für ein ganzes Regiment. Du kennst doch Schmidt.«

»Ich kenne und ich liebe ihn. Was hat der kleine Schelm in letzter Zeit so getrieben?«

Genau genommen war es mehrere Wochen her, dass ich meinen Chef zu Gesicht bekommen hatte. Ich hatte ihn vermisst. Herr Doktor Anton Z. Schmidt, Direktor des Bayerischen Nationalmuseums in München, ist einer der Spitzenleute auf seinem Gebiet. Was es zu einem großen Vergnügen macht, mit ihm zu tun zu haben, ist jedoch, dass er einige entschieden unakademische Interessen hegt, von amerikanischer Country-Musik, die er mit einem schiefen Bariton und einem lächerlichen Akzent nachsingt, bis zu seiner neuesten Leidenschaft: Herr-der-Ringe-Sammelfiguren. Er hat alle Actionfiguren, alle Schwerter, Gimlis Axt und den *Einen Ring,* den er an einer Kette um seinen dicken Hals trägt. Er unterhält außerdem die Illusion, er sei ein großer Detektiv und ich seine treue Helferin. Gemeinsam, sagt Schmidt gern, haben wir viele Verbrechen aufgeklärt und unzählige Schurken ins Kittchen gebracht. Trotz Schmidts gewohnheitsmäßiger Übertreibung wohnt der Behauptung ein Körnchen Wahrheit inne. Obwohl ich mein Bestes gegeben hatte, war es mir nicht möglich gewesen, ihn stets aus meinen Begegnungen mit kriminellen Elementen herauszuhalten – von denen die meisten, muss ich hinzufügen, durch John angelockt worden waren.

»Er war im Urlaub«, sagte ich. – »Wo?«

»Ich weiß nicht. Er hat sehr geheimnisvoll getan – mit Zwinkern und Kichern und so weiter. Er könnte sonst wo gewesen sein – in Neuseeland, wo er ganz allein die Schlacht auf dem Pelennor nachgespielt hat, oder in Nashville im Grand Ole Opry, oder im Spionagemuseum in Washington – du weißt ja, wie sehr er Spione liebt.«

John sagte: »Mmm.«

Clara hatte beschlossen, ihm zu vergeben, sie saß nun auf seinem Schoß und haarte auf seinen eleganten Tweed. Caesar sabberte auf sein Knie und hoffte auf Leckerlis, die seiner Erfahrung nach oft abfielen, wenn Gläser mit Flüssigkeit im Spiel waren.

»Wann kommt Schmidt?«, fragte er.

»Erst in ein paar Stunden.«

»Nun denn …« Er entledigte sich, Kralle für Kralle, Claras und kam auf mich zu.

»Oh nein«, sagte ich und trat zurück. »Ich weigere mich, mich ablenken zu lassen.«

»Ist das der neueste Euphemismus? Sehr ladylike.« Er hob mich hoch und ging zur Treppe. Ich bin beinahe so groß wie er, und obwohl er ausgesprochen fit ist, schaffte er es nur bis zur Hälfte des Stockwerks, bevor er innehalten musste. Er setzte mich ab und ließ sich keuchend auf der Stufe neben mir fallen, woraufhin wir beide zu lachen begannen, und dann überkam mich das Bedürfnis nach Ablenkung plötzlich wie ein Tornado. Zwei Wochen sind eine lange Zeit.

John saß da und beobachtete mich, wie ich durch das Wohnzimmer wirbelte, Kissen aufschüttelte und versuchte, Claras Haare von den Sofakissen zu kratzen.

»Wieso tust du plötzlich so hausfraulich?«, fragte er. »Schmidt wird sowieso überall Zigarrenasche fallen lassen und Bier verschütten, wenn er es sich gemütlich macht.«

»Er bringt jemanden mit.«

Wieder eine dieser kurzen, aber bedeutungsvollen Pausen. »Oh, wen?«

»Hat er nicht gesagt. Aus der Häufigkeit seines Kicherns würde ich jedoch auf eine Dame schließen, oder zumindest irgendeine Art von weiblichem Wesen.«

Ich hielt inne und warf einen schnellen Blick in den Spiegel über dem Sofa. Gelegentlich beschweren sich Gäste, dass er ein bisschen zu hoch für sie hängt, aber ich bin fast eins achtzig groß, und wessen Spiegel ist es schließlich? Ich hasse es, so groß zu sein. Es ist prima, wenn man Model oder Basketballprofi werden will, aber groß und blond und wohlgerundet zu sein (wie ich es gern nenne) kann eine akademische Karriere merklich erschweren. Manche Leute hängen immer noch der Theorie an, dass eine frauenförmige Frau keinesfalls über ein funktionierendes Gehirn verfügen kann.

Ich steckte ein paar lose Strähnen in den Haarknoten in meinem Nacken, überprüfte noch einmal, ob mein Make-up ordnungsgemäß aufgetragen war, und schnitt meinem Spiegelbild eine Grimasse. Für wen brezelte ich mich eigentlich so auf? Für Schmidts potenzielle Freundin?

John warf beiläufig einen Blick auf seine Uhr. »Ich denke, ich werde noch eine kleine Runde mit Caesar drehen, bevor sie kommen.«

»Es regnet immer noch.«

»Es ist ein wenig feucht. Wo ich herkomme, ist das ein ganz normales Wetter.«

Er bewegte sich mit vorgetäuschter Lässigkeit und schaffte es beinahe bis zur Tür, bevor ich ihn einholte.

»Es reicht. Das war's. Setz dich in den Sessel und sag mir, was los ist.«

Caesar begann empört zu bellen. Er ist nicht sonderlich helle, aber er war klug genug, zwei und zwei zusammenzuzählen: Jemand hatte mit ihm spazieren gehen wollen, und jemand anders, hatte das unterbunden. Sein Protest übertönte beinahe ein anderes Geräusch: die Klingel.

»Das kann noch nicht Schmidt sein«, erklärte ich, »der kommt nie pünktlich.«

Es klingelte weiter, fast genauso drängend, wie Caesar bellte. John ließ den Kopf in die Hände sinken.

»Zu spät«, stöhnte er.

»Wer ist das?«, rief ich über die Kakofonie hinweg. Eine lange Liste gefährlicher Namen ratterte durch meinen Kopf. »Max? Blenkiron? Interpol? Scotland Yard?«

»Schlimmer«, sagte John mit düsterer Stimme. »Ruhig, Caesar.«

Caesar gehorchte. In der nun folgenden Stille trat an die Stelle des Klingelns rhythmisches Hämmern. John erhob sich und ging zur Tür.

Die Vierzig-Watt-Birne vor der Haustür illuminierte den Umriss eines Mannes; sein schwarzes Haar schimmerte feucht. Die Schatten verhüllten seine Gesichtszüge, aber ich konnte genug erkennen, um zu wissen, wer es war. Erleichterung durchfuhr mich.

»Feisal? Bist du das? Warum hat John mir nicht gesagt, dass du kommst?« Und warum, fragte ich mich, war er so entsetzt über sein Kommen? Feisal war kein Feind, er war ein Freund, ein wirklich guter Freund, der sein Leben, seine Gesundheit und seinen Ruf aufs Spiel gesetzt hatte, um mich bei unserem letzten Ausflug nach Ägypten zu retten.

John packte Caesar am Halsband und zerrte ihn aus dem Weg, sodass Feisal hereinkommen konnte. Jetzt, wo ich sein Gesicht besser sehen konnte, wurde mir klar, dass es sicherlich kein privater Besuch war, keine nette Überraschung für Vicky. Feisal war ein gut aussehender Mann mit diesen klassischen arabischen Adler-Zügen, langen Wimpern und einer Hautfarbe wie Caffè Latte. Allerdings war es im Augenblick mehr Milch als Kaffee, und die Falten um seinen Mund herum sahen aus, als wären sie in Stein gemeißelt. Ich stellte keine Fragen mehr. Wozu auch, ich bekam ja sowieso keine Antworten. Wortlos führte ich Feisal zu einem Sessel.

»Ich würde dir ja etwas zu trinken anbieten«, begann ich auf der Suche nach einem beruhigenden Klischee. »Aber du trinkst ja keinen Alkohol.«

»Ich aber«, sagte John, »Gott sei Dank.« Er füllte drei Gläser, Wodka Tonic für ihn und mich, Tonic pur für Feisal.

»Rede«, sagte er dann barsch.

Ich starrte ihn an. »Soll das heißen, du weißt auch nicht, worum es geht?«

»Nein. Düstere Andeutungen, hysterisches Stöhnen sowie die Forderung, dass ich mich hier mit ihm treffe – sofort, wenn nicht schon früher. Jetzt rede, Feisal. Schmidt wird bald hier sein.«

»Schmidt!« Entsetzt sprang Feisal auf. »Oh Gott, nein. Nicht Schmidt. Warum hast du mir nicht gesagt, dass er kommt? Ich muss hier weg!«

»Ich wusste es nicht, bevor es zu spät war«, entgegnete John. »Dir bleibt etwa eine Dreiviertelstunde, um uns ins Bild zu setzen und abzuhauen – oder dich zusammenzureißen und wieder normal zu benehmen. Wenn ich gekonnt hätte, hätte ich dich abgefangen, aber es sollte nicht sein. Willst du Vicky mit an Bord haben?«

»Sie ist an Bord«, sagte ich und verschränkte entschlossen meine Arme.

Feisal nickte düster. »Darf ich rauchen?«

Ich schob ihm einen Aschenbecher hin. »Ich dachte, du hättest aufgehört.«

»Hatte ich auch. Bis vorgestern.«

»Erzähl schon«, sagte John.

»Ich werde euch berichten, was geschehen ist, so, wie es mir von dem Mann, der es erlebt hat, geschildert wurde. Ich war nicht dabei. Als Inspektor für die Bewahrung der Altertümer in ganz Oberägypten bin ich für einen großen Bereich zuständig, und ich habe zu wenig Personal, und ...«

»Das wissen wir alles«, sagte John ungeduldig. »Jetzt komm uns nicht mit Entschuldigungen, bevor du uns überhaupt verraten hast, was dir vorgeworfen wird.«

* * *

Ali schaute hoch zur Sonne, sah dann zur Bestätigung auf seine Uhr und seufzte. Noch über eine Stunde, bevor er und die anderen Aufseher die Touristen aus dem Tal der Könige jagen und nach Hause gehen konnten. Er schraubte seine Wasserflasche auf und trank. Es war ein Tag wie jeder andere, heiß und staubig und trocken. Die berühmte Grabstätte der großen Pharaonen des Alten Ägypten begeisterte ihn nicht; es war bloß ein Job, den er schon seit über zehn Jahren machte.

Die Zahl der Besucher hatte ein wenig abgenommen, aber immer noch verstopften Hunderte von ihnen die Wege im Tal, wirbelten Staub auf, quasselten in einem Dutzend Sprachen. Eine Gruppe Japaner kam an ihm vorüber, sie drängten sich dicht um die Fahne, die ihr Führer hochhielt. Wie Küken, dachte Ali, die hinter der Mutterhenne hereilten, da sie fürchteten, diese aus den Augen zu verlieren. Er wusste nicht, was schlimmer war: die kleinen Küken, oder die Deutschen, die einfach drauflosmarschierten und überall reinwollten, wo sie nichts zu suchen hatten, oder die Franzosen, die ihre haarigen Beine und ihre Körper so unziemlich zur Schau stellten. Nicht, dass er sie hasste. Er mochte sie allesamt nur nicht sonderlich. Die Amerikaner gaben wenigstens ordentlich Trinkgeld. Besser als die Briten, die um jedes einzelne Pfund feilschten.

Das Grab, das er bewachte, war geschlossen, wie es oft der Fall war, aber das hinderte die Leute nicht daran zu versuchen, ihn zu bestechen, damit er sie hineinließe. Ein fetter Amerikaner hatte ihm hundert ägyptische Pfund angeboten – zwei Monate Gehalt für ihn, der Preis eines gehobenen Abendessens für den Amerikaner. Gott wusste, dass er das Geld hätte brauchen können, aber es würde ihn den Job kosten, wenn er die Vorschriften missachtete, vor allem bei diesem Grab. Es würde herauskommen, denn es lag direkt am Weg, und es war das berühmteste Grab im ganzen Tal.

Er lehnte sich zurück und schloss die Augen. Die Stimmen wurden leiser, doch dann ließ ein anderes Geräusch ihn zusammenzucken. Er richtete sich auf und war augenblicklich hellwach.

Ein schwarzer Geländewagen kam auf ihn zu, hupte, scheuchte Fußgänger vom Weg. Es musste ein offizielles Gefährt sein, andere waren im Tal nicht erlaubt. Zwei weitere Wagen folgten, dahinter kam etwas, das Ali die Augen noch weiter aufreißen ließ. Es war fast so groß wie ein Reisebus, aber es war kein Bus, es war eine Art Lieferwagen, weiß gestrichen und mit Schriftzeichen in einer Sprache versehen, die ganz sicher nicht Arabisch war. Erinnerungen stiegen in ihm auf, und Ali rief seinen Gott an. Er hatte so einen Wagen schon einmal gesehen. Was machte der hier? Warum hatte man ihn nicht informiert?

Die Karawane hielt vor der Grabstätte. Männer in schwarzen Uniformen stiegen aus den Pkws und stellten sich fächerförmig auf, sodass sie ein Spalier vor dem Eingang bildeten. Die Türen des Geländewagens öffneten sich. Ein Mann stieg aus und marschierte entschlossen auf Ali zu. Er hatte einen Bart und trug eine Hornbrille. Ein anderer, jüngerer Mann folgte ihm. Er trug eine abgewetzte Aktentasche.

»Sind Sie der Wachmann?«, schnauzte der ältere Mann. »Dann los jetzt. Machen Sie die Tür auf. Wir haben nicht viel Zeit.«

»Aber«, stammelte Ali. »Aber …«

»Oh, um Gottes willen. Hat man Ihnen nicht gesagt, dass wir kommen?«

Alis leerer Blick war offensichtlich Antwort genug; der Mann wandte sich an seinen jüngeren Begleiter und murmelte etwas. Ali hörte nur die Worte: »Typisch ägyptische Effizienz.«

»Nun, wir sind jetzt hier«, fuhr der Mann mit dem Bart fort. »Ich bin Dr. Henry Manchester vom Britischen Institut für Technoarchäologie. Ich nehme an, Sie wollen meine Genehmigung sehen. Ja, ja, sehr ordentlich.«

Er schnipste mit den Fingern. Der jüngere Mann fummelte in seiner Aktentasche herum und zog einen Zettel heraus, den er Manchester reichte, der ihn wiederum an Ali weitergab. »Ich vermute, Sie können kein Englisch lesen, aber die Unterschrift sollten Sie erkennen.«

Ali war stolz auf seine Englischkenntnisse, verzichtete aber lieber darauf, das jetzt kundzutun. Das Dokument wirkte beeindruckend. Das Supreme Council of Antiquities, Büro des Generalsekretärs. Unterschrieben hatte der Chef selbst. Nicht, dass Ali jemals einen Brief von seinem obersten Dienstherrn erhalten hätte, aber er hatte ihn einmal getroffen, direkt nachdem er diese Stellung angetreten hatte, als er all die großen Stätten besuchte. »Getroffen« war vielleicht nicht das richtige Wort, aber der Chef hat zufrieden in seine Richtung genickt.

»Ja, ich sehe«, sagte er langsam. »Aber ich kann nicht …«

»Dann rufen Sie beim Supreme Council an«, sagte der Engländer ungeduldig. »Aber zackig.«

Ja klar, dachte Ali. Beim Supreme Council anrufen. Hier ist Ali. Sie erinnern sich sicher an mich, der Wachmann aus dem Tal der Könige. Bitte verbinden Sie mich sofort mit Dr. Khifaya …

»Nein«, sagte er. »Die Unterlagen sind in Ordnung.«

»Das meine ich aber auch. Und jetzt halten Sie mich nicht länger auf. Wir standen bereits auf der Brücke im Stau und haben nicht mehr viel Zeit. Wir brauchen Ihren Schlüssel nicht. Ich habe einen eigenen.«

Er drängte sich an Ali vorbei die Treppe hinunter.

Von diesem Augenblick an ging alles so schnell, dass Ali sie nicht einmal hätte stoppen können, wenn er es gewollt hätte. Die Hintertüren des Vans öffneten sich. Darin befand sich ein atemberaubendes Maschinengewirr – Kabel, Schläuche, alle möglichen Vorrichtungen aus Plastik und Metall. Mehrere Männer in blendend weißen Overalls sprangen heraus und folgten den beiden Engländern die Treppe hinunter. Ali sah sich nach Hilfe um, nach Rat, nach Unterstützung. Eine kleine Menschenmenge hatte sich versammelt. Touristen starrten und spekulierten, dazu etliche seiner Kollegen, die allesamt von den Männern in den schwarzen Uniformen zurückgehalten wurden. Nach einem Augenblick stieg er die Treppe hinunter und ging durch den Korridor in die Grabkammer. Er stieß einen leisen Protestschrei aus, als er bemerkte, dass die Glasscheibe, die den Steinsarkophag bedeckte, beiseitegehoben worden war. Die weiß gekleideten Männer waren gerade dabei, den Deckel des vergoldeten Sarkophags im Inneren des großen Steinkastens abzuheben. Dem Unterteil des Sarges entnahmen sie eine lange, steife Platte, auf der sich staubige Stoffbahnen befanden. Zügig, aber vorsichtig, manövrierten die Träger ihre Last durch den schmalen Gang hinaus.

Mittlerweile hatten Interesse und Neugier Alis ursprüngliche Sorgen abgelöst. Ja, es war wie beim letzten Mal. Es war nicht derselbe Wagen – der andere war größer gewesen –, aber soweit er es beurteilen konnte, war die Ausrüstung im Inneren dieselbe. Nur waren diesmal keine Journalisten oder Fernsehreporter hier. Er hatte sich selbst im Fernsehen gesehen, als sie die Sendung ausstrahlten – nur einen kurzen Augenblick, aber er hatte sich ein Band gekauft und diesen Teil immer und immer wieder angeschaut. Vielleicht hatten sie beim ersten Mal einen Fehler gemacht und waren zurückgekommen, um das zu korrigieren. Ja, so musste es sein. Sie würden keinen Fehler zugeben wollen, also hatten sie dafür gesorgt, dass das Ganze unter Ausschluss der Öffentlichkeit und ohne Voranmeldung durchgezogen würde.

Plötzlich stand er allein in der Grabkammer, also lief er durch den Korridor zurück und die Treppe hinauf. Sie hatten die Trage und was sich darauf befand in den Lieferwagen befördert und die Türen geschlossen. Maschinen summten und knarzten. Es piepste, und irgendwelche Leute redeten miteinander. Er kauerte sich hin, zündete sich eine Zigarette an, wartete und dachte an … ihn. Wie gefiel es ihm wohl, herausgezerrt zu werden aus dem, was er sich als letzte Ruhestelle erhofft hatte, von pietätlosen Fremden angestarrt zu werden, untersucht und diskutiert zu werden, als wäre er ein Stück Holz? Er war ein Ungläubiger gewesen, ein Heide, aber auch er war ein Mensch, und er war in seiner Zeit seinen eigenen Göttern treu ergeben gewesen.

Die Sonne stand tief über den Berghängen, als die Türen des übergroßen Vans sich wieder öffneten. Die merkwürdige Form unter den Stoffbahnen wurde herausgehoben und zurück in das Grab getragen.

»Sie haben uns sehr geholfen«, sagte der Engländer. Er lächelte jetzt zum ersten Mal, und Ali sah das Glitzern eines Goldzahns oder einer Füllung. »Ich werde Dr. Khifaya darüber informieren. Hier.«

Ali nahm das gefaltete Stück Papier, sah es aber erst an, nachdem die Männer in ihre Fahrzeuge gestiegen und davongebraust waren. Er entfaltete die Banknote. Er verzog die Lippen. Zehn erbärmliche ägyptische Pfund. Engländer.

* * *

»Ich verstehe das nicht«, sagte ich. »Was ist daran so schrecklich? Keiner hat dich darüber im Vorfeld informiert, aber vielleicht war es eine rasch gefällte Entscheidung, und sie haben versucht, dich zu erreichen, und es nicht geschafft, weil du in der Wüste unterwegs warst oder so. Oder vielleicht …«

Meine Stimme verebbte. Die beiden saßen da und starrten mich an. »Oh du meine Güte«, sagte ich.

»Heute ist sie ein bisschen langsam«, erklärte John und nickte Feisal zu. »Hab Geduld mit ihr. Was hast du getan, nachdem Ali dich über den – äh – Besuch in Kenntnis gesetzt hat?«

»Das Grab besichtigt.« Feisal zog ein zerknittertes weißes Taschentuch aus seiner Tasche und wischte sich über die Stirn. »Auf den ersten Blick sah alles ganz normal aus. Aber ich hatte so ein Gefühl … eines dieser *komischen* Gefühle. Es war unwahrscheinlich, nahezu unmöglich, dass man mich nicht im Vorfeld über so etwas informiert hätte. Ich hätte Ali gern rausgeschickt, aber ich konnte den Deckel des Sarkophags nicht allein anheben, er ist zu schwer. Gemeinsam gelang es uns, ihn gerade weit genug beiseitezuschieben, um hineinzuschauen. Der arme Hund ist zerstückelt worden, wisst ihr, deswegen liegen die einzelnen Teile in Baumwolle gebettet auf einem Brett mit Sand unter einer Art Decke. Auf den ersten Blick sah alles ganz normal aus. Aber als ich die Decke zur Seite schlug, wo sein Kopf hätte sein müssen, war er nicht da. Er war verschwunden. Kein einziger Knochen war mehr da.«

»Tutanchamun?«, keuchte ich. »Sie haben Tutanchamun gestohlen?«

2

Johns einzige Reaktion bestand in einer hochgezogenen Augenbraue. Er hatte es kommen sehen. Ich hatte das Gefühl, er wünschte, er wäre selbst darauf gekommen, so eine Nummer durchzuziehen.

»Aber wieso?«, fragte ich. »Warum um Himmels willen würde irgendjemand eine ausgeleierte, vertrocknete alte Leiche klauen?«

»Dazu kommen wir später«, sagte John. »Das Wichtigste zuerst. Wer weiß noch davon, Feisal?«

»Du meinst, wer weiß, dass er verschwunden ist? Nur Ali und ich. Wir haben alles wieder in Ordnung gebracht. Genau genommen kann ich nicht einmal sicher sein, ob seine Beine nicht noch da waren, so weit konnte ich nicht unter die Platte greifen, aber …«

»Igitt«, sagte ich.

»Wir können davon ausgehen, dass sie auch diesen Teil mitgenommen haben, wenn der Rest fehlt«, sagte John. »Sie hatten jede Menge Zeit. Wird Ali den Mund halten?«

Feisal lachte bitter. »Das wird er allerdings. Er würde ganz sicher seinen Job verlieren und wahrscheinlich sogar im Gefängnis landen – in der Zelle neben mir.«

»Jetzt komm schon«, protestierte ich. »Es war nicht deine Schuld. Du warst ja nicht einmal da.«

»Das Supreme Council wird einen Sündenbock benötigen, und es ist in meinem Zuständigkeitsbereich geschehen. Mein Gott, Vicky, Tutanchamun ist ein Symbol, eine Legende, ein einzigartiger historischer Schatz. Die Medien werden durchdrehen. Sie werden in den Late-Night-Shows Witze darüber machen, wir werden von jedem Museum und jeder wissenschaftlichen Abteilung weltweit kritisiert werden. Sie werden alle sagen: Ägypten hat ja Nerven; erst zu fordern, dass wir ihnen ihre Kunstschätze zurückgeben, wenn sie dann ein paar Betrüger mit dem berühmtesten Pharao der Welt einfach auf und davon marschieren lassen!«

»Hmmm.« John rieb sich das Kinn. »Ich fürchte, da hast du recht. Es wäre ganz schön peinlich für die Regierung.«

»Peinlich!« Feisal warf die Hände in die Luft. »Peinlich ist, wenn man der Frau des Botschafters sein Getränk in den Schoß kippt. Das hier ist beschämend, entehrend, Köpfe werden rollen. Aber wenn ich ihn wiederbeschaffen könnte ...« Er wandte sich an John; seine langen, geschmeidigen Hände vollführten eine bittende Geste.

Ihn, nicht sie, dachte ich. Er sprach die ganze Zeit über diese zerkrümelte Mumie, als wäre sie ein lebendiger Mensch. Na ja, immerhin hatte sie – er – gelebt, vor langer Zeit. Er war kein lebloser Gegenstand wie ein Sarg oder eine Statue, sondern ein Mensch gewesen, ein Herrscher, unglaublich gut konserviert, und das für eine unglaublich lange Zeit. Ich begann eine Ahnung davon zu bekommen, warum Feisal solche Panik empfand. Man musste sich nur vorstellen, dass jemand die Gebeine Georg Washingtons stähle – und der war erst seit zweihundert Jahren tot.

»Wir werden dir helfen, wenn wir können«, sagte ich, wobei ich mich fragte, wie wir das anstellen sollten.

»Du hast es nicht verstanden, Vicky«, sagte John. Er lehnte sich zurück und legte die Fußgelenke über Kreuz, ganz gelassen.

»Du glaubst, ich stecke dahinter, Feisal. Deswegen bist du hergeeilt, um mich zu bitten, sie …«

»Ihn.«

»Entschuldigung … *ihn* zurückzugeben.«

»Ihn *bitte* zurückzugeben.«

»Meine Güte, Feisal«, sagte ich. »Das ist doch verrückt.«

»Nicht unbedingt«, sagte John nachdenklich. »Es wäre durchaus etwas, was ich in jüngeren und wilderen Jahren hätte getan haben können, schon allein der Herausforderung wegen. Die Operation war gut geplant. Sie haben einen Zeitpunkt gewählt, zu dem du anderswo warst, sie haben bis spät am Tag gewartet, wenn die Wärter müde sind und nach Hause wollen, sie sind schnell gewesen und mit arroganter Autorität aufgetreten. Dein Freund Ali sah keine Möglichkeit, sie aufzuhalten. Wahrscheinlich war es sogar sein Glück, dass er es nicht versucht hat. Die Sache mit den Typen in den schwarzen Uniformen gefällt mir gar nicht.« John brütete, dachte darüber nach. »Ein Ablauf, den Ali schon von einem anderen Mal kannte, dazu korrekte Unterlagen – sogar ein Schlüssel zum Grab. Eine Kopie davon wäre nicht schwer zu besorgen gewesen. Er konnte es nicht überprüfen, du hattest keinen Handyempfang, selbst wenn du ein Telefon bei dir gehabt hättest, und zum Supreme Council wäre er niemals durchgekommen. Die Ausrüstung war natürlich getürkt. Ali hat den Unterschied nicht bemerkt, genauso wenig wie er mir aufgefallen wäre, wenn alles nur beeindruckend genug aussah. Sie haben sie – äh, ihn – in den Laster gesteckt, ihn von der Sandauflage in irgendeinen anderen Behälter verfrachtet, dann eine halbe Stunde rumgesessen und interessante technische Geräusche produziert – und sich dabei garantiert totgelacht – und dann die leere Bahre wieder hineingetragen. Oder vielleicht … vielleicht hatten sie sogar eine zweite Bahre vorbereitet. Dann müssten sie die zerbrechlichen Knochen nicht bewegen. Ja, so hätte ich es gemacht. Nur …« Er beugte sich vor, die Finger ineinander verschränkt, und sah seinen Freund intensiv an. »Nur war ich es nicht, Feisal. Abgesehen von der Tatsache, dass ich eine so miese Nummer nicht mit dir durchziehen würde, war ich in London und kann es sogar beweisen.«

Ein Knoten tief in meiner Brust lockerte sich. Ich hatte es nicht geglaubt – nicht wirklich –, aber ich hatte ihn seit zwei Wochen nicht gesehen, und der Modus Operandi, wie wir Gangsterbräute sagen, erinnerte an einige seiner Aktionen.

»Vielleicht war es deine Gang …«, begann Feisal, der nicht vollständig überzeugt war.

»Ich habe keine verdammte Gang! Gangs bestehen vor allem aus besonders dummen, verdammt unehrlichen Menschen, die für den jeweils höchsten Bieter arbeiten. Ich habe aus schmerzhafter Erfahrung gelernt, dass ich niemandem trauen kann, außer mir selbst. Deswegen habe ich …«

»John«, sagte ich scharf.

»Oh ja.« Er sah auf die Uhr. »Ich brauche noch mehr Details darüber, aber wie Vicky mich zu Recht erinnert, läuft uns die Zeit davon. Kannst du ein charmanter und wohlgelaunter Gast sein, während Schmidt und seine Freundin da sind? Er darf keinen Wind von der Sache bekommen.«

»Allah verhüte, dass es so weit käme«, sagte Feisal. Er sah ein wenig mehr … nun ja, fröhlicher sah er nicht aus. Ein bisschen weniger geplagt. »Ich gehe besser. Schmidt hat stets eine ungute Wirkung auf mein Nervenkostüm, das bereits angeschlagen ist. Ruft mich an, wenn er wieder weg ist.«

»Wo erreichen wir dich?«, fragte ich.

Feisal sah mich mit leerem Blick an. »Ich weiß nicht. Ich bin direkt vom Flughafen hergekommen.«

Von der Straße draußen hörten wir das Quietschen gequälter Reifen. Ich kannte das Geräusch. »Oh mein Gott, das ist Schmidt«, rief ich. »Er ist zu früh. Was machen wir jetzt?«

Entsetzt lief Feisal zur Tür. Caesar folgte ihm und bellte hoffnungsvoll.

»Nach oben«, befahl John. »Zweite Tür rechts.«

Feisal hielt nicht an, sondern wirbelte nur herum und rannte die Treppe hinauf. John griff nach seiner Aktentasche und warf sie ihm hinterher. »Schließ die Tür ab. Wir sagen dir Bescheid, wenn die Luft rein ist. Und keinen Mucks!«

Feisal blieb auf der Treppe stehen. »Und wenn ich mal …«

»Dann musst du improvisieren«, zischte John zwischen zusammengebissenen Zähnen. Es klingelte an der Tür. Caesar bellte. Feisal stieß einen leisen Schrei aus und floh.

»Tief durchatmen, Vicky«, sagte John. »Noch einmal stürmt, noch einmal, liebe Freunde. Ins Maul des Todes, in der Hölle Schlund … Oder ist es andersherum? Ich mache ihnen auf. In Ordnung?«

Ich konnte immer noch kein Wort hervorbringen und nickte nur. Es wird schon gut gehen, sagte ich mir. Wir mussten Schmidt einfach nur ein paar Stunden bei Laune halten und ihn in Unwissenheit lassen. Das sollte doch zu schaffen sein.

John riss die Tür auf und setzte zu einem jovialen Gruß an. Doch dann holte er nur scharf Luft, und da sah ich auch schon die Frau neben Schmidt. Seine neue Freundin. Suzi Umphenour.

Das war nicht ihr richtiger Name. Es war der Name, unter dem ich sie kennengelernt hatte, als sie Mitpassagierin auf der unglückseligen *Queen of the Nile* bei meiner letzten Reise nach Ägypten gewesen war – unserer letzten kriminalistischen Ermittlung, wie Schmidt es nannte. Mein Auftrag hatte darin bestanden, einen berühmt-berüchtigten Dieb ausfindig zu machen, der angeblich das Kairoer Museum bestehlen wollte. Suzi spielte die einfältige Gesellschaftsmatrone aus Tennessee mit einem solchem Schmalz, dass ich darauf hätte kommen können, dass es eine Karikatur war; ich hatte jedoch andere Dinge im Kopf gehabt und nicht bemerkt, hinter wem – oder was – sie wirklich her war, bis die ganze unselige Angelegenheit sich erledigt hatte und ich ihr in einem gewissen Büro in der US-Botschaft in Kairo wiederbegegnete. Von wem genau sie ihre Befehle entgegennahm, war nie klar geworden. Interpol? Irgendwelche schönen Großbuchstabenkombinationen? CIA, NSA, BFAE?

Ich hätte wissen müssen, dass Schmidt ihre Nähe suchen würde. Er hatte sie als »eine wirklich ansehnliche Frau« beschrieben. Das ist das Grundprinzip meines Lebens: Wenn etwas schiefgehen kann, dann tut es das auch. Von allen Menschen auf der Erde war diejenige, die ich an diesem Abend am wenigsten sehen wollte, eine Frau, die für irgendwelche Organisationen arbeitete, die auf Verbrecherjagd waren. FBI, BFE, DAR, AA, PETA?

All das und noch ein wenig mehr wirbelte mir durchs Gehirn, während ich wie erstarrt dastand.

»Überraschung!«, quiekte Schmidt. »Ein Abend voller Überraschungen, nicht wahr? John, mein Freund, wie nett, dich zu sehen! Ihr erinnert euch an Suzi? Sie ist meine Überraschung!«

»Und eine wirklich schöne Überraschung«, sagte John, der sich alle Mühe gab. »Kommt herein. Gebt mir eure Mäntel.«

Schmidt war mit Päckchen beladen. »Ich bringe das in die Küche«, erklärte er.

Ich folgte ihm. Im Vergleich zu Suzi war Schmidt das kleinere der beiden Übel. »Die hier muss in den Kühlschrank«, verkündete er und erledigte es gleich selber. »Die hier …« Er sah Caesars hoffnungsvollen Blick. »… auf ein hohes Regal. Und hier ist Wein.«

Ich nahm ihm die Flasche ab. »Ich wusste nicht, dass ihr, Suzi und du, ein Paar seid.«

Schmidt grinste. »Alles erzähle ich dir eben nicht, Vicky. Ja, wir sind seit einiger Zeit Freunde. Gute Freunde.«

Wenn er jetzt kichert, dachte ich, erschlage ich ihn mit der Flasche.

Schmidt richtete sich auf, eine Hand in die Hüfte gestemmt, das Kinn hochgereckt. »Du hast mir noch gar nicht gesagt, wie gut ich aussehe.«

Ich hatte ihn auch nicht wirklich angeschaut. Der gute alte Schmidt, eins sechzig auf Zehenspitzen, rund wie eine Orange, rot wie ein Apfel, weiß gebauschter Schnauzer... Augenblick mal, der war gar nicht mehr weiß – sondern braun. Von einem tiefen, entschiedenen Braun. Wenn ich nicht so entgeistert über Suzi gewesen wäre, hätte ich das sofort bemerkt. Nun drangen auch andere Details in mein Bewusstsein. Seine Wangen waren nicht mehr ganz so rund und prall, und sein Bauch schien sich hinter irgendeine Art solider Barriere zurückgezogen zu haben.

»Du hast deinen Schnurrbart gefärbt«, sagte ich.

»Nicht gefärbt, ich habe seine natürliche Farbe wiederhergestellt«, sagte Schmidt empört »Es ist ein besonderer Wirkstoff für frühzeitig ergraute Personen. Ist das alles, was dir auffällt?« Er klopfte sich auf den Bauch, zuckte zusammen, fuhr fort: »Ich habe zehn Kilo abgenommen. Ich bin fitter als die meisten Männer, die halb so alt sind wie ich. Willst du meine Brustmuskeln sehen?«

»Mein Gott, nein! Ich meine...« Diese Neuigkeit ließ mich beinahe Feisal vergessen, die verschwundene Mumie und die alte Saufnase Suzi, die unter keinen Umständen, KEINEN UMSTÄNDEN, Wind von den beiden Vorgenannten bekommen durfte. »Du siehst toll aus«, murmelte ich. »War das dein Urlaub? Eine Fett…, äh, ich meine, ein Sanatorium?«

»Eine Gesundheitsklinik«, korrigierte mich Schmidt. »In der Schweiz.« Er nahm ein Messer aus dem Halter über dem Tresen und drapierte Käsestücke und Äpfelschnitze auf einen Teller. (Äpfel? Schmidt?) »Komm, wir wollen unseren Freunden Gesellschaft leisten. Äh – ich wüsste es zu schätzen, wenn du Suzi gegenüber nichts von der Klinik erwähnen würdest.«

Aus Johns erleichtertem Blick schloss ich, dass das Gespräch recht schleppend verlief. Er sah mich an und reichte mir einen Drink. Enttäuscht stellte ich fest, dass es vor allem Tonic war, aber er hatte natürlich recht, wir mussten bei Verstand bleiben.

Die nächste halbe Stunde redete Schmidt praktisch pausenlos. Mein Gott, war das langweilig. Kalorien, gesättigte und ungesättigte Fettsäuren, Kohlehydrate, der glykämische Index, die Lebensmittelpyramide, das Verhältnis von diesem zu jenem und noch etwas anderem zogen sich durch seinen Vortrag. Er erwähnte Rotwein und Bitterschokolade. Es gab keinen Diättipp, ganz egal, ob wissenschaftlich untermauert oder nicht, den Schmidt ausließ. John lauschte offensichtlich fasziniert. Sein Blick wanderte von dem Teller mit Apfelschnitzen zu Schmidts leuchtend braunem Schnauzer und der Flasche Wein (natürlich Rotwein). Ich betrachtete Suzi.

Als Südstaatenschönheit hatte sie überbordende Massen von blondem Haar, ein blendend weißes Lächeln, bei dem sie viele Zähne zeigte, und eine gut entwickelte, offenherzig zur Schau gestellte Figur. Als ich sie das letzte Mal gesehen hatte, in der Botschaft, hatte sie ein maßgeschneidertes Kostüm getragen, sehr businesslike. Nur das Grinsen war mir bekannt vorgekommen. Es war immer noch dasselbe, aber mittlerweile war ihr Haar kurz, und Spuren von Silber durchzogen die sandfarbenen Wellen. Ich fragte mich, wie alt sie war. Über vierzig. Unter sechzig? Das war heutzutage schwer zu sagen. Ihre schlanke Figur deutete darauf hin, dass sie regelmäßig Sport trieb. Heute Abend war sie leger in Jeans und T-Shirt gekleidet, Letzteres weit genug, um noch dezent zu sein, und doch eng genug, dass Schmidts Blick immer wieder auf ihren Brüsten zum Ruhen kam. Ich hegte keinerlei Zweifel daran, dass Schmidts Interesse romantischer Natur war, nicht professioneller. Aber was war mit ihr?

Ich versuchte mir die Einzelheiten des letzten Gespräches, das ich mit Suzi geführt hatte, ins Gedächtnis zu rufen. Meine Erinnerung daran war undeutlich. Ich war ziemlich sauer gewesen, oder, um ganz ehrlich zu sein, sogar stinkwütend. Als ich mich einverstanden erklärt hatte, auf diese verdammte Kreuzfahrt zu gehen, hatte man mir versichert, dass die anonymen Offiziellen, die mich aussandten, eine ebenso anonyme Agentin an Bord haben würden, die mich retten sollte, falls es irgendwelche Probleme gäbe. Es hatte einen Haufen Probleme gegeben, und Suzi hatte die ganze Chose vermasselt. Es war nicht allein ihre Schuld, und der Großteil meiner Wut richtete sich gegen ihre Chefs, wer auch immer sie waren. Ich hasste diese Leute – FBI, CIA, die ganze Bande. Sie waren so besessen von ihren diversen Sicherheitsvorkehrungen, dass die über allem anderen standen, inklusive des Wohlergehens der Leute, die sie angeblich beschützten. Sie reden nicht einmal miteinander.

Was auch immer Suzis offizielle Funktion sein mochte, es musste irgendetwas mit Kunst und Antiquitätenbetrug zu tun haben, sonst wäre sie nicht auf dieser Kreuzfahrt gewesen. »Sir John Smythe« war immer noch von Interesse für mehrere europäische Regierungen, ganz zu schweigen von Interpol. Meine Verbindung zu dem berühmt-berüchtigten Meisterdieb war ausgezeichnet dokumentiert. Suzi wusste vielleicht nicht, dass Smythe und John Tregarth, ein anerkannter Händler legaler Antiquitäten, ein und derselbe waren, aber am Ende unseres Gespräches damals hatte sie etwas gesagt … Nein, sie hatte eigentlich darüber nichts gesagt, sie hatte nur geguckt, als wäre …

Den berüchtigten Sir John Smythe zu fassen wäre ein Fest für jeden Gesetzeshüter. Versuchte Suzi, über mich an John heranzukommen und über Schmidt an mich? Oder las ich zu viel hinein in einen Blick, bildete ich mir die Anspielung darin nur ein? Warum konnte sie sich nicht einfach in Schmidt verknallt haben? Ich konnte ihn mir als nichts anderes vorstellen als meinen niedlichen, kleinen, verrückten, drolligen Begleiter, aber das war ja kein Grund, davon auszugehen, dass er keiner Frau gefallen könnte. *Chacun à son goût.* Er war witzig, charmant, klug, und, Gott segne ihn, er hungerte sich sogar in relative – man kann es nur relativ nennen – Fitness. Ein bisschen Gewicht zu verlieren schadete ihm bestimmt nicht. Aber wenn Suzi ihm sein treues Herz brach, würde ich sie umbringen.

Wir aßen und tranken und hörten Schmidt zu, der den ganzen Abend von Fitness schwafelte. Ich versuchte Suzi über ihre Arbeit auszuhorchen, ohne mir anmerken zu lassen, warum ich daran so interessiert war. »Irgendwelche ungewöhnlichen Fälle in letzter Zeit?« (eine Frage, bei der John sich auf die Unterlippe biss und die Augen himmelwärts verdrehte) brachte mir nur ein extrem breites Grinsen ein und die nichtssagende Bemerkung: »Nichts, worüber ich sprechen könnte.«

Normalerweise muss ich Schmidt rauswerfen, solange er noch sprechen kann, oder ihn auf meinem Sofa zum Schlaf betten, wenn er zu viel gebechert hat. An diesem Abend war er derjenige, der verkündete, nun wäre es an der Zeit, unseren reizenden Abend zu beenden. Der Blick, den er Suzi zuwarf, war, wie man so schön sagt, bedeutungsschwanger. Sie erwiderte ihn und erhob sich gehorsam. Sie hielten sich nicht lange mit der Verabschiedung auf.

Ich blieb in der Tür stehen, bis ich Schmidt aufs Gas treten und davonbrausen hörte. Dann drehte ich mich sehr langsam zu John um.

»Ich brauche etwas«, krächzte ich. »Ich weiß nicht, was, aber ich brauche es dringend.«

»Du hast genug zu trinken gehabt, Rauchen ist ungesund, und wir haben keine Zeit für – wie war das Wort? – Ablenkung.«

»Verdammt noch mal, ich habe das Gefühl, dir macht das alles sogar Spaß!«

»Was mir Spaß macht, ist die Tatsache, dass bislang keiner versucht hat, mich zu erschießen, zu erstechen oder zu schlagen. Holen wir Feisal … Ah, da ist er.«

»Ich habe von oben gesehen, wie sie gefahren sind.« Feisal kam vorsichtig die Treppe herunter. »Wer war die Frau?«

John und ich sahen einander an. »Das spielt im Augenblick keine Rolle«, sagte John. »Ich vermute, Feisal hat Hunger. Er hat noch nicht zu Abend gegessen.«

»Und auch nicht zu Mittag oder, soweit ich mich erinnern kann, zum Frühstück«, sagte Feisal.

Wir setzten uns um den kleinen Küchentisch, auf dem die Überreste von Schmidts Gaben ruhten. Obwohl er sich strikt an seine Diät gehalten hatte, wollte er uns andere nicht darben lassen; Feisal machte sich über ein Brot mit Leberpastete her.

»Und was tun wir jetzt?«, fragte er. Seine Augen, groß und schimmernd und braun, fixierten John mit einem Hauch rührender Hoffnung.

»Nun …« John mag es, gebeten zu werden. Er lehnte sich zurück und legte seine Finger aneinander wie Sherlock Holmes. »Der erste Schritt ist Schadensbegrenzung. Du hast getan, was du konntest, um eine Entdeckung zu verhindern, aber du solltest so schnell wie möglich zurück nach Luxor fliegen und sicherstellen, dass Ali unter dem Druck nicht zusammenbricht. Lass das Grab verschlossen. Ich gehe davon aus, dass du die Autorität hast, das einfach anzuordnen.«

»Es sei denn, ich erhalte einen anderslautenden Befehl vom Supreme Council of Antiquities, der Behörde zum Schutz ägyptischer Altertümer.«

»Ein Grund mehr, warum du vor Ort sein musst. Höchstwahrscheinlich werden die Diebe mit jemandem Kontakt aufnehmen – mit dir, mit dem SCA oder mit der Presse.«

Feisal verschluckte sich. Ich sprang auf und wollte schon lebensrettende Sofortmaßnahmen einleiten, da gelang es ihm doch noch, den Bissen hinunterzuschlucken. »Warum sollten sie das tun?«, keuchte er.

»Das hängt vom Grund des Diebstahls ab«, sagte John. »Was der interessanteste Teil der ganzen Geschichte ist. Aus dem Stand fallen mir vier mögliche Motive ein. Erstens: Die Täter wurden von einem privaten Sammler beauftragt, dessen Geschmack, sagen wir mal, ausgesprochen extravagant ist. Sollte das der Fall sein, werden sie und ihr Auftraggeber untertauchen und mit niemandem kommunizieren. Die zweite Möglichkeit besteht darin, dass sie ein Lösegeld für die Mumie wollen. Ich gehe davon aus, bestimmte Ansprechpartner wären willens, eine großzügige Summe für die sichere Rückkehr hinzublättern, um so den Mantel des Schweigens über die ganze Geschichte zu breiten. In diesem Fall werden sie direkt Kontakt mit dem SCA aufnehmen; es wird keine Publicity geben, aber du, mein Freund, wirst im Fokus ihrer Aufmerksamkeit stehen.«

»Was ist die dritte Möglichkeit?«, fragte ich, denn ich wusste, dass John sich gern zum Sprechen ermuntern ließ.

»Ein politisches Motiv. Die Regierung schlecht dastehen zu lassen, national und/oder international.«

Feisal legte den Rest seines Brotes auf den Tisch. Er sah aus, als wäre ihm übel. John musste das nicht weiter ausführen; wenn es sich um dieses Motiv handelte, würden die Diebe Publicity wollen, je mehr, desto besser.

»Das ist ein schwaches Motiv«, sagte ich. »Vielleicht stehen Mubarak und seine Leute dann dumm da, aber es schadet ihnen nicht wirklich. Die USA werden wegen einer verschwundenen Mumie nicht ihre Hilfsleistungen einstellen, und es wäre auch kein geeigneter Hebel für die diversen Parteien, die gern die Regierung stürzen würden – von denen es, vermute ich, eine ganze Menge gibt.«

»Die gibt es immer«, sagte Feisal. »Von radikalen Islamisten, die einen theokratischen Staat wünschen, bis zu Liberalen, die wahrhaft demokratische Wahlen fordern, Pressefreiheit und all diese schönen Dinge. Vicky hat recht. Ein Skandal wegen einer verschwundenen Antiquität, selbst einer so wichtigen wie Tutanchamun, reicht nicht, um eine Revolution auszulösen.«

Er griff nach dem Rest seines Brotes und traf stattdessen auf den großen Kopf Caesars. Der schluckte und verschwand unter dem Tisch.

»Dein Hund gerät außer Kontrolle«, bemerkte John. »Du erziehst ihn nicht vernünftig. Aber um zum Thema zurückzukehren – dein Einwand ist unter dem Aspekt der Logik betrachtet völlig richtig, aber Möchtegern-Revolutionäre folgen nicht immer den Gesetzen der Logik. Wie auch immer, ich neige dazu zu glauben, dass das vierte Motiv das wahrscheinlichste ist.«

Er wartete darauf, dass jemand ihn fragte, worin es bestand. Ich hatte schon einmal das Stichwort gegeben. Ich stand auf und machte Feisal ein weiteres Brot. Das Schweigen zog sich hin, durchbrochen nur durch das Geräusch eines großen Hundes unter dem Tisch, der sich die Lippen leckte.

»Persönliche Animosität«, sagte John schließlich. »Jemand will dir oder deinem Chef etwas heimzahlen.«

»Mir bestimmt nicht«, protestierte Feisal. »So wichtig bin ich nicht. Das war eine große, teure Operation. Ich habe keine Feinde – jedenfalls keine reichen Feinde.«

»Mir fällt einer …« Ich biss mir auf die Zunge. Feisal brauchte keine weiteren negativen Gedanken.

»Wir sind bei Weitem noch nicht an einem Punkt, an dem wir Namenslisten erstellen könnten«, sagte John. »Es ist spät, und ich möchte, dass Feisal morgen im Flugzeug nach Kairo sitzt.«

»Kommst du nicht mit mir?«, fragte Feisal.

»Ich kann von dort aus nichts tun.«

»Aber …«, begann Feisal.

John hob einen Finger, wie ein Lehrer, der Ruhe verlangte. »Es steht wie folgt: Wir wissen nicht, was diese Leute als Nächstes vorhaben. Im Augenblick besteht unsere einzige Hoffnung in Schadensbegrenzung, soweit das eben möglich ist. Deine Position ist, dass du vorab nichts von dem Besuch wusstest, als du davon erfuhrst, bist du davon ausgegangen, dass alles seine Ordnung hatte, und du hast auch weiterhin keinen Grund anzunehmen, dass etwas nicht stimmt. Du hast weder das Grab inspiziert noch in den Sarkophag geschaut. Ali ebenfalls nicht. Du informierst mich augenblicklich, wenn du von irgendjemandem etwas hörst, einschließlich scheinbar unbegründeter Gerüchte und nebensächlicher Bemerkungen von Zeugen, die möglicherweise gesehen haben, wohin der verdammte Laster gefahren ist. Es wäre schön herauszubekommen, wohin sie gefahren sind und wann er von der Bildfläche verschwunden ist, aber es könnte riskant sein, direkte Fragen zu stellen.«

Feisal murmelte etwas. Ich verstand die Worte nicht, aber es klang nach einer Gotteslästerung.

»In der Zwischenzeit werde ich sehen, was ich von meiner Seite aus tun kann«, fuhr John fort. »Es gibt nur wenige Organisationen in meinem – äh – früheren Tätigkeitsfeld, die Mittel und Beweggründe haben, eine solche Geschichte durchzuziehen. Ich muss meine Fühler ausstrecken, um in Erfahrung zu bringen, ob irgendwelche Gerüchte im Umlauf sind.«

»Es könnte auch eine ganz neue Gruppierung sein«, gab ich zu bedenken.

»Versuch doch mal, etwas Ermutigendes zu sagen«, murmelte Feisal.

»Der ermutigende Aspekt besteht in dem Wissen, dass diese Aktion Folgen haben wird«, sagte John. »Es gibt Verbindungen, offene und verdeckte, zwischen dem seriösen Antiquitätenmarkt und dem illegalen Untergrund. Ich werde dir keine Beispiele nennen ...«

»Nein, das musst du nicht tun«, sagte ich. »Ich verstehe schon, worauf du hinauswillst, und ich wette, ich kann es in wenigen Worten sagen: Es wird sich herumsprechen. Die Leute reden. Das Netzwerk wird auf dieselbe Art funktionieren wie immer.«

»Ich hätte es besser formulieren können«, bemerkte John. »Aber im Grunde ist es das. Ich werde anfangen zu netzwerken – was für ein schreckliches Wort –, und das kann ich am besten in London.«

»Ich komme mit«, sagte ich.

* * *

John ging offensichtlich nicht davon aus, dass Feisal wirklich täte, was man ihm sagte, deswegen eskortierten wir ihn persönlich zum Flughafen, rechtzeitig zum Nachmittagsflug nach Kairo. Ich hatte den Morgen im Museum verbracht und mich darum gekümmert, freizubekommen. Ich war bereit dazu, Schmidt darauf hinweisen zu müssen, dass er mir etwas schuldete –, nach seinen vier frivolen Wochen in der Fettklinik, aber dann fragte er mich nicht einmal, wohin ich wollte. Das musste er gar nicht tun. Dank der Wunder der modernen Kommunikationsmittel konnte das kleine Wiesel mich aufspüren, wo immer ich war, auf ein Dutzend verschiedene Arten. Manchmal sehne ich mich nach den guten alten Zeiten des Pony-Expresses. Wenn man seinerzeit vom bevorstehenden Ableben einer Person erfuhr, war derjenige bereits tot und begraben. Und wenn die eigene Antwort ankam, hatten die Hinterbliebenen bereits die Trauerzeit beendet und führten ihr Leben fort.

»Viel Spaß«, sagte Schmidt und reckte sich auf die Zehen, um meinen Kopf zu tätscheln. »Du siehst nicht so gut aus wie sonst, Vicky. Du brauchst eine Pause.«

Ich sah also nicht so gut aus wie sonst? Verglichen mit wem? Ich schmollte und suchte nach Karl, dem Hausmeister, der ganz vernarrt war in Caesar und sich darüber freute, ihn zu beherbergen, während ich weg war. Schmidt war nicht besonders begeistert über die Aussicht, täglich bei mir zu Hause vorbeizuschauen und nach Clara zu sehen, aber ich wusste, dass ich mich auf ihn verlassen konnte, als er sagte: »Suzi wird mich gern unterstützen. Sie mag Katzen sehr.«

Suzi würde uns also noch eine Weile erhalten bleiben. Mir war nicht aufgefallen, dass Suzi und Clara sich irgendwie nähergekommen wären. Clara war Suzi sogar extra auf den Schoß geklettert, was, wie jeder Katzenbesitzer weiß, eher in der Absicht geschieht zu nerven, als Liebe auszudrücken. Ein weiterer böser Verdacht schlich sich in meinen bösen, misstrauischen Geist. Ich sagte nichts zu Schmidt – wozu auch –, aber ich fuhr nach Hause und verbrachte eine panische Stunde damit, Akten und Schubladen durchzusehen, um sicherzustellen, dass ich nichts Belastendes herumliegen ließ. Da ich nicht genau wusste, was belastend sein könnte, war das eine ziemlich nutzlose Übung. Als ich John von meiner Sorge erzählte, zuckte er mit den Achseln.

»Man kann sich nicht gegen ein Problem schützen, das relativ unbestimmt ist und vielleicht gar nicht existiert. Und sag Feisal nichts von Suzi. Er ist noch nicht darauf gekommen zu fragen, wer Schmidts Angebetete ist, und mir wäre es lieber, wenn er es auch nicht erfährt.«

»Ich wünschte, ich hätte es auch nicht erfahren«, grummelte ich. »Was glaubst du, will sie?«

»Vielleicht Schmidt.« Er wandte sich wieder dem Computer zu. Ich knallte die Schublade zu, die ich durchwühlt hatte.

»Du hinterlässt doch keine belastenden E-Mails auf dem Ding, oder?«

»Wofür hältst du mich? Pack zu Ende, wir haben nicht viel Zeit.«

Zu packen war ein weiteres relativ unbestimmtes Problem, denn ich wusste weder, wie lange wir weg sein würden, noch, wohin die Reise ging. John und ich hatten vor, den nächstmöglichen Flug nach London zu nehmen, nachdem wir Feisal an den Flughafen gebracht hatten; aber wer wusste schon, wohin unsere Wege uns im Anschluss führen würden?

Wahrscheinlich irgendwohin, wo ich nicht hinwollte.

Ich rief noch einmal im Museum an, um meinem neuen Assistenten letzte Anweisungen zu geben: »Ruf mich nicht an, ich rufe dich an, und wenn du meine Nummer jemandem gibst, der sie nicht schon hat, wirst du es bereuen.« Gerda, die frühere Geißel meiner Arbeitstage, hat ihre Stelle aufgegeben und geheiratet;

ich fragte mich, ob sie die Post ihres neuen Ehemannes ebenso durchschnüffelte, wie sie es mit meiner getan hatte. Ihr Nachfolger öffnete meine Post nicht, aber seine unmenschliche Effizienz war fast genauso irritierend. Ich hatte das Gefühl, dass er meinen Job besser erledigen könnte als ich und dass er vorhatte, das auch allen zu beweisen. (Das bereitete mir jedoch keine ernsthaften Sorgen; Schmidt mag mich zu sehr.)

Wir schafften es gerade rechtzeitig zum Münchner Flughafen und begleiteten Feisal zu seinem EgyptAir-Flug auf Terminal C. Statt durch die Sicherheitskontrolle zu gehen, stand er da, trat von einem Fuß auf den anderen und nahm seine Aktentasche erst in die eine, dann in die andere Hand.

»Da ist noch etwas, was ich euch sagen muss.«

John stöhnte. »Schlimmer als das, was du uns schon gesagt hast?«

»Nein. Ich hoffe nicht. Ich meine ...« Seine langen Wimpern senkten sich, seine hohen Wangenknochen wurden einen Hauch dunkler. »Ich bin verliebt.«

»Oh«, sagte ich nichtssagend. »Wer ...?«

»Oh du meine Güte!«, übertönte Johns Stimme meine. »Was ...«

»Ich könnte nicht nur meinen Job verlieren.« Feisal packte meine Hand und drückte sie. »Ich werde auch sie verlieren, wenn ich gefeuert und entehrt werde. Du verstehst das, Vicky. Du wirst mich nicht im Stich lassen, oder?«

Seine großen, seelenvollen braunen Augen hätten das Herz einer vertrockneten Mumie schmelzen lassen. »Natürlich nicht«, sagte ich und drückte seine Hand ebenfalls. »Wer ...«

»Schluss damit«, sagte John mit zusammengebissenen Zähnen. »Los jetzt, Feisal, sonst verpasst du deinen Flug.«

»Wenn sie ihn liebt, dann wird sie bei ihm bleiben, egal was passiert«, sagte ich, während wir Feisal hinterherschauten.

»Ist das ein Versprechen?«, erkundigte sich John.

Ich entschied mich, diese Frage zu ignorieren. »Ich frage mich, wer …«

»Ist das wirklich wichtig?« John nahm meinen Arm. »Wir müssen erst in einer knappen Stunde am Gate sein; ich lade dich auf einen Kaffee ein.«

British Air fliegt aus demselben Bereich im selben Terminal. John und ich hatten keine Plätze nebeneinander bekommen, und da ich keinen Lesestoff mitgenommen hatte, bat ich ihn an einem Buchladen, kurz zu warten, obwohl er jede Art von Unterhaltungsliteratur belächelte.

»Ich schätze, du hast immer eine Ausgabe Plato auf Griechisch dabei«, konterte ich und betrachtete die Stapel von Magazinen und Zeitungen. Ich bemerkte die neueste Ausgabe des *Stern*. »He«, sagte ich und griff danach. »Ist das auf dem Titel nicht Dr. Khifaya?«

»Allerdings. Was hat der nur angestellt, um es auf den Titel des *Stern* zu schaffen?«

Man hatte ihn in Gizeh fotografiert, er lehnte lässig an einer Säule, im Hintergrund standen ein paar Pyramiden. Er erinnerte ein wenig an Feisal – dieselben kraftvollen Züge, dichtes schwarzes Haar und ein hochgewachsener, sportlicher Körper, in diesem Fall gekleidet in ordentlich gebügelte Khaki-Hosen und dazu eine passende Jacke mit zahllosen Taschen, wie sie Fotografen und Archäologen tragen – und Touristen, die versuchen, so auszusehen, als wären sie das eine oder das andere. Dr. Ashraf Khifaya, Generalsekretär des Supreme Council of Antiquities, der obersten ägyptischen Behörde für Kunstschätze, hatte das nicht nötig. Obwohl er bemerkenswert jung war für den hochrangigen Posten, den er seit weniger als einem Jahr innehatte, hatte er praktisch jede Grabstätte in Ägypten freigelegt.

»Das Übliche«, sagte ich. »Er will Nofretete zurück. Er demonstriert schon seit ein paar Wochen immer wieder vor dem Ägyptischen Museum in Berlin, aber diesmal sagt er, wird er ein paar Freunde mitbringen. Ich frage mich, was …«

Ich bezahlte die Zeitschrift und las weiter, John führte mich mit der Hand am Ellenbogen. Das meiste war mir bekannt. Deutsche und ägyptische Gelehrte streiten um die wundervolle Büste Nofretetes, seit sie in den Zwanzigern in Berlin zur Ausstellung gelangte. Die Ägypter haben durchaus gute Argumente. Manche der anderen Kunstgegenstände, die sie zurückhaben wollten, wie der Stein von Rosette, waren vor der Gründung der Egyptian Antiquities Organisation, wie sie einst hieß, entdeckt und ins Ausland geschafft worden. Aber 1912, als die Büste der Nofretete an einer Ausgrabungsstätte der Deutschen gefunden worden war, galten bereits strikte Gesetze zur Aufteilung der Funde: Die Ägypter konnten im Grunde behalten, was immer sie wollten, vor allem die besonderen Gegenstände, den Rest mussten sich das Museum in Kairo und die Ausgräber teilen. Irgendwie war Nofretete jedoch zu den Gegenständen gelangt, die bei den Ausgräbern blieben. Es war schwer nachzuvollziehen, wie jemand, selbst ein unerfahrener Mitarbeiter, sie hätte ablehnen können. Wie Tutanchamun war die lebensgroße, bemalte Büste einzigartig, und im Gegensatz zum armen, alten Pharao war sie ungeheuer schön.

John steuerte mich zu einem Sessel. Als er mit zwei Tassen Kaffee zurückkehrte, hatte ich den Artikel zu Ende gelesen.

»Ich frage mich, ob sie das wirklich machen«, sagte ich. »Eine Marschkapelle und ein paar Tänzerinnen mitbringen, um vor dem Museum zu demonstrieren?«

John kicherte. »Ich möchte es hoffen«.

»Würde die Polizei ihn nicht daran hindern?« – »Umso besser. Er würde es lieben. Das wäre ausgezeichnete Publicity.«

»Ich bin überrascht, dass du nie versucht hast, sie zu entwenden«, sagte ich.

»Nofretete?« John schaute nachdenklich. »Ich hätte es vielleicht versucht, wenn jemand mir genug dafür geboten hätte. Ich habe doch nichts für mich selbst gestohlen, musst du wissen«, setzte er selbstgerecht hinzu.

»Das wichtigste Wörtchen in dem Satz ist nicht ›für mich‹, sondern ›stehlen‹«, wandte ich ein und klappte die Zeitschrift zu. »Er sieht gut aus, findest du nicht? Ist es nur ein Zufall, dass diese – äh – Sache so kurz nach seinem Amtsantritt geschehen ist? Und wo wir von Leuten sprechen, die sich Feinde gemacht haben ...«

»Darüber haben wir aber nicht gesprochen.«

»Dann lass es uns jetzt tun. Ich gehe davon aus, dass du Feisal nicht darauf hingewiesen hast, dass es da einen Multimillionär gibt, der möglicherweise sauer auf ihn ist. Er war schließlich entscheidend daran beteiligt, Blenkirons Plan zu vereiteln, die Grabmalereien Tetischeris zu stehlen. Und wenn wir über Sammler mit ausgesprochen extravagantem Geschmack reden ...«

»... kommt einem schnell der Name Blenkiron in den Sinn«, stimmte John zu. »Obwohl die Bezeichnung ›exotisch‹ präziser wäre als ›extravagant‹. Die Gemälde waren wunderschön. Tutanchamuns Mumie ist das nicht. Wie auch immer. Du und ich und Schmidt hatten auch Anteil an der Vereitelung seiner Pläne.«

»Soll mich das aufmuntern?«

»Ich kann nicht glauben, dass Blenkiron dafür verantwortlich ist. Er sammelt Kunstgegenstände, keine Kuriositäten, und wenn er zu den Leuten gehörte, die Rachegelüste hegen, dann würde er sich nicht ausgerechnet auf Feisal konzentrieren. Aber dennoch hast du etwas zur Sprache gebracht, woran ich nicht gedacht habe – das Timing. Was weißt du über Khifayas Hintergrund?«

»Nicht viel«, gab ich zu. »Als ich davon sprach, dass er sich Feinde gemacht haben könnte, dachte ich eher an seine Position als an seine persönliche Geschichte. Sein Vorgänger hat viel Energie darauf verwendet zu fordern, dass ausländische Museen und Sammler die aus Ägypten gestohlenen Antiquitäten zurückgeben, und Khifaya scheint vorzuhaben, seine gute Arbeit weiterzuführen.«

»›Gestohlen‹ ist in einigen Fällen nicht das richtige Wort«, sagte John. »Der Stein von Rosette …«

»Ich weiß mehr über ihn, als ich wissen möchte. Aber du, ausgerechnet du, kannst doch wohl nicht abstreiten, dass Museen und private Sammler Objekte in ihrem Besitz haben, deren Herkunft zweifelhaft ist.«

»Ich weise diese Implikation empört zurück«, sagte John pikiert. »Und warum schweifst du immer wieder vom Thema ab? Ich habe doch nur gesagt, dass es interessant sein könnte, sich mit Khifayas Hintergrund zu beschäftigen.«

»Eine Scheidung im Streit? Ist er denn verheiratet?«

»Sei nicht albern.« John warf einen Blick auf seine Uhr und erhob sich. »Gehen wir.«

»Es ist ein gutes Foto. Wenn wir nach Ägypten fahren, kann er mir vielleicht ein Autogramm darauf geben. ›Für die liebe Vicky, meinen größten Fan.‹«

Johns Lippe verzog sich zu einem ebenso eleganten wie höhnischen Lächeln. Typisch.

»Er sieht sogar noch besser aus als Feisal. Oder«, sagte ich, als mir ein neuer inspirierender Gedanke kam, »vielleicht darf ich beim nächsten Mal, wenn er vor dem Museum demonstriert, mitmachen.«

Ich war zufrieden damit, mich von einer geschickten Hand am Arm führen zu lassen (sodass ich weiter das Bild meines neuesten

Schwarms anstarren konnte), weswegen ich gar nicht merkte, wohin wir gingen, bis wir am Gate waren.

»He«, sagte ich und blieb abrupt stehen. »Das ist die falsche Maschine. Diese hier fliegt nicht nach London.«

»Wir auch nicht.« Er hatte es perfekt arrangiert; die letzten Passagiere standen bereits in einer Schlange. Er reichte der Stewardess unsere Bordkarten und schob mich vorwärts.

»Was wollen wir in Rom? Warum hast du unseren Plan geändert? Warum hast du es mir nicht gesagt?«

»Ich habe unseren Plan nicht geändert.«

»Aber du hast Feisal gesagt …«

»Nein, habe ich nicht.«

»Doch, du …« Aber jetzt, wo ich darüber nachdachte, was genau er über London gesagt hatte, hatte er jedenfalls nicht wirklich gesagt, dass wir dorthinfliegen würden. »Verdammt, ich will nicht nach Rom. Bitte sag jetzt nicht, dass du vorhast, dich mit Pietro und Dingsbums und diesen anderen Gaunern zu beratschlagen, mit denen du zusammengearbeitet hast, als wir uns kennenlernten.«

»Das ist alles Vergangenheit, meine Liebe, ferne Vergangenheit. Genau genommen hoffe ich, mich mit jemandem aus dem Vatikan zu treffen. Hier ist dein Platz.«

Er ging weiter zu seinem und ließ mich in aufgeregter Spekulation zurück. Jemand aus dem Vatikan? Nicht der Papst. Ganz sicher nicht der Papst. Doch nicht bei John.

Auf dem Flug hatte ich genug Zeit zum Nachdenken. Unglücklicherweise drehten sich meine Gedanken im Kreis, wie eine Katze, die ihren Schwanz jagt, ohne von der Stelle zu kommen. Bei mir war es nicht eine Katze, sondern gleich mehrere, es war wie ein wildes Katzenballett, verwirrend und endlos. Suzi. Rom. Tutanchamun. Warum um Himmels willen würde jemand Tutanchamun stehlen? Warum würde jemand diese Mumie stehlen wollen… ihn? Was würde man mit ihm machen, wenn man ihn in seinen Besitz gebracht hatte? Man konnte ihn nicht auf den Dachboden oder in einen Schrank stellen, er würde… Was braucht man eigentlich für eine Mumie? Klimakontrolle, sterile Räume, Zimmerservice?

Ich erwachte aus einem Traum von einer klimaanlagengekühlten Suite im besten Hotel Kairos. Tutanchamun lag darin auf einer rückenschonenden Matratze, umgeben von Harem-Schönheiten in weißen Krankenschwesternuniformen.

Ich hatte John abfangen wollen, als er an meinem Platz vorbeikam, aber wegen des allgemeinen Gedränges holte ich ihn erst ein, als wir das Gepäckband erreichten.

»Nicht der Papst«, sagte ich.

»Wie bitte?« Er zog eine Augenbraue hoch, womit er mich wahnsinnig machen konnte.

»Nun gut. Nicht der Papst. Wer dann? Und wenn du jetzt sagst: ›Wer was?‹, dann werfe ich mich auf den Boden und strample und schreie.«

»Nicht hier, sonst wirst du noch zertrampelt.« Er wandte sich ab und sah sich scheinbar entspannt die anderen Passagiere an, die drängelten und einander schubsten, während sie darauf warteten, dass ihr Gepäck auf dem Band erschien. Nichts Ungewöhnliches war zu bemerken: eine junge Mutter mit zwei niedlichen kleinen Kindern, die einander mit Stofftieren schlugen; übergewichtige Geschäftsleute, die in ihre Handys blökten; zwei Priester in schwarzen Soutanen; ein Paar Mittzwanziger undefinierbarer Nationalität, die ineinandergewunden waren wie Brezelteig; eine kleine, grauhaarige ältere Dame mit einer Sonnenbrille und einer riesigen Handtasche… Niemand mit einer UZI oder einer Flasche tödlichem Shampoo.

»Niemand hätte uns in das Flugzeug folgen können«, befand ich. »Nicht einmal ich wusste, dass wir es nehmen.«

»Genau.«

* * *

Als wir die Passkontrolle und den Zoll hinter uns hatten, war es spät am Abend, und ich war beinahe am Verhungern. Das teilte ich John auch mit. Er zog als Antwort nicht einmal mehr seine Augenbraue hoch. Stattdessen nahm er mich am Arm und zog mich aus dem Flughafen an einer Reihe wartender Taxis vorbei. Wir blieben vor einem anonymen dunklen Pkw stehen, er öffnete die hintere Tür, schob mich hinein und stieg ebenfalls ein.

»Was …«, begann ich.

»Ruhig«, sagte mein Liebster. Er beugte sich vor und drückte dem Fahrer einen Knöchel in den Nacken.

»Albatros«, sagte er.

»Alter Seefahrer«, entgegnete der Fahrer und kicherte. Der Wagen löste sich geschmeidig vom Bürgersteig.

»Oh mein Gott«, sagte ich. »Wie paranoid kann man noch werden?«

»Nur weil man paranoid ist, heißt das noch lange nicht, dass keiner hinter einem …«

»Ich kenne den Spruch …«

»Das ist Enrico.«

»Woher weißt du das?« Der Mann war genauso nichtssagend wie das Fahrzeug. Er trug eine dieser Chauffeursmützen, die es erschwert hätte, sein Gesicht zu sehen, wenn es nicht ohnehin dunkel gewesen wäre und er nicht die ganze Zeit nach vorn geschaut hätte.

»Das Kichern würde ich überall wiedererkennen«, sagte John.

Enrico kicherte gehorsam noch einmal und setzte dann höflich hinzu: »*Buona sera, signorina.*«

John wandte sich um und schaute zum Rückfenster hinaus. Offensichtlich war er zufrieden damit, was er sah oder auch nicht sah, nach einer Weile wandte er sich jedenfalls mir zu.

»Jetzt kannst du deine Frage zu Ende stellen«, sagte er großzügig.

Ich weigerte mich, ihm die Befriedigung zu verschaffen, das Offensichtliche zu fragen. Offensichtlich hatte er das alles in die Wege geleitet, bevor wir München verlassen hatten, gleichzeitig mit der Änderung unserer Reservierung. Offensichtlich war der Fahrer einer seiner alten Bekannten. Offensichtlich fürchtete er sehr, verfolgt zu werden, was – offensichtlich – hieß, dass er Grund hatte zu vermuten, dass er verfolgt werden könnte.

»Vergiss es«, murmelte ich.

Eisiges Schweigen breitete sich aus – zumindest auf dem Rücksitz. Enrico begann in einem schiefen Falsett zu singen. Ich brauchte eine Weile, bis ich das Stück erkannte: eine von Cherubinos Arien aus *Die Hochzeit des Figaro.* Ich stimmte ein in der Hoffnung, John damit zu ärgern. Er ist ein exzellenter Musiker mit fast perfektem Gehör, was man von mir nun gar nicht sagen kann. Abgesehen von einem kleinen Zucken, als Enrico und ich uns an einer besonders hohen Note versuchten (und sie knapp verfehlten), reagierte er nicht. Enrico versicherte mir, dass ich eine wundervolle Stimme hätte. Wir sangen noch ein paar andere Stücke von Mozart, bis nach Rom hinein, wo ich anfing, zum Wagenfenster hinauszusehen, um herauszufinden, wo wir hinwollten. Ich hätte mir eher die Zunge abgebissen, als John danach zu fragen.

Die schmalen Straßen Trasteveres erkannte ich. Als wir vor einem kleinen Hotel hielten, sagte ich: »So, so, hier sind wir also wieder. Ich bin überrascht, dass die Polizei den Laden noch nicht zugemacht hat. Wenn du ein typischer Gast dieses Etablissements bist ...«

»Halt die Klappe und steig aus«, schnarrte John.

Es hatte sich nicht im Geringsten verändert. Dieselbe stille, recht elegante Lobby, derselbe quietschende Fahrstuhl, und natürlich dasselbe Zimmer. Dieselben schweren, weiß-beigen Vorhänge, dieselbe kuschelige kleine Sitzecke mit einem roten Plüsch-zweisitzer und einem niedrigen Tisch, dasselbe Bad. Dasselbe Bett.

»Ich durfte Enrico nicht einmal Gute Nacht sagen«, klagte ich, setzte mich auf den roten Plüsch und schlug meine Beine übereinander.

John warf seinen Koffer auf das Bett und begann auszupacken.

»Ich habe Hunger«, sagte ich.

John erstarrte einen Moment, warf mir einen stechenden Blick zu, entspannte sich dann. »Du hast immer Hunger. Ruf den Zimmerservice an. Du weißt doch noch, wie das geht, oder?«

Ich weiß das und eine Menge anderer Dinge, dachte ich, als ich zum Hörer griff. John hatte mich nach dem Ende unserer kleinen römischen Eskapade hierhergebracht – wenn man so ein heiteres Wort verwenden wollte, um ein Szenario zu beschreiben, bei dem es um Mord ging, um versuchten Mord (an mir), um schweren Diebstahl, Betrug, noch einen Mord, versuchte Verführung (von mir) und einen spektakulären Nervenzusammenbruch (nicht von mir). Das Hotel hatte kein Restaurant; wenn ein Gast einen Wunsch hatte, egal ob es sich um ein komplettes Menü oder nur ein Bier handelte, rief er an der Rezeption an, bat darum – und bekam es. Bei meinem ersten Aufenthalt hatte ich neben dem Essen Arzneimittel und reichlich Alkohol bestellt. Der Alkohol war für mich, denn meine Nerven waren in einem entsetzlichen Zustand, und die Arzneimittel waren für John, der ein paar wohlverdiente Verletzungen erlitten hatte. Er war ursprünglich ein Mitglied der Diebesbande gewesen und war mir nur zur Seite geeilt, weil … Um eine lange Geschichte kurz zu fassen: Als wir am nächsten Tag das Hotel verließen, neigte ich dazu zu glauben, dass er seine düstere Zeit hinter sich gelassen hatte und sich zutiefst um mich sorgte. Zumindest glaubte ich das, bis wir uns das nächste Mal begegneten …

Mit einem Seufzen griff ich zum Telefon. »Was willst du essen?«, fragte ich.

»Gib her.« John nahm das Telefon. »Du hast keine Ahnung von Wein.«

»Ich habe die Ahnung, dass ich viel davon will.«

Der Wein kam praktisch sofort. Er war rot. Der Kellner verschwand schweigend. John setzte sich neben mich und hob sein Glas. »Zum Wohl.«

»Ist es der Papst?«

»Ich wusste, dass du das sagen würdest«, bemerkte John befriedigt. »Das ist einer der Gründe, weswegen ich dich liebe: deine gradlinige Sturheit. Nein, meine Liebste, es ist nicht Seine Heiligkeit. Ich bewege mich nicht in derart exponierten Kreisen.«

»Solltest du nicht einmal nachsehen, ob Feisal angerufen hat?« Ich hielt ihm mein leeres Glas hin.

»Und ich liebe es auch, wie du von einem Thema zum anderen springst. Er hat kaum Zeit genug gehabt, nach Kairo zu gelangen. Hast du etwas von Schmidt gehört?«

Ich hatte mein Handy nicht angeschaltet, nachdem wir gelandet waren, weil ich eigentlich von niemandem etwas hören wollte, vor allem nicht von Schmidt. Als ich es jetzt tat, hatte ich nicht etwa eine, sondern gleich drei Textnachrichten von ihm.

Schmidt schickt liebend gern SMS. Er ist verrückt nach jedem neuen technischen Gerät, bis das nächste herauskommt.

»Clara hat Suzi gebissen«, berichtete ich.

»Gut für Clara.«

»Diese verdammte Kuh hat mein Haus im Griff. Was glaubst du, will …«

»Suzi ist ein unbekannter Faktor und im Augenblick die geringste unserer Sorgen. Sie kann gar nichts wissen von … Wollen wir es ab jetzt als Feisals Verlust bezeichnen?«

»Sie hat sich, bereits bevor es zu diesem Verlust kam, mit Schmidt eingelassen«, räumte ich ein.

»Noch etwas?«

»Nur das Übliche. Oh, da ist der Kellner. Gut. Ich bin …«

»… am Verhungern. Ich weiß.«

John ging zur Tür und öffnete sie. Der Korridor draußen war diskret abgedunkelt, aber ich erhaschte trotzdem einen – beglückenden – Blick auf einen Servierwagen voller Teller. Der Kellner war ein kleiner Jugendlicher mit einem großen Schnauzer, der vor Anstrengung stöhnte, während er den Wagen vorwärtsschob.

John ließ ihn den Raum betreten, bevor er sich in Bewegung setzte. Der Junge stieß einen Schrei aus, als sein Arm nach hintenoben gerissen wurde. Die Pistole, die er gehalten hatte, fiel mit einem lauten Plumps zu Boden.

3

Sitz doch nicht einfach da, tu etwas«, keuchte John. Sein Gefangener wand sich und boxte hilflos in Richtung von Johns Körpermitte.

»Schlag ihn«, empfahl ich.

»Das wäre nicht nett, und es ist auch unnötig«, hörte man eine fremde Stimme.

Er stand in der Tür, füllte sie praktisch aus. Sein Schnauzer war sogar noch größer als der des Jungen. Seine Pistole ebenfalls.

»Idiota«, sagte er in Richtung des Jungen.

»Scusi, Papa«, erwiderte der Junge. Er schlug weiter nach John, der ihn jetzt anders hielt, nämlich auf Armeslänge von sich entfernt. Der Schnauzer klebte jetzt nur noch an einem Eckchen an seinem Gesicht, und ich sah erstaunt die vielen Pickel im Gesicht des Jungen.

»Lass ihn los, du Schlägertyp«, sagte ich.

»Verflucht«, brummte John.

»Beruhigen wir uns doch alle miteinander«, sagte der Neuankömmling in einem vollen Bariton. »Sir John, ich bitte Sie, meinen inkompetenten Sprössling freizulassen. Giuseppe, setz dich und benimm dich. Signora, ich grüße Sie.«

John ließ Giuseppe los und deutete auf die Waffe, die der andere Mann hielt. »Es wäre der entspannten Atmosphäre dienlich, wenn du das Ding wegstecken würdest, Bernardo, alter Kumpel.«

»Natürlich. Ich wollte mich damit nur deiner Aufmerksamkeit versichern.«

»Das hat geklappt«, sagte ich und sah zu, wie Bernardo die Pistole in eine seiner Taschen steckte. Er griff nach der Waffe, die sein Sohn hatte fallen lassen, und schob sie in eine weitere Tasche. Es verbesserte den Sitz seines Anzugs nicht.

Bernardo kicherte. »Du trägst immer noch keine Waffe, oder?«, erkundigte er sich bei John.

John nahm die leeren Hände aus seinen eigenen Taschen. »Wie viel hast du Enrico bezahlt?«, fragte er.

»Du bist ungerecht ihm gegenüber. Es war nicht nötig, ihn zu bestechen. Deine Ankunft wurde bemerkt und mir mitgeteilt. Signorina.« Er verneigte sich geschmeidig. »Darf ich Ihnen ein Glas Wein anbieten?«

»Nur wenn Sie es bezahlen.«

Diese Entgegnung ließ ihn laut auflachen. »Ah, sie ist genauso witzig wie schön! *I get it,* wie ihr in Amerika sagt! Dann darf ich vielleicht darum bitten, dass Sie mir ein Glas einschenken?«

Ich begann Bernardo zu mögen. Er war etwa so groß wie John, aber zweimal so breit, vor allem im Brust- und Schulterbereich. Seine Haut war von feinen Furchen gezeichnet, wie bei Menschen, die viel im Freien sind, seine Augenbrauen waren beinahe genauso übergroß wie sein Schnauzer, und sein schwarzes Haar war so makellos glatt, dass es aussah wie ein Designer-Toupet. Er hatte teuer überkronte Zähne und rückte sich nun den Sessel mir gegenüber zurecht.

Auf Anweisung seines Vaters hin organisierte Giuseppe ein weiteres Glas, und wir setzten uns alle um den Tisch herum. Giuseppe rieb weiter sein Handgelenk und warf John zornige Blicke zu.

»Für ihn keinen Wein«, sagte Bernardo und deutete auf seinen Sohn. »Er hat keinen verdient. Es stimmt schon, das englische Sprichwort, dass man nie einen Jungen schicken soll, um die Arbeit eines Mannes zu erledigen. Der Schnauzbart, ich habe versucht, es ihm zu sagen, war ein Fehler.«

»Warum haben Sie ihn dann geschickt?«, fragte ich neugierig.

»Irgendwann muss er doch auch einmal etwas lernen. Auf Ihre Gesundheit, Signorina. Und auf deine, mein guter alter Freund.«

John prostete unserem Besuch mit einem säuerlichen Lächeln zu. »Was willst du, Bernardo?«

»Ganz einfach.« Der Mann stellte sein leeres Glas auf den Tisch zurück und beugte sich vor. »Ich will bei dem Deal dabei sein.«

Nachdem unsere ungeladenen Gäste gegangen waren, überprüfte John noch einmal, ob die Tür abgeschlossen war. »Wenn du dir die Mühe gemacht hättest, die Tür abzusperren, während ich seinen inkompetenten Sprössling unter Kontrolle brachte, wäre Bernardo gar nicht hereingekommen.«

»Er wäre so oder so hereingekommen«, sagte ich und lugte unter die Deckel, unter denen die Speisen auf dem Servierwagen angerichtet waren. »Egal, was hat es geschadet? Er war doch sehr nett. Kalbs-Scaloppine? Tomaten-Mozzarella-Salat? Ossobuco?«

»Übertreib es nicht, Vicky.«

Er redete nicht über das Essen. Ich brach meinen Versuch, die Stimmung zu verbessern, ab, ging zu ihm hin und schlang meine Arme um seinen Hals. »Wie Bernardo sagen würde: *I get it,* John. Er hat von – äh – Feisals schmerzlichem Verlust gehört, und wenn er davon weiß, dann wissen es auch eine Menge anderer Leute. Aber er weiß nicht, wer dahintersteckt.«

»Er glaubt, ich. Immerhin hat er angeboten, nur falls dir das entgangen sein sollte, als Mittler zu agieren, damit ich mich der Sache entledigen kann.«

»Es war nicht so sehr ein Angebot wie eine Forderung«, überlegte ich. »Zumindest wissen wir jetzt, dass er nicht derjenige war, der den Diebstahl begangen hat.«

»Na prima«, sagte John spitz. »Wir können einen Namen von der endlosen Liste streichen. Ich bin auch nicht davon ausgegangen, dass er es war; er hat noch nie außerhalb Westeuropas operiert.«

Mir fiel spontan nichts Positives ein, was ich darauf erwidern könnte. Also trug in meinen vollen Teller zum Tisch.

»Iss etwas. Wahrscheinlich bist du im Unterzucker. Meine Güte, was rede ich denn da? Ich klinge ja schon wie Schmidt.«

»Erwähn diesen Namen nicht. Sonst zauberst du ihn damit vielleicht her, wie eine hilfreiche Elfe.«

Ich schaute auf.

Er beobachtete mich und lächelte. »Ich habe dich nicht verdient«, sagte er leise.

»Ich hatte den Eindruck, als wäre das ganz im Gegenteil sehr wohl der Fall.«

»Ich war es nicht, Vicky.«

»Nur darum geht es bei der ganzen Geschichte, oder?« Ich legte meine Gabel hin. »Deswegen hast du dich so edelmütig dazu bereit erklärt, die wirklichen Diebe ausfindig zu machen. Nicht Feisals wegen, sondern weil dir klar war, dass du der Hauptverdächtige bist. Kein Wunder! Es ist eine genauso durchgeknallte Geschichte wie die Sachen, auf die du spezialisiert warst. Wie damals, als du versucht hast, Camelot auf der Kuhweide hinter dem Haus zu errichten.«

John ging zu dem Servierwagen und beschäftigte sich damit, Deckchen hochzuheben und Teller herumzuschieben. »Jen wäre zutiefst beleidigt, wenn sie hören könnte, dass du den Boden, auf dem sich unser stattlicher Familiensitz befindet, als Kuhweide bezeichnest. Aber, natürlich hast du recht.«

»Und als du dich als Archäologe ausgegeben hast, um einen vergrabenen Schatz freizulegen und …«

»… mich damit aus dem Staub zu machen«, ergänzte John mit einem reuigen Lächeln. »Du hast ja keine Ahnung, Schätzchen. Habe ich dir je erzählt …«

»Ich will nichts hören. Ich möchte mehr über Bernardo wissen. Wie hat er von der Angelegenheit erfahren?«

»Er hat es eindeutig vermieden, diese Frage zu beantworten, nicht wahr?« John setzte sich neben mich. Er beugte sich vor und betrachtete die Unterseite des Tisches.

»Wonach suchst du?«, fragte ich. »Oh mein Gott, hat er etwa …«

»Eine klebte unter der Platte des Wagens.« John nahm sie aus der Tasche, ließ sie auf den Boden fallen und trat darauf. »Ich habe seine Hände im Auge behalten, und ich glaube nicht, dass es ihm gelungen ist, noch eine unter dem Tisch anzubringen.«

»Was ist mit dem Telefon?«

»Bernardo wusste nicht, dass wir hier sein würden, bis wir da waren.«

»Er wirkte ganz zivilisiert«, sagte ich, um eine positive Sichtweise bemüht. »Keine Drohungen, keine Einschüchterungsversuche.«

»Vergisst du nicht seine beiden großen Pistolen? Und außerdem, meine Liebe, wird er sehr unzivilisiert werden, sobald ihm klar wird, dass ich ihn nicht an der Sache teilhaben lasse, wenn auch aus dem schlichten Grund, dass ich es ganz einfach nicht kann. Im Augenblick, dank meines Redetalents und meiner raschen Auffassungsgabe, glaubt er, wir befänden uns im ersten Stadium der Verhandlung.«

»Wie lange kannst du diese Illusion aufrechterhalten?«, fragte ich und dachte zurück an die großen Pistolen.

»Nicht lange genug, fürchte ich.«

»Warum sagst du ihm nicht die Wahrheit?«

»Meine Güte«, sagte John, und seine Augen weiteten sich. »Was für eine drollige Idee. Weil, du einfallsreiche junge Frau, er mir nicht glauben würde. Aus irgendeinem Grund habe ich große Schwierigkeiten, die Leute von meiner Ehrlichkeit zu überzeugen.«

Die Nacht verging ohne weitere Zwischenfälle. John schlief wie ein Murmeltier, und während ich mich hin und her warf, dachte ich immer wieder an eines der Sprichwörter, die er so gern verwendete: »Je schlechter der Charakter, desto besser der Schlaf, denn wenn jemand ein Gewissen hätte, wäre er kein Gauner.« Aber ich fühlte mich schon ein wenig besser, jetzt wo ich (endlich!) herausbekommen hatte, was ihn antrieb. Wenn er das Ganze nur pro forma täte, um vorzutäuschen, dass er keine Ahnung hatte, würde er nicht solchen Aufwand betreiben.

Oder doch? Vielleicht hatte diese Reise noch einen anderen Anlass? Vielleicht bot sie die Gelegenheit, mit jemandem von den anderen Kontakt aufzunehmen, die hinter dem Diebstahl steckten – um Anweisungen weiterzugeben oder sich über den Stand der Dinge zu informieren? Praktisch jede andere Form der Kommunikation konnte abgefangen werden. Herrje, unsere Regierung belauscht die halbe Welt, und wenn die das können, kann es jeder.

»Verdammt«, sagte ich laut. John grunzte und drehte sich zur Seite.

Schließlich schlief ich ein. Fünfzehn Minuten später, so schien es mir jedenfalls, weckte mich John, der einen seiner elegantesten Morgenmäntel trug. »Hast du nicht gut geschlafen?«, fragte er pseudobesorgt und hielt mir eine Tasse Kaffee hin. Der Zimmerservice war gekommen und wieder verschwunden, diesmal offenbar unbewaffnet.

Ich knurrte und griff nach meiner Tasse. Er stand da, schaute mich an und wippte mit dem Fuß, bis ich die erste Tasse getrunken hatte und mit der zweiten halb durch war. »Tut mir leid, dich hetzen zu müssen«, sagte er. »Aber unser Termin ist um zehn. Spring unter die Dusche, wenn du möchtest, und dann gehen wir frühstücken.«

Er folgte mir ins Badezimmer und drehte hilfsbereit die Dusche an. Mittlerweile war ich einigermaßen bei Bewusstsein und ging davon aus, dass er mir Gesellschaft leisten würde. Stattdessen murmelte er leise: »Wir haben gestern Abend nichts besprochen, was Bernardo aufmerken lassen könnte, aber ab jetzt musst du darauf achten, was du sagst. Genau genommen wäre es mir am liebsten, du würdest nichts sagen außer Ja und Nein.«

»Was …«

»Sei still und hör zu. Stopf alles, was dir wirklich wichtig ist, in deinen schrecklichen Rucksack. Lass alles hier, was nicht absolut notwendig ist. Wir werden nach unserem Termin nicht ins Hotel zurückkommen.«

»Okay.«

Johns Augenbrauen wanderten beide in gespielter Überraschung nach oben. »Kein Streit? Keine Fragen?«

»Ich bin nicht blöd, weißt du?«

»Ich weiß es. Ich würde dich küssen, wenn du nicht so nass wärst.« Er reichte mir ein Handtuch und verließ das Bad.

Wir stritten kurz, aber schweigend, über einige der Gegenstände, die ich für essenziell hielt. Ich verlor in den meisten Fällen. Er hatte recht, verdammt noch mal. Vertrauen ist keine der charakterlichen Kerneigenschaften bei Gaunern. Bernardo würde davon ausgehen, dass John ihn von vorn bis hinten belogen hatte und dass er sich bei der erstbesten Gelegenheit verdrücken würde. Unsere persönlichen Besitztümer noch *in situ* vorzufinden, würde ihn vielleicht in Sicherheit wiegen.

Ich hatte gehofft, noch eine Tasse Kaffee trinken zu können, aber als wir damit fertig waren, Sachen zu sortieren und wild zu gestikulieren, war es auch schon Zeit aufzubrechen. Ohne Gepäck verließen wir das Hotel und schlenderten an die Ecke, wo John uns ein Taxi heranwinkte.

Er hätte keinen unverdächtigeren Ort für ein Treffen auswählen können. Die Via della Conciliazione führt vom Petersplatz zu einer Brücke. Die Straße ist gesäumt von Souvenirläden und Cafés, und sie ist immer voller Menschen, Reisebusse und Taxis, man hört im Grunde nichts als das Dröhnen der Motoren und das Fluchen der Fahrer, die im Verkehr feststecken. Die Kuppel des Petersdoms ragte in ihrer ewigen Ruhe perlweiß vor dem azurblauen Himmel auf, fern von dem ganzen Gewimmel.

Der Mann, mit dem wir uns treffen sollten, wartete an einem Tisch vor einem der Cafés auf uns. Er trug eine schwarze Soutane und ein schwarzes Birett. Sich gut mit Gott (oder seinen Stellvertretern auf Erden) zu stellen lässt einen Mann gesund und weise werden, wenn auch nicht reich. Er hatte füllige rosa Wangen, einen Ausdruck unschuldiger Freundlichkeit und die gerissensten dunklen Augen, die ich je gesehen hatte. Er begrüßte John mit einer freundlichen italienischen Umarmung und Küssen auf beide Wangen und mich mit einer Verbeugung und einem Lächeln. Er schien nicht überrascht zu sein, mich zu sehen, und John stellte uns einander nicht vor.

Ich stürzte mich auf ein ordentliches Frühstück mit Brot und Marmelade und Butter und noch viel mehr Kaffee, während die beiden anderen sich unterhielten. Mein Italienisch ist ganz passabel, aber den römischen Dialekt zu verstehen ist nicht einfach, vor allem, wenn jemand in Höchstgeschwindigkeit redet und es um einen herum sehr laut ist. Wie alle Spione und Möchtegernspione wissen, ist der sicherste Platz für ein Treffen nicht etwa eine einsame Anhöhe, sondern mitten in einer Menschenmenge. Selbst wenn man verfolgt wird, können die anderen nicht nahe genug an einen herankommen, um etwas mitzuhören, ohne einem praktisch auf dem Schoß zu sitzen.

Ich hatte noch ein paar Brotstücke übrig, als John eine beunruhigend große Geldsumme auf den Tisch warf und sich erhob. Ich hatte damit gerechnet, dass er schnell sein würde, wenn es losging (denn, wie ich ihm immer wieder einzubläuen versuche, ich bin ja nicht blöd), also stopfte ich mir mit einer Hand Brot in den Mund, packte mit der anderen meinen Rucksack und ließ mich von ihm in die Mitte der Via della Conciliazione ziehen. Bremsen quietschten, Fahrer stießen gotteslästerliche Flüche aus, und ein geistesgegenwärtiger Taxifahrer hielt gerade noch im letzten Augenblick. Bei einem letzten Blick über meine Schulter sah ich Monsignore Anonymus nicken und wie eine dicke Puppe winken, und ein schmächtiger Jugendlicher schüttelte hinter uns seine Faust in der Luft.

»Gut gemacht«, sagte John atemlos. Als Antwort auf die Frage des Fahrers entgegnete er: »Cavalieri Hilton. Doppelter Preis, wenn sie es in weniger als zwanzig Minuten schaffen.«

»Du hast gerade unser Todesurteil unterzeichnet«, sagte ich, als mir einfiel, wie verrückt die Römer selbst dann fahren, wenn sie überhaupt kein Geld dafür bekommen.

»Ich versuche, genau das zu vermeiden«, war die Antwort. »Hast du Giuseppe entdeckt?«

»Mm-hmm. Er passte ganz gut zu den anderen krumm sitzenden Teenagern, aber er müsste wirklich was gegen die Akne tun.

Bernardo muss es an Personal mangeln. Der Junge ist der Sache wirklich nicht gewachsen.«

»Sei fair, das wären nun wirklich nur wenige Leute.«

Die Mauern der Vatikanstadt huschten unscharf an uns vorbei, und ich konzentrierte mich nicht weiter auf die Fortsetzung des Gesprächs, sondern darauf, mich festzuklammern. Wir schafften es in weniger als zwanzig Minuten, und es dauerte keine dreißig Sekunden, aus dem ersten Taxi aus- und in ein zweites einzusteigen. Diesmal war der Flughafen unser Ziel.

»Wohin jetzt?«, erkundigte ich mich und klammerte mich erneut an die Armlehne. »München? London? Ägypten? Katmandu? Was bekomme ich, wenn ich es errate? Eine neue Garderobe vielleicht?«

John starrte zum Rückfenster hinaus und beobachtete die Taxis, die direkt nach uns losgefahren waren und nun entweder abbogen oder überholten. Mit einem Seufzen wandte er sich mir zu und strich sich eine Locke aus der Stirn. »Vicky, falls es dir noch nicht gedämmert hat, ich hatte noch keine Zeit nachzudenken, ganz zu schweigen davon, etwas zu erklären. Die Wahrheit ist – nun ja, die Wahrheit ist, dass ich mich verrechnet habe. Ich bin nicht davon ausgegangen, dass die Sache sich so schnell herumsprechen würde. Im Augenblick versuche ich nur, Leuten wie Bernardo einen Schritt voraus zu sein.«

»Okay«, sagte ich, als ich den Tonfall erkannte. »Aber ich würde es zu schätzen wissen, wenn du mich teilhaben lassen könntest an den Ideen, die dir durch dein hübsches Köpfchen gehen.«

John schaute mich ärgerlich an, dann lachte er ebenso ärgerlich. »Unser erhofftes Ziel ist London. Es ist von entscheidender Wichtigkeit, dass ich jetzt beginne, mit meinen Kontakten Kontakt aufzunehmen – allerdings nur auf einer sicheren Leitung, und die einzige sichere Leitung, über die ich verfüge, ist die in meinem Büro.«

Also keine neue Garderobe. Ich hatte Kleidung und ein paar andere Kleinigkeiten in Johns Londoner Wohnung. »Das ergibt Sinn. Deswegen also hast du dich mit Monsignore Anonymus getroffen?«

»Er ist verantwortlich für Reliquien und menschliche Überreste, inklusive Mumien, im Vatikanmuseum. Ich wollte wissen, ob sie in letzter Zeit Verluste zu verzeichnen hatten.«

»Nicht dumm«, sagte ich. »Und, hatten sie?«

John schüttelte unzufrieden den Kopf. »Es war eine weit hergeholte Theorie, aber ich hatte trotzdem gehofft, dass sie zuträfe. Ein verrückter Sammler, bei dem man darauf vertrauen könnte, dass er sich ruhig verhielte, würde uns etwas Raum zum Atmen verschaffen.«

»Aber es fehlen keine Heiligenschädel?«

»Er sagt, nein.«

»Meine Güte, vertraust du nicht einmal einem Diener Gottes?«

»Die Verwaltung des Vatikans, die man strikt trennen muss vom Pontifikat, ist ein geschäftsmäßiges Unternehmen, Vicky, mit allen Charakteristika derartiger Organisationen. Sie sind effizient, geheimniskrämerisch und zynisch – oder, wie sie es lieber nennen, realistisch. Luis' Leidenschaft für vertrocknete Körperteile hat ihn ein- oder zweimal zu dubiosen Transaktionen verführt. Ich kann es nicht beweisen – und will es auch nicht –, aber er weiß, dass ich es weiß, und so habe ich ihn in einem gewissen Maße in der Hand. Ich bin ziemlich sicher, dass er mir die Wahrheit gesagt hat, als er erklärte, dass nichts verschwunden wäre, und dass er mich informieren würde, wenn etwas Interessantes auf den Markt käme.«

»Also hat er noch nichts von Tutanchamun gehört.«

»Unglücklicherweise«, sagte John, »hat die schlichte Tatsache, dass ich mich nach vertrockneten Menschenleibern erkundige, seine Neugier geweckt. Das war nicht zu vermeiden. Wie auch immer, ich hoffe, dass er von allen Mumien in allen Museen der Welt nicht ausgerechnet an diese denkt, es sei denn, er hört aus einer anderen Quelle davon. Und dann wird er sich an mich wenden, denn er wird, wie alle anderen auch, davon ausgehen, dass ich hinter der Sache stecke.«

John behauptet, er sei nicht abergläubisch, aber wer ist das letztendlich nicht? Wir neigen dazu, Glück als gutes Omen zu interpretieren. Seine Laune besserte sich, als es uns gelang, die letzten beiden Plätze auf einem Flug nach London zu ergattern, der in einer halben Stunde ging. Es waren Sitze in der ersten Klasse, und ich glaubte ihn den Atem anhalten zu sehen, als er dem Schalterangestellten seine Kreditkarte reichte.

»Es muss angenehm sein, reich zu sein«, bemerkte ich.

»Ich habe keine Ahnung«, sagte John. »Den Laden in London zu eröffnen hat eine Menge gekostet, und dieser verdammte weiße Elefant in Cornwall verschlingt ein Vermögen. Na, wie dem auch sei, *carpe diem.*«

Die erste Klasse, bemerkte ich dann leider, hat nicht mehr viel Klasse. Die Getränke waren kostenlos, aber das Essen bestand aus matschigem Salat und faden Sandwiches. Als wir in Heathrow Zoll- und Passkontrolle hinter uns gelassen hatten, war ich demzufolge ein ganz klein wenig hungrig. Bevor ich das kundtun konnte, sagte John jedoch: »Ich gehe nicht mit dir essen. Und erzähl mir nicht, dass du nichts Essbares in deinem Rucksack hast. Du reist nie ohne einen kleinen Vorrat.«

»Ich will eine richtige Mahlzeit«, jammerte ich.

»Vicky«, sagte John mit dieser geduldigen Stimme, die mich sofort zu einem Schreianfall reizt, »es ist zu spät, um in einem vernünftigen Restaurant eine Reservierung zu bekommen. Und jede Stunde, die vergeht, bevor ich mit meinen Nachforschungen beginne, ist eine verlorene Stunde.«

»Wenn du damit andeuten willst, dass eine armselige kleine Stunde den Unterschied zwischen Leben und Tod …«

»Die Welt ist voller Gefahren, meine Liebe. Ich bin sicher, ich habe etwas im Kühlschrank.«

Wir nahmen von Heathrow aus die Tube. John bot an, meinen Rucksack zu tragen, was ich beleidigt ablehnte. Manchmal verhalte ich mich wirklich dämlich – das verdammte Ding wog eine Tonne. Ich fragte mich, was ich in meiner Panik alles hineingestopft hatte. Da waren auf alle Fälle ein paar essbare Kleinigkeiten – ein Schokoriegel, ein Apfel –, aber mein Stolz verbot mir, sie herauszukramen.

Es war noch nicht besonders spät. Als wir die Haltestelle Marylebone verließen, waren noch eine Menge Leute auf der Straße, und – wie mir auffiel – mehrere absolut akzeptable Restaurants hatten noch geöffnet. John nahm mir meinen Rucksack ab, sodass die einzige Alternative dazu, brav hinter ihm herzutrotten, darin bestanden hätte, vor einem der absolut akzeptablen Restaurants einen Schreianfall zu bekommen.

Die Straße, die er mit seiner Anwesenheit beehrte, ging von der Edgware Road ab, es war eine Wohngegend, in der weit und breit kein einziges Restaurant zu sehen war, ganz egal, ob akzeptabel oder nicht. Immerhin funktionierte der Fahrstuhl. Das tut er nicht immer. Als wir die Tür erreichten, war ich bereit, mir schimmeligen Käse, hartes Brot oder was auch immer in den Untiefen seines Vorratsschrankes schlummern mochte zwischen die Beißer zu schieben.

Alte Gewohnheiten sind schwer abzulegen; John betritt immer noch jedes Zimmer, als erwartete er, dass darin ein Attentäter auf ihn lauert. Er trat ein Stück zurück, versetzte der Tür einen Stoß und drückte mit ausgestrecktem Arm auf den Lichtschalter, bevor er vorsichtig ins Zimmer hineinsah.

»Oh mein Gott«, sagte ich, als ich an ihm vorbeischaute.

Schubladen standen offen, Kissen waren zu Boden geworfen und mehrere Bücher aus den Regalen gerissen. Durch die Tür, die ins Schlafzimmer führte, konnte ich die schattenhaften Umrisse eines ähnlichen Durcheinanders erahnen.

»Bleib hier«, befahl John und versperrte die Tür mit seinem ausgestreckten Arm.

»Wenn irgendjemand hier wäre, würde er schon mit einer Pistole auf uns zielen.«

»Ich habe keine Lust, mit dir zu streiten. Tu, was ich sage.«

Er stellte sicher, dass ich es tat, indem er mich zurückschubste, dann schlich er ins Zimmer. Ich hörte ihn herumgehen, dann das Klicken von Lichtschaltern, und schließlich sagte er: »Du kannst reinkommen. Mach die Tür hinter dir zu.«

Einer der vielen Gründe, aus denen John und ich nicht zusammenwohnen, ist, dass er schrecklich pingelig ist – und ich nicht. Bei näherer Betrachtung sah sein Wohnzimmer gar nicht so schlimm aus – nicht schlimmer als meines an einem ganz normalen Tag, wenn ich von der Arbeit zurückkomme und feststelle, dass Clara und Caesar sich die einsamen Stunden damit vertrieben haben, alle möglichen Sachen von allen möglichen Flächen herunterzustoßen. Die Sofakissen waren angehoben und ziemlich halbherzig zurückgeworfen worden. Ich ordnete sie und schüttelte eines der Kissen auf, das flach dalag, statt kunstvoll gegen die Armlehne gestützt zu sein. (»Man sitzt nicht darauf«, hatte John einmal getobt, »man schaut sie nur an.«) Wie alles, was John besitzt, war es wunderschön – ein Stück chinesischer Stickkunst in schimmernden Schattierungen von Gold, Türkis und leuchtendem Rot. Ich stellte noch ein paar andere Dinge zurück an ihren Platz und ging dann zu der Tür des Zimmers, das John als Büro nutzt. Abgesehen vom Schreibtisch und ein paar Aktenschränken befinden sich darin zwei Stühle mit hohen Lehnen und eine schmale Schlafcouch. Ich vermutete, dass Jen hier untergebracht war, wenn sie zu Besuch kam. Es war nicht dazu angetan (und auch nicht dazu gedacht), zu einem langen Aufenthalt einzuladen.

John setzte sich an den Tisch und tippte etwas auf der Tastatur seines Computers. Bilder erschienen auf dem Bildschirm und verschwanden wieder.

»Hat er deine Dateien durchgesehen?«, fragte ich.

»Nein.« John schloss die Datei, die er betrachtet hatte, bevor ich sie genauer ansehen konnte. »Das ginge auch nicht; alles Wichtige ist mit Passwörtern gesichert oder verschlüsselt. Aber es sieht aus, als hätte er es nicht einmal versucht. Das finde ich merkwürdig.«

»Hängt davon ab, was er gesucht hat.«

John folgte mir ins Schlafzimmer. Die Schubladen der Kommode standen offen. Die Matratze hing halb vom Bett, Laken und Decken waren zu Boden gefallen. Ich betrachtete eine der Schubladen, die Johns sorgsam gefalteten Taschentüchern geweiht war. Jetzt lagen sie in einem unordentlichen Haufen darin. Ich überlegte, sie wieder zu falten, entschied mich dann aber dagegen.

»Was machst du da?«, wollte John wissen.

Ich schloss die Schublade. »Ich sehe mich mal in der Küche um. Wer weiß, was für ein Chaos er dort veranstaltet hat.«

Als John zu mir kam, saß ich am Küchentresen und verputzte einen leicht überreifen Brie zusammen mit geräucherten Austern, Crackern und ein paar anderen Resten.

»Ich habe die Weintrauben weggeworfen«, sagte ich ihm.

»Sprich nicht mit vollem Mund. Was war mit den Weintrauben nicht in Ordnung?«

Ich schluckte hinunter. »Sie sahen müde aus. Die Äpfel sind faltig und die Bananen schon dunkelbraun. Du isst nicht genug frisches Obst und Gemüse.«

»Ich habe in letzter Zeit für meinen Geschmack genug über gesunde Ernährung gehört, vielen Dank.« Er nahm ein Stückchen Brie, der schön zerlaufen war. »Fehlt hier irgendetwas?«

»Sprich nicht mit vollem Mund. Soweit ich sehen kann, fehlt nichts. Er hat alle Fächer durchsucht, sogar den Kühlschrank. Eine Flasche Milch hat er auch verschüttet.«

»Du hast sie vermutlich nicht aufgewischt«, sagte John ohne große Hoffnung. »Was könnte er nur im Kühlschrank gesucht haben?«

»Vielleicht den Familienschmuck?«

»Ich habe dir doch schon gesagt, dass wir keinen Familienschmuck besitzen.«

John strich Brie auf einen Cracker. Nicht viele Menschen können kauen und gleichzeitig nachdenklich aussehen, aber er schaffte es. »Er hat alle Schubladen herausgezogen und unter der Matratze und den Sofakissen gesucht.«

Um mich bei den Schlussfolgerungen nicht abhängen zu lassen, stimmte ich ein. »Er hat nach etwas ziemlich Kleinem, Tragbarem gesucht, etwas, das flach unter einer Matratze oder einem Stapel Taschentüchern liegen könnte.«

»Aber ich verstecke keine gestohlenen Kunstschätze unter meinen Sofakissen oder in meinen Kommodenschubladen, falls du mir das unterstellen möchtest.«

»Meine Güte, bist du empfindlich.«

Er hatte den Brie aufgegessen. Ich schnappte mir die übrigen geräucherten Austern. »Aber ich muss dir zustimmen, so dumm wärst du nicht.«

»Selbst wenn ich gestohlene Kunstschätze besäße.«

»Selbst wenn es so wäre. Aber eins ist sicher – er hat nicht nach dem Pharao gesucht.«

John begann zu husten. »Tut mir leid. Ich hatte plötzlich dieses verrückte Bild vor Augen. Wenn das ein Horrorfilm wäre, dann läge jetzt eine getrocknete Hand unter den Taschentüchern, ein oder zwei Beine zwischen den Sofakissen, und sein Kopf starrte zwischen den Dosen mit gebackenen Bohnen und Thunfisch vom Küchenregal herunter.«

»Er könnte nicht starren, seine Augen wurden ausgestochen.«

John schnitt eine Grimasse. »Musstest du das sagen? Und woher weißt du das überhaupt?«

»Ich habe im Museum recherchiert. Es gibt Dutzende von Fotos und Röntgenaufnahmen. Damals, 1926, als Howard Carter ihn in seinen Sarg zurücklegte, hatte er noch Augenlider und ein kleines Mützchen auf dem Kopf, außerdem eine Menge Perlen und Goldstückchen auf der Brust – Teil eines reich verzierten Kragens, der so fest im Harz klebte, dass Carter sich entschied, ihn nicht zu entfernen. 1968, als ein Spezialist Röntgenaufnahmen anfertigte, fehlten die Kappe und Teile des Kragens, zusammen mit den Rippen, die sich darunter befunden hatten. Und die Augen waren bloß noch leere Höhlen.«

Die Fotos waren mir nicht schrecklich erschienen, sondern eher rührend. Die vertrocknete Haut spannte sich straff über den Knochen, und die vertrockneten Lippen gaben den Blick auf seine Zähne frei. Er hatte jedoch nicht das bösartige Grinsen von Filmmumien, sondern ein Lächeln, das fast ein wenig schüchtern wirkte. Er war erst achtzehn Jahre alt gewesen, als er gestorben war.

Verdammt, dachte ich, ich weigere mich, Mitgefühl mit einer dreitausend Jahre alten Leiche zu haben. Feisal sei verflucht dafür, dass er mich mit seinem sentimentalen Nonsens angesteckt hat.

John dachte praktischer. »Das schließt ein Motiv für den Diebstahl der Mumie aus. Nichts von Wert war mehr daran zu finden.«

»Nein. Auch sein Penis war verschwunden.«

»Genug mit dem verdammten Tutanchamun!« John sprang auf.

Männer sind so empfindlich bei diesem speziellen Teil ihrer Anatomie. Taktvoll wechselte ich das Thema. »Rufst du die Polizei an und meldest einen Einbruch?«

»Wozu? Es scheint nichts zu fehlen, niemand wurde verletzt. Ich würde die ohnehin überforderte Stadtpolizei nur mit einem Bagatelldelikt belästigen.«

»Sie könnten nach Fingerabdrücken suchen.«

»Heutzutage hinterlässt niemand mehr Fingerabdrücke«, sagte John düster. »Dank Film und Fernsehen wissen selbst die größten Vollidioten, dass man Handschuhe anziehen muss. Zur Hölle damit. Ich bin zu müde, um noch vernünftig zu denken. Ich mache das Bett, wenn du die Essensreste wegräumst.«

Er sah wirklich müde aus. »Ich wische sogar die verschüttete Milch auf«, bot ich an. »Es sei denn, deine Perle kommt morgen.«

»Ich habe keine Perle, weder täglich noch vierzehntäglich.«

»Sparst du oder bist du nur misstrauisch?«

»Beides.«

Ich musste eine Bürste verwenden, um die angetrockneten Milchränder vom Boden abzubekommen. Soweit ich es beurteilen konnte, war sie schon vor mehr als vierundzwanzig Stunden ausgelaufen. Bei mir bleibt nichts so lange auf dem Boden liegen. Caesar kümmert sich sofort darum, wenn es essbar ist, und manchmal auch, wenn es das nicht ist.

* * *

Leise Stimmen weckten mich aus einem Traum, in dem mich der Kopf Tutanchamuns anstarrte und von mir wissen wollte, was ich mit seinem Penis angestellt hatte. John war bereits aufgestanden und hatte sich angezogen; ich wälzte mich aus dem Bett und schleppte mich in die Dusche.

John war allein, als ich zu ihm in die Küche kam. Ich nahm eine Tasse Kaffee entgegen und fragte: »Wer war hier?«

»Der Hausmeister, wenn man ihn so nennen will. Er streitet ab, irgendwelche verdächtig wirkenden Gestalten gesehen zu haben, ganz zu schweigen davon, jemandem einen Schlüssel gegeben zu haben.«

»Na ja, er kann es ja schlecht zugeben, nicht war? Irgendwer muss einen Schlüssel gehabt haben. Die Tür war nicht aufgebrochen.«

»Ein Fachmann hätte das Schloss mit einem Dietrich öffnen können«, sagte John im Ton eines Mannes, der weiß, wovon er spricht.

Wir frühstückten Kaffee und altes Brot und gingen dann los. Das »Geschlossen«-Schild hing in der Ladentür, sie war aber nicht abgesperrt, und drinnen leuchtete eine Lampe. Johns Statthalter saß an dem Schreibtisch hinten im Laden, den Kopf über irgendetwas in seinen Händen geneigt.

»Hi, Alan«, sagte ich.

Alan stieß einen kleinen Schrei aus und ließ den Gegenstand, den er festgehalten hatte, fallen. »Musst du dich so anschleichen?«, beschwerte er sich. »Ich habe dich nicht kommen gehört.«

»Bist du zu beschäftigt mit deinen Bastelarbeiten?«, erkundigte sich John. »Ich habe doch schon gesagt, dass du deine Nähsachen nicht mit zur Arbeit bringen sollst.«

»Hi, Alan«, sagte ich.

»Vicky!« Er sprang auf. »Vergeben Sie mir. John dominiert jede Umgebung so sehr, dass man die attraktiveren Gegebenheiten gar nicht mehr wahrnimmt.«

Oberflächlich betrachtet ähnelte er John – helles Haar, schlank gebaut, und diese undefinierbare Aura der Überlegenheit, die man nur von Internatsschülern kennt. Bei näherer Betrachtung aber konnte man sie nicht miteinander verwechseln. Um es möglichst nett zu formulieren: Alan war eine verwässerte Version Johns, blasser, unscheinbarer, etwas weniger gut gebaut; es war, als versuchte er, seinen Chef zu imitieren, worin er aber leider nicht sonderlich erfolgreich war.

»Was machen Sie da?«, fragte ich. Es war offensichtlich ein Hut – groß, mit breiter Krempe, und eine weiße Feder hing schlaff auf einer Seite herunter. Alan war höflich genug, sich eine sarkastische Entgegnung auf meine dumme Frage zu verkneifen. Er nahm den Hut und richtete die Feder auf. Sie sackte wieder herunter. »Es ist für das Reenactment«, erklärte er. »Ich bin ein Kavalier.«

»Natürlich«, sagte ich. »Rundköpfe gegen Kavaliere? Spielt ihr diesmal den englischen Bürgerkrieg nach? Cromwell und der Kopf von König Charles?«

»Gib nicht so an«, blaffte John. »Du ermutigst ihn nur noch. Von allen kindischen Beschäftigungen auf der Welt ist das Nachspielen von alten Schlachten wohl die albernste.«

»Ich würde gern meine Hilfe anbieten«, sagte ich, während Alan die Feder noch einmal in die Höhe schob und zusah, wie sie langsam wieder heruntersank. »Aber ich kann auch nicht nähen. Warum versuchst du es nicht mit Sekundenkleber?«

Alan schürzte die Lippen. »Das ist nicht sonderlich authentisch, aber eine gute Idee. Danke.«

»Ich unterbreche nur ungern«, sagte John und zog beide Augenbrauen hoch. »Aber darf ich danach fragen, ob in meiner Abwesenheit irgendetwas von Interesse vorgefallen ist? Im Bereich des ordinären Geschäftlichen, meine ich.«

»Auf deinem Computer sind ein paar Nachrichten wegen dieses ägyptischen Dingens.«

»Ich weiß gar nicht, wie ich dir danken soll.« John stapfte ins Büro.

Alan schnitt hinter seinem Rücken eine Grimasse. »Was gibt's Neues im schönen alten München?«

»Nicht viel.« Ich folgte John in sein Büro. Er saß bereits an seinem PC und las seine E-Mails. »Irgendwas von … ihm?«, fragte ich.

»Mmmm«, machte John und starrte auf den Bildschirm.

Ich beugte mich über seine Schulter. Feisal hatte einen netten, ausführlichen Brief geschrieben, voll irrelevantem Tratsch aus Luxor. Er endete mit den freundlichsten Grüßen und brachte seine Hoffnung zum Ausdruck, dass wir ihn in nicht allzu ferner Zukunft möglicherweise mit einem Besuch beehren würden.

»Wir können also davon ausgehen, dass so weit alles in Ordnung ist?«, fragte ich.

»Mmmm«, machte John.

»Soll ich gehen?«

»Mmmm.«

Er veränderte seine Haltung, sodass ich nicht mehr mitlesen konnte. Ich leistete der subtilen Andeutung Folge. In dem Moment, als ich zurück in den Laden kam, klingelte die Türglocke. Alan sah auf. »Könnten Sie ein außerordentlich großes Interesse an der Bernsteinkette dort an den Tag legen?«, zischte er.

Eine Frau in dem, was man gemeinhin als »ein gewisses Alter« bezeichnet, war hereingeschlendert; was ich unter ihrem enormen Hut von ihrem Haar erkennen konnte, schimmerte in einer eigenartigen Schattierung von Graublau. Der Hut war äußerst auffällig: leuchtend rot, mit einer breiten Krempe, die vorn heruntergebogen war, sodass man nur Nase und Mund sehen konnte. Als sie mich entdeckte, blieb sie direkt hinter der Tür stehen.

»Oh«, sagte sie.

Alan kam auf sie zu und lächelte gewinnend. »Wollen Sie sich noch einmal die Halskette ansehen?«, fragte er. »Ich habe sie für Sie beiseitegelegt, aber ich fürchte, dass Sie sich bald entscheiden müssen. Diese Dame ist ebenfalls daran interessiert.«

»Oh«, sagte der Hut. »Nein. Ich, äh … Vielen Dank.«

Die Tür fiel hinter ihr zu. Alan schüttelte den Kopf. »Man trifft wirklich die eigenartigsten Leute in diesem Geschäft.«

»Was ist so toll an der Kette?«, fragte ich und beugte mich über das Schmuckkästchen. »Es sind doch nur dicke Bernsteinbrocken.«

»Laut unserem hochgeschätzten Chef stammt das gute Stück von den Wikingerhorden des fünften Jahrhunderts. Und er hat Papiere, die das beweisen.«

»Da bin ich sicher.«

»Manche Leute«, plapperte Alan weiter, »kaufen Stücke nicht aufgrund des Sachwerts oder der künstlerischen Qualität, sondern konzentrieren sich auf bestimmte Zeiten oder Gebiete.«

Ich hörte nicht weiter zu, weil er mir Dinge erzählte, die ich entweder bereits wusste oder die mich ohnehin nicht interessierten. »Das hier ist hübsch«, sagte ich und ging an dem Schaukasten entlang.

»Was?« Alan beugte sich über den Kasten. »Ach das. Ich habe ganz vergessen, dass Sie ja eine Autorität sind, was antiken Schmuck anbelangt. Möchten Sie es sich genauer ansehen?«

Er fischte einen Schlüsselbund heraus, schloss den Kasten auf und legte mir den Anhänger vorsichtig auf die ausgestreckte Handfläche. Es war ein filigranes Silberamulett mit grob geschnittenem Türkis, an dessen oberer Seite sich eine Öse befand, um es an einer Kette oder einem Band zu tragen.

»Turkmenisch«, sagte ich. »Das ist nicht besonders alt; spätes neunzehntes Jahrhundert wahrscheinlich.«

»Angeberzeug«, stimmte Alan zu. Er legte das Stück zurück und schaute wieder in den Kasten. »Meine Liebe, da Sie und der Chef hier sind, würde es Ihnen etwas ausmachen, wenn ich mir schnell einen Kaffee hole?«

»Nicht, wenn Sie mir einen mitbringen.«

Er winkte im Gehen. Die Bürotür blieb kompromisslos geschlossen.

Ich vergnügte mich damit, durch den Laden zu schlendern. Einige der Ausstellungsstücke befanden sich hier schon so lange, wie ich zurückdenken konnte: eine in schwarzer Kreide gefertigte Studie eines Elefanten, angeblich von Rembrandt (ich hatte meine Zweifel), eine betörende *Grablegung Christi* aus auf Hochglanz poliertem Walnussholz (Deutschland, fünfzehntes Jahrhundert) und eine zeremonielles chinesisches Bronzegefäß irgendeiner Art (nicht mein Fachgebiet). Ein Neuzugang stand auf einem Sockel in der Mitte des Raumes. Ich starrte ihn an, als John aus dem Büro kam.

»Wo um Himmels willen hast du das her?«, fragte ich.

»Höre ich da einen leichten Vorwurf in deiner Stimme?« Nach einem schnellen, aber gründlichen Blick durch den Raum kam er zu mir. »Das ist schon seit Jahren im Familienbesitz. Tragischerweise bleibt mir jetzt nichts mehr anderes übrig, als unsere Schätze zu verkaufen.«

Es *war* ein Schatz. Ein kleiner Alabasterkopf mit dem typischen lang gezogenen Schädel einer Amarna-Prinzessin. Die achtzehnte Dynastie Ägyptens ist auch nicht mein Fachgebiet, aber Kunstgegenstände dieser Qualität sind erinnerungswürdig; sie gelangen nicht oft auf den Markt. Die Lippen waren zart schattiert und die Gesichtsmuskulatur von Meisterhand geschaffen.

»Seit wie vielen Jahren befindet sich das im Besitz deiner Familie? Vier?«

»Deine Skepsis verletzt mich zutiefst. Es wurde durch und durch legitim 1892 in Ägypten erworben. Ich habe die originale Verkaufsrechnung und mehrere datierte Dokumente, die es beschreiben.«

Ich wandte mich um und schaute ihm in seine treuen blauen Augen. »Du besitzt also doch so etwas wie Familienschmuck.«

»Ein paar Stücke. Wir …«

»Und sie stehen nicht auf dem Dachboden oder liegen in deiner Taschentuchschublade.«

»Nein. Hör auf, irrelevante Fragen zu stellen. Ich möchte mit dir reden, bevor Alan zurückkommt. Wo ist er überhaupt?«

»Kaffee holen.«

»Das dauert für gewöhnlich eine Weile. Aber ich werde mich trotzdem kurzfassen. Zwischen der Unmenge an Unsinn, aus dem meine Korrespondenz besteht, befanden sich einige interessante Informationen.«

»Von deinen ehemaligen Geschäftspartnern?«

»Ja, ein oder zwei sind darunter. Sie deuten in taktvollster Weise an, dass sie im Augenblick gerade Kapazitäten frei haben und bereit wären, als Mittelsmänner in jeder anstehenden Transaktion tätig zu werden.«

»Konkurrenz von Bernardo? Oder Monsignore Anonymus?«

»Wie bitte?«

»Komm mir nicht mit diesem eisigen Blick. Du bist nicht extra nach Rom geflogen, um nach Diebstählen im Vatikan zu fragen, und du hast auch nicht so viel Geld hingelegt, um Informationen über Reliquien zu sammeln. Warum kannst du mir nicht die Wahrheit sagen?«

»Ich habe dir die Ehre erwiesen anzunehmen, du würdest lieber selbst darauf kommen.« Er legte einen langen Arm um meine Schultern und trat näher.

»So kommst du auch nicht weiter.« Ich wandte meinen Kopf ab. John küsste meine Wange und nahm seinen Arm weg.

»Nehmen wir mal an, dass du ehrlich bist, wovon ich im Augenblick auszugehen bereit bin«, begann ich.

»Wie kannst du an mir zweifeln?«, fragte John in beleidigtem Ton.

»Ohne Probleme. Also, davon ausgehend vermute ich, dass du bemüht bist herauszufinden, welche Organisation in der Lage ist, eine Nummer wie die fragliche durchzuführen. Dabei sortierst du Leute wie Bernardo aus, die nicht versuchen würden, mit ins Boot zu kommen, wenn sie schon drin wären, um es einmal so zu sagen. Darf ich bei der Gelegenheit erwähnen, dass mir deine Methode, derartige Individuen als Täter auszuschließen, recht halsbrecherisch erscheint?«

John zuckte mit den Achseln. »Das ist es nicht wirklich. Solche Leute greifen nur zu drastischen Mitteln, wenn sie versucht haben, ihr Ziel mit simpleren Methoden zu erreichen, und gescheitert sind. Du glaubst doch nicht, dass ich dich mit nach Rom genommen hätte, wenn ich davon ausgegangen wäre, dass es gefährlich wird?«

Die Tür ging auf.

Alan kam herein, er trug mehrere Pappbecher. »Was bin ich doch für ein guter Freund, ich habe für jeden von euch einen mitgebracht. Natürlich gehe ich davon aus, dass ich das Geld wiederbekomme. Mein Gehalt ist nicht hoch genug, um mir Großzügigkeit zu erlauben.«

»Nimm's aus der Portokasse«, sagte John. »Natürlich plus ein anständiges Trinkgeld.«

Sie rümpften vornehm die Nasen übereinander, dann winkte mir John, und ich folgte ihm nach hinten in sein Büro.

»Warum bist du so hässlich zu ihm?«, fragte ich und nahm vorsichtig den Deckel von meinem Kaffee.

»Er ist ein hässlicher, kleiner Mann«, sagte John und verzog die Lippen. »Ich wage zu bezweifeln, dass er so etwas wie moralische Bedenken überhaupt kennt.«

»Warum hast du ihn dann angestellt?«

»Vicky, du bist wirklich mehr als jeder andere, den ich kenne, mit schierer, nackter Neugier gesegnet. Er ist ein entfernter Cousin; ich habe Hunderte davon. Er hat sich bei Jen eingeschmeichelt und sie gebeten, ihm zu helfen, einen netten Gentleman-Job zu finden. Er kann gut mit Computern umgehen und versteht ein wenig von Kunst und Antiquitäten. Ich brauche jemanden, der sich um den Laden kümmert, wenn ich weg bin, was häufig der Fall ist: Ich gehe auf Auktionen, folge Hinweisen, besehe mir Verkäuferangebote und so weiter. Ich weiß, dass er nicht vertrauenswürdig ist, also behalte ich ihn genau im Auge.«

»Rechne immer mit dem Schlimmsten, dann wirst du nie enttäuscht?«

»Oder verraten. Ich hoffe, das befriedigt deine Neugier. Ich habe die Post noch nicht geöffnet. Warum überprüfst du nicht deine Nachrichten, während ich das erledige?«

»Ich hätte nicht gedacht, dass heutzutage überhaupt noch jemand Briefe schreibt«, sagte ich und wühlte in meinem Rucksack herum.

»Jen zum Beispiel tut es«, sagte John missmutig. Er wedelte mit einem Umschlag in meine Richtung – ich bemerkte das auf der Rückseite aufgebrachte Wappen – und riss ihn mit dem Gesichtsausdruck eines Mannes auf, der weiß, dass er sowieso gehängt werden wird, und beschließt, er könnte es genauso gut hinter sich bringen.

»Sie will, dass ich ihr einen Besuch abstatte.«

»Die Aussichten darauf stehen gerade nicht gut«, sagte ich. Ich griff nach dem Umschlag und betrachtete das Wappen. Es war in vier Bereiche gegliedert – dafür gab es sicher auch einen tollen Fachbegriff, den ich aber nicht wusste. In einem Viertel befand sich ein formloser Fleck, quadratisch und grau, in einem weiteren ein Dolch oder Schwert, im dritten mehrere Lilien und im vierten zwei Leoparden oder Löwen, die auf ihren Hinterpfoten standen. Möglicherweise waren es Symbole für edle Häuser Englands und/oder Frankreichs. Es würde mich nicht wundern, wenn Jen behauptete, mit einem und/oder beiden verwandt zu sein.

Während ich mich bemühte, das lateinische Motto zu entziffern, ging John systematisch den Rest seiner Post durch. Es schienen die üblichen Sendungen zu sein – Broschüren, Kataloge und natürlich Rechnungen.

»Und?«, erkundigte er sich.

»Und was? Oh, Schmidt.« Ich widmete mich wieder meinem Rucksack und fand mein Handy.

»Schalt den Lautsprecher ein«, schlug John vor, lehnte sich in seinem Stuhl zurück und griff nach seinem Becher. »Ich kann es kaum erwarten zu hören, ob Clara wieder Suzi angegriffen hat.«

Hatte sie. Schmidt palaverte eine ganze Weile darüber, dann endete die Nachricht mit einem vorwurfsvollen: »Wo bist du? Du hast meine Anrufe nicht erwidert. Warum rufst du nicht zurück? Du weißt, dass ich mir Sorgen mache.«

»Ich bin überrascht, dass er noch nicht rausgefunden hat, wie er dir auf der Spur bleiben kann«, bemerkte John.

»Psst.« Die zweite Nachricht war genau wie die erste. Die dritte … Ich umklammerte das Handy mit einer plötzlich schweißigen Hand, und John richtete sich kerzengerade auf.

»Wo steckst du?« Schmidts Stimme war so tränenerstickt, dass ich sie kaum erkannte. »Vicky, ich brauche dich. Etwas Schreckliches ist geschehen. Du musst mich augenblicklich anrufen. Die Nummer ist …«

»Ich kenne die Nummer«, stöhnte ich. »Und die auch, und die auch … Schmidt, um Gottes willen, sag schon, was los ist.«

»Er kann dich nicht hören«, erklärte mir John.

Die anderen Nummern, die er mir gegeben hatte, waren die seines Büros im Museum, die bei sich zu Hause und allen Ernstes auch noch meine eigene. Wenigstens war er nicht im Krankenhaus – oder im Gefängnis. Was mich, wenn man Schmidt so gut kannte, wie ich es tat, auch nicht überrascht hätte.

Ich versuchte es zuerst auf dem Handy: Es klingelte und klingelte. Ich wollte es gerade im Büro versuchen, als Schmidts Stimme wie Musik in meinen Ohren schallte. »Vicky! Na endlich! Warum hast du nicht …«

»Du klingst komisch. Wo bist du?«

»In einem Café. Du wirst dich erinnern. Wir waren einmal zusammen hier, es war ein Regentag, du hast dich an meiner Schulter ausgeweint und mir dein Herz ausgeschüttet.«

»Du isst«, sagte ich und sah, wie Johns Augenbrauen in die Höhe wanderten. Ich erinnerte mich gut an das Café. Es stand nichts auf der Karte, das nicht mit Schlagsahne bedeckt war. »Schmidt, was ist los? Hältst du nicht mehr Diät?«

Das würgende Geräusch, das Schmidt von sich gab, hätte mir Sorgen gemacht, wäre mir nicht augenblicklich klar gewesen, dass er einen großen Bissen von irgendetwas herunterschluckte. Irgendetwas mit einem Berg Schlagsahne darauf. »Nein, ich halte nicht mehr Diät. Warum soll ich mich quälen? Ich bin zu alt, zu fett, zu ekelerregend.«

Noch ein Schlucken.

»Sie hat ihn sitzen gelassen«, sagte John leise.

»Oh nein«, erwiderte ich ebenso leise. Laut sagte ich: »Schmidt, mein Lieber, du bist nicht ekelerregend und auch nichts von diesen anderen Dingen. Sag das Suzi.«

Er jammerte eine ganze Weile weiter. All die Schokolade und Schlagsahne schienen ihn aufzumuntern, Empörung verdrängte die Trauer. »Sie hatte nicht einmal den Anstand, es mir ins Gesicht zu sagen. Sie hat mir einen Zettel geschrieben. Ich lese ihn dir vor.«

»Du brauchst nicht...«

»Doch, ich werde es tun. Noch einmal dasselbe, bitte.« Das Letzte galt, vermutete ich, dem Kellner. »Sie schreibt, ich sei ein wundervoller Mann, und sie hätte mich nicht verdient. Es sei die Vergangenheit und die Zukunft, nicht die Gegenwart, die uns trennt.«

»Oh-oh«, sagte John.

»Was?«, blökte Schmidt. »Wer ist das? Was hat er gesagt?«

»Ich bin's bloß, Schmidt«, sagte John und griff nach dem Handy. »Tut mir leid, ich habe es mitgehört.«

Schmidt versicherte ihm mit vollem Mund, dass John keinen Grund hätte, sich zu entschuldigen, und wiederholte dann noch einmal die ganze traurige Geschichte. »So«, schloss er. »In einem solchen Fall braucht ein Mann Ablenkung und Freunde an seiner Seite. Ich werde euch besuchen. Ich habe mein Ticket schon. Ich werde euch nicht zur Last fallen, ich bleibe im Savoy. Bis heute Abend, meine lieben Freunde.«

Ich entriss John das Telefon, der für einen Augenblick wie

gelähmt erschien, aber es war schon zu spät. Schmidt hatte aufgelegt.

»Ich rufe ihn zurück«, sagte ich und drückte bereits auf den Tasten herum. »Ich sage ihm, wir wären nicht hier.«

»Sind wir aber. Und er weiß, dass wir hier sind. Woher weiß er es?«

»Ich habe es ihm nicht gesagt. Wirklich. Vielleicht ist er einfach nur davon ausgegangen, dass wir nach London fliegen.«

»Vielleicht. Ich würde ja vorschlagen, dass wir uns schnell aus dem Staub machen, aber das wäre gemein, selbst für meine Verhältnisse.«

»Ja«, sagte ich und stellte mir Schmidts rundes rosafarbenes Gesicht vor, wie es langsam in sich zusammensank, während das Telefon in Johns Wohnung klingelte und klingelte und klingelte und niemand dranging.

»Lass uns ausnahmsweise einmal bei der Sache bleiben. Warum hat Suzi sich entschieden, Schmidt sitzen zu lassen, und warum jetzt?« John hob mahnend einen Finger und verkündete: »Steckt vielleicht, möglicherweise, ein Hinweis in dieser kryptischen Referenz auf Vergangenheit und Zukunft?«

»Hmm. Du möchtest jetzt, dass ich sage, dass Suzi vielleicht Wind bekommen hat von – äh – Feisals Notlage. Das würde schon passen, es ist in der Vergangenheit geschehen, und wenn sie an dem Fall arbeitet, dann warnt sie ihn damit, dass die Zukunft unangenehm für ihn oder irgendjemanden, der ihm nahesteht, sein könnte.«

John schüttelte den Kopf. »Das sind zu viele Vermutungen. Außerdem legt deine Theorie viel zu viel Altruismus auf ihrer Seite zugrunde. Wenn sie hinter dem Ding – ihm – her ist und ich der Hauptverdächtige bin, dann wäre es das Beste für sie, dicht an Schmidt dranzubleiben.«

»Das sind zu viele Vermutungen«, sagte ich nur bissig.

»Ist es nicht das, was du tätest?«

»Nicht, wenn er mir wirklich etwas bedeutete. Den Mann, den man liebt, zu benutzen, um dessen Freunde in die Falle zu locken, wäre ganz schön mies. Sicher, ich würde alles, was nötig ist, tun, um einen Kinderschänder oder Serienmörder in die Falle zu locken, aber hier geht es doch lediglich um eine armselige verschwundene Mumie.«

»Was bist du nur für eine hoffnungslose Romantikerin. Sie ist ein Profi, Vicky, und sie ist verdammt gut. Leute in ihrem Geschäft erlauben es sich nicht, ihre Beförderung durch Gefühle zu verhindern.«

»Dann ergibt es erst recht keinen Sinn. Es sei denn, du hast eine tolle Idee.«

»Im Augenblick ist mein Hirn ein schwarzes Loch. Wieso gehst du nicht spazieren oder hilfst Alan beim Staubwischen? Ich muss mich um das Geschäft kümmern.«

»Gibt es irgendetwas Interessantes?«, fragte ich, als er nach einem der Briefe griff, die er beiseitegelegt hatte.

»Möglicherweise. Von einer Miss Eleanor Fitz-Rogers, die behauptet, eine Sammlung präkolumbianischer Kunstgegenstände von ihrem Vater geerbt zu haben, und sie denkt darüber nach, sie zu verkaufen. Alte Jungfern«, sagte John mit versunkenem Blick, »sind meine liebsten Bezugsquellen.«

»Weil man sie so leicht übertölpeln kann?«

»Du kennst dich offensichtlich nicht im Geringsten aus mit alten Jungfern. Das Entscheidende ist, dass die Sammlung höchstwahrscheinlich aus einer Zeit stammt, als es absolut legal war, derartige Kulturgüter zu exportieren.« Sein Blick wanderte zurück zu dem Brief. »Es lohnt sich definitiv, das zu verfolgen. Ich denke, ich werde sie anrufen.«

»Das ist nicht mein Fachgebiet«, sagte ich und ging.

Alan saß an dem Schreibtisch hinten im Verkaufsraum und las in einer Zeitschrift. Als er mich entdeckte, stopfte er sie in eine Schublade, aber ich hatte bereits das Cover gesehen, auf dem drei *Star Wars*-Klonkrieger abgebildet waren. Offenbar stand Alan ebenso auf Fantasy wie auf historische Wiederaufführungen.

»Das Geschäft läuft nicht gerade wie verrückt«, bemerkte ich.

»Wir sind doch nicht Marks & Spencer oder irgend so eine Kaufhauskette, meine Liebe. Wir wollen gar nicht die Leute anlocken, die bei Alfie's einkaufen.«

Wieder diese Hochnäsigkeit. Ich persönlich mag Alfie's sehr gern, den Trödelmarkt weiter oben (oder unten, je nachdem, in welche Richtung man geht) an der Straße. Aber viele der Händler konzentrierten sich auf Sachen aus dem zwanzigsten Jahrhundert und Dinge, die man unter Fachleuten Sammlerstücke nennt. John bezeichnet es als Müll.

»Es dauert seine Zeit, den Kundenstamm aufzubauen, den wir uns wünschen«, fuhr Alan fort. »Museen, ernsthafte Sammler, Spezialisten. Wir benachrichtigen sie, wenn wir ein Stück in die Hände bekommen, von dem wir glauben, dass es von Interesse für sie sein könnte; wenn das Objekt wertvoll genug ist, stellen wir es auch für ein Gutachten zur Verfügung.«

Ich kannte das Vorgehen, denn ich werde manchmal dazugerufen, um die Authentizität eines Objekts, das mein Museum zu kaufen erwägt, zu prüfen und es zu bewerten. Ich nickte: »Nehmen Sie immer noch Bankanweisungen und Schecks?«

Alan lächelte gerissen. »Oh, Sie haben von dem kleinen Trick gehört.«

»Ich habe von mehreren gehört.« Der frechste lag schon ein paar Jahre zurück; eine Bande hatte eine schicke Wohnung in der Nähe des Canal Grande in Venedig gemietet. Händler aus London, Frankfurt und Amsterdam hatten Bilder für über eine Million Pfund an einen charmanten, elegant gekleideten Gentleman ausgeliefert, gegen eine Quittung und das Versprechen einer Überweisung gleich am nächsten Tag. Die Überweisung kam nie, und (dieses Detail gefällt mir besonders) der Scheck für die Wohnungsmiete platzte.

»Geschieht den Pennern recht«, sagte ich.

»Derartige Transaktionen waren einmal der Standard, Vicky. Zum Teil, weil die Menschen in diesem Geschäft sich als Gentlemen betrachten, die mit Gentlemen zu tun haben.« Alan schüttelte den Kopf. »Unglaublich naiv. Kunstgegenstände und seltene Antiquitäten sind zu einem großen Geschäft geworden. Gemälde werden für unvorstellbare Summen auf Auktionen verkauft, der Schwarzmarkt blüht. Ich akzeptiere vielleicht eine Überweisungszusage vom Metropolitan Museum, aber ganz sicher nicht von irgendwem, den ich kaum kenne.«

»Interessant. Vielen Dank für die Lehrstunde.«

»Ich wollte nicht belehrend klingen.«

»Schon in Ordnung. Kunstbetrug ist nicht mein Fachgebiet.«

Was nicht ganz stimmt. Meine lange Beziehung zu John in seiner Mr-Hyde-Inkarnation (d. h. als Sir John Smythe) hat mich mehr gelehrt, als ich über die illegalen Aspekte dieses Geschäfts je wissen wollte.

Nehmen wir beispielsweise Fälschungen. Laien gehen immer davon aus, dass jeder Museumskurator weiß, woran man eine Fälschung erkennt; ich persönlich würde für nichts die Hand ins Feuer legen, was nicht aus meinem eigenen, eng abgesteckten Fachgebiet kommt, und manchmal nicht mal dafür. Sogenannte Kritiker plappern Angelesenes über Pinselstriche und Technik herunter, aber die einzige Möglichkeit, eine Fälschung zweifelsfrei zu erkennen, besteht in wissenschaftlichen Analysen – beispielsweise, indem man Pigmente, die erst im zwanzigsten Jahrhundert hergestellt wurden, auf einem angeblich im sechzehnten Jahrhundert entstandenen Gemälde nachweist. Und was schlichte Diebstähle anging, so können die Sicherheitssysteme in vielen Museen von jedem umgangen werden, der eine Kneifzange oder eine Nagelfeile bei sich hat – oder genug Geld, einen der Aufseher zu bestechen. Wie John einmal bemerkte: Je schicker das Gerät, desto größer die Chance, dass es genau im falschen Augenblick kaputtgeht. Er hatte lieber direkt mit Menschen zu tun, die er bestechen konnte.

Das ist alles höchst deprimierend.

Ich sagte: »Ich gehe frische Luft schnappen.«

Ich schlenderte die Straße entlang, schaute in die Fenster und dachte schon langsam ans Mittagessen. Nicht weit entfernt lag ein Markt, und ich entschied mich, dort hinzugehen und etwas gesundes Obst und Gemüse für heute Abend zu kaufen. Ich war noch nicht weit gekommen, als ein Wagen am Bordstein hielt und eine Stimme rief: »Miss, entschuldigen Sie, Miss?« Durch das Fenster konnte ich ein großes Blatt Papier sehen – es schien eine Karte zu sein –, und darüber war ein kahler Schädel gerade noch zu erahnen. Irgendein armes Schwein, das sich verfahren hatte, dachte ich.

Die Sonne schien hell, der Bürgersteig war voller Fußgänger. Hilfsbereit, wie ich war, hatte ich den Wagen schon beinahe erreicht, als ein Arm mich umschlang und zurückriss. Der Wagen brauste mit quietschenden Reifen davon und streifte beinahe ein Taxi.

4

Verdammt noch mal«, sagte John. »Was treibst du da eigentlich?«

»Ich wollte nur … Au. Das tut weh. Was treibst *du* hier eigentlich?«

Sein Griff lockerte sich. Ich rieb mir die Rippen.

»Ich rette dich vor einem Schicksal, das schlimmer ist als der Tod. Schon wieder. Hast du denn keinen Hauch Überlebenstalent?«

Das verdächtige Fahrzeug war verschwunden. »Du hast nicht zufällig das Nummernschild gesehen?«, sagte ich und rang nach Atem. Es begann mir zu dämmern, dass ich gerade ganz schön knapp davongekommen war.

»Ich hatte Besseres zu tun. Und es wäre sowieso nutzlos; der Wagen war vermutlich gemietet, und ein Nummernschild zu überprüfen ist nicht einfach, es sei denn, man ist ein Bulle. Hast du jemanden gesehen?«

»Nein«, sagte ich und stemmte mich dagegen, als er mich zum Laden zurückzerren wollte. »Er hat sich hinter einer Karte versteckt. Ich bin natürlich davon ausgegangen … Jetzt lass mich doch los, John, ich hatte keinen Grund anzunehmen, dass irgendjemand hinter mir her wäre. Wieso hast *du* das denn vermutet?«

»Das ist das Grundprinzip meines Handelns: Ich rechne immer

mit dem Schlimmsten. Hat dir noch nicht mal gedämmert, dass du meine Schwachstelle bist?«

Er tat mir den Gefallen, das nicht detaillierter auszuführen. Die Attacke war so dreist angelegt gewesen, dass sie sehr gut hätte funktionieren können, einfach weil sie so unerwartet kam. Ein paar Sekunden Schrecken und Verwirrung bei den mich umgebenden Passanten, dann hätten sie mich im Wagen gehabt und wären davongerast. Und wenn sie, wer zum Teufel *sie* auch sein mochten, erst einmal eine Geisel hatten, konnten sie von John alles bekommen, was sie wollten. Ich glaubte, jemanden auf dem Rücksitz gesehen zu haben. Vielleicht waren es auch mehrere gewesen.

Einige Passanten waren stehen geblieben und starrten uns an. John zerrte weiter an mir, ich wehrte mich. Ein guter Samariter, ein kleiner Mann mit einem buschigen Schnauzbart und einer Hornbrille, räusperte sich. »Miss, belästigt dieser Mann Sie?«

John wandte sich um und starrte ihn wütend an. Ich war versucht, Ja zu sagen, aber seine Edelmütigkeit verlangte nach einer freundlicheren Entgegnung. »Nein, es ist nur eine kleine häusliche Auseinandersetzung«, sagte ich. »Er will in die eine Richtung, ich in die andere. Aber es ist sehr freundlich, dass Sie fragen. Sie sind einer von den Bürgern, die dieses Land so großartig machen.«

Der kleine Mann marschierte davon, er strahlte vor sich hin, und John sagte leise: »Komm wieder rein.«

»Ich wollte zum Markt«, erklärte ich. »Und da gehe ich jetzt auch hin. Wer würde es mit dir an meiner Seite, mein Held, wagen, sich mit mir anzulegen? Und jetzt guck nicht mehr so, bevor noch ein weiterer Kavalier kommt, um mich zu retten.«

Johns Mundwinkel zuckten. »Du hast gewonnen. Wie üblich. Außerdem bezweifle ich, dass sie es so bald wieder versuchen.

Aber gib mir dein Wort, was auch immer das wert sein mag, dass du ab jetzt nicht mehr allein losziehst.«

Ich liebe Wochenmärkte. Ich ergebe mich immer noch gern der Illusion, dass die Produkte frisch von einem Bauernhof aus der Nähe stammen, obwohl ich weiß, dass das meiste aus fernen Ländern mit eigenartigen Namen importiert wird. Manche der Stände boten wundervolles Gemüse, Salat und Tomaten, Bananen und Artischocken an, andere verkauften Backwaren und Fruchtsäfte, Kaffee, Schokolade und so weiter. Ich hatte das sichere Gefühl, dass ich für eine Weile nicht mehr rausgehen dürfte, also stattete ich mich für die Belagerung aus. »Wir brauchen Butter für die Artischocken«, sagte ich.

»Ich kann nichts mehr tragen«, sagte John. Er hatte noch eine Hand frei, aber ich verstand, worauf er hinauswollte.

Als wir zurück in den Laden kamen, lungerte Alan in der Tür herum. »Alles in Ordnung?«, fragte er.

»Warum sollte nicht alles in Ordnung sein?«, erkundigte ich mich.

»Nur so.« Alan warf John einen eigenartigen Blick zu. »Soll ich hierbleiben? Ich habe eine Verabredung, aber ich kann sie auch absagen.«

»Nimm dir den Rest des Tages frei«, sagte John. »Und vergiss deinen Hut nicht.«

Nachdem Alan davonmarschiert war, zogen wir uns ins Büro zurück, und ich breitete ein paar Esswaren auf dem Tisch aus. John ließ sich dazu herab, einen Apfel zu nehmen.

»Erspar mir die Belehrungen«, sagte ich. »Ich habe schon verstanden, dass ich mich anders verhalten muss. Ich wünschte nur, dass ich zum Teufel noch mal wüsste, was los ist. Wer ist denn alles hinter uns her?«

»Drei unterschiedliche Parteien, soweit ich weiß. Bernardo

und seine Kumpel, der Typ im Wagen gerade eben und die alte Jungfer aus Kent.«

Ich brauchte einen Augenblick, um mich an Letztere zu erinnern. »Oh, die Dame mit der präkolumbianischen Sammlung. Du hast sie angerufen?«

»Sie hatte einen Bariton.« John betrachtete den Apfel angewidert und legte ihn zurück auf den Schreibtisch. »Sie sagte, sie sei erkältet.«

»Und?«, drängte ich.

»Sie hat vorgeschlagen, dass ich, sobald es geht, bei ihr vorbeikomme. Heute, wenn irgend möglich. Sie hat mir den Weg zu einem abgelegenen Haus auf dem Land beschrieben.«

»Oh. Hat dich das meine Notlage ahnen lassen?«

»Vermutlich.« John rieb sich die Stirn. »Vielleicht war es auch die geistige Verbindung zwischen uns, reiner Seelen Bund und so weiter.«

»Klar.«

»Und natürlich die Tatsache, die der Bariton mir bewusst machte: dass irgendeine Person oder eine Organisation uns auch hier in England schon auf den Fersen ist. Dass wir jede verdammte Sekunde des Tages auf der Hut sein müssen.«

»Du hättest ganz gern, dass ich mich aus der Sache zurückziehe, oder?«, fragte ich, mehr als Reaktion auf seinen Tonfall als auf das, was er gesagt hatte.

»Dafür ist es schon zu spät, Vicky.« Er legte seinen Kopf in seine Hände.

»Wir könnten einen heftigen Streit in der Öffentlichkeit hinlegen«, schlug ich vor. »Der Welt zeigen, dass wir uns getrennt haben und einander hassen.«

John senkte die Hände und lächelte mich müde an. »Du hast wirklich eine lustige Art, mich aufzumuntern. Glaub mir, daran habe ich schon gedacht. Aber die Sache hat zwei Schwachstellen: Erstens würde uns keiner glauben. Und wenn doch, würden die Leute, die hinter mir her sind, zweitens davon ausgehen, dass du in der Folge nur zu gern mit ihnen zusammenarbeiten würdest, um dich an mir zu rächen.«

»Okay«, sagte ich munter. »Was machen wir jetzt also?«

»Die Stadt verlassen – so bald wie möglich.«

»Was ist mit Schmidt?«

»Der ist unser nächstes Problem. Er hat dir nicht gesagt, um welche Zeit er ankommt, oder?«

»Nein. Aber ich könnte ihn zurückrufen.«

»Wir haben keine Chance, vor heute Abend im Flugzeug zu sitzen. Außerdem glaube ich, wir sollten uns mal mit Schmidt unterhalten. Es kann kein Zufall sein, dass Suzi sich ausgerechnet jetzt entschieden hat, sich von ihm zu trennen. Wir verschanzen uns in der Wohnung, warten, bis er anruft, und dann treffen wir uns mit ihm im Savoy. Wenn er so weit kommt.«

Nach diesen ermutigenden Gedanken wandte er sich seinem Computer zu. »Es ist nichts von Belang dabei«, bemerkte er, nachdem er seine E-Mails überprüft hatte. »Schau doch mal, ob Schmidt sich erneut gemeldet hat.«

Wieder einmal sehnte ich mich nach der guten alten Zeit, in der Briefe und Anrufe (ohne Anklopfdienste, Anrufbeantworter, Voicemail) die einzigen Kommunikationsmöglichkeiten waren, abgesehen von einem gelegentlichen Telegramm. Es gab nichts Neues von Schmidt. Während ich ein paar Plaudereien von einigen Freunden las, brütete John über seinem Handy.

»Feisal fängt an, ein bisschen nervös zu klingen«, bemerkte er und las die Nachricht laut vor.

»›Ich freue mich, euch zu sehen. Ich habe euch viel zu erzählen, viel zu zeigen. Lasst mich wissen, wann Ihr ankommt.‹«

»Vielleicht solltest du ihn irgendwie beruhigen.«

»Im Moment fällt mir aber nichts ein, was seiner Beruhigung dienen könnte.« Er begann auf den Knöpfen herumzudrücken und sprach mit, während er schrieb. »Hoffe, bis morgen genaue Pläne zu haben. Deine Neuigkeiten sollten eine Überraschung bleiben, einverstanden?«

»Ihr habt beide einen ziemlich telegrafischen Stil«, bemerkte ich. »Ich gehe davon aus, dass du noch nicht mit Instant Messaging angefangen hast?«

»Wir müssen davon ausgehen, dass keiner unserer Kommunikationswege sicher ist. Wie ich moderne Technik hasse«, setzte er bockig hinzu. »Jeder sogenannte Fortschritt in der Kommunikationstechnik ist nur eine neue Art des Belauschtwerdens.«

Bevor ich ihm aus vollem Herzen zustimmen konnte, klingelte die Ladenglocke. John erhob sich. »Bleib hier«, befahl er mir und ging hinaus.

Natürlich kam ich zur Tür und schaute in den Laden. Die potenziellen Kundinnen erschienen harmlos genug: zwei Frauen mittleren Alters in Strickensembles und mit Perlenketten. John ging auf sie zu und versprühte Charme; als Antwort auf seine Frage: »Kann ich Ihnen behilflich sein?«, zirpte eine von ihnen: »Wir sehen uns nur um.«

»Aber gern«, sagte John. Er zog sich an den Schreibtisch am hinteren Ende des Ladens zurück und setzte sich.

Die Frauen – sie sprachen sich mit Mabel und Allie an – betrachteten jedes Gemälde und jeden Kunstgegenstand, sie stellten Fragen und baten um Preisauskünfte. Und sie hielten mit ihrer Meinung nicht hinter dem Berg. »Zweihundert Pfund für dieses Ding? Also wissen Sie, es ist ganz schön hässlich.«

Sie waren fast eine Stunde im Laden; offensichtlich schlugen sie Zeit tot und hatten nicht vor, etwas zu kaufen. John beantwortete alle ihre Fragen detailliert und höflich, aber ohne sich aus seinem Stuhl zu erheben. Als sie gegangen waren, kam ich aus dem Büro. »Ich schätze, so etwas kommt öfter vor«, sagte ich.

»Oh ja. Die meisten Laufkunden wollen sich ›nur umsehen‹. Aber man weiß nie, wann jemand dabei ist, der bereit ist, Geld auszugeben. Komm her und setz dich. Wir schließen in einer Dreiviertelstunde.«

Er schien sich nicht unterhalten zu wollen, also zog ich eine Schublade heraus, auf der Suche nach der Zeitschrift, die Alan gelesen hatte. Sie war nicht da. Aber ich stieß auf etwas anderes. »Ich dachte, du trügest nie …«

»Es ist nur ein Spielzeug. Aber es reicht aus, um die meisten Leute zu täuschen, oder was meinst du?«

»Moderne Technik«, murmelte ich und starrte das tödliche schwarze Gebilde an.

»Das Leben in den Metropolen«, sagte John, »wird immer gefährlicher, vor allem für harmlose Ladenbesitzer. Ich habe das Ding, seit ein Bekannter vor ein paar Monaten gleich hier um die Ecke unter Waffeneinsatz ausgeraubt wurde. Sie haben ihn zusammengeschlagen und sind mit zwei Diamantringen geflohen.«

Er nahm ein paar Zettel aus dem Posteingangskorb und begann sie durchzusehen. Seinen Grimassen nach zu urteilen waren einige davon Rechnungen.

Ein weiterer Kunde kam kurz vor Ladenschluss. Die Schublade stand offen, und Johns Hand lag auf der imitierten Beretta, bevor die Klingel wieder verstummt war. Diesmal war es ein Mann, kräftig gebaut und mit Bart; er trug einen Turban.

»Ich suche«, sagte er mit einem Whitechapel-Akzent, »nach afrikanischen Textilien.«

»Leider haben wir nichts Derartiges«, sagte John. »Versuchen Sie es bei Alfie's.«

»Da war ich schon«, sagte der bärtige Mann ungerührt.

»Es gibt außerdem einen Laden um die Ecke, der sich auf afrikanische Kunst spezialisiert hat«, sagte John und umklammerte den Griff der Pistole so fest, dass seine Knöchel weiß hervortraten. »Marks und – äh – Markham und Wilson. Gehen Sie nach rechts, wenn Sie aus der Tür kommen, und an der nächsten Kreuzung noch einmal nach rechts. Sie können es gar nicht verpassen.«

»Vielen Dank.« Der Bart öffnete sich zu einem Lächeln.

Die Klingel erklang noch einmal. John stieß den Atem aus und lockerte seinen Griff.

»Das war's. Hol deine Sachen, während ich abschließe.«

* * *

John sperrte die Tür seiner Wohnung auf. »Hier war keiner.«

»Der alte Faden-im-Türrahmen-Trick«, sagte ich und schaute zu, wie besagter Faden zu Boden segelte.

»Er ist einfach und doch immer wieder nützlich. Aber um ganz sicherzugehen …« Er sah sich suchend im Zimmer um, desgleichen im Schlafzimmer und im Arbeitszimmer, dann ging er vor mir her in die Küche. »Alles bestens«, sagte er.

Ich räumte die Einkäufe weg und machte es mir dann bequem, um fernzusehen und auf Schmidts Anruf zu warten. John, der es geradezu genießt, populäre Kultur zu verabscheuen, zog sich mit hoch erhobener Nase in sein Arbeitszimmer zurück. Ich machte ihm noch nicht einmal einen Vorwurf daraus, dass er mied, was eine Übung in Verzweiflung (die Nachrichten) und/oder Idiotie (die meisten Comedyserien) geworden war, aber mich entspannt das. Ich hielt eine Tüte Chips in der einen und ein Bier in der anderen Hand und zappte mich durch die Kanäle, als ich bei etwas hängen blieb, was mich die Chips verschütten ließ.

»John«, rief ich. »Komm her. Schnell!«

Er schoss durch die Tür. Als er mich aufrecht und unbedroht dasitzen sah, wollte er sich gerade lautstark beschweren, doch ich deutete auf den Bildschirm. »Sieh nur, da ist er!«

Ich erkannte den Hintergrund: die Fassade des Ägyptischen Museums in Berlin. Im Vordergrund wurde Dr. Ashraf Khifaya, der Generalsekretär des Supreme Council of Antiquities, live und in Farbe von einem BBC-Reporter interviewt. Er trug einen makellos beigefarbenen Tropenhelm und hielt ein großes Schild, auf dem in Englisch, Deutsch und Arabisch stand: »Nofretete will nach Hause!« Andere Berichterstatter hatten sich um ihn geschart. Er stand da wie ein verdammt gut aussehender Hollywoodstar, der einen abenteuerlustigen Archäologen spielte. Jeden Augenblick konnte er zur Bullenpeitsche greifen. Im Hintergrund ging eine lange Reihe schwarz gekleideter Frauen langsam über den Bürgersteig, begleitet vom leisen Schlagen der Trommeln.

»Keine Tänzerinnen«, bemerkte John kritisch.

»Das ist viel besser. Würdig und dramatisch.«

»Ich verlange nur, was unser ist«, deklamierte Khifaya in ausgezeichnetem Englisch mit gerade noch ausreichendem Akzent, um exotisch zu klingen. »Nach Jahren der Ausbeutung …«

Sie blendeten ihn mitten im Satz aus, keine Nachrichtenmeldung bekam heutzutage mehr als ein paar Minuten. Da sie immer darauf achteten, beide Seiten zu präsentieren, filmte die Kamera nun einen Mann, der hinter einem Schreibtisch saß.

»Er!«, quiekte ich.

»Er?«, fragte John.

»Psst.«

»Wir leben in einem freien Land«, sagte der Mann hinter dem Schreibtisch mit abgehackter Stimme. »Wenn der ehrwürdige

Generalsekretär beschließt, sich zum Narren zu machen, ist das sein gutes Recht. Ich danke Ihnen.«

»Nofretete darf also nicht nach Hause?«, fragte eine blonde Frau und lächelte in die Kamera.

»Sie haben eine Pressemitteilung über die Position des Museums erhalten, die sich zwischenzeitlich nicht geändert hat. Ich danke Ihnen.«

»Der Streit geht also weiter«, sagte die Blondine und lachte fröhlich.

Sie wurde abgelöst durch ein ebenso blondes Starlet, das Fragen nach seiner bevorstehenden Scheidung beantwortete. John griff nach der Fernbedienung und schaltete das Gerät aus.

»Du hast ihn erkannt, oder?«, wollte ich wissen. »Nicht Khifaya, den anderen.«

»Ich vermute, er ist der Direktor des Museums.«

»Der stellvertretende Direktor. Das war Jan Perlmutter. Du erinnerst dich – der Typ, der uns das Gold Trojas unter der Nase weggestohlen hat.«

»Unter deiner Nase.«

»Ach, komm schon, du warst auch dahinter her. Wir haben eben auf das falsche Grab gesetzt. Ich weiß immer noch nicht, wie Perlmutter herausgefunden hat, welches das richtige war.«

»Ah ja, jetzt erinnere ich mich wieder.« John begann die verschütteten Chips aufzulesen. »Meine Vermutung wäre, dass er die nötigen Informationen deinem Kumpel aus dem Kreuz geleiert hat, dem kleinen alten Holzschnitzer. Ich hatte damals schon den Eindruck, dass der alte Herr mehr wusste, als er dir sagte. Hast du ihn nie gefragt?«

»Dazu war keine Zeit. Ich bin mit eingezogenem Schwanz abgehauen, und Herr Müller hat Garmisch verlassen, um bei seiner Schwester Unterschlupf zu suchen. Ich hatte vor, mit ihm Kontakt aufzunehmen, aber ein paar Wochen später bekam ich einen Brief von seiner Schwester, dass er verstorben war.«

Ich hatte immer noch ein wenig Schuldgefühle, weil ich mir nicht mehr Mühe gegeben hatte herauszufinden, wie es dem alten Mann ging. Ich hatte ihn nett gefunden, und ich hatte geglaubt, er erwiderte meine Sympathien. Hatte er mir wirklich etwas verschwiegen? Wenn ja, dann sicher, weil er fürchtete, dass sein Wissen gefährlich für mich wäre. Was es ja auch gewesen war. Vielleicht hätte er mir sogar mehr erzählt, wenn er nicht plötzlich verstorben wäre … Aber das war jetzt alles egal.

»Wenn du damit meinst, ob ich Perlmutter gefragt habe, wie er darauf gekommen ist, ist die Antwort ein lautes, profanes Nein«, fuhr ich fort. »Ich habe mit dem Stinktier seither nicht gesprochen.«

»Ich habe ihn nicht erkannt«, gab John zu. »Sein Haar wird schütter.« Er fuhr sich vorsichtig mit der Hand über seine eigenen schimmernden Locken.

»Geschieht ihm recht«, sagte ich gehässig. »Die Entdeckung brachte ihm eine Beförderung ein, und ich stand da wie eine Idiotin.«

»Falls es dich beruhigt: Er sah gerade nicht besonders glücklich aus.«

»Das stimmt allerdings. Jetzt merkt er, dass das Museumsdirektorendasein nicht bloß aus Dinnerveranstaltungen mit reichen Stiftern und jeder Menge großer Kunst besteht. He – warum siehst du nicht mal im Internet nach, ob es irgendwelche Berichte über die Demonstration vor dem Museum gibt?«

»Bestimmt«, sagte John. »Es gibt dort Berichte über jede Belanglosigkeit.«

Reuters und die deutschen Zeitungen brachten Storys mit jeder Menge Fotos, vor allem von Khifaya. Sein gutes Aussehen, sein Showtalent und vor allem der Tropenhelm ließen ihn wie eine echte Berühmtheit wirken. Er sprach eloquent und leidenschaftlich, und manchmal sogar mit einem gewinnenden Schuss Humor. Ich hätte schwören können, dass sich Tränen in seinen großen dunklen Augen bildeten, als er die Welt um Gerechtigkeit anflehte.

»Du sabberst«, bemerkte John gehässig und klickte auf andere Treffer, die er als Ägyptologen-Blogs bezeichnete. Auch dort ging es um Khifaya. Ich zog mir einen Stuhl heran, stieß John beiseite und begann einige der Kommentare zu lesen. Die Meinungen gingen auseinander. Manche fanden, die Forderungen der Ägypter seien berechtigt, andere hatten die Aussage des Museums akzeptiert, dass die berühmte Büste zu fragil sei, um einen Transport zu überstehen. Dann wurde ich von Beiträgen zu anderen Themen abgelenkt. Sie reichten von nüchtern und professionell bis absolut durchgeknallt. Die Debatten befassten sich mit allem, von der Konstruktion der großen Pyramide bis zum Alter der Sphinx, und selbst vollkommene Inkompetenz hinderte die Leute keineswegs daran, ihre Ideen kundzutun.

Ein Wort stach mir ins Auge, und ich hielt inne, gerade als John weiter nach unten scrollen wollte.

Das Wort war: »Mumie«.

Wir brauchten ein paar Minuten, um den Anfang der Diskussion ausfindig zu machen, die offensichtlich bereits seit einer Weile lief. Jemand hatte – wieder einmal – Königin Hatschepsut gefunden, und jemand anderer widersprach: Nein, sie kann es nicht sein, denn sie sei eine andere Mumie in einem anderen Grab, identifiziert nur durch eine Nummer, die mir spontan nichts sagte, und wieder jemand anderer verkündete, dass Mumie Nummer zwei Nofretete sei oder vielleicht ihre Tochter.

»Danach könnte ich süchtig werden«, sagte ich fasziniert. »Sieh dir nur mal die Skizze von Mumie Nummer zwei an. Sie ist eindeutig dem Kopf der Büste in Berlin nachempfunden.«

»Die Welt ist voller Fanatiker«, sagte John. »Wenigstens reden sie nicht über …«

Mein Handy klingelte. Ich ging dran.

»Ich bin hier«, sagte eine trübselige Stimme. »Soll ich zu euch kommen?«

»Nein«, sagte John laut.

»Schmidt, geht es dir gut?«, fragte ich.

»Nein. Ich leide sehr. Ich komme …«

»Bleib, wo du bist.« John griff sich das Handy. »Das Savoy?«

»Aber natürlich. Ich steige immer im Savoy ab, wenn ich in London bin. Hier kennt man mich gut, und sie …«

»Wir kommen zu dir«, sagte ich und holte mir mein Telefon zurück. »Bleib da, Schmidt. Wir sind in einer halben Stunde dort.«

»Sehr gut. Ich lade euch zum Abendessen ein.«

Ein langes Seufzen folgte. Ich hängte mittendrin auf.

»Du ziehst dich besser um«, sagte John und beäugte meine Jeans und mein T-Shirt kritisch.

»Haben die nicht einen Grill oder irgendetwas weniger Formelles als den großen Speisesaal?«

»Im Savoy gibt es keinen legeren Essbereich. Zieh dich um – und beeil dich. Schmidt ist nicht bekannt für seine übergroße Geduld.«

Im Sprechen schälte er sich bereits aus seiner Jeans und seinem Hemd. Als ich eine anständige Hose und ein Oberteil ohne einen rüpelhaften Spruch als Aufdruck gefunden hatte, band er sich bereits den Schlips.

»Die Royal Marines?«, fragte ich und beäugte das Streifenmuster kritisch.

»Erstes Regiment Gloucestershires.«

»Du solltest dich schämen.«

»Liebes Mädchen, es gibt kein Gesetz, das es verbietet, eine Militärkrawatte zu tragen.« Er begann alle möglichen Sachen aus dem Jackett, das er tagsüber getragen hatte, in die Taschen seines eleganten Blazers aus dunkelblauem Wolle-Seide-Gemisch umzuschichten. Der letzte Gegenstand war die nachgemachte Pistole. Ob Spielzeug oder nicht, sie war schwer genug, die Tasche heruntersacken zu lassen. Er begutachtete den Effekt im Spiegel, runzelte die Stirn und brachte die Waffe dann in der inneren Brusttasche unter.

»Wie wär's, wenn du mir auch eine besorgst?«, fragte ich.

»Du reist zu viel. Versuch mal, damit durch den Sicherheitscheck am Flughafen zu kommen, dann wirst du feststellen, dass keiner das besonders lustig findet.«

Das Savoy war einer von den zahlreichen (lies: teuren) Läden, in die John mich nie ausgeführt hatte. Es gefiel mir sofort – eine kreisrunde Auffahrt, ein wenig zurückversetzt von der Straße, ein Bediensteter mit einem Zylinder riss die Tür unseres Taxis auf, dann die wunderbar ausgestattete Lobby. Schmidt wartete mit ausgebreiteten Armen. Er umarmte mich und wäre auch John um den Hals gefallen, wenn dieser nicht darauf vorbereitet gewesen wäre; dann verkündete er, dass es ihm gelungen sei, einen Tisch im Grill zu ergattern. Das musste eine große Sache sein. John schaute beeindruckt.

Während Schmidt über der Speisekarte brütete, betrachtete ich ihn mit wachsender Sorge. Seine Hautfarbe war in Ordnung, und er hatte sicher nicht weiter an Gewicht verloren, aber da war etwas ... Sein Blick war unstet. Er quasselte nicht mit seinem üblichen manischen Enthusiasmus, sondern als würde er ziellos über irgendwelche Dinge reden, um sich von etwas abzulenken.

Schließlich sagte ich: »Okay, Schmidt, es reicht. Bring es hinter dich. Dafür sind wir hier.«

Schmidt zog ein großes Taschentuch heraus und drückte es sich ins Gesicht. »Ich will nicht darüber reden. Später vielleicht. Aber nicht hier. Ich möchte nicht in der Öffentlichkeit weinen. Lenkt mich ab. Erzählt mir von euch, was treibt ihr? Wie laufen die Geschäfte? Irgendwelche interessanten neuen Objekte?«

»Im Laden steht eine ganz hübsche Grablegung Christi von einem dieser deutschen Holzschnitzer aus dem fünfzehnten Jahrhundert«, sagte ich. »Aber rechne nicht damit, dass du sie billiger bekommst. Er erhöht die Preise für Freunde immer.«

Schmidt brach in lautes Gelächter aus. »Sehr gut, sehr gut. Morgen komme ich in den Laden und sehe es mir an.«

Ich öffnete den Mund und kassierte einen kräftigen Tritt gegen den Knöchel.

»Unbedingt«, sagte John. »Wie lange willst du bleiben, Schmidt?«

»Ich möchte eure Pläne nicht durchkreuzen«, sagte Schmidt.

»Wir haben keine festen Pläne«, sagte John, was vermutlich die Untertreibung des Jahres war. Ich war überzeugt, dass er immer noch am nächsten Tag die Stadt verlassen wollte, und zwar, ohne Schmidt einzuweihen. Ich fand nicht, dass das eine gute Idee war. Dann wäre Schmidt allein in London, frustriert und (jedenfalls aus seiner Sicht) berechtigterweise stinkwütend auf uns. Ich hatte gelernt, meinen Boss nicht zu unterschätzen. Er wäre uns auf den Fersen, sobald er erführe, dass wir aus seiner Reichweite verschwunden waren. Die Vorstellung, dass uns eine kugelrunde und höchst auffällige Person nach Ägypten folgte, verunsicherte mich – vorausgesetzt, wir reisten tatsächlich irgendwann nach Ägypten.

Schmidt bemerkte mein Stirnrunzeln und sagte: »Ich hoffe, du machst dir keine Sorgen um Clara. Ich habe sichergestellt, dass jemand sich um sie kümmert.«

»Gut«, sagte ich abwesend.

Ich vermute, wir genossen ein ausgezeichnetes Mahl, aber ich kann mich nicht erinnern, was ich überhaupt gegessen habe. Neue, besorgniserregende Gedanken schossen mir durch den Kopf. John hatte es gezielt darauf angelegt, Schmidt von der Straße fernzuhalten. Drohte dem alten Jungen Gefahr? Und wenn es so war, von wem? Und wenn es so war, warum? Und wenn es so war, dann durften wir ihn nicht schutzlos zurücklassen!

Ich wandte mich wieder der Wirklichkeit zu, als ich John und Schmidt über das Victoria and Albert Museum plaudern hörte.

»Ich war seit einiger Zeit nicht mehr dort«, sagte Schmidt und tupfte penibel seinen Schnauzer ab. »Ich würde nur zu gern wieder einmal die Waffensammlung sehen. Vicky, du wirst mir hoffentlich Gesellschaft leisten? John, du bist auch willkommen, aber ich vermute, dass du im Laden zu tun haben wirst.«

»Ich dachte, du wolltest vorbeikommen und dir die Grablegung ansehen«, sagte John.

»Vielleicht an einem anderen Tag.«

Schmidt bestand darauf, uns zur Tür zu bringen. »Also«, sagte er, »wir sehen uns morgen um neun, zum Frühstück, Vicky, und dann gehen wir ins Victoria and Albert.«

Er winkte uns und schickte uns Luftküsse hinterher, als das Taxi losfuhr.

»Hast du auch den Eindruck, dass ich morgen nicht erwünscht bin?«, fragte John.

»Nicht nur den, aber zusammen ergibt es alles keinen Sinn. Ich fange an zu denken …«

»Nicht jetzt. Damit will ich sagen«, milderte John ab, »dass du natürlich denken kannst, was du willst, aber lass uns nicht jetzt darüber sprechen.«

Also beschränkte ich mich darauf, zum Fenster hinauszuschauen. London ist eine meiner Lieblingsstädte. Ich habe mich dort immer sicher gefühlt, sogar nach den Selbstmordattentaten in der U-Bahn und den vereitelten Bombenanschlägen. Terroranschläge sind so zufällig wie Tornados, sagte ich mir; sie sind unglücklicherweise in New York oder Madrid genauso wahrscheinlich wie im Mittleren Osten. Aber an diesem Morgen war ich beinahe von Leuten in einen Wagen gezerrt worden, die hinter mir – Vicky Bliss – her waren und es nicht auf irgendein anonymes Opfer abgesehen hatten. Man könnte vermuten, dass ich mich an so etwas während meiner langen Bekanntschaft mit John gewöhnt hatte, aber glauben Sie mir, an diese Art von persönlichem Interesse gewöhnt man sich nie.

John sah sich kurz in der Wohnung um, bevor er sich auf dem Sofa niederließ und mir bedeutete, ihm Gesellschaft zu leisten.

»Denkst du immer noch nach?«, erkundigte er sich.

»Ja. Nein. Ich denke, wir sollten Schmidt in die ganze Sache einweihen.«

Seine einzige Entgegnung bestand in einer hochgezogenen Augenbraue. Ich hatte meine Argumentationslinie schon vorbereitet, also legte ich los.

»Schmidt hat eine Menge Kontakte. Er kennt Gott und die Welt. Du belegst ihn immer mit Adjektiven wie ›alt‹ und ›klein‹, aber ohne Schmidt wäre unser ägyptisches Abenteuer letztes Jahr nicht so gut ausgegangen. Mein Gott, er war die ganze Zeit über unser *Deus ex Machina.* Er hat uns aus einer schwierigen Situation nach der anderen befreit. Er mag dir albern vorkommen …«

»Er ist albern. Das ist einer der Gründe, warum er so effektiv ist. Die Leute unterschätzen ihn. Aber ich«, setzte John hinzu, »beginne zu lernen, das nicht zu tun. Ob du es glaubst oder nicht, ich habe denselben Gedanken gehabt. Das Einzige, was mich davon abhält, ist die Tatsache, dass ich den alten – Entschuldigung –, den guten Kerl mag. Ich möchte nicht, dass ihm etwas zustößt.«

»Meinst du, ich etwa? Aber er ist erwachsen, John. Auch wenn er klein und dick und – na ja – nicht mehr so jung wie früher ist. Ich habe nicht das Recht, Entscheidungen für ihn zu treffen, und du auch nicht. Sein Selbstbewusstsein als Mann ist bereits angeschlagen durch diese Schlampe Suzi. Vielleicht würde er lieber sein Leben riskieren als sein Selbstwertgefühl. Vielleicht geht es dir ähnlich, wenn du in seinem Alter bist.«

John griff nach meiner Hand. »Nicht weinen.«

»Ich weine nicht«, schniefte ich.

»Du hast *mich* beinahe zum Weinen gebracht«, sagte John und reichte mir ein Taschentuch. (Er hat immer eins bei sich.) »Und du hast mich überzeugt. Gott weiß, dass ich Schmidt lieber auf unserer Seite habe als gegen uns.«

»Außerdem … Oh, du bist einverstanden? Wie ist unser Plan?«

»Du triffst dich wie versprochen mit ihm im Savoy, frühstückst ausführlich, steigst in ein Taxi und fährst nach Heathrow. Dort treffen wir uns. Internationaler Terminal, halb elf.«

Das hatte ich mehr oder weniger erwartet. »Was soll ich Schmidt sagen?«

»So, wie ich Schmidt kenne, musst du ihm nur sagen, dass ihm ein weiteres spannendes Abenteuer bevorsteht und dass ich ihn unterwegs in alle Details einweihen werde. Du hast Geheimhaltung geschworen«, sagte John und erwärmte sich für diese Darstellung der Sachlage, »und kannst es nicht wagen, die Pläne des Meisters (das bin ich) zu verraten. Wir sind alle in tödlicher Gefahr, bis wir unser Ziel erreicht haben, wo er schließlich ganz offiziell in unseren kleinen Kreis der Geheimnisträger aufgenommen werden wird. Wir könnten eine kleine Zeremonie abhalten und Masken zur Tarnung austeilen.«

John nutzt Albernheit als Abwehrwaffe. Es war ansteckend – und funktionierte so gut, dass ich, als er fragte, ob mir nach einem Snack wäre, zugunsten einer anderen Art von Amüsement ablehnte.

* * *

Schmidts Reaktion auf die Änderung des Plans fiel weder so aus, wie ich es erwartet, noch wie John es vorhergesagt hatte. Als ich dem Taxifahrer sagte, wir wollten nach Heathrow statt zum V and A, sah Schmidt aus, als hätte man ihn gerade über den Tod eines engen Freundes informiert.

»Ihr seid also auf der Flucht«, sagte er mit zusammengezogenen Brauen. »Schon wieder.«

»*Wir* sind auf der Flucht«, korrigierte ich ihn. »Was ist los, Schmidt? Ich dachte, du magst Abenteuer.«

»Ja, ja«, sagte Schmidt gereizt. »Aber warum hast du mich nicht eingeweiht? Wie kann ich ohne mein Gepäck nach – an unbekannte Orte reisen?«

Er hatte die wichtigsten Dinge bei sich – seinen Pass und seinen Laptop, eingehüllt in elegantes Leder. Ich bezweifelte, dass man ihm erlaubt hätte, Letzteren mit ins Museum zu nehmen, aber wozu hätte ich das sagen sollen, wo wir dort ohnehin nicht hinfuhren.

Um ihn stand es nicht viel schlimmer als um mich. Ich hatte Unterwäsche zum Wechseln und eine Zahnbürste in meinen Rucksack gestopft. Früher oder später würde irgendjemand mir eine neue Garderobe spendieren müssen. Ich hoffte, es würde Schmidt sein. Der war großzügiger als John.

Schmidt wollte, was ich nachvollziehen konnte, wissen, wohin wir unterwegs waren und warum. Johns Rede, die ich praktisch wortwörtlich wiederholt hatte, besserte seine Laune nicht. Nachdem er verkündet hatte, dass er keine weiteren Fragen stellen würde, schmollte er schweigend, die Arme verschränkt und die Unterlippe vorgeschoben. Das passte gar nicht zu Schmidt, und wenn ich nicht so viele andere Sorgen gehabt hätte, hätte ich mich gefragt, was los war. Nicht, dass es einen grundlegenden Unterschied gemacht hätte.

John wartete auf uns, die Bordkarten in der Hand. Schmidt griff sich eine von ihnen.

»Berlin«, sagte er tonlos.

»Berlin?«, fragte ich entgeistert.

»Wir haben gerade noch Zeit für einen Kaffee«, sagte John und nahm Schmidt beim Arm.

Er hielt sich dicht bei Schmidt, wie bei einem lange verloren geglaubten Bruder, geleitete ihn durch den Sicherheitsbereich und selbst auf die Toilette. Als wir an Bord gingen, wurde ich auf einen Platz zwischen zwei Fremden verfrachtet, während John sich etliche Reihen weiter vorn an Schmidt kuschelte.

Rechne immer mit dem Schlimmsten, dann wirst du nie enttäuscht. Bereite dich immer auf das Schlimmste vor, dann trifft es dich nie unerwartet. Das waren Johns Grundregeln, aber ich war sicher, dass er es im Moment übertrieb. Schmidt benahm sich komisch, aber es war unvorstellbar, dass der alte (ups) Junge etwas im Schilde führte.

Ich hatte nichts zu lesen dabei. Nachdem ich das Flug-Magazin durchgeblättert und mich entschieden hatte, welchen Hermès-Schal ich nehmen würde, wenn jemand mir anböte, mir einen zu kaufen, begann ich mir zu überlegen, warum wir nach Berlin flogen. Ich hoffte, dass kein Treffen mit der deutschen Ausgabe von Bernardo bevorstand. Möglicherweise mit einer deutschen Ausgabe von Monsignore Anonymus? Oder mit jemandem, der mit dem Museum zu tun hatte? Vielleicht konnte ich ein Schild für mich malen und auch demonstrieren gehen. Selbst wenn es sonst nichts brachte, würde es Perlmutter schlimmer nerven als die Krätze, vor allem, wenn ich damit ins Fernsehen käme. Ach ja, dachte ich, mir obliegt es nicht, nach dem Warum zu fragen, ich soll nur blind dem Meister folgen. Ich hätte ebenso gut verheiratet sein können, bei so viel Lieben, Ehren und vor allem Gehorchen.

Vor dem Terminal wartete kein Wagen auf uns, aber das Hotel, zu dem das Taxi uns fuhr, hatte eine gewisse Ähnlichkeit mit demjenigen in Rom – es lag in einer ruhigen Gegend und war klein und unauffällig. Der Mann am Empfang schien John nicht zu kennen, aber nachdem er Rücksprache mit dem Manager gehalten hatte, bekamen wir eine Suite mit zwei Schlafzimmern, was eindeutig auf irgendwelche gemeinsamen Mauscheleien in der Vergangenheit schließen ließ. Wir fanden allein hoch; ein paar Minuten später tauchte ein Kellner mit einer Flasche Wein auf.

Schmidt hatte es geschafft, unbegleitet im Bad zu verschwinden. Als er herauskam, musterte er missmutig den Wein.

»Ein netter kleiner Merlot«, sagte John. »Du bevorzugst doch Rotwein, nicht wahr?«

»Ich hätte lieber Bier.«

»Aber sicher.« John griff nach dem Telefon. »Vielleicht auch eine Kleinigkeit zu essen? Was möchtest du?«

»Nichts.«

»Nun komm schon, Schmidt«, sagte ich ernsthaft besorgt. »Die Mittagszeit ist schon vorüber. Ich bin sicher, sie können alles beschaffen, was du willst.«

Reglos wie ein schnauzbärtiger Buddha starrte Schmidt vor

sich hin. John bestellte irgendwas und lehnte sich dann mit verschränkten Armen zurück.

»Jetzt ist die Zeit gekommen«, sagte er gemessen, »die Karten auf den Tisch zu legen.«

Schmidt murmelte etwas.

»Was?«, fragte ich.

»Ihr müsst mir gar nichts sagen.«

»Dein vollkommenes Vertrauen und deine Loyalität berühren mich in der Tiefe meines Herzens«, sagte John und legte seine Hand ungefähr an den Ort dieses Organs. »Und weil ich dasselbe für dich empfinde, möchte ich, dass du die Wahrheit, die ganze Wahrheit und nichts als ...«

»Lass den Unsinn«, sagte ich gereizt. »Folgendes ist geschehen, Schmidt. Vor drei Tagen ...«

John versuchte mich immer wieder zu unterbrechen, aber ich hatte keine Lust auf seine rhetorischen Zierschleifen. Ich berichtete so einfach und kurz, wie die Komplexität der Sachlage es zuließ. Schmidt wandte mir seinen starren Blick zu, seine Augen wurden immer größer, sein Mund öffnete sich.

»Tutanchamun?«, keuchte er. »Sie haben den Pharao gestohlen?«

»Und sie glauben, *ich* wäre es gewesen. Sie«, erklärte John, »sind eine unbekannte Anzahl von Individuen, die in meiner ehemaligen Profession tätig sind.«

»Gauner«, übersetzte ich.

Ein Gurgeln drang aus Schmidts offen stehendem Mund.

»Ich bin unschuldig, Schmidt«, intonierte John. »Unschuldig wie ein frisch gelegtes ...«

Ich stieß ihm in die Rippen. »Jetzt ist nicht der richtige Zeitpunkt für dumme Scherze.«

»Ich wollte überhaupt keine dummen Scherze machen«, erwiderte John beleidigt. Dann richtete er seine treuen blauen Augen wieder auf Schmidt und fuhr fort. »Ich flehe dich an, Schmidt. Um der alten Zeiten willen und weil du der klügste, mutigste Verbündete bist, den ich mir wünschen könnte. Wirst du – kannst du – mir helfen, meinen Namen reinzuwaschen?«

Schmidt setzte sich auf das Sofa und brach in Tränen aus.

Er ist sehr sentimental, unser Schmidt, aber diese Tränen waren kein kleiner Strom aus seinem übervollen Herzen, sie waren eine Flut, ein Sturzbach, der die Enden seines Schnauzbarts durchnässte und durch die Falten seiner Wangen sickerte, bis er sein Kinn erreichte und heruntertroff.

Ich ging auf ihn zu und versuchte, meine Arme um ihn zu legen, aber er scheuchte mich mit panisch wedelnden Händen weg.

»Nein, sei nicht freundlich zu mir. Ich habe es nicht verdient. Ich habe euch betrogen!«

5

Die Szene endete in diesem dramatischen Moment, denn der Kellner brachte unser Essen. Schluchzend floh Schmidt ins Schlafzimmer. John bedeutete mir, die Tür der Suite zu öffnen, und drückte sich gegen die Wand. Ich vermutete, dass er so darauf vorbereitet sein wollte, mich gegebenenfalls vor bewaffneten Kellnern zu beschützen. Dieser hatte allerdings dünnes, graues Haar und einen dicken Bauch. Wenn er Mitglied einer Bande wäre, dann dürfte es der Bande ganz schön schlecht gehen. John bedeutete ihm, dass er nicht lange bleiben müsste; er warf mir einen zickigen Blick zu und machte sich aus dem Staub.

Nachdem Schmidt gehört hatte, wie die Tür sich schloss, kam er wieder hereingeschlichen. Alles troff – Mund, Schnauzer, beide Kinne.

»Könnt ihr mir jemals vergeben?«, wimmerte er.

Ich umarmte ihn. John sagte: »Trink ein Bier.«

Wahrscheinlich half das Bier besser als die Umarmung.

»Ich werde nicht wieder weinen«, verkündete Schmidt jedenfalls nach einem großen Schluck. »Ich werde die berühmte *stiff upper lip* an den Tag legen, meine Gefühle im Zaum halten und mich vor euch entblößen.«

John verkniff sich jeden Kommentar. Ich leistete Schmidt bei einem Bier Gesellschaft, John trank ein Glas Wein. Zur Hölle mit den Gesundheitsfanatikern, es gibt doch nichts Besseres als ein bisschen Alkohol, um sich vom Stress zu befreien und für eine kuschelige Atmosphäre zu sorgen. Das Bier und die Vorstellung, gleich sein Gewissen zu erleichtern, taten Wunder; Schmidt war wieder er selbst, seine Wangen waren rosa, seine Augen funkelten.

»Suzi hat dich dazu gebracht«, begann ich.

»Ich werde alles berichten«, sagte Schmidt und drückte mannhaft die Schultern durch. »Wir waren bei dir zu Hause, um nach Clara zu sehen, wie ich versprochen hatte. Clara wollte nicht, dass Suzi sich um sie kümmerte. Sie knurrte und fauchte und war sehr unhöflich. Also ging ich ihr etwas Leckeres zu essen holen, und während ich das tat, begab sich Suzi in dein Schlafzimmer. Als ich sie dort vorfand, war ich entsetzt – entsetzt! Und dann sagte sie es mir: dass ein wertvoller, einzigartiger kultureller Schatz aus Ägypten gestohlen worden sei und dass du, John, der Hauptverdächtige wärst.«

Er schaute John hoffnungsvoll an, woraufhin der ihm prompt ein weiteres Bier reichte. »Sie hat dir aber nicht gesagt, was für ein kultureller Schatz«, sagte er. Es war keine Frage; Schmidts Entgeisterung war Beweis genug gewesen, dass Tutanchamun nicht erwähnt worden war.

»Sie hat gesagt, sie dürfe es nicht. Natürlich dachte ich an die großartigen Statuen im Museum, Khafre und Menkaure, an den goldenen Sarg und die Masken, die wundervollen Juwelen. Wer würde sich die Mühe machen, eine hässliche, vertrocknete Mumie zu stehlen?

Aber jetzt begreife ich, warum du unter Verdacht stehst. Der Diebstahl passt zu deinem Stil, nicht wahr? Sie weiß, wer du bist, John – wer du warst. Sie hat es ihren Vorgesetzten nur noch nicht gesagt, weil sie die Lorbeeren dafür ernten will, wenn sie dich schnappt.«

»So sieht es aus«, sagte ich. »Bevor wir letztes Mal Ägypten verließen, hatte ich das Gefühl, dass sie John im Verdacht hatte, aber nichts sagte, weil sie uns mochte und wir ihr leidtaten.«

»Und vor allem, weil sie damals nichts beweisen konnte«, sagte John.

»Genau. Meine Güte, was bin ich doch für eine dumme Gans!«

»Du vertraust den Menschen«, sagte John. »Das ist ein echter Charakterfehler, den ich schon seit Langem erfolglos zu korrigieren versuche. Also, Schmidt, als sie dich bat, den Spion zu spielen, hast du dich offenbar einverstanden erklärt.«

Schmidt ließ den Kopf hängen. »Ich war eben in sie verschossen. Aber, meine Freunde, ich schwöre euch, dass ich nur zugestimmt habe, weil ich wusste, dass ich Beweise für deine Unschuld finden würde. Und das werde ich! Und ich werde sie ihr ins Gesicht schleudern!«

»Diese traurige Geschichte, dass Suzi mit dir Schluss gemacht hätte, war also pure Erfindung?«, erkundigte ich mich.

»Sie hat mich instruiert, was ich sagen soll«, gab Schmidt zu. »Aber es war mein Auftreten, das euch überzeugt hat, oder etwa nicht?«

»Es hat Vicky überzeugt«, sagte John. »Sie traut den Menschen. Vor allem ihren Freunden.«

»Aber du nicht.« Schmidt sah ihn tadelnd an. »Du hast darauf geachtet, die ganze Zeit bei mir zu sein, damit ich ihr keine SMS schicken konnte. Vicky – ich hätte es sowieso nicht getan. Von dem Augenblick an, in dem ich dich wiedergesehen habe, war ich zerrissen, zwischen Freundschaft und – äh …«

»Lust«, schlug John vor.

Mit geschürzten Lippen dachte Schmidt über das Substantiv nach. »Ja, ja, das ist ein Teil. Aber nur ein Teil. Ich habe sie geliebt. Sie hat mich zum Lachen gebracht.«

»Suzi?«, sagte ich. Sie war mir nicht als der lustigste Mensch auf der Welt erschienen.

Schmidt errötete. »Insiderwitze, verstehst du? Und sie hat gesagt, dass ich dir nicht verpflichtet bin, John, denn du hast mich betrogen und Vicky belogen. Aber mittlerweile ist mir klar geworden, dass sie nur so getan hat, als bedeutete ich ihr etwas, weil sie dir auf die Schliche kommen wollte. Ich habe meine Lektion gelernt. Ich werde mich nie wieder den Lockungen des Fleisches hingeben. Reiner Seelen Bund, gegenseitiger Respekt, gemeinsame Interessen – das werden fortan meine Leitprinzipien sein.«

»Sicher«, sagte John. »Erzähl weiter. Was hat sie dir noch für Anweisungen gegeben?«

»Es ihr sofort mitzuteilen, wenn ihr London verlasst.«

»Aber das hast du nicht getan«, sagte ich.

»Nein. Nein, ich habe doch schon gesagt …«

»Sie werden uns bald auf der Spur sein«, sagte John. »Aber vielleicht haben wir einen kleinen Vorsprung. Was noch, Schmidt?«

»Nur, dass ich ihr Informationen zukommen lassen sollte über deine aktuellen Aktivitäten, über Personen, zu denen du Kontakt aufgenommen hast, aber …«

»Aber das hast du nicht getan«, sagte John und verzog den Mund ein wenig. »Kann ich das glauben?«

Schmidt sackte in sich zusammen, und ich sagte: »Lass ihn, John. Ich glaube dir, Schmidt.«

»Ich auch«, sagte John. Sein misstrauischer Gesichtsausdruck wich einem Lächeln.

Diese Vertrauenserklärung munterte Schmidt hinreichend auf, um seinen Appetit zu wecken; er begann Deckel hochzuheben und begutachtete die verschiedenen Gerichte, während wir ihm, auf seinen Vorschlag hin, von unseren letzten Aktivitäten berichteten. Schmidt sagte nicht viel, denn er hatte den Mund voll, aber er nickte und verdrehte die Augen und gab Grunzgeräusche von sich, die Erstaunen, Besorgnis und Interesse signalisierten. Schließlich lehnte er sich zurück, wischte sich das Kinn ab und öffnete ein weiteres Bier.

»Also«, sagte er. »Fassen wir zusammen. Feisal (der arme Feisal!) hält in Luxor die Stellung. Das Supreme Council weiß noch nichts von dem Diebstahl. Mehrere gefährliche Personen hingegen haben davon erfahren – Bernardo in Rom und mindestens ein Unbekannter in London. Sie, wer auch immer sie sind, gehören nicht zu denjenigen, die den Diebstahl begangen haben. Suzi weiß ebenfalls davon. Der Informationsfluss erscheint zufällig, aber ist er das wirklich? Oder gibt es ein Muster? Vielleicht eine einzige Quelle?«

»Sehr gut, Schmidt«, sagte ich. »Wenn wir die Antwort darauf wüssten, dann wären wir näher dran, nicht nur die Motive des Diebstahls herauszufinden, sondern auch die Identität der wahren Diebe.«

»Möglicherweise«, sagte Schmidt. Er legte seine Finger aneinander und schaute mich über sie hinweg an. Ich erkannte seine Sherlock-Holmes-Identität. Nun, meinetwegen, wenn er wollte. Ich schwieg respektvoll, und erstaunlicherweise tat John es mir gleich.

»Ihr scheint den Großteil der möglichen Motive in Betracht gezogen zu haben«, fasste Schmidt zusammen. »Am wahrscheinlichsten ist schlichte Gier. Ein Lösegeld, um genau zu sein. Aber wenn das der Grund wäre, wieso hat sich noch niemand an die ägyptische Regierung oder das Supreme Council gewandt?«

»Woher sollen wir wissen, dass sie das nicht getan haben?«, fragte John.

»Genau das wollte ich auch gerade sagen«, sagte Schmidt und

schaute John mit seinem Holmes-an-Watson-Blick an. »Sie hätten gute Gründe, die Sache für sich zu behalten.«

»Schon, aber sicher würden sie als Allererstes überprüfen, ob er wirklich verschwunden ist«, gab ich zu bedenken. »Tutanchamun, meine ich. Feisal klingt nervös, aber nicht so panisch, wie er bestimmt wäre, wenn jemand vom SCA Zutritt zur Grabkammer verlangt hätte.«

»Das sind nur nutzlose Spekulationen«, grummelte Schmidt. »Aber es gibt eine Möglichkeit, zweifelsfrei festzustellen, ob der Generalsekretär des SCA eine Lösegeldforderung erhalten hat. Wir werden ihn fragen.«

* * *

Was Schmidt damit meinte, war: »Ich werde ihn fragen.« Er behauptete, ein enger persönlicher Freund Khifayas zu sein. Er glaubte, ein enger persönlicher Freund von jedem zu sein, den er je getroffen hatte, aber seine Beziehungen und sein Ruf verschafften ihm tatsächlich einen Vorteil, wenn er Informationen haben wollte. Aus reiner Herzensgüte bot ich an, Kontakt zu Khifaya aufzunehmen, indem wir mit ihm vor dem Museum demonstrierten. Schmidt hielt das für eine gute Idee. Er würde auch ein Schild tragen. Aber wir wurden enttäuscht. Khifaya hatte Berlin bereits verlassen.

Schmidt saß vor seinem Laptop und durchsuchte die entlegeneren Winkel des Word Wide Web, wo er auch auf diese Information gestoßen war. Khifaya war nicht mehr sonderlich interessant für die aktuellen Nachrichten, aber sein Name tauchte an allen möglichen Stellen auf, inklusive natürlich seiner eigenen Website. Das galt auch für den Namen Tutanchamuns, obwohl der keine eigene Website hatte.

»Nichts, was für unsere Ermittlungen relevant wäre«, verkündete Schmidt, wobei er das *R* rollte. »Wir müssen unbedingt sofort nach Ägypten aufbrechen.«

»Damit wir Khifaya dicht auf den Fersen sind?«, fragte ich hoffnungsvoll.

»Hat jemand einen besseren Vorschlag?«, wollte Schmidt wissen.

John legte die Wurst hin, an der er geknabbert hatte. »Ich habe mich schon gefragt, wann wieder jemand mit mir spricht.«

»Betrachte dich als angesprochen«, sagte ich und untersuchte die Käseauswahl.

»Ich hatte mehrere Gründe, nach Berlin zu kommen«, sagte John. »Die Vorstellung, mitzudemonstrieren, hat ihren Charme, aber ich hatte auch gehofft, von einem alten Bekannten zu hören.«

»Noch ein Gangster?«, erkundigte ich mich. »Ich will nicht kritisch klingen, aber es ist bereits eine Bande in Rom und eine weitere in London hinter dir her. Warum kannst du es damit nicht genug sein lassen?«

»Der Meinung bin ich auch«, sagte Schmidt und griff nach der letzten Scheibe Gouda. »Wir sollten einen Plan schmieden. Erst einmal musst du Kontakt zu Feisal aufnehmen. Wer weiß schon, was in den letzten paar Stunden vorgefallen sein mag?«

»Das wäre durchaus sinnvoll«, gestand John ein. »Vielleicht sollte ich ein Telefonat riskieren.«

Feisal meldete sich nach dem ersten Klingeln. »Wo seid ihr?«, wollte er wissen.

»Unterwegs«, sagte John. »Wir haben deinen Boss neulich im Fernsehen gesehen. Er scheint großes Vergnügen daran zu haben, das Berliner Museum zu nerven.«

»Er ist zurück. In Kairo. Ich«, setzte Feisal spitz hinzu, »bin in Luxor. Wann kommt ihr?«

Schmidt griff nach dem Hörer. John wandte ihm den Rücken zu, umklammerte den Hörer schützend und zischte: »Sag ja nichts, Schmidt.«

»Aber ich möchte …«

»Du bist eine Überraschung.«

John hängte auf. »So weit, so gut, könnte man schließen. Er hat jedenfalls nicht gebrüllt. Ich habe ihm gesagt, wir werden versuchen, gleich morgen früh zu fliegen.«

»Nein, das geht nicht«, sagte Schmidt. »Vielleicht am Abend. Vormittags werden wir vor dem Museum demonstrieren. Ja, ja, ich weiß, Dr. Khifaya ist nicht mehr da, aber einige seiner Anhänger könnten noch dort sein, und wenn nicht – nun, dann bin ich noch besser sichtbar, oder etwa nicht? Vielleicht lege ich mich quer auf die Straße und lasse mich verhaften.«

»Du willst Perlmutter demütigen«, sagte ich, hin- und hergerissen zwischen Amüsement und Entgeisterung.

»Warum nicht? Er hat mich auch gedemütigt, er hat zugelassen, dass ich das Grab vor aller Augen öffne, obwohl er wusste, dass dort nichts war! Ja, ich würde ihn gern einem kleinen Verhör unterziehen, subtil und gekonnt, wie es meine Art ist. Hat einer von euch sich die Mühe gemacht festzustellen, ob die Gerüchte schon bei Museen und seriösen Sammlern angekommen sind?«

»Dafür hatte ich noch keine Zeit«, sagte John abwehrend.

»Ts, ts, ts«, sagte Schmidt. »Nicht einmal das Britische Museum? Einer der Wachleute dort, dachte ich, wäre ein entfernter …«

»Sehr entfernt. Er hätte keine Ahnung, wer ich bin.«

»Dann überlass es mir.« Schmidt schaute auf seine Uhr und erhob sich. »Wir müssen uns beeilen. Wir haben viel zu erledigen.«

»Was genau meinst du?«, fragte ich, das Schlimmste erwartend.

»Einkaufen natürlich. Ich habe nicht einmal eine Zahnbürste dabei.«

»Der Concierge …«, begann John.

»Der Concierge kann mir nichts zum Anziehen kaufen. Heiliger Gott, ich kann doch nicht mit einem einzigen Anzug und ohne Schlafanzug nach Ägypten reisen, ohne Morgenmantel, ohne …«

»Darf ich mitkommen?«, fragte ich hoffnungsvoll.

»Aber natürlich.« Schmidt strahlte mich an.

Er trottete in sein Zimmer, um den Laptop wegzustellen und sich, wie er es formulierte, »so gut zurechtzumachen, wie es eben geht«. John warf mir einen kritischen Blick zu und begann: »Vicky, du wirst dir doch nicht von ihm …«

»… eine neue Garderobe kaufen lassen? Aber sicher. Begreifst du denn nicht, er versucht wiedergutzumachen, dass er uns verraten hat. Ich wette, wenn du freundlich fragst, kauft er sogar dir noch einen neuen Anzug.«

»Unter gar keinen Umständen.«

Ich gab ihm einen schnellen Kuss. »Du schmollst doch nur, weil du nicht mehr das Meisterhirn bist.«

* * *

Man kannte Schmidt in den richtigen Läden. Ein sich ununterbrochen verbeugender Verkäufer versprach, die Hosen von drei weißen Leinenanzügen bis acht Uhr am nächsten Morgen gekürzt und ins Hotel geliefert zu haben. Ein anderer versorgte Schmidt mit allen möglichen Herrenartikeln, von Socken bis zu Nachthemden. Ich sperrte mich, als Schmidt versuchte, mich in eine elegante Boutique zu lotsen, und machte mich auf den Weg zum Gesundbrunnen-Center, wo ich mir Jeans und ein paar Blusen kaufte. Schmidt stapfte schmollend davon, während ich Kleidungsstücke anprobierte, und kam mit etlichen Tüten zurück, die er dem abwehrenden John in die Hände drückte.

»Wir sind fast fertig«, verkündete er. »Noch eine Station, dann essen wir zu Abend.«

Ein Blick in das Fenster des Geschäfts, vor dem unser Taxi hielt, reichte, um meinen Verdacht zu bestätigen. Es war nur ein einziges Kleidungsstück in der Auslage: ein Nachthemd, das von Spinnen gewebt worden zu sein schien. Es schimmerte wie Libellenflügel, war halb transparent und mit perlmuttfarben schimmernden Fäden durchschossen.

»Sie haben zu«, sagte ich und versuchte, nicht übermäßig enttäuscht zu klingen. Eine Frau meiner Größe trägt normalerweise nur wenig Spitze und Chiffon, aber wie Schmidt sehr wohl wusste, hatte ich eine Schwäche für sexy Nachthemden.

»Trudi wird für mich öffnen«, sagte Schmidt. »Sie erwartet uns.«

Er drückte auf einen diskret verborgenen Klingelknopf. Ein Licht ging im Inneren an, ein Vorhang wurde zur Seite gezogen, ein Auge schaute heraus, ein Schrei hallte, dann riss jemand die Tür weit auf. Schmidt eilte in die ausgebreiteten Arme einer gut ausgestatteten Blondine, die ein Negligé trug, das mit Glitzersteinen, kaskadierenden Rüschen und Gott weiß was noch allem besetzt war.

John und Schmidt saßen an einem Marmortisch und nippten Champagner, während Trudi Unterwäsche in die Anprobe reichte, in die man mich geführt hatte. Keines der Wäschestücke verfügte über etwas derart Vulgäres wie ein Preisschild, was für sich genommen bereits ein Zeichen dafür war, dass ich mir hier nicht einmal ein Taschentuch würde leisten können. Ich war entschlossen, mich zu benehmen, aber das verdammte Nachthemd, das Trudi aus dem Schaufenster geholt hatte, war zu viel.

Die Vorstellung von Sinnlichkeit verändert sich von Kultur zu Kultur und Ära zu Ära, aber viel Haut zu zeigen kann – nun ja – zu viel sein. (Vor allem wenn, wie es heutzutage zu oft der Fall ist, die Haut große Mengen wabbeligen Fleisches bedeckt.) Meiner Meinung nach hängt viel davon ab, *wie* man etwas zeigt, und nicht, *was* man zeigt. Viktorianische Männer bekamen Atemnot, wenn eine Dame einen Knöchel blitzen ließ, und die alten Ägypter wussten, was sie taten, wenn sie Königinnen und Edelfrauen in transparentes Leinen hüllten. Ich wollte dieses Nachthemd besitzen. Es floss an mir herunter, geschmeidig wie eine Wolke. Ich wollte es unbedingt.

Ich werde es zurückzahlen, redete ich mir ein.

Ich gesellte mich auf ein Glas Champagner zu Schmidt (in seinem Fall auf ein weiteres Glas), und Trudi reichte ihm eine blassrosa Tüte mit Goldgriff, aus der oben Verpackungspapier herausquoll.

»Vielen Dank für die Mühe, Schätzchen«, sagte Schmidt und reichte John die Tüte. »Schreib es auf mein Konto.«

Das Taxi, das sie uns gerufen hatte, kam gerade, als wir gingen; wir warteten, bis wir die Ketten klappern und die Schlüssel klicken hörten; und ich dachte: Konto. Wieso hatte Schmidt ein Konto bei einem abartig teuren, auf Damenunterwäsche spezialisierten Laden? Wie viele andere Frauen hatten bereits von seiner Großzügigkeit profitiert? Und was ging es mich an?

Als ich später am Abend Trudis Tüte auspackte, enthielt sie nicht nur das Nachthemd, sondern auch ein passendes Negligé sowie ein Auswahl an BHs und Slips. Sie sahen alle aus, als kämen sie aus der Spinnenwerkstatt – und sie waren alle in meiner Größe. Entweder verfügte Schmidt über ein geschultes Auge, oder er hatte sich in meinen Kommodenschubladen umgesehen.

Wäre ich meinen Prinzipien treu geblieben, dann hätte ich

direkt zu Schmidt hinübermarschieren und ihm die Sachen empört zurückgeben müssen. Ich konnte jedoch nicht widerstehen, ein paar Stücke anzuprobieren, und das Nachthemd veranlasste John, mehrere Dichter aus der Zeit der Stuart-Restauration zu zitieren. Es veranlasste ihn sogar zu noch mehr. In dieser Nacht träumte ich nicht von Tutanchamun.

* * *

Ein Donnern an der Tür weckte mich. Ich stöhnte und setzte mich auf. Das Flirren von Libellenflügeln um mich herum schwächte meine Reaktion zu einem milden »Was willst du, Schmidt?« ab.

»Zeit zum Aufstehen!«, grölte Schmidt. »Wir müssen in einer Stunde am Museum sein. Hier ist Kaffee. Soll ich ihn reinbringen?«

John hatte die Decke über sein Gesicht gezogen, aber das Angebot ließ ihn aufspringen und aus dem Bett hechten. Ich zog das Negligé an, das zum Nachthemd passte, und scharwenzelte zur Tür.

»Oh, das ist sehr hübsch«, sagte Schmidt und begutachtete mich.

»Du siehst auch nicht schlecht aus«, murmelte ich. »Du hast also deine Anzüge bekommen.«

»Oh ja, auf Friedrich kann ich mich immer verlassen. Iss dein Frühstück. Es gibt Eier und Wurst, Brötchen und Marmelade, Käse und Schinken.«

»Was, kein Kaviar?«, sagte John, als er sich zu uns gesellte.

Schmidt griff zum Telefon. »War nur Spaß«, sagte John hastig.

Schmidt hatte bereits gefrühstückt, aber er leistete uns Gesellschaft und knabberte an allem Möglichen, bis wir fertig waren, dann scheuchte er uns zurück ins Schlafzimmer und sagte, wir sollten uns beeilen. Als wir zurückkehrten, kniete Schmidt auf dem Boden und stellte ein riesiges Transparent fertig. In leidenschaftlichem Deutsch forderte es die Rückgabe Nofretetes.

»Ist das ein Bettlaken?«, fragte ich.

»Ja, ich konnte kein Papier auftreiben, das groß genug war«, sagte Schmidt und werkelte weiter mit seinem lila Filzstift herum. »Ich werde es natürlich bezahlen.« Er setzte noch ein paar Worte hinzu.

»Das kannst du nicht über Perlmutter sagen«, wandte ich ein.

»Ich möchte ihn auf uns aufmerksam machen.« Schmidt erhob sich steif. »Oh, und übrigens: Ich habe für heute Abend auf dem Flug nach Kairo Plätze reserviert. Ihr solltet Feisal anrufen und ihm sagen, dass wir um zehn Uhr fünfundvierzig landen.«

»Ich denke, ich warte damit besser, bis wir sicher sind, dass ihr beide rechtzeitig aus dem Gefängnis freikommt«, sagte John.

Brav folgten wir Schmidt zum Fahrstuhl. »Du hast richtig Spaß an der Sache, oder?«, fragte ich John.

»So langsam, ja. Es hat seine Vorteile, Fußsoldat zu sein statt Befehlshaber. Was auch immer passiert, es wird nicht meine Schuld sein.«

»Und was ist mit deinem Freund, den du treffen wolltest?«

John zuckte mit den Achseln. »Ich werde sehen, ob ich später jemanden erreiche. Aber das hier wird eine von Schmidts legendären Aufführungen. Die will ich um keinen Preis verpassen.«

Es waren keine Demonstranten zu sehen. Die schmucke klassizistische Fassade des Museums ragte hinter einem kreisrunden Platz mit einem Springbrunnen in der Mitte auf. Der Bürgersteig war breit genug für ein halbes Dutzend Leute, die nebeneinanderher marschierten – oder, wie sich herausstellte, für zwei Leute, die Schmidts Transparent hielten. Ich nahm ein Ende, Schmidt das andere.

»In der Mitte hängt es«, sagte Schmidt. »John …«

»Oh nein«, sagte John und wich zurück.

»Gehen wir jetzt auf und ab, oder stellen wir uns vor die Treppe?«, fragte ich.

»Wir warten.« Schmidt sah auf seine Armbanduhr. »Er hat gesagt, er würde kommen. Wo … Ah!«

Der grüne Lieferwagen, der quietschend hielt, trug das Logo eines lokalen Fernsehsenders. Ein Mann mit einer dunklen Brille und einer Kamera stieg aus.

»Verzeihen Sie, Herr Professor. Tut mir leid, dass ich keine größere Crew bekommen konnte, aber in Dahlen brennt es.«

»Wir müssen tun, was wir können«, entgegnete Schmidt. »Erhardt Flugschaften – meine Assistentin, Fräulein Doktor Victoria Bliss. Also, Erhardt, treten Sie drei Schritte zurück, dann werden wir auf Sie zumarschieren, wir tragen das Transparent und rufen unsere Parole.«

»Wie lautet denn unsere Parole?«, fragte ich und hielt mein Ende des Transparents höher.

»Oder vielleicht sollten wir singen«, sagte Schmidt, der ganz offensichtlich keine Parole vorbereitet hatte. »Wie geht die ägyptische Nationalhymne?«

»Ich habe nicht die geringste Ahnung.«

Da hatte Schmidt eine Idee. Er stieß einen lauten Ruf aus, der mich und Erhardt zusammenzucken ließ. »Wahrheit! Freiheit! Gerechtigkeit!«

Ich hatte keine Ahnung, was Freiheit mit der Sache zu tun hatte, es sei denn, er meinte unsere Freiheit vom Gefängnis, aber ich stimmte in voller Lautstärke ein. »Wahrheit! Freiheit! Gerechtigkeit!«

Es hatte einen großartigen Rhythmus und reimte sich sogar. Grinsend trat Erhardt zurück und filmte uns dabei. John sah aus sicherer Entfernung vom Geländer aus zu, die Hände in seine Jackentaschen versenkt. Wir begannen ein Publikum anzuziehen – nicht nur die Leute, die uns aus dem Weg gehen mussten und uns mit Fäusten drohten, sondern auch etliche Museumswärter.

»Wahrheit«, riefen wir. »Freiheit!«

Der uns am nächsten stehende Aufseher räusperte sich laut. »Herr Doktor – entschuldigen Sie …«

Er sprang zurück, als Schmidt auf ihn zumarschierte, ohne langsamer zu werden oder auszuweichen. »Ach, Überwald, mein alter Freund! Ihre Familie ist gesund?«

»Ja, vielen Dank, Herr Doktor – aber – aber …« Wir machten eine Rechtswendung, die ein wenig ungeschickt ausfiel, denn ich war nicht darauf vorbereitet, und gingen schon wieder auf Überwald zu. »Sie können das nicht machen! Es ist verboten. Bitte …«

Wir gingen zügig an ihm vorbei, und Schmidt reichte ihm eine Visitenkarte. »Melden Sie mich Herrn Dr. Perlmutter.«

Schmidt kannte jeden. Aufseher in Museen, Ladenbesitzer, Restaurantchefs, Journalisten; wahrscheinlich wusste er den Namen des Typen, der seine Mülltonne leerte, und die Namen und Geburtstage aller Kinder dieses Typen. Er hatte ein Gedächtnis wie der sprichwörtliche Elefant, und oft genug hatte er bewiesen, dass seine Behauptung stimmte, dass er nie ein Gesicht vergaß. Wir würden nicht verhaftet werden. Alle kannten Schmidt.

Wir mussten noch ein paarmal hin und her marschieren, bis der Termin mit Perlmutter arrangiert war. Er wollte, dass wir in sein Büro kommen, aber Schmidt bestand darauf, dass er zu uns herunterkam. Schmidt drückte einem weiteren Aufseher ein Bündel Geldscheine in die Hand und bat ihn, etwas zu essen zu besorgen, jede Menge Essen, irgendwas, nicht nur für uns, sondern – mit einer weit ausholenden Geste in Richtung unseres wachsenden Publikums – »für alle unsere Freunde hier«.

Wenig später gesellten sich mehrere Leute zu uns, die keine Ahnung hatten, was wir forderten, aber auch mal im Fernsehen sein wollten. Andere setzten sich auf die Stufen und sahen zu. John hielt sich am Rand. Der Chor schwoll an. »Wahrheit! Freiheit! Gerechtigkeit!«

Jan Perlmutter versuchte sich unbemerkt heranzupirschen, aber Schmidt war auf der Hut und sah ihn hinter einer der Säulen lauern. Von Schmidt darauf aufmerksam gemacht, gelang Erhardt eine exzellente Aufnahme der großen klassizistischen Säulen, hinter denen Perlmutter nervös hervorlugte. Keckernd reichte Schmidt mir sein Ende des Transparents und trottete die Treppe hinauf, er winkte und rief nach Perlmutter. Ich reichte das Transparent weiter an ein paar Freiwillige und folgte ihm.

Perlmutter wand sich aus Schmidts zufriedenem Griff und versuchte seine Würde zu bewahren. »Ich bin überrascht, Sie auch hier zu sehen, Vicky.«

Ich war einst ganz altmodisch in Jan verknallt gewesen, der ausgesehen hatte wie einer der wundervollen jungen Heiligen auf einem meiner Lieblingsgemälde. Aber der Zauber war verflogen. Nicht nur war ich mittlerweile in jemand anderen verknallt, sondern Jan war auch nicht mehr wundervoll. Seine falkenhaften Züge waren heruntergesackt, seine dichten Locken mittlerweile von einem blassen Silber statt von strahlendem Gold, und sie hatten sich zudem so weit zurückgezogen, dass seine Stirn aussah wie ein Bergmassiv mit ein bisschen Schnee darauf. Er wandte Erhardt seinen Rücken zu, der jetzt die Treppe hochkam und dabei ungerührt weiterfilmte, und zischte: »Er soll aufhören! Schmidt, kommen Sie sofort rein. Haben Sie sich nicht ausreichend zum Narren gemacht?«

Schmidt nickte zufrieden. »Vielleicht schon. Kommt, Vicky, John. Erhardt, vielen Dank und viele Grüße an Erna.«

Perlmutter ging voran in sein Büro; aufgrund seines Tempos hängten wir unsere Bewunderer ab. Er setzte sich hinter seinen Schreibtisch und jammerte kläglich: »Warum haben Sie mir das angetan, Schmidt?«

Schmidt sagte: »Wahrheit! Freiheit!«, und bot Perlmutter ein Brötchen mit einer Bratwurst an.

»Aus Hass«, sagte Perlmutter und ignorierte das Würstchen. »Aus Rache. Das ist Ihrer nicht würdig. Es ist nicht meine Schuld, dass Sie nicht clever genug waren, das Gold Trojas zu finden.«

Schmidt begann seine Bratwurst zu essen, sodass ich es auf mich nahm zu antworten. »Wie haben Sie das hinbekommen?«

Schmidt schluckte. »Das gehört alles der Vergangenheit an«, sagte er mit einer wegwerfenden Handbewegung. »Wir sind hier im Dienste von Wahrheit, Freiheit ...«

»Was muss ich tun, damit Sie wieder verschwinden?«, wollte Perlmutter wissen.

»... und Gerechtigkeit«, sagte Schmidt. Er legte das Brötchen ab; es hinterließ einen Senffleck auf dem polierten Schreibtisch. Perlmutter zog ein Taschentuch hervor und wischte ihn weg. »Die Ägypter wollen die Nofretete doch nur für eine Sonderausstellung ausleihen. Warum können Sie dem nicht zustimmen?«

»Die Büste ist zu fragil ...«

»Bah«, sagte Schmidt. »Man benötigt Spezialverpackung und ein Privatflugzeug. Die Ägypter haben schon ähnlich zerbrechliche Objekte verschickt.«

»Sie werden sie nicht zurückgeben«, brach es aus Perlmutter heraus. Er beugte sich vor, die Hände fest verschränkt. »Sie werden sich weigern, sie zurückzugeben, und sie werden, wie sie es schon immer getan haben, behaupten, dass sie gestohlen wurde. Und was wird dann mit ihr geschehen? Das Museum in Kairo ist eine Katastrophe, überlaufen, dreckig, ein Paradies für Diebe. Ohne Klimaanlage, ohne Belüftung, Kunstschätze verrotten im Minutentakt. In ganz Ägypten zerfallen Grabstätten, Tempel, kostbare Monumente. Wir haben Nofretete gerettet! Sie ist auch ein Teil unseres Erbes, sie gehört der Welt!«

Es war das altbekannte Argument, das alle Grabräuber vorbrachten. Wo wären die Elgin Marbles heute, wenn sie im Parthenon verblieben wären? Was wäre aus dem Pergamonaltar geworden, wäre er nicht aus dem Gebiet, das heute zur Türkei gehört, von einer deutschen Expedition »gerettet« worden? Vielleicht wäre der Stein von Rosette als Fundament eines Hauses in Kairo verbaut worden, wenn die Franzosen nicht seinen Wert erkannt hätten? Jede Medaille hat zwei Seiten, und auch diese Seite hat ihre Berechtigung.

Genauso wie die andere.

»Das neue Museum, in dem sie vorhaben, sie auszustellen, wird über die nötige Ausstattung verfügen«, sagte ich. »Sie tun, was sie können, Jan. In Ägypten gibt es zu viel Zeugs. Die Welt sollte dabei helfen, dieses Erbe zu schützen, statt das Geld für Kriege zu verschwenden.«

»Zeugs«, murmelte Perlmutter. Er strich sich mit der Hand über die Stirn. »Ihre Forderung ist ehrbar. Aber es wird nie so weit kommen, Vicky. Uns bleibt nur, so viel wie möglich zu retten.«

»Und wie weit würden Sie gehen«, fragte Schmidt, »um so viel wie möglich zu retten?«

Perlmutter erstarrte. »Was wollen Sie damit sagen, Schmidt?«

»Es sind Gerüchte im Umlauf...«, begann Schmidt.

Perlmutter biss nicht an.

Schmidt fuhr fort: »... dass das Museum über Objekte verfügt, die unter fragwürdigen Umständen erworben wurden.«

»Ach, das. Dasselbe wird von fast jedem Museum weltweit behauptet. Die Gesetze wurden geändert. Was heute illegal ist, war früher einmal absolut korrekt.«

»Wenn Ihnen also ein einzigartiger Kunstschatz angeboten würde, würden Sie ablehnen, es sei denn, Sie wären sich seiner Herkunft absolut sicher?«

Wenn das Schmidts Vorstellung von vorsichtigem, geschicktem Befragen war, dann ging es ziemlich daneben. Perlmutter lachte sogar. »Aber natürlich. Und jetzt, Schmidt, wenn Sie nichts mehr zu sagen haben …«

Er hatte uns nicht gebeten, Platz zu nehmen. Der Schreibtisch war eine Barrikade, ein Symbol seiner Autorität und Überlegenheit.

Uns stehen zu lassen war ein deutlicher Hinweis, dass wir verschwinden sollten.

»Wo sind eigentlich Ihre Manieren?«, fragte John. »Hier, Vicky, nimm diesen Stuhl. Schmidt …«

»Wer zum Teufel sind Sie?«, wollte Perlmutter wissen.

»Sie haben mir keine Zeit gelassen, Sie einander vorzustellen«, sagte Schmidt. »Mr John Tregarth, ein Kollege und namhafter Kunsthändler.«

»Ich glaube, ich habe von Ihnen gehört«, gab Perlmutter zu. »Ein Kollege?«

»Eher ein Freund«, sagte John bescheiden. »Betrachten sie mich als eine Art *Amicus Curiae,* einen sachverständigen Berater.«

»Auf welcher Seite sind Sie tätig? Als Antiquitätenhändler ist Ihnen doch sicher bewusst, wie wichtig es ist, diese unwiederbringlichen Schätze zu erhalten.«

»Nicht unbedingt«, sagte ich. »Ihm ist klar, wie wichtig es ist, Geld damit zu verdienen.«

»Hmmm.« Jan betrachtete Johns ausdrucksloses Gesicht. »Ich kann mich nicht daran erinnern, dass wir je etwas bei Ihnen gekauft hätten. Aber dennoch kommen Sie mir bekannt vor …«

»Wir sind einander nie begegnet«, sagte John. Das stimmte; er hatte darauf geachtet, Perlmutter bei dem Fiasko mit dem trojanischen Gold aus dem Weg zu gehen. Er fuhr fort: »Ich habe vor Kurzem einige ägyptische Stücke erworben, an denen Ihr Museum interessiert sein könnte.«

»Sie können uns gern Fotos schicken«, sagte Perlmutter. »Natürlich vorausgesetzt, dass Ihre Provenienz unproblematisch ist.«

»Ich darf Ihnen versichern, dass dies der Fall ist.«

»Wir würden niemals in Betracht ziehen, ein Objekt zu kaufen, das nicht zweifelsfrei legal erworben wurde.«

Er grinste Schmidt an und schenkte John dann ein warmes Lächeln. John lächelte warm zurück.

Obwohl wir ihm versicherten, dass es nicht nötig sei, rief Perlmutter einen Aufseher, um uns aus dem Museum zu eskortieren. Dieses deutliche Zeichen des Misstrauens kränkte Schmidt zutiefst, sodass er darauf bestand, wenigstens der Nofretete Hallo zu sagen.

Ich hatte sie oft gesehen, aber ich bin es immer noch nicht müde. Die fotografischen Abbildungen werden ihr nicht gerecht. Die hohe, markante blaue Krone, unter der sich ihr Haar verbirgt, das zarte, leicht gebräunte Gesicht und der lächelnde Mund, ihr langer Hals und das hocherhobene Kinn … nicht einmal das fehlende Auge beeinträchtigte ihre Schönheit. Ich konnte nachvollziehen, warum die Ägypter sie zurückhaben wollten. Mochte Tutanchamun auch das berühmteste aller ägyptischen Symbole sein, so war Nofretete ihm doch dicht auf den Fersen – und viel schöner anzusehen.

Schmidt leistete seinen Tribut in Form eines langen Seufzers, dann ließ er sich abführen.

Das Publikum hatte sich zerstreut, unser Transparent war verschwunden – wahrscheinlich in einem Mülleimer.

»Zeit zum Mittagessen«, sagte Schmidt. »Es gibt ein Restaurant…«

»Du hast gerade vier Würstchen gegessen«, protestierte ich.

»Wir können ihn genauso gut füttern«, sagte John. »Beim Essen ist er Vorschlägen gegenüber aufgeschlossener.«

Das Restaurant war voll und laut. Wie alle Spione wissen, ist das die ideale Umgebung für ein konspiratives Gespräch.

»So, was für Vorschläge meinst du?«, wollte Schmidt wissen. »Perlmutter, dieser gerissene Hund, hat sich nichts anmerken lassen, aber es war geschickt, John, wie du eine Beziehung zu ihm hergestellt hast.«

»Vielen Dank«, sagte John bescheiden.

»Hast du wirklich Objekte in Museumsqualität? Warum durfte ich sie nicht sehen?«

»Weil unsere Sammlung keine Stücke aus dem Alten Ägypten beinhaltet«, sagte ich.

»Wie hast du sie erworben?«, wollte Schmidt wissen.

»Absolut legal, das kann ich dir versichern.«

»Aha«, sagte Schmidt. »Von…«

»Das ist irrelevant und uninteressant«, sagte John. »Aber sie können dazu dienen, die freundschaftliche Beziehung zu Perlmutter zu pflegen. Aber zu etwas anderem: Wäre es nicht Zeit, dass du dich bei Suzi meldest?«

Schmidt erstickte fast an dem Bissen, den er gerade im Mund hatte, dann murmelte er: »Ja, du hast recht. Man hat mir gesagt – mich gebeten –, jeden Tag Bericht zu erstatten, unabhängig davon, ob es Neuigkeiten gibt.«

»Vielleicht hast du eine Nachricht von ihr«, sagte ich.

»Nein, sie wollte mir keine Nachrichten schicken, weil sie fürchtete, ihr könntet sie abfangen. Sie ist sehr vorsichtig.« Schmidt zog sein Handy hervor. »Was soll ich ihr sagen?«

John hatte darüber offensichtlich schon nachgedacht. »Dass wir in Berlin sind.«

Er wischte Schmidts Versuch zu protestieren beiseite. »Wenn sie es noch nicht über ihre Quellen herausgefunden hat, dann wird dich auf jeden Fall irgendwer in den Abendnachrichten sehen.«

»Daran hatte ich nicht gedacht.« Schmidt schaute enttäuscht.

»Das macht nichts. Sag ihr, dass wir noch ein paar Tage hierbleiben wollen und dass du die berechtigte Hoffnung hegst, mich dabei zu erwischen, wie ich mit einem Mitglied meiner Bande verhandele.«

Schmidt kicherte. Seine dicken, kleinen Finger drückten bereits auf den Knöpfchen herum. »Bande, ja, das ist gut. Was soll ich noch schreiben?«

»Liebe Grüße und Küsse«, schlug ich vor.

Schmidt schnitt eine Grimasse, gehorchte aber.

Ich hatte kein Brötchen mit Wurst genossen, also schlug ich beim Mittagessen zu. Ich weiß, das klingt, als ob ich die ganze Zeit äße, aber wenn man mit John reist, dann weiß man nie, wann man die nächste Mahlzeit bekommen wird.

»Fliegen wir jetzt wirklich nach Ägypten, oder ist das wieder nur eine Finte?«, fragte ich. »Nicht, dass ich eine ehrliche Antwort erwarte.«

John zog eine Augenbraue hoch. »Ich kann nicht verstehen, warum du so etwas sagst. Letztlich ist es doch so, dass wir mit unserem bisherigen Ansatz offenbar nicht weiterkommen, also ist es vielleicht an der Zeit, nach ihm zu suchen. Ich persönlich glaube, er ist noch in Ägypten.«

»Er? Oh – er. Warum?«

»Überleg dir einmal, wie schwierig es wäre, ihn aus dem Land zu schaffen. Wie könnte man ein einen Meter achtzig langes Objekt auf normalem Wege transportieren? Man könnte vielleicht zu Methoden greifen wie einem Boot in einem Hafen am Roten Meer oder einem Flugzeug, das in der Wüste landet, aber warum soll man sich all diese Mühe machen, wenn man ihn genauso gut irgendwo in der Nähe verstecken kann, damit man ihn nach Zahlung des Lösegeldes ohne große Umstände zurückgeben kann?«

»Das klingt allerdings sehr vernünftig«, sagte Schmidt.

John lächelte bescheiden. »Hinzu kommt die Schwierigkeit, ihn aus der Umgebung von Luxor herauszubekommen. Soweit ich mich erinnern kann, kommt man in keine Richtung sehr weit, ohne Sicherheitskontrollen zu passieren. Private Fahrzeuge müssen normalerweise warten, um sich dann einem von der Polizei begleiteten Konvoi anzuschließen. Mir fallen mehrere Möglichkeiten ein, wie man das Problem der Sicherheitskontrollen umgehen könnte, aber wir können genauso gut mit der Annahme beginnen, dass sie nicht weit gekommen sind.« John sah auf die Uhr. »Wir kehren besser zurück zum Hotel und machen uns ans Packen.«

»Dann brauche ich einen Koffer«, sagte Schmidt und strahlte angesichts der Vorstellung, noch mehr einzukaufen.

Wir nahmen nicht das erste Taxi. Ich fragte nicht, wann die Schurken darauf kämen, dass die Leute inzwischen Bescheid wissen, und den Geiselnehmer einfach ans Steuer des zweiten Taxis setzen.

Das KaDeWe war nicht unbedingt der Ort, den man mit Schmidt aufsuchen sollte. Er kaufe jedem von uns einen Koffer (echtes Leder), John eine Uhr (eine Rolex) und mir einen Schal (Hermès) und in der Spielzeugabteilung noch eine exakte Nachbildung von Prinzessin Leias Pistole.

»Die kriegst du nie durch die Sicherheitskontrolle«, sagte ich.

»Ich lege sie in den Koffer, den ich aufgebe. Ein Geschenk für mein Patenkind, verstehst du? Soll ich dir auch eine kaufen?«

»Also …«

»Zwei Patenkinder«, sagte Schmidt. »Und vielleicht für jedes von ihnen ein Schwert Aragons.«

Die Schwerter waren eins zwanzig lang. Wir redeten sie ihm aus.

Wir kamen trotz allem rechtzeitig ins Hotel. Ich verstaute alle meine neuen Geschenke, inklusive Leias Pistole, in meinem Koffer und sah dann noch einmal nach, dass ich nichts vergessen hatte. John hatte bereits fertig gepackt und verließ das Schlafzimmer. Als ich wieder hinaus ins Wohnzimmer kam, war er nicht mehr da.

6

Er war nirgends in der Suite. Schmidt, der immer noch Dinge in seinen Koffer packte, die ich ihn nicht einmal hatte kaufen sehen, unterbrach seine schiefe Darbietung von *Night Train to Memphis* lange genug, um abzustreiten, John gesehen oder gehört zu haben.

»Bleib hier«, sagte ich mit zusammengebissenen Zähnen. »Ich meine es ernst, Schmidt; verlass nicht das Zimmer, bis ich zurück bin.«

Wäre ich ein netter Mensch, hätte ich die Hände gerungen und mich vor Sorge halb wahnsinnig gemacht. Aber kalte Vernunft erinnerte mich daran, dass ich keinen Eindringling vernommen hatte und nicht einmal einen einzelnen Schuss. Also musste John ganz allein das Zimmer verlassen haben, auf seinen eigenen, wohlbeschuhten Füßen und aus seinen ganz eigenen Gründen, die mir mitzuteilen er sich nicht die Mühe gemacht hatte.

Der Fahrstuhl hielt in einem Korridor neben der Lobby. Ich war noch nicht wütend genug, um schimpfend daraus hervorzustürmen; als ich vorsichtig um eine Topfpflanze herumlinste, sah ich zwei Personen in der Hoteltür stehen, die in ein Gespräch vertieft waren. Eine davon war John, ganz lächelnder Mann von Welt, kein Härchen war ihm gekrümmt. Die andere Person war gebaut wie Schmidt, klein und rund, aber es handelte sich offensichtlich um eine Frau. Nach ihrer Kleidung zu urteilen, war sie nicht mehr jung: Sie trug ein mit einem dunklen Muster bedrucktes Kleid, das bis zur Mitte der Waden reichte, bequeme Schnürschuhe, und ein Tuch bedeckte ihr Haar. Komplettiert wurde ihre Aufmachung durch eine übergroße Handtasche und eine Einkaufstasche aus Stoff. Ich konnte ihr Gesicht nicht sehen, weil sie mir den Rücken zugewandt hatte.

Ich blieb, wo ich war, und spitzte die Ohren. Allerdings konnte ich nur leises Murmeln vernehmen. Als ich schließlich doch etwas verstand, brachte es mich nicht weiter: John sagte auf Deutsch »Auf Wiedersehen«. Das heisere Kichern der Hausfrau war die einzige Antwort. John hielt ihr die Tür auf, und sie marschierte handtascheschwingend hinaus.

Ich kam hinter dem Grünzeug hervor. Johns Reaktion auf mein Erscheinen war ein Lächeln und die Mahnung, dass wir spät dran wären.

»Und wessen Schuld ist das?«, wollte ich wissen, während er mich in den Fahrstuhl zurückverfrachtete. »Warum hast du mir nicht gesagt, dass du mit deiner Kontaktperson verabredet bist?«

John legte seinen Arm und mich und drehte mich in seine Richtung. »Hast du dir Sorgen gemacht?«, fragte er zärtlich.

»Ich war sauer.«

»Das habe ich vermutet.« Er nahm seinen Arm wieder weg. »Ich habe dir heute Vormittag gesagt, dass ich vorhatte, mich mit jemandem zu treffen.«

»Wer ist sie? Sie sieht nicht aus wie eine Gaunerin.«

»Das gilt für die meisten erfolgreichen Gauner.« John schaute selbstzufrieden. »Aber in diesem Fall ist das Wort ›Gauner‹ gar nicht zutreffend. Sie ist eine der angesehensten Antiquitätenhändlerinnen Berlins. Sie war nicht besonders scharf darauf, in der Öffentlichkeit mit mir gesehen zu werden, weswegen sie sich bereit erklärte, für ein kurzes Gespräch hier im Hotel vorbeizukommen.«

»Ich hatte den Eindruck, dass du ebenfalls ein angesehener Antiquitätenhändler wärst. Wieso war sie dann nicht bereit, sich in der Öffentlichkeit mit dir zu treffen? Ach – Moment, lass mich raten. Sie hat irgendetwas gehört.«

»Sehr gut«, sagte John von oben herab. Er klopfte bei der Suite an. Schmidt musste direkt hinter der Tür gestanden haben. Sie wurde aufgerissen, und da stand Schmidt und zielte mit Prinzessin Leias Pistole auf uns.

»Gott sei Dank, ihr seid in Sicherheit!«, rief er aus.

»Ich kann mir nicht vorstellen, weshalb du von etwas anderem ausgehen könntest«, sagte John. »Aber ich weiß deine Sorge zu schätzen, Schmidt. Hast du fertig gepackt?«

»Ja, ja, nur die Pistole fehlt noch. Wo ...«

»Alles zu seiner Zeit«, sagte John. »Wo ist dein Koffer, Vicky?«

»Oh, trägst du ihn für mich? Wie galant.«

Am Ende trug ich das Ding selber, denn als John sah, wie Schmidt seinen zum Bersten gefüllten Koffer zur Tür wuchtete, entschied er, dass Schmidt seiner Hilfe bedürftiger war als ich.

»Was um Himmels willen hast du da drin?«, fragte John.

Schmidt guckte betroffen. »Ein paar Kleinigkeiten. Überlebensnotwendiges. Was ...«

John weigerte sich, mit uns zu reden, bis wir im Taxi nach irgendwo saßen. Dann lehnte er sich zurück, faltete die Hände und sagte: »Statt einer ganzen Reihe von Fragen zu beantworten, werde ich kurz die neuesten Entwicklungen zusammenfassen. Ich habe meinen Termin nicht erwähnt, weil er sich in letzter Minute ergab und ich wusste, es würde nicht lange dauern. Helgas Zögern, sich mit mir zu treffen, war ein deutliches Zeichen dafür, dass sie etwas Interessantes gehört hatte, aber ich wollte mehr als das wissen und nicht auf einer Leitung darüber reden, die inzwischen möglicherweise nicht mehr abhörsicher ist.«

»Glaubst du, Suzi ...« Schmidt schlug sich die Hand vor den Mund.

»Keine Namen«, sagte John. »Es wäre möglich, ja.«

»Und Hel... Die andere, meine ich – äh –, ist es die am Ludwigkirchplatz?«

»Du kennst sie natürlich«, sagte John.

»Natürlich. Sie ist eine der angesehensten ...«

John unterbrach ihn. »Sie und mehrere andere wichtige unabhängige Händler wurden von einem kürzlich erfolgten Diebstahl in Kenntnis gesetzt. Sie erfuhren keine Details, nur dass es sich um ein ägyptisches Kulturgut beachtlichen Wertes handele. Sie wurden gebeten, sich augenblicklich mit dem Supreme Council of Antiquities in Verbindung zu setzen, wenn jemand sie kontaktierte, der ihnen ein derartiges Objekt zum Kauf anböte. Oder«, setzte er nach einer kurzen Pause hinzu, »wenn ich mich mit einem von ihnen in Verbindung setzte.«

»Hmmm«, sagte Schmidt.

»Allerdings: Hmmm«, stimmte ich zu. »Das ist eigenartig. Warum das SCA und nicht Interpol? Und warum fiel dein Name?«

»Sie hat mich dasselbe gefragt«, sagte John. »Mein gegenwärtiger Ruf in der Branche ist tadellos. Zumindest war er das bis jetzt. Dass mein Name in einem solchen Kontext erwähnt wird, reicht aus, um gewisse Zweifel zu säen. Ich wäre nicht der erste Händler, der die Seite wechselt.«

»Du hast natürlich deine Unschuld beteuert, nehme ich an«, sagte ich.

»Kein Problem«, sagte John selbstzufrieden. »Ich habe einfach gesagt, dass ich ebenfalls Gerüchte gehört hätte, und da ich sowieso nach Berlin wollte, wäre ich neugierig gewesen, was sie, wenn überhaupt, gehört hätte. Ich war entgeistert – entsetzt! –, als sie sagte, mein Name sei in diesem Zusammenhang gefallen. Meine Entgeisterung hat sie derart gerührt, dass sie versprochen hat, es mich wissen zu lassen, wenn jemand sich wegen des betreffenden Objekts mit ihr in Verbindung setzte.«

»Mit anderen Worten: Du hast eine deiner besseren Vorstellungen gegeben«, sagte ich.

»Ich war in Höchstform, allerdings.« Er kam wieder zu sich. »Es ist nicht nur merkwürdig, Vicky, es ist unerklärlich. Das – äh – verschwundene Objekt gehört nicht zu den Gegenständen, mit denen Leute wie sie handeln würden, selbst wenn es auf legalem Wege angekauft werden könnte, was, so viel hat die Nachricht klargemacht, sicher nicht der Fall sein würde.«

»Vielleicht ist das nicht so unerklärlich«, sagte Schmidt und runzelte die Stirn.

»Wie meinst du das?«, fragte John streng.

»Ich will nur sagen, dass deine einst tadellose Reputation jetzt beschmutzt ist«, entgegnete Schmidt überrascht. »Wie du schon sagtest, es passiert nicht zum ersten Mal, dass ein Händler der Versuchung nachgibt, wenn es genug zu verdienen gibt.«

»Aber nur wenige Händler, wage ich zu behaupten, würden durch… durch so etwas in Versuchung geführt«, sagte John. »Wie zur Hölle soll man das Ding denn loswerden?«

Schmidt gab beruhigende Geräusche von sich. John hatte beinahe die Fassung verloren, was ungewöhnlich war. Und ich begann mir Gedanken zu machen: Die meisten Händler wüssten nicht, was sie mit einem so bizarren Objekt wie einer berühmten Mumie anfangen sollten. Aber wenn es jemand wusste…

* * *

Muss ich erwähnen, dass wir in der ersten Klasse nach Kairo flogen?

Ich reise wirklich gern mit Schmidt.

Er hatte auch in die Wege geleitet, dass uns am Flughafen ein Kurier erwartete, der von Schmidt einen Haufen Scheine und unsere Pässe entgegennahm und loszog, um unsere Visa zu besorgen. Er kam mit den Visa zurück – und brachte zudem einen Rollstuhl mit, in dem Schmidt es sich bequem machte.

»Alles in Ordnung?«, fragte ich.

»Ja, ja. Es gibt eine Extraschlange für Behinderte.« Schmidt zwinkerte und furchte dann sein Gesicht im Ausdruck tapfer kontrollierten Schmerzes.

»Er wird immer schlimmer«, flüsterte ich John zu. »Macht der Mann denn vor nichts halt?«

»Ich hoffe nicht. Ich habe selber schon die Rollstuhlmethode eingesetzt – mit Perücke, Verband und/oder senil und sabbernd –, aber bislang wird Schmidt meinen höchsten Erwartungen gerecht.«

Im Gefolge einer kleinen Prozession, die unser Gepäck trug, bewegten wir uns zur Passkontrolle – und dank des Rollstuhls ließen wir sie zügig hinter uns. Hinter dem Sicherheitsbereich standen Menschen an einer Sperre und warteten auf ankommende Passagiere. Ganz vorn zwischen ihnen sah ich ein bekanntes Gesicht.

John sagte: »Ich gehe besser los und warne … Oh. Zu spät.«

Schmidt hatte Feisal bereits entdeckt. Er stieß einen lauten Ruf aus und begann zu winken. Bis zu diesem Moment hatte Feisal Schmidt noch nicht gesehen. Sein Ausdruck war der eines Helden in einem Horrorfilm, der gerade bemerkt hatte, dass sich das Monster auf ihn stürzte.

Schmidt sprang auf und umarmte Feisal. »Wir wollten dich überraschen. Bist du überrascht?«

Feisal atmete tief durch und erwies sich als der Mann, von dem ich immer gewusst hatte, dass er in ihm steckte. »Ja. Ja, ich bin allerdings … überrascht. Hallo, Schmidt. Vicky. Johnny …«

»Du kommst mit uns ins Hotel«, verkündete Schmidt. »Wir sind im Nile Hilton. Es ist nicht mein Lieblingshotel in Kairo, aber es befindet sich in der Nähe des Museums.«

Der Verkehr in Kairo ist zu jeder Tageszeit grausam. Es war deutlich nach Mitternacht, als wir das Hotel erreichten und zu unseren Zimmern geführt wurden. Schmidt hatte eine Suite mit einem Balkon, von dem aus man die ganze Stadt sehen konnte. Es war bei Nacht ein großartiger Anblick, sie glitzerte wie eine juwelenbesetzte Robe, und der Nil zog sich wie eine schimmernde Schlange hindurch. Ich bewunderte die Aussicht, als Schmidt mich zu sich rief.

»Komm, komm, wir haben keine Zeit für Nostalgie. Wir müssen Kriegsrat halten.«

Feisal sank auf das Sofa und starrte John vorwurfsvoll an. »Er weiß es. Du hast es ihm gesagt. Warum hast du es ihm gesagt?«

Obwohl ich in der Versuchung war, John die Schuld zuzuschieben, gebot die Fairness, dass ich die Verantwortung mit übernahm. »Es war meine Idee, Feisal.« Der starre Blick wanderte in meine Richtung. »Äh – ich meine –, es war unser beider Idee.«

»Und warum auch nicht?«, beschwerte sich Schmidt. »Habe ich meine Qualitäten nicht hinreichend unter Beweis gestellt? Sind wir nicht wie die vier Musketiere, einer für alle und alle für einen?«

»Ich will d'Artagnan sein«, sagte ich.

Schmidt kicherte. »Aber ich bin der größte Fechtmeister Europas, wusstest du das nicht?«

»Du forderst Leute bloß zum Duell heraus, wenn du betrunken bist, Schmidt.«

»Das ist nicht wahr«, sagte Schmidt, der seine dreiste Behauptung offenbar tatsächlich glaubte. »Setz dich, Vicky, setz dich. Wir werden Bier trinken und reden.«

»Es gibt kein Bier«, murmelte Feisal. »Das Hotel hat …«

»Es gibt Bier«, sagte Schmidt.

Und so war es auch.

Während er trank, erlaubte Schmidt es John und mir, Feisal darüber aufzuklären, was wir herausgefunden hatten. Feisal reagierte auf unsere Begegnung mit der kriminellen Unterwelt lediglich mit einem gemurmelten »Geschieht euch recht!«, aber als ich ihm von Suzi erzählte, stieß er einige klangvolle arabische Wortsalven aus. Ich vermute, dass es Beleidigungen waren, nicht nur aufgrund des Tons, sondern auch aufgrund der Tatsache, dass Schmidt, der in einem Dutzend Sprachen fluchen kann, zurückzuckte und traurig in sein leeres Glas starrte.

»Sei nicht sauer auf Schmidt«, sagte ich.

»Ich bereue alles«, sagte Schmidt tonlos.

»Mehr noch«, sagte John, »Schmidt ist jetzt unser Spion im Feindeslager. Ein echter Doppelagent.«

»Hmmm.« Feisal nickte widerstrebend. »Aber das ist eine schlechte Neuigkeit. Ich erinnere mich an sie. Habt ihr je herausbekommen, für wen genau sie arbeitet?«

»Ich setze auf Interpol«, sagte ich. »Irgendeine Spezialeinheit, die sich mit Kunstraub beschäftigt. Feisal, sie kann nichts beweisen. Noch nicht.«

»Irgendjemand setzt Gerüchte in die Welt«, fasste John zusammen. »Er geht sehr selektiv vor und operiert im Verborgenen. Wenn wir wüssten, warum …«

»Ich nehme an, ihr habt noch keine Anhaltspunkte?«, sagte Feisal und nippte am Wasser. Schmidt sagte nichts, und das so laut, dass wir ihn alle anstarrten.

»Ja?«, fragte John.

»Was? Oh.« Schmidt tippte sich gegen die Stirn. »Mir spuken ein oder zwei Ideen im Kopf herum. Aber es ist zu früh, darüber zu sprechen. Wir benötigen weitere Informationen. Ich würde gern den Tatort untersuchen und die Zeugen befragen.«

»Du meinst die Grabstätte?« Feisals Augen weiteten sich. »Glaubst du, das ist klug? Wir wollen doch keine Aufmerksamkeit darauf lenken.«

»Ich stimme Schmidt zu«, sagte John. »Bisher waren wir in der Defensive. Wir haben darauf gewartet, was andere Leute tun. Ich habe nicht das Gefühl, dass uns das weiterbringt.« Er lächelte engelhaft. »Auch mir spuken ein oder zwei Ideen im Kopf herum.«

Feisal sah aus, als würde ihm übel.

Schmidt rief seinen bedauernswerten Kurier an, den er offensichtlich aus dem Bett geklingelt hatte, und instruierte ihn, für den nächsten Morgen für uns alle einen Flug nach Luxor zu organisieren. Schmidt übertönte die Proteste des Kuriers. »Ja, ja, ich weiß, das wird schwierig, aber Sie kriegen das hin. Tun Sie, was immer dazu nötig ist.«

Ich hoffte, das bedeutete, mit Bestechung zu arbeiten und nicht Drohungen und Gewalt. Schmidts neue, selbst erwählte Rolle als Meisterhirn war ihm zu Kopf gestiegen.

Feisal erhob sich schwer. »Ich rufe euch morgen früh an. Gute Nacht allesamt.«

»Maasalama«, sagte Schmidt; seine Augen glänzten wie bei einem kleinen Vögelchen.

Er öffnete noch eine Flasche Stella. Mir bot er auch eine an, aber ich schüttelte den Kopf. »Es ist nach zwei, Schmidt. Ich gehe ins Bett. Ruf mich nicht an, ich melde mich bei dir.«

* * *

Geweckt wurde ich, viel zu früh, vom Telefon. »Es gibt Frühstück«, sagte Schmidt. »Beeil dich, wir fliegen um zehn.«

»Wie spät ist es?«, krächzte ich.

Er hatte bereits aufgelegt. Ich tastete nach meiner Uhr. Halb acht. Ich begann es zu hassen, mit Schmidt zu reisen.

Wir hatten noch nichts von Feisal gehört, und Schmidt sorgte sich zutiefst. »Er meldet sich nicht auf dem Handy. Er ist nicht im Hotel. Wo ist er? Warum hast du ihn letzte Nacht nicht gefragt, wo er hinwollte?«

Ich hatte genug Kaffee getrunken, um wach zu sein, aber noch nicht genug, um gut gelaunt zu sein. »Du hast ihn auch nicht gefragt. Es geht uns auch nichts an, wo er hinwollte. Vielleicht hat er die Nacht bei seiner Freundin verbracht.«

»Was für eine Freundin? Wer ist sie?«

»Ich habe nicht gefragt«, blaffte ich. »Auch das geht uns nichts an.«

»Beruhige dich, Schmidt«, sagte John. »Wenn er das Flugzeug verpasst, kommt er sobald wie möglich nach.«

Wir waren fast schon abreisebereit, als Feisal schließlich anrief. Schmidt befahl ihm, sich mit uns am Flughafen zu treffen, und scheuchte uns zur Tür hinaus.

Der Wagen, den er bestellt hatte, wartete. Während Schmidt die Hotelrechnung beglich, sagte ich zu John: »Ich stimme dafür, dass du als Meisterhirn übernimmst. Schmidt wird immer schlimmer. Wozu übernachten wir in einem Hotel in der Nähe des Museums, wenn wir nicht ins Museum gehen?«

John zuckte mit den Achseln.

Wir brauchten über eine Stunde bis zum Flughafen. Außerhalb des Terminals entdeckten wir keine Spur von Feisal. Nur die regionalen EgyptAir-Flüge nutzen das Inlandsterminal, aber es war unglaublich viel los. Träger griffen in der Hoffnung auf ein kleines Trinkgeld nach Gepäckstücken; Reisende aller Nationalitäten in allen möglichen Aufmachungen waren unterwegs: konservative Musliminnen in schwarzen Zelten, Jeans tragende Studenten, die unter dem Gewicht ihrer riesigen Rucksäcke fast zusammenbrachen, ein paar Würdenträger in weißen fließenden Roben und mit passenden Kopfbedeckungen, eine kleine alte Dame, deren Nase in einem Reiseführer steckte, uniformierte Wachmänner …

»Mr John Tregarth?«

Sie waren zu zweit. Sie trugen ganz normale Anzüge, keine Uniformen, aber John trat unwillkürlich einen Schritt zurück. Die beiden kamen näher.

»Ja«, sagte John fragend.

»Kommen Sie bitte mit uns.«

Schmidt und ich waren ebenfalls gemeint. Die beiden Männer gaben sich ungeheuer höflich, aber sie ignorierten unsere Fragen und lächelten nur freundlich, als wir protestierten. Schmidts Blutdruck stieg sichtbar an. Er ballte seine Fäuste und begann etwas von Wahrheit, Freiheit und Gerechtigkeit zu murmeln.

»Vergiss es, Schmidt«, sagte John.

»Du wirst keinen Widerstand leisten?«, fragte Schmidt empört.

»Und eine höfliche Einladung abschlagen?«, hielt John dagegen und zog eine Augenbraue hoch.

»Aber wenn es Feinde sind, wie der Mann in Rom …«

»Das glaube ich nicht. Sie sind nur zu zweit, und sie scheinen nicht bewaffnet zu sein. Wenn dies ein Entführungsversuch wäre, dann hätten sie nicht einen Ort ausgewählt, an dem so viele Leute unterwegs sind, darunter zahlreiche Polizisten. Und die Selbstverständlichkeit, die diese freundlichen Herrschaften an den Tag legen, deutet darauf hin, dass sie in offiziellem Auftrag unterwegs sind.«

»Oh, verdammt«, sagte ich. »Werden wir verhaftet?«

»Zur Befragung einberufen«, korrigierte John.

Unsere Begleiter erhoben keine Einwände, als John ein paar Träger heranwinkte, um unser Gepäck mitzunehmen. Sie lächelten nur nichtssagend und führten uns zu einer langen schwarzen Limousine. Als einer von ihnen die Tür öffnete, sah ich Feisal darin sitzen. Er hockte bloß da, vornübergebeugt, und schaute wie ein gescholtenes Hündchen. Ansonsten war, außer dem Fahrer, niemand im Wagen.

Schmidt, John und ich leisteten Feisal auf der Rückbank Gesellschaft. Einer der Männer setzte sich vorn neben den Fahrer. Der andere auf den Sitz uns gegenüber.

»Ich vermute, du weißt auch nicht mehr als wir«, sagte John.

Feisal schüttelte den Kopf. »Tut mir leid«, murmelte er. »Ich konnte euch nicht warnen.«

»Wir haben nichts zu befürchten«, sagte Schmidt laut. »Wir haben nichts Unrechtes getan.«

Weit eindeutiger als die Artikel, die ich gelesen hatte, oder die Geschichten, die ich gehört hatte, machte mir Feisals Gesichtsausdruck klar, dass wir uns nicht in einem Land befanden, in dem man als unschuldig galt, bis die Schuld bewiesen war.

Aber wir waren immerhin Ausländer, sagte ich mir, Bürger von Ländern, die als Alliierte Ägyptens galten. Ausländer wurden vielleicht in anderen Teilen des Mittleren Ostens verhaftet und der Spionage angeklagt, aber sicher nicht hier. Nicht, solange die USA haufenweise Geld ins Land pumpten. Was das alles für Feisal bedeutete, darüber dachte ich lieber nicht nach.

Schmidt stellte unserem Aufseher ein paar Fragen, kassierte aber nur Achselzucken und Lächeln als Antwort. Schließlich sagte John leise: »Verschwende deinen Atem nicht, Schmidt. Ich glaube, sie verstehen nicht viel Englisch.«

»Dann können wir uns offen unterhalten«, verkündete Schmidt. »Pläne schmieden.«

»Dies ist wohl eine Gelegenheit für Improvisation«, sagte John. Er setzte pointiert hinzu: »Und für Schweigsamkeit.«

Die lange Fahrt führte uns zurück über die Schnellstraße bis ins Zentrum Kairos. Die Kakofonie des Verkehrs erreichte uns sogar durch die geschlossenen Fenster. Auf dem Rücksitz war es dank Schmidts großzügiger Gesäßbreite ein wenig eng, aber es war ein Wagen der gehobenen Klasse mit grauen Samtpolstern und einer Klimaanlage, die mein Haar in Unordnung brachte. Schmidt hielt den Mund, obwohl er aussah, als würde er vor lauter Fragen bald platzen. Ich beschäftigte mich damit, den Mann zu betrachten, der mir gegenübersaß. Sein Haar war schon ergraut, und sein Anzug war ein wenig schäbig. Falls er ein Mitglied der Geheimpolizei war, oder wie immer man das hier nannte, dann sah er nicht sonderlich gefährlich aus. Als er meinen Blick bemerkte, lächelte er noch einmal nichtssagend und sah dann weg.

Nach einer Weile konnte ich ein paar bekannte Ecken ausmachen und bemerkte, dass wir in Richtung Nil fuhren. Wir erreichten die Uferpromenade und reihten uns in den Verkehr ein, der über eine der Brücken kroch. Direkt vor uns zeigte der Cairo Tower wie ein Finger himmelwärts.

Feisal richtete sich auf. Sein Mund war eine gerade Linie.

»Was ist?«, flüsterte ich.

Feisal schüttelte den Kopf. Oh mein Gott, dachte ich. Er weiß, wo wir hinfahren. Eines dieser entsetzlichen Gefängnisse, wo die Gefangenen in Geheimkammern gefoltert werden.

Feisal ignorierte meine Knüffe und mein Geflüster. Ich versuchte, John auf mich aufmerksam zu machen, was mir jedoch nicht gelang. Der Wagen hielt schließlich am Straßenrand. Feisal riss seine Tür bereits auf, bevor der Wagen ganz gestoppt hatte; er stürzte hinaus, taumelte, fing sich und rannte dann über einen asphaltierten Platz in ein Gebäude hinein, das aussah, als befänden sich Büros darin. Amüsiert und verwirrt zugleich ließ ich mich von John hinausschieben. Keiner der Aufseher versuchte uns aufzuhalten; wir eilten hinter Feisal her und fanden ihn vor einem Fahrstuhl stehend, dessen Knöpfe er drückte. Schmidt war zu sehr außer Atem, um zu sprechen, aber mir gelang es, ein weiteres »Was ist los?« auszustoßen, auf das ich keine Antwort bekam. Die Fahrstuhltüren öffneten sich, und wir huschten hinein. Als der Lift im obersten Stock hielt, sah ich das Schild an der Tür auf der gegenüberliegenden Seite. Die Wahrheit begann mir zu dämmern. Ich hatte aus dem Augenwinkel denselben Schriftzug an der Fassade des Gebäudes gesehen, bevor John mich hineingeschoben hatte.

Der Raum, zu dem sich die Tür öffnete, war ein ganz normales Büro; keine Gitter, keine eisernen Jungfrauen, nur Schreibtische, hinter denen Frauen saßen, die wie Sekretärinnen aussahen. Feisal lief immer noch voran, er rannte durch den Raum auf eine weitere Tür zu. Er war so schnell, dass die Sekretärinnen keine Chance hatten, ihn aufzuhalten.

Das Büro, das wir betraten, war beeindruckend, mit großen Fenstern und einem Bild von Mubarak an der Wand sowie einem großen Tisch, der umgeben war von Sofas und Sesseln. Am anderen Ende des Raumes stand ein großer Schreibtisch, hinter dem ein Mann saß. Feisal warf sich über den Schreibtisch, sodass Papiere umherstoben wie Schneeflocken, und packte den Mann am Hals.

Menschen rannten in alle Richtungen, aus dem Zimmer heraus und wieder hinein, sie riefen und schrien. Ein paar beherzte Helfer versuchten, Feisals habhaft zu werden, aber er schüttelte sie ab.

Er schrie lauter als alle anderen. Ich hörte nur das Wort »Sohn«, wieder und wieder, und schloss daraus, dass Feisal sein Opfer wüst beschimpfte. Ich warf John einen Blick zu, aber der stand nur da und schaute interessiert zu. Also setzte ich mich in einen der bequemen Sessel neben dem Tisch.

Der Mann, den Feisal zu erwürgen versuchte, war niemand anderer als der Generalsekretär. Nach einigen Augenblicken packte er Feisals Handgelenk und riss dessen Hand mit einer schnellen, brutalen Drehung weg.

»Warum setzt du dich nicht, nachdem du das erledigt hast, damit wir vernünftig miteinander reden können?«, schlug er vor.

Er war nicht einmal außer Atem. Feisal lag ausgestreckt auf dem Schreibtisch in einem Durcheinander aus Papieren, Mappen, Büchern, Flugblättern, Stiften, Wasserflaschen, Skarabäen, mehreren kleinen Schachteln (aus Messing, Holz und Holz mit Perlmutt und Türkisen), in denen sich alle möglichen Gegenstände befanden, und einem Stoffkamel. Er keuchte, aber ich vermutete, eher aus Wut denn aus Erschöpfung.

Feisal nannte den Generalsekretär den Sohn von irgendetwas. Khifaya grinste. Aus der Nähe sah er sogar noch besser aus als auf den Fotos. Er trug ein weißes Seidenhemd, das halb offen stand und seine gebräunte Brust zeigte, und dazu ein wenig Schmuck – eine schwere goldene Armbanduhr, etliche Ringe, eine Goldkette um den Hals.

»Guten Morgen, Dr. Bliss.« Sein Lächeln war wie ein Scheinwerfer. Ich zwinkerte. »Herr Professor Schmidt, Mr Tregarth. Machen Sie es sich bequem. Tee? Kaffee?«

Er schnipste mit den Fingern. Ein Kopf lugte um den Türrahmen, gefolgt von dem zugehörigen Körper einer jungen Frau, die ein Kopftuch und ein maßgeschneidertes Kostüm trug. Der Generalsekretär sah mich fragend an.

»Kaffee«, quiekte ich. »Danke, Dr. Khifaya.«

»Bitte – nennen Sie mich Ashraf. Wir werden gute Freunde, hoffe ich.«

Ich hoffte das auch.

Feisal robbte vom Schreibtisch herunter und stand auf. »Du …«

»Du bist dabei, dich zu wiederholen, glaube ich«, sagte mein neuer Freund. Er griff nach einer Vase, in der sich eine einzelne rote Rosenknospe befand. Wasser war über eine Ecke des Schreibtisches gelaufen und tropfte nun auf den Boden. Ashraf schüttelte traurig den Kopf und reichte die Vase einer weiteren jungen Frau, die augenblicklich begann, das Wasser aufzuwischen. »Also wirklich, Feisal, es war nicht nötig, eine derartige Unordnung zu machen.«

Faisal stand mit in die Hüften gestemmten Händen da, die Füße weit auseinander, und vibrierte praktisch vor Empörung. »Das war ein schmutziger, mieser Trick. Wir dachten, wir würden verhaftet!«

»Oje. Wirklich? Dr. Bliss, bitte entschuldigen Sie, wenn ich Sie versehentlich in Alarmstimmung versetzt haben sollte. Ich bin davon ausgegangen, Feisal würde meinen Wagen erkennen.«

»Wie zum Teufel soll ich deinen Wagen erkennen?«, wollte Feisal wissen. »Ich wusste nicht, dass du mittlerweile eine Limousine wert bist.«

»Seid ihr beiden möglicherweise verwandt?«, fragte John.

»Wir sind Cousins«, murmelte Feisal im selben Ton, in dem er gestanden hätte, mit einem Serienmörder verwandt zu sein.

»Das hast du mir nie erzählt«, sagte ich.

»Cousins zweiten Grades.«

»Dritten Grades!«, korrigierte Ashraf mit einem weiteren blendenden Lächeln. »Er ist eifersüchtig auf meinen höheren Rang und verärgert aufgrund der Tatsache, dass mein Zweig der Familie wohlhabender ist als seiner.«

Geschäftige Hände, die meisten weiblich, hatten die verstreuten Gegenstände eingesammelt und Tabletts mit Kaffee und Tellern mit kleinen Kuchen aufgetragen. Ein weiteres Fingerschnipsen ließ sie aus dem Zimmer huschen. Ashraf erhob sich und deutete zum Konferenztisch.

»Fangen wir noch einmal von vorn an, in Ordnung? Ich habe mich sehr gefreut, Sie alle im Fernsehen zu sehen. Vielen Dank, dass Sie sich mit solchem Elan für unsere Sache eingesetzt haben.«

»Ich habe das Transparent gemalt«, sagte Schmidt und nahm sich ein Kuchenstück.

»Das habe ich mir gedacht. Ich denke gern an unser Gespräch in Turin vor einigen Jahren, bevor ich meine gegenwärtige Position eingenommen habe. Haben Sie mit Dr. Perlmutter gesprochen?«

»Ja. Ich muss Ihnen leider mitteilen, dass er unnachgiebig geblieben ist.« Schmidt biss in das Kuchenstück. Mit vollem Mund setzte er hinzu: »Aber wir werden nicht aufgeben.«

»Das ist wahr. Feisal, du trinkst deinen Kaffee gar nicht. Hättest du lieber Tee?«

»Ich hätte lieber eine Entschuldigung«, grummelte Feisal. »Oder zumindest eine Erklärung.«

»Ich entschuldige mich, meine Einladung war sicher etwas zu nachdrücklich gestaltet, aber du hast mir wirklich keine Wahl gelassen. Ich habe seit zwei Tagen versucht, dich zu erreichen, aber du bist so viel unterwegs! Ich habe erst heute Morgen erfahren, dass du dich in Kairo aufhältst, und als ich das Hotel anrief, warst du bereits unterwegs zum Flughafen.«

Der Mann hatte wirklich etwas. Charme troff ihm von jedem seiner blendend weißen Zähne und aus jedem Zentimeter Haut.

Selbst Feisal hatte sich entspannt, obwohl er immer noch misstrauisch dreinschaute.

»Warum wollten Sie uns sehen?«, fragte ich.

»Nicht Sie, Dr. Bliss – obwohl es eine Freude ist, Sie zu sehen. Aber leider hat das Geschäftliche Vorrang, und ich habe wichtige Gründe dafür, mit Mr Tregarth sprechen zu wollen.«

Ich verbarg mein Gesicht hinter einer Papierserviette und entfernte verstohlen Kaffeesatz aus meinen Zähnen. Türkischer – beziehungsweise ägyptischer – Kaffee besteht zur Hälfte aus Kaffeesatz, und normalerweise ist mir bewusst, wann ich aufhören muss zu trinken, aber Ashrafs plötzliche Ehrlichkeitsattacke hatte mich unvorbereitet erwischt. Er spielte mit uns und genoss es. John nahm einen vorsichtigen Schluck, stellte seine Tasse ab und sah Ashraf direkt in die Augen.

»Bitte nennen Sie mich doch ebenfalls beim Vornamen«, sagte John. »Wir werden gute Freunde, hoffe ich.«

Schmidt erstickte beinahe an seinem Kuchenstück. Ashraf gab einen kleinen zufriedenen Seufzer von sich.

»Ich glaube, die Zusammenarbeit mit Ihnen wird ein Vergnügen, Mr Tregarth – John. Das ist auch meine Hoffnung. Sie fragen sich vielleicht, warum ich so versessen darauf war, Kontakt zu Ihnen aufzunehmen.«

»Ich bin sicher, Sie werden es mir erzählen«, entgegnete John.

»Und *ich* bin sicher, Sie – Sie alle – werden mir Verschiedenes erzählen.«

Die beiden starrten einander an wie bei einem Duell, die Blicke ineinander verschränkt. Ich erinnerte mich an den Satz: »Schau dem Schurken nicht in die Augen, schau ihm auf die Hände.« Unter Umständen mochte das ein guter Rat sein, aber diesmal war es irrelevant. Ashrafs Hände, locker verschränkt und erstklassig manikürt, waren leer. Er war gut, aber kein ebenbürtiger Gegner für einen Mann, der den Großteil seines Lebens damit verbracht hatte, sich nie auch nur das Geringste anmerken zu lassen.

Feisal war weniger erfahren. Er begann sich zu winden. Auf seiner Stirn stand der Schweiß. Seine Lippen öffneten sich. Schmidt, der dicht bei Feisal auf dem Sofa saß, rutschte hin und her und räusperte sich laut.

»Ja, Feisal?«, fragte Ashraf.

»Nichts.« Ashrafs Blick wanderte von ihm zu Schmidt, dann zu mir. Johns Blick folgte dem seinen. Wenn ich des Hinweises bedurft hätte, dass es besser wäre, meine große Klappe zu halten – dieses kalte blaue Starren hätte vollkommen genügt. Aber zugleich war mir, als würde mein Hirn gleich platzen vor lauter Fragen. Er wusste es. Das SCA musste eine Nachricht von den Dieben erhalten haben, ein Erpresserschreiben, eine Drohung, irgendetwas. Aber warum war Ashraf dann nicht nach Luxor geeilt, um nach Tutanchamun zu sehen? Und hätte Feisal uns nicht davon berichtet, wenn er das getan hätte? Ich griff nach meiner Tasse und schluckte einen Löffel Kaffeesatz.

Ashraf kicherte. »Es scheint, als hätten wir eine Pattsituation erreicht. Nun gut, ich bin am Zug.«

Er erhob sich und ging zu einem Safe, der vor der Wand stand, und gab die Kombination ein. Darin befanden sich mehrere offene Bereiche mit schmalen Buchrücken und Akten sowie ein verschlossener Bereich, ein weiterer Safe im Inneren des Safes. Ashraf zog einen Schlüssel aus seiner Tasche und öffnete die zweite Tür. Darin befand sich ein einzelner Gegenstand – eine kleine Schachtel, die in braunes Packpapier gewickelt war. Er kehrte zu seinem Platz zurück und stellte die Schachtel auf den Tisch.

»Das wurde vorgestern in meiner Wohnung abgegeben.«

Er ließ sich Zeit, er faltete das Papier sorgsam zur Seite und hob dann langsam den Deckel der Pappschachtel, die sich darin befand. In dieser stand eine weitere Box; diese bestand aus Holz mit Perlmutt-Intarsien. Solche Schachteln bekommt man in jedem Laden im Souk. Sie war mit einer billigen Messingschließe versehen, die Ashraf nun öffnete. Er bewegte sich wie eine Schnecke in Zeitlupe und beobachtete John, dessen Ausdruck freundlicher Geduld sich nicht veränderte. Ashraf klappte den Deckel auf, entfernte eine Schicht Baumwolle … Und da lag sie.

Die Hand einer Mumie.

7

Ich kannte Mumien und Teile davon bisher nur aus Filmen. Wir haben ein paar sogenannte Reliquien im Museum, die aufgrund des künstlerischen Wertes ihrer Aufbewahrungsgefäße erworben wurden; üblicherweise bestehen diese Behältnisse aus edlen Materialien, sind mit Juwelen besetzt und mit meisterhaften Schnitzereien verziert. Den Inhalt habe ich mir nie genau angesehen. Derart aus der Nähe betrachtet, war dieses Überbleibsel eines menschlichen Wesens für mich daher ein ganz schöner Schock – die Hand war vertrocknet und braun, die Finger waren leicht gekrümmt. Einige Stückchen Haut fehlten, sodass man die Knochen sehen konnte. Es hätte auch eine gut gemachte Fälschung sein können, für eine Großaufnahme in einem Horrorfilm – aber Feisal sprang auf und griff nach der Schachtel.

»Vorsichtig, vorsichtig«, warnte Ashraf. »Mach es nicht kaputt.«

»Ihn«, flüsterte Feisal. Er starrte das entsetzliche Ding voller Verlangen an.

Ashraf lehnte sich zurück, die Lippen zu einem zufriedenen Grinsen verzogen. Angesichts dieses einzelnen Personalpronomens gab die sprichwörtliche Katze ihr Bestes, sich aus dem Sack zu winden, aus dem wir sie nicht lassen wollten.

»Das ist ekelhaft«, bemerkte ich in dem vergeblichen Versuch, dem Unausweichlichen auszuweichen. »Wer würde einem so etwas schicken? Irgendein Irrer, oder vielleicht ist es eine Werbeaktion für einen neuen Horrorfilm? Ich vermute, es gibt Leute, die…«

»Mach dir keine Mühe, Vicky«, unterbrach mich John. »Er spielt bloß seine Spielchen. Feisal, bist du sicher?«

»Oh ja! Ich würde ihn überall erkennen.« Feisals Stimme war vor Aufregung hoch.

»Schon wieder wird er zerstückelt.«, sagte er. »Welcher Teil kommt als Nächstes?«

Ashraf nahm die Schachtel und begann die Hand wieder zu verpacken.

»Also hören wir auf, Spiele zu spielen«, sagte er entschlossen. »Ich lege meine Karten auf den Tisch und erwarte, dass Sie es mir gleichtun. Als ich dieses Ding sah, entsprach meine erste Reaktion der Ihren, Vicky. Manchmal erhalten wir derart merkwürdige Päckchen; Ägypten löst bei einigen Menschen die seltsamsten Fantasien aus. Aber dann habe ich die Nachricht gelesen, die dabeilag.«

Er griff in die Brusttasche seines Hemdes und zog einen gefalteten Zettel heraus, den er John reichte. John las laut vor: »›Wenn Sie den Rest von ihm wollen, kostet Sie das drei Millionen amerikanische Dollar. Sie haben zehn Tage, um das Geld aufzubringen. Wir melden uns.‹«

»Es war nicht schwer«, übernahm Ashraf wieder, »darauf zu kommen, wessen Hand das sein könnte. Keine anonyme Mumie wäre so viel wert, und nur einer der größten Pharaonen ruhte in seinem Grab, außerhalb des Schutzes des königlichen Mumiensaales im Museum. Ich griff also zu meinen Nachschlagewerken. Es gibt zahllose Fotos; viele stammen von Harry Burton, der mit Carter gearbeitet hat. Sie haben die Mumie zerlegt, um den

Schmuck zu entfernen, den sie trug. Der Kopf, die Hände, Arme, Füße und Beine waren abgetrennt worden, die Unterschenkel von den Oberschenkeln separiert, die Unterarme von den Oberarmen, der Torso in zwei Teile gesägt. In dem Bemühen, ihren Frevel zu verbergen, haben die Ausgräber den Körper auf einem Bett aus Sand ausgelegt und die Füße und Hände mit Harz wieder befestigt. Sie können Spuren des Harzes am Handgelenk dieser Hand ausmachen.«

Die frecherweise aus ihrem Sack entwichene Katze schlich nun durch das Zimmer und haschte nach ihrem Schwanz. Feisal wusste es, aber ich glaube, dass er sich immer noch an die vergebliche Hoffnung klammerte, dass Ashraf entgangen war, dass Feisal den Diebstahl nicht ordnungsgemäß gemeldet hatte. Diese Hoffnung hielt nicht lange vor.

»Warum hast du es mir nicht gesagt, Feisal?«, fragte Ashraf freundlich.

»Ich … äh …«

»Hast du geglaubt, ich würde dich zur Verantwortung ziehen?« Er sprach wie ein Vater mit einem irregeleiteten Sohn.

Auch mit Feisal konnte man nicht alles machen. Er richtete sich auf und starrte seinen Cousin an. »Allerdings. Seit ich es erfahren habe, habe ich versucht, sie – ihn – wiederzubeschaffen. Ich habe erst davon erfahren, als es schon passiert war; sie haben einen Tag ausgewählt, an dem ich in Assuan …«

»Ich weiß. Ich habe mit Ali gesprochen.«

»Der arme Hund«, sagte Feisal mitfühlend. »Es war nicht seine Schuld, Ashraf. Was hast du mit ihm angestellt?«

Ashrafs große braune Augen weiteten sich. »Natürlich habe ich ihm Immunität und eine Beförderung versprochen. Guter Gott, Feisal, manchmal verwundert mich deine Naivität. Das Letzte, was wir wollen, ist, dass Ali zusammenbricht und etwas ausplaudert. Genug davon. Draußen habe ich ein Büro voller Leute, und die meisten von ihnen fragen sich bereits, warum ich so viel Zeit allein mit euch verbringe.«

Er sah uns alle nacheinander an, er genoss Schmidts verzweifelte Bemühungen, unschuldig dreinzuschauen, und Feisals hastigen Atem. Ich musste mir auf die Lippen beißen, um ihn nicht anzuschreien. Schließlich sagte er: »Ich möchte Sie, Mr Tregarth, engagieren, um Tutanchamun wiederzubeschaffen.«

Ich hatte mich gegen eine Anklage gewappnet und war nicht auf ein Angebot vorbereitet. Schmidt schien es ähnlich zu gehen, er stieß erleichtert den Atem aus. John legte die Beine über Kreuz und lächelte.

»Warum mich?«, fragte er, und seine großen blauen Augen weiteten sich ein wenig.

»Weil Sie und Ihre Freunde hier den Schatz von Tetischeri für uns gerettet haben.«

»Ah«, sagte John.

»Die Feinheiten dieser außergewöhnlichen Angelegenheit sind nur wenigen Menschen bekannt, zu denen ich gehöre. Sie haben damals keinerlei Belohnung erhalten, außer dem Dank unserer Nation. Diesmal wird die Belohnung der Aufgabe angemessen sein.«

»Wie viel?«, fragte John.

Seine hochgezogenen Augenbrauen deuteten an, wie sehr Ashraf derartige Direktheit missbilligte. »Ich bin bereit zu verhandeln. Aber nicht hier und jetzt. Nehmen Sie an?«

»Ich muss mich mit meinen Kollegen besprechen«, sagte John. »Aber nicht hier und jetzt. Wenn Sie und ich zu einer Einigung kommen, dann werden wir nach Luxor reisen und mit unseren Ermittlungen beginnen.«

Ein leises Klopfen an der Tür unterband, was wahrscheinlich

eine weitere bissige Bemerkung Ashrafs geworden wäre und eine darauf folgende bösartige Entgegnung von mir, entweder an ihn oder John gerichtet. Ich wollte verdammt noch mal hier raus. Ashraf rief: »Was ist denn? Ich habe doch gesagt, ich wünsche keine Anrufe.« Die Tür öffnete sich einen Spalt, und wie Ashraf sprach auch die Stimme englisch.

»Ja, Sir, aber der Minister ist am Telefon, und der Direktor ist hier für seinen Termin, und ...«

»Wir dürfen Sie nicht aufhalten«, sagte John und erhob sich.

»Wann darf ich damit rechnen, von Ihnen zu hören?«, fragte Ashraf. Sein Lächeln deutete an, dass er vielleicht diese Runde verloren haben mochte, sich aber bereits auf die nächste freute.

»Morgen.«

»Warum nicht heute Abend? Wir haben keine Zeit zu verlieren.«

Das war ein guter Einwand, und John hatte keine gute Antwort. »Es könnte eine Weile dauern, einige meiner Quellen zu erreichen.«

»Quellen«, wiederholte Ashraf nachdenklich.

Der mehrdeutige Begriff hing in der Luft wie ein frisch geangelter Fisch. John war klug genug, nicht weiter darauf herumzureiten, aber mir fiel auf, dass er zu schwitzen begann.

»Dann eben heute Abend«, sagte er . »Ich rufe Sie an.«

Unser Abgang entsprach eher der wilden Flucht unverhofft freigekommener Gefangener. Als wir aus dem Gebäude stürzten, wartete die Limousine am Straßenrand, direkt neben einem Schild, auf dem stand: »Absolutes Halte- und Parkverbot«.

Feisal fluchte und wirbelte herum, als wollte er zu Fuß davonlaufen. John packte ihn am Arm.

»Dein Nervenkostüm befindet sich wirklich in einem beängstigenden Zustand, Feisal. Es ist alles in Ordnung. Und wenn nicht alles in Ordnung ist, dann können wir auch nichts dagegen tun.«

Es befand sich nur ein einziger Mann in der Limousine – der Fahrer. Als er uns sah, sprang er heraus und öffnete die Tür zum Fond.

»Wo geht es hin?«, fragte ich.

»Zurück zum Hotel, nehme ich an.« Trotz seiner Bemerkung Feisal gegenüber klang auch John ein wenig mitgenommen. »Glaubst du, wir können unsere Zimmer wiederbekommen?«

»Ja, ja.« Schmidt zog sein Handy hervor. »Dafür werde ich sorgen. Steig ein, Vicky.«

Das Fahrzeug erzwang sich den Weg in den Verkehrsstrom auf der Straße. Nach ein paar beängstigenden Augenblicken befand ich: »Ich brauche einen Drink.«

»Ich habe Wodka und Scotch in meinem Koffer«, sagte Schmidt.

»Und Bier.«

»Aber natürlich. Doch wir können warten, bis wir das Hotel erreicht haben. Es ist alles für uns arrangiert.«

»Aber natürlich«, wiederholte Feisal. »Wie zur Hölle stellen Sie das eigentlich an, Schmidt? Ach, es ist mir im Grunde egal, solange Sie es hinbekommen. *Alhamdullilah!* So ungern ich es zugebe, Johnny, das hast du wirklich gut gedeichselt.«

»Aber er hatte die Fäden in der Hand. Wir tun genau das, was er von uns wollte.«

Feisal deutete auf den Fahrer.

»Kein Problem«, sagte John. »Ich ziele mit meiner Pistole auf seinen Hinterkopf.«

Der Fahrer zuckte nicht einmal. Nachdem das geklärt war, fuhr John fort: »Er hat uns die ganze Zeit über aus dem Gleichgewicht gebracht, und er wusste es. Ich wünschte, ihr drei würdet lernen, euer Keuchen und Zucken unter Kontrolle zu behalten; ihr hättet genauso gut auf die Knie fallen und alles gestehen können.«

»Ich dachte, er würde es dir anlasten wollen«, sagte ich.

»Er wusste, dass ich es abstreiten würde, und er hatte keine Möglichkeit, es mir zu beweisen. Auf diese Weise hat er die Sache so oder so im Griff. Wenn ich die Schuld an der Angelegenheit trage, bin ich vielleicht bereit zu verhandeln, meine Kumpane auszubooten und ihm Geld zu sparen. Wenn ich unschuldig bin, werde ich mit ihm kooperieren, um meinen guten Namen und meine Freiheit zu behalten. Er ist gut«, räumte John zähneknirschend ein. »Sehr gut. Ist dir aufgefallen, wie er sich sofort auf meine Bemerkung über meine Quellen gestürzt hat?«

»Du warst nicht ganz auf deinem gewohnten Niveau«, sagte ich. »Aber es war auch kein Eingeständnis von irgendetwas.«

»Wir akzeptieren also sein Angebot?«, fragte Schmidt.

»Wirklich, Leute, ihr verblüfft mich«, sagte John erschöpft. »Das war kein Angebot, das war eine Drohung. Er hat uns – zumindest Feisal und mich – in der Hand. Jeder, der die Feinheiten dieser außergewöhnlichen Angelegenheit, um unseren großmäuligen Freund zu zitieren, kennt, weiß, dass wir bis zum Hals da drinsteckten. Der einzige Grund dafür, dass wir davonkamen, ist, dass wir damals die Seite gewechselt und Leib und Leben riskiert haben, als wir die Wandmalereien retteten – und die Tatsache, dass die Regierung keinen Skandal wünschte. Wenn wir Tutanchamun nicht auftreiben können, ohne dass der Diebstahl publik wird, lässt er uns auch für Tetischeri zahlen. Denkt also gar nicht erst darüber nach, was ihr mit eurem Teil der Belohnung anstellen wollt. Ich bezweifle, dass wir auch nur einen Piaster zu sehen bekommen werden. Das Beste, was wir uns erhoffen können, ist, dass Feisal seinen Job behält und ich ein freier Mann bleibe.«

»Ts, ts, ts«, machte Schmidt. »Du überraschst mich, John.

Dieser Pessimismus passt nicht zu dir. Der Herr Generaldirektor steckt ebenfalls in der Klemme. Er kann keine derart große Summe in so kurzer Zeit auftreiben, es sei denn, er informiert seinen Vorgesetzten in der Regierung über die Situation. Und das ist das Letzte, was er will. Man würde ihn zum Sündenbock machen, das kann ich dir versichern. Er reißt vielleicht andere mit sich, aber er ist der Erste, der stürzt.«

»Da hast du allerdings recht«, gab John zu und schaute schon ein wenig fröhlicher drein.

Der Wagen hielt vor dem Hotel, und der Fahrer begann, unsere Koffer zu entladen. Die Zimmer waren bereit – natürlich. Schmidt stolzierte vor zu seiner Suite.

»Mir ist auch noch was eingefallen«, sagte ich und ließ mich in einen Sessel fallen. Ich hatte darüber seit der Unterhaltung mit Ashraf nachgedacht. Ich hätte es schon eher zur Sprache gebracht, wenn jemand mich einmal hätte zu Wort kommen lassen.

»Bitte«, sagte Schmidt und begann, die Minibar in Augenschein zu nehmen.

»Hat einer von euch bemerkt, dass es kein Entweder-oder in der Botschaft gab? Geld her, oder … was? Oder ihr kriegt ein weiteres Stückchen von der Mumie?«

»Sag so etwas nicht«, murmelte Feisal und zuckte zusammen.

»Warum nicht?« Plötzlich war ich stinkwütend. »Das ganze Theater wegen einer blöden Mumie! Er ist ein toter Mann, Feisal, ein wirklich sehr, sehr toter Mann.«

»Ein toter König«, sagte Feisal leise.

»Toter Mann, toter König, wo liegt der Unterschied? Wenn man diese Hand einem lebenden Menschen abgehackt hätte, egal ob König oder einfacher Bürger, wäre mir kein Aufwand zu groß, ihn lebendig und in so wenig Einzelteilen wie möglich zu befreien. Ach was, ich würde dasselbe sogar für einen Hund oder eine Katze tun.«

»Unsere Vicky hat ein großes Herz«, sagte Schmidt und hielt mir ein Bier hin.

Ich stieß seine Hand zur Seite. »Halt die Klappe, Schmidt, ich bin noch nicht fertig. Ehrlich gesagt interessieren mich weder Tutanchamun noch irgendwelche anderen Mumien. Ich riskiere doch nicht meinen Hals oder einen eurer Hälse für ihn – für das.«

Die anderen drei sahen einander an. Es fiel mir nicht schwer, ihre Blicke zu deuten: Ihr wisst ja, wie Frauen sind.

»Deine moralische Position ist unanfechtbar«, sagte Schmidt. »Aber sieh es mal so, Vicky: Noch wurde niemand getötet oder brutal attackiert. Der Fall war bisher bemerkenswert unblutig.«

»Bisher.«

»Heißt das, du willst aussteigen?«, fragte John.

»Träum weiter«, sagte ich, entriss Schmidt das Bier und nahm einen Schluck.

* * *

Ich war überrascht, als ich feststellte, wie wenig Zeit vergangen war; das Gespräch mit Khifaya schien mir Stunden gedauert zu haben. Nachdem wir uns mit diversen Getränken erfrischt hatten, machten wir uns daran, unsere Korrespondenz auf den neuesten Stand zu bringen. Ich brauchte nicht lange, um meine Nachrichten durchzusehen, denn Schmidt, mein treuester (lies: häufigster) Gesprächspartner, war bei mir. Feisal schoss ein paar kraftvolle Anweisungen in Arabisch ab, höchstwahrscheinlich in Richtung verschiedener Untergebener, und wandte sich dann an John, der über seinem Handy brütete.

»Irgendetwas Interessantes?«, fragte er nervös.

»Nicht in Bezug auf die gegenwärtige Lage. Aber wenn ich diese Sache hinter mir habe, kann ich vielleicht ein Geschäft abschließen. Perlmutter möchte den Amarna-Kopf sehen.«

»Hast du ihm deine Nummer gegeben?«, fragte ich.

»Nein, der Anruf stammt von Alan. Perlmutter hat sich an ihn gewandt – über die Geschäftsnummer. Alan sagt, er hätte ihm bereits ein Foto geschickt.«

»Du hast dem Mann unrecht getan«, sagte ich. »Er scheint seine Arbeit zu erledigen. Warum rufst du ihn nicht zurück und lobst ihn dafür?«

»Er redet zu viel. Ich schicke ihm eine SMS.« Johns Finger huschten über die Tasten.

»Was für ein Amarna-Kopf?«, fragte Feisal.

»Das betrifft weder dich noch Ashraf. Ich habe ihn nicht gestohlen, und ich verfüge sogar über Unterlagen, die das beweisen.«

»Es war nur eine Frage«, entgegnete Feisal beleidigt.

»Hmpf«, machte John.

»Hast du etwas von Jen gehört?«, fragte ich.

»Sie will wissen, wo ich bin und warum ich mich nicht bei ihr gemeldet habe. Ich rufe sie besser mal an, sonst fährt sie noch nach London.« Er sah mir in die Augen, schnitt eine Grimasse und sagte: »Ich mache es später. Was hast du, Schmidt?«

»Wie deine geschätzte Frau Mutter fragt auch Suzi, wo ich mich aufhalte. Ich wollte mich mit dir besprechen, bevor ich antworte.«

»Sag ihr, du wärst nach New York oder Buenos Aires gereist«, schlug Feisal vor.

»Nein, nein«, sagte John. »Sie erfährt früher oder später ohnehin die Wahrheit, und wir wollen deine Glaubwürdigkeit nicht beschädigen. Lass uns eine nette Geschichte über deine Ermittlungen erfinden.«

Wir überlegten uns alle gemeinsam etwas. Wie ich erwartet hatte, war Schmidt lange über seine Reuephase hinweg und hatte größten Spaß an der Sache. Wir schossen ein paar seiner absurderen Vorschläge ab, darunter eine Variante, bei der John und ich in den Nil gesprungen waren, um ihn zu retten, nachdem ihn irgendwelche Gauner hineingeworfen hatten.

»Aber es wäre ein Hinweis auf eure Unschuld«, schmollte Schmidt.

»Es wäre nur ein Hinweis darauf, dass du ein verdammter Lügner bist«, sagte John. »Hast du daran auch gedacht?«

Nach ein paar weiteren Vorschlägen tippte Schmidt in etwa Folgendes: »Sie vertrauen mir weiterhin. Bislang keine verdächtigen Begegnungen, nur normale Kontakte. Informiere sofort über Änderungen sowie nächstes Ziel.«

Er weigerte sich, »In Liebe« hinzuzusetzen.

Wir entschieden uns, Ashraf noch ein Weilchen zappeln zu lassen. »Man weiß ja nie, was sich noch ergibt«, verkündete Schmidt fröhlich.

John starrte ihn ärgerlich an. »Wenn sich etwas ergibt, dann höchstens etwas Unangenehmes. Aber ich will einfach nicht, dass er glaubt, er müsste nur mit den Fingern schnippen, damit ich springe.«

»Ja, ja, das ist eine gute Idee«, sagte Schmidt. »Und da wir ein paar Stunden Zeit haben, gehen wir doch ins Museum. Ich muss meinem alten Freund, dem Direktor, die Ehre erweisen.«

Wir verließen das Hotel durch die Hintertür und gingen quer über die Straße zum Museumseingang. Feisal hatte Schmidt ausgeredet, eine seiner Neuerwerbungen mitzunehmen – eine Spielzeug-AK-47, die entsetzlich echt aussah. Das Museum hatte strenge Sicherheitsvorkehrungen; wir mussten einmal Schlange stehen, um überhaupt auf das Gelände zu kommen, dann noch einmal, um das Gebäude selbst zu betreten.

Der Direktor war bereits gegangen. Nachdem Schmidt einen der Aufseher begrüßt hatte, führte er uns zurück in die normalen Ausstellungsräume. Die Oberlichter in der Decke waren dreckverkrustet, die Ausstellungskästen verschmiert und staubig, riesige Statuen und große Steinsarkophage waren in viel zu kleine Räume gequetscht. Trotz seiner offensichtlichen Unzulänglichkeiten verfügt das Kairoer Museum – oder, um den vollständigen Namen zu nennen, das Ägyptische Museum in Kairo – über einen Fin-de-Siècle-Charme, neben dem moderne Museen kalt und steril wirken. Wir standen in dem Rundbau und diskutierten, was wir uns ansehen sollten.

»Tutanchamuns Schätze?«, schlug Schmidt vor. »Der Teil des Museums ist immer sehr voll, aber vielleicht würde es unseren Ehrgeiz anregen, nicht wahr?«

Feisal gab ein abschätziges Geräusch von sich.

»Mir ist es egal, solange es keine Mumien sind«, sagte ich. »Mein Gott, das war wirklich scheußlich. War das tatsächlich Tutanchamun? Oder kann es sich um eine Verwechslung handeln?«

»Nein«, entgegnete Feisal tonlos.

»Vielleicht den kleinen Sarkophag von Prinz Thutmosis' Katze?«, schlug Schmidt vor. »Der würde dir gefallen, Vicky. Er ist ganz reizend.«

John sagte, ihm fiele nichts ein, was ihn weniger interessierte als ein Katzensarg. Er hatte schlechte Laune, zuckte jedes Mal zusammen, wenn jemand dicht an uns vorbeiging, und ich wollte gerade vorschlagen, die ganze Sache abzublasen und zurück ins Hotel zu gehen, als eine Frauenstimme hoch und klar über das Sprachendurcheinander um uns herum schallte.

»Feisal! Feisal, hier bin ich!«

Feisal wirbelte herum. Sie kam auf ihn zugelaufen, fädelte sich zwischen den Besuchern hindurch und winkte mit den Armen. Strahlend weiße Zähne leuchteten im delikaten Oval ihres Gesichts; Haar, das schwarz war wie die sprichwörtlichen Rabenflügel, umschmeichelte ihre Wangen. Feisal stand ebenso starr wie die Statue von Ramses II. in unserer Nähe, bis sie seine Schultern packte und ihn energisch auf beide Wangen küsste.

»Warum hast du mir nicht gesagt, dass du hier sein würdest?«, wollte sie wissen.

»Ich dachte, äh, du hast doch gesagt, du wärst heute nicht im Museum«, entgegnete Feisal kläglich.

»Und du hast gesagt, du fährst nach Luxor.« Sie klopfte ihm auf die Wange. »Du elender Lügner! Aber ich vergebe dir. Stellst du mich deinen Freunden vor?«

»Aber ich kenne Sie«, jubelte Schmidt. »Wir haben uns in New York auf dem Internationalen Kongress kennengelernt. Sie haben einen exzellenten Vortrag über die Mumifizierungstechniken der Neunzehnten Dynastie gehalten.«

»Und wer könnte Herrn Professor Doktor Schmidt vergessen?« Sie ignorierte die Hand, die er ihr darbot, und küsste ihn auf beide Wangen. »Verzeihen Sie, Herr Professor, ich habe Sie eben gar nicht gesehen.«

Schmidt stellte uns vor. John war der einzige Anwesende, der keinen Doktortitel trug. Unsere neue Freundin war Dr. Saida Qandil, Autorin einer bahnbrechenden Arbeit über … dreimal dürfen Sie raten. Sie küsste auch mich auf beide Wangen. Dafür musste sie sich auf die Zehenspitzen stellen. Ich kam mir vor wie ein großer blonder Ochse, so wie ich mich immer in Gegenwart von niedlichen kleinen Frauen fühle. Ich stand die Begrüßung in einem Zustand starren Unglaubens durch. Von allen Frauen in

Ägypten, in die Feisal sich hätte verlieben können, musste es eine Expertin sein in Sachen …

»Seid ihr gerade gekommen? Was möchtet ihr sehen? Ich führe euch herum.«

»Musst du nicht arbeiten?«, fragte Feisal.

»Nein, nein, nicht wenn Freunde hier sind.« Sie schenkte ihm einen Blick, der Granit hätte schmelzen lassen können. »Vielleicht die königlichen Mumien? Die neuen Säle sind fertig, ihr werdet davon beeindruckt sein. Klimatisierte Vitrinen, angemessene Beleuchtung.«

Das Traumbild, das ich von Tutanchamun gehabt hatte, wie er auf einem Bett in einer klimatisierten Hotelsuite lag, blitzte wieder auf. Ich zog im Geiste einen dunklen Vorhang vor.

»Ich bin nicht wirklich wild auf … Mumien«, sagte ich. Das Wort blieb mir beinahe im Hals stecken.

»Sei kein Spielverderber«, sagte John. Auch er war auf beide Wangen geküsst worden und hatte es offensichtlich genossen. »Ich würde gern die technischen Fortschritte sehen, die im Umgang mit solch bemerkenswerten Objekten gemacht wurden.«

Saida hakte sich bei Feisal und Schmidt unter. Der machte ihr lauter extravagante Komplimente, die sie heisere Lacher ausstoßen ließen. John packte mich fest am Arm.

»Reiß dich zusammen«, zischte er.

»Aber von allen Frauen auf der Welt …«

»Reiner Zufall. Mumien, Ägypten; Ägypten, Mumien. Die Gleichsetzung ist allgemeingültig. Wenn du schon kein Interesse zeigen kannst, benimm dich wenigstens wie eine Erwachsene.«

Derart gescholten, gelang es mir, mich in den Griff zu bekommen. Mumien hatten mir bislang nie Probleme bereitet; erst die Überlegungen der letzten Tage und zu viele verfluchte Träume über den armen alten Tutanchamun hatten das geändert.

Es war nicht so schlimm, wie ich erwartet hatte. Der Saal war dämmrig beleuchtet, und die Kadaver waren mit einer gewissen Würde ausgestellt, einzig ihre Gesichter waren zu sehen. Eine der Auswirkungen des Trocknungsprozesses besteht darin, dass die Lippen sich zurückziehen und die Zähne freilegen; viele der Mumien wirkten, als würden sie schallend lachen – außer denen, die zu schreien schienen. Ich starrte auf das nasenlose Gesicht und das glückselige Grinsen von Thutmosis III., als Saida neben mich trat.

»Wenn es Ihnen unangenehm ist, müssen Sie nicht hierbleiben«, sagte sie leise zu mir.

»Es ist mir keineswegs unangenehm«, sagte ich in dem Versuch, möglichst unbekümmert zu erscheinen, was mir jedoch nicht ganz gelang. »Ich kann nur nicht verstehen, warum Menschen Mumien derart faszinierend finden.«

»Wirklich nicht? Stellen Sie sich einmal vor, die echten Gesichtszüge Alexanders des Großen anzusehen – oder Julius Cäsars oder König Arthurs. Fänden sie eine solche Gelegenheit nicht verlockend? Dies sind unsere ehemaligen Könige und Würdenträger, Wesen aus einer so fernen Zeit, dass sie zu Legenden geworden sind.« Sie umfasste mit einer eleganten Wendung ihres Arms den ganzen Saal. »Krieger wie Thutmosis und Ramses der Große, Begründer von Dynastien. Sie alle sind hier – außer natürlich Tutanchamun.«

Ich war auf den Namen vorbereitet gewesen, deshalb zuckte ich nicht einmal zusammen. »Es scheint ein gewissen Mangel an Königinnen zu geben«, bemerkte ich.

»Nicht wirklich. Aber es stimmt, dass es eine Lücke in der Sammlung gibt, vor allem, was die berühmtesten königlichen Frauen angeht – Nofretete, Hatschepsut und die Gattin Tutanchamuns beispielsweise.« Ihr Gesicht nahm einen verträumten Ausdruck an. »Ich bin überzeugt, sie befinden sich ebenfalls in den Felsen am Westufer des Nils; sie sind noch verborgen und warten nur darauf, entdeckt zu werden.«

»Ich nehme an, Sie würden sie gern entdecken?«

»Wer nicht? Aber ich bin kein Ausgräber. Mich würde man vielleicht hinzuziehen, wenn menschliche Überreste gefunden würden. Aber so bald wird das nicht passieren, wir haben zu viel damit zu tun zu erhalten, was wir bereits haben. Wir haben ein Projekt begonnen, bei dem alle Mumien untersucht werden, die sich hier im Museum befinden – und hier sind eine ganze Menge eingelagert. Andere befinden sich an anderen Orten. Ich würde es gern sehen, dass sie sich alle hier im Museum befänden.«

»Alle?«, wiederholte ich.

Schmidt und John starrten auf ein besonders gruseliges Wesen herunter – irgendeinen König, der angeblich im Kampf gefallen war und dessen Wunden nur zu gut erhalten wirkten. Sein Name, gestehe ich ohne Scham, ist mir entfallen.

»Ja, alle. Vor allem Tutanchamun.« Sie reckte einen anmutigen Zeigefinger und stupste Feisal an, der neben ihr stand. »Es ist eine Schande, dass er, der berühmteste unserer Könige, dessen Name geradezu ein Synonym für Ägypten ist, in einem kontaminierten Loch in Luxor vor sich hin rottet. Ich wünschte, du würdest einmal mit Ashraf darüber sprechen, Feisal.«

»Ich – äh – habe ihn heute gesehen«, sagte Feisal.

»Das hast du?« Sie klatschte in die Hände. »Da bin ich aber froh. Es ist höchste Zeit, dass ihr Euch vertragt. Vielleicht kannst du auf ihn einwirken; er lacht nur über mich. Aber jetzt ...« Sie sah auf ihre Armbanduhr. »Wir haben genug von den Mumien, oder, Vicky? Spülen wir uns den Staub der Jahrhunderte mit einem Aperitif aus den Hälsen, und dann müssen wir entscheiden, wo wir zu Abend essen.«

Ich war sehr für den ersten Teil dieses Plans. Eine Stunde mit Saida hätte mich sogar erschöpft, selbst wenn ich nicht wie jetzt übermäßig sensibel auf die Erwähnung bestimmter Worte reagieren würde. Die Frau knisterte geradezu vor Energie.

Sie hakte sich bei mir unter und zog mich mit sich, während ich mich fragte, wie viel Feisal ihr von seiner Vergangenheit berichtet hatte. Wusste sie um seine Rolle bei dem Diebstahl und der darauf folgenden Wiederherstellung von Tetischeris Grab? Vollkommenes Vertrauen zwischen Liebenden ist etwas Wunderbares, aber er wäre ein verdammter Narr, wenn er ihr alles gestanden hätte. Würde sie ihn immer noch lieben, wenn sie wüsste, dass er einmal ein paar Gaunern dabei geholfen hatte zu planen, einen großen Schatz zu stehlen? Würde sie ihn immer noch verehren, wenn sie herausfand, dass er Tutanchamun verbummelt hatte?

Das Museum schloss. Wir zerrten Schmidt aus dem Buchladen, in dem es ihm ein ein Meter hohes Abbild des schakalköpfigen Gottes Anubis angetan hatte, und schlossen uns den Menschenmengen an, die hinausgescheucht wurden. Eine Reihe Touristenbusse rülpsten ihre Abgase heraus, und Verkäufer aller möglichen wertlosen Dinge schossen auf uns zu. Während Saida sie mit einigen ausgewählten Worten zur Hölle schickte, dachte ich darüber nach, wie einfach es für einen Möchtegernattentäter wäre, unter diesen Umständen ein Opfer aus nächster Nähe zu erledigen. Jeder dieser Verkäufer oder Spaziergänger, die an uns vorbeimarschierten, könnte eine Pistole tragen. Allerdings hatte dasselbe in Berlin gegolten, ebenso wie in Rom und London. Was sagte uns das?

Es bedeutete, dass bisher noch niemand einen von uns hatte töten wollen. Bisher.

Wir zogen uns in die Behaglichkeit der Hotelbar zurück, einen heimeligen Ort mit gedämpftem Licht und weichen Sesseln. Saida flirtete wahllos mit Feisal und Schmidt, kam aber bei John, der noch gedankenverlorener wirkte als sonst, nicht besonders weit.

»Er ist dein Liebhaber, oder?«, erkundigte sie sich bei mir. »Das ist schön. Feisal und ich sind noch nicht so weit. Er ist sehr anständig, und er fürchtet sich vor meinem Vater. Ich sage ihm immer, dass es dafür keinen Grund gibt, Papa ist nicht einmal in Ägypten, er ist in Paris. Er ist Hirnchirurg, und meine Schwester ist ebenfalls Ärztin.«

Sie erzählte mir ihre ganze Lebensgeschichte und erklärte mir ihre Ansichten über die Ehe, über Religion und das Leben an sich. »Jetzt musst du mir alles über dich erzählen«, verkündete sie schließlich. »Ich freue mich so, dich endlich kennenzulernen. Feisal hat oft von dir erzählt. Ich war ein wenig eifersüchtig!«

»Jetzt weißt du, dass du es nicht hättest sein müssen«, entgegnete ich. »Was hat er denn über mich erzählt?«

»Dass du eine angesehene Professorin der Kunstgeschichte und eine offizielle Mitarbeiterin des Bayerischen Nationalmuseums in München bist, und zudem eine enge Freundin von Herrn Professor Schmidt.« Sie machte eine einladende Pause. Sie war mehr als offen zu mir gewesen, und es fiel mir schwer, ihren großen braunen Augen und dem freundlichen Lächeln zu widerstehen, aber ich rief mir eine von Johns wichtigsten Regeln in Erinnerung: Finde heraus, was dein Gegenüber weiß, bevor du etwas erzählst. Halte dich an Allgemeinplätze.

Also erzählte ich ihr von Clara und Caesar, von meiner Familie drüben in den Staaten und von meinem lächerlichen Versuch, eine Babymütze für meine zukünftige Nichte oder meinen Neffen zu häkeln. Entgegen meinen Erwartungen versuchte sie nicht, mich auszufragen, sondern sie war wirklich nett und interessiert, und eine Unterhaltung mit einer Frau, mit der ich so viel gemeinsam hatte, war ein ausgesprochenes Vergnügen. Wir begannen, uns lustige Geschichten von der Arbeit zu erzählen. Sie berichtete mir von einem Mann, der mit einem großen Blumenkranz in ihr Büro im Museum gekommen war und gefragt hatte, ob er ihn auf den Sarg einer der anonymen weiblichen Mumien legen dürfte. Sie wäre in einer früheren Inkarnation seine Mutter gewesen, erklärte er, und verfolgte ihn jetzt und buhlte um seine Aufmerksamkeit. Ich konterte mit der Geschichte eines Besuchers, den wir in der Folterkammer gefunden hatten, wo er versuchte, in die eiserne Jungfrau zu klettern. Er rief immer nur: »Ich habe gesündigt, ich habe gesündigt«, während die entsetzten Aufseher ihn davonzerrten.

»Und dann war da noch …«, sagte ich.

»Ich bitte die Damen, mich zu entschuldigen«, bemerkte John, der eben noch mit Schmidt geplaudert hatte, als er sich uns zuwandte, »aber wir sprechen gerade über unsere Dinnerpläne. Feisal sagt, du könntest sicher ein Restaurant empfehlen, Saida.«

»Ja, es gibt eines, nicht weit von hier. Ich werde dort anrufen.«

Wir mussten den Tahrir-Platz überqueren, was sich als ein Abenteuer erwies, das ich hoffte nicht allzu häufig wiederholen zu müssen. Es gab ein Dutzend Fahrspuren, von denen keine irgendwelchen Verkehrsregeln unterworfen zu sein schien. Saida übernahm es, Schmidt zu führen, der vermutlich zu viel Bier getrunken hatte, jedenfalls hörte ich sein lautes Kichern, während sie ihn mit dem Geschick eines Matadors, der den Hörnern des Bullen ausweicht, über die Straße lotste. Wir anderen folgten weniger gekonnt; aber immerhin wies Feisal darauf hin, dass uns sicher niemand überfahren würde, denn das würde bedeuten, dass derjenige sich verspätet.

»Solltest du nicht bei Ashraf anrufen?«, fragte Feisal.

»Nicht, bevor wir deine Freundin los sind«, sagte John.

Feisal wirkte verletzt. »Magst du sie nicht?«

»Ich finde sie klasse. Sei höflich. Aber werd sie los.«

Saida und Schmidt hätten die ganze Nacht durchgefeiert, wenn John nicht erwähnt hätte, dass wir früh aufstehen müssten, um unseren Flug zu bekommen. Ich hätte beinahe gefragt: »Welchen Flug?«

»Welchen Flug?«, fragte Schmidt.

»Luxor«, sagte John. »Meine Güte, du wirst vergesslich, Schmidt. Es ist Zeit, ins Bett zu gehen. Halt also den Mund und komm mit.«

Feisal bestand darauf, Saida nach Hause zu bringen. »Es wird nicht lange dauern«, versprach er.

»Ha«, sagte Schmidt. »Wäre ich an deiner Stelle, würde ich überhaupt nicht wiederkommen.«

Wir übernahmen Schmidt. Der Weg zurück und dass wir beim Überqueren des Platzes ein paarmal nur haarscharf dem Überfahrenwerden entgingen, ernüchterten ihn einigermaßen; aber dennoch hörte er nicht auf, das Loblied Saidas zu singen.

»Eine wundervolle junge Frau. Feisal kann sich glücklich schätzen, ihr Herz für sich gewonnen zu haben. Wir müssen zur Hochzeit kommen. Glaubst du, sie wird bald stattfinden?«

»Vielleicht gibt es gar keine Hochzeit, wenn wir Feisal und uns nicht aus dieser Misere befreien können«, warnte ich.

Feisal hielt Wort. Er kam nur eine halbe Stunde nach uns ins Hotel.

»Es war nicht leicht, wieder loszugehen«, berichtete er.

»Ach ja?«, sagte Schmidt und grinste schmutzig.

»Sie wollte mit uns nach Luxor kommen«, fuhr Feisal fort, wobei er Schmidts Grinsen ignorierte.

»Genau das hat uns noch gefehlt«, sagte ich. »Eine Mumienexpertin mit einem speziellen Interesse an Tutanchamun. Feisal, wie viel weiß sie über die Tetischeri-Affäre?«

»Man könnte es eine gekürzte Fassung nennen«, entgegnete Feisal trocken. »Eine Menge Leute wissen von dem Wiederauftauchen der Malereien und meiner Rolle dabei. Meinen gegenwärtigen Job habe ich wegen meines Heldentums bekommen, und das über die Köpfe einer Menge Leute hinweg, die fanden, sie hätten ein größeres Anrecht darauf.«

»Ich wette, du hast ihr geschildert, wie du mit zahllosen Bösewichten auf den Fersen nach Kairo fliehen musstest«, sagte ich.

Feisal grinste. »Sie hat mich ausgefragt. Du weißt doch, wie das ist.«

»Du warst ein Held«, sagte ich und klopfte ihm auf den Arm. »Aber den Part über deine anfänglichen Interessen – oder Johns – hast du nicht erzählt?«

»Großer Gott, nein. Wenn sie das jemals herausfindet …«

»Sie wird es nicht herausfinden«, sagte John ungeduldig. »Solange du den Mund hältst. Ich hoffe, du hast ihr ausgeredet, uns zu begleiten?«

»Ja. Hast du schon mit Ashraf gesprochen?«

»Ich habe ihn jetzt wohl lange genug schmoren lassen. Bringen wir es hinter uns.«

Wir konnten nur Johns Part des Gesprächs hören, aber es war nicht schwer, die fehlenden Stellen zu ergänzen.

»Wir nehmen Ihr Angebot an … Ich weiß. Ich versichere Ihnen, wir werden keine Zeit mehr verschwenden … Morgen. Wir wären Ihnen dankbar, wenn Sie das arrangieren könnten. In Anbetracht der Tatsache, dass unser ursprünglich vorgesehener Flug – äh – gestrichen wurde …«

Er schwieg eine Weile und hörte zu. Sein Gesichtsausdruck änderte sich kaum – nichts so Offensichtliches wie eine hochgezogene Augenbraue –, aber ich kannte die Feinheiten seiner Züge gut genug, um zu wissen, dass er etwas hörte, was ihm nicht gefiel.

»Nun gut«, sagte er und klappte das Handy zu.

»Was ist?«, wollte Schmidt wissen. »Was hat er gesagt?«

»Er wird zusehen, dass wir morgen den Flug um zehn Uhr dreißig nehmen können. Er schickt einen Wagen für uns und reserviert Zimmer im Winter Palace.«

»Im Old Winter Palace, hoffe ich«, sagte Schmidt, der immer noch nichts verstand. »Der neue ist vollkommen inakzeptabel. Ich rufe besser selbst an und reserviere meine übliche …«

»Halt die Klappe, Schmidt«, sagte ich. »Ich meine, bitte sei kurz still. Irgendetwas ist schiefgegangen. Was ist passiert, John?«

»Der Wachmann, Ali – der Einzige außer Feisal, der den leeren Sarg gesehen hat. Er ist verschwunden.«

8

Am nächsten Morgen kutschierte Ashrafs Wagen uns zum Terminal, und wir wurden von einer energischen jungen Frau, die mit dem typischen Akzent höherer Töchter Englisch sprach, durch alle Schlangen gescheucht. Als wir im Flugzeug saßen, sagte Feisal zum wiederholten Mal: »Er hat sich versteckt. Ashraf muss ihm eine Heidenangst eingejagt haben.«

Ich wiederholte mich ebenfalls. »Das entspricht nicht dem, was Ashraf sagt.«

»Oh, ich hege keinen Zweifel daran, dass er glaubte, ganz freundlich gewesen zu sein, aber für einen einfachen Kerl wie Ali ist er die Stimme des Allmächtigen, autoritär und unberechenbar. Ali hat sich wahrscheinlich entschieden, sich einfach unsichtbar zu machen, bis sich der Staub gelegt hat, weil er dachte, so wäre er auf der sicheren Seite.«

»Schluss jetzt«, sagte John. »Wir haben darüber schon ein Dutzend Mal gesprochen.«

Und waren nicht weitergekommen. Feisals Erklärung könnte zutreffen. Wenn ich an der Stelle des bedauernswerten Wachmanns gewesen wäre, dann hätte ich auch das Weite gesucht.

* * *

Im Old Winter Palace begrüßte uns der Manager persönlich, ein gut aussehender weißhaariger Gentleman, der ebenso wie Gott und alle Welt ein enger Freund von Schmidt war, und führte uns persönlich in die Präsidentensuite. Sie verfügte über zwei Schlafzimmer und zwei Bäder, wobei sich in einem davon eine Wanne befand, die groß genug war, um darin Bahnen zu schwimmen. Ich konnte an Johns Gesicht ablesen, dass er nicht wild darauf war, von Schmidt nur durch die Breite des Wohnzimmers getrennt zu sein, so großzügig es auch bemessen war, aber er konnte nichts dagegen tun, denn Schmidt hatte »vergessen«, für uns ein eigenes Zimmer zu reservieren.

Nach dem Mittagessen begaben wir uns zur West Bank. Das ist ein einigermaßen strapaziöser Vorgang – man tuckert auf einem der reich verzierten Motorboote über den Nil, sucht sich auf der anderen Seite ein Taxi und fährt damit noch eine ganze Strecke. Bei meinem letzten Besuch hatte ich nicht viel von Luxor gesehen, da ich vor allem damit beschäftigt gewesen war, einer Reihe Leuten aus dem Weg zu gehen, die mir gegenüber tendenziell negativ eingestellt waren. Schmidt war oft hier gewesen, aber er starrte mit jener kindlichen Vorfreude aus dem Fenster des Taxis, die zu seinen charmantesten Charaktereigenschaften gehört, er verkündete, was sich alles verändert hatte, und fragte Feisal ein Loch in den Bauch. Er bekam nicht viele Antworten; je näher wir dem Tal der Könige kamen, desto gestresster wurde Feisal. Mit einiger Mühe konnten wir ihn überreden, die kleine Elektrobahn zu nehmen, die Besucher bis zum Eingang bringt, statt einfach loszurennen. Die Sonne stand hoch am Himmel und brannte heiß herunter, die Luft war staubig, und ich wollte nicht, dass mein moppeliger kleiner Chef ermüdete. Schmidt hatte sich in einen der weißen Leinenanzüge geschmissen, die er in Berlin erworben hatte, dazu trug er einen schicken Panama-Hut, den ich ihn nicht hatte kaufen sehen. Ich fragte mich, was um Gottes willen er noch alles in seinem ungeheuer schweren Koffer mit sich führte.

Das Grab Tutanchamuns befindet sich etwa hundert Meter vom Eingang des Tals entfernt. Ich weiß nicht, was Feisal erwartet oder befürchtet hatte – dass das Grab zusammen mit Ali verschwunden wäre, oder dass es von dreisten Touristen aufgebrochen worden wäre –, aber er stieß einen langen, erleichterten Seufzer aus, als die rechteckige Öffnung in unser Blickfeld rückte. Sie wurde durch ein schweres Eisengitter gesichert. Einige Touristen sprachen mit dem Aufseher – genau genommen versuchten sie, nach ihrem schrillen Gequengel zu urteilen, sich den Weg hinein zu erstreiten. Einer der Männer trug Shorts, die lange, behaarte Beine entblößten, die Frauen quollen über die Halsausschnitte ihrer dünnen T-Shirts. Als der belagerte Aufseher Feisal entdeckte, stieß er einen erleichterten Schrei aus und rannte auf ihn zu.

Feisal entledigte sich der Touristen mit einigen brüsken Worten. Sie zogen sich schmollend und murmelnd zurück. Arrogante Idioten wie sie hatte es immer schon gegeben, und so würde das vermutlich auch bleiben. Ich erinnerte mich an die Geschichte, wie Howard Carter seine Stellung beim *Service des Antiquités* verloren hatte, weil er seinen Wachmännern beistand, die sich aufdringlichen Trunkenbolden zur Wehr setzten, als diese versuchten, in die Pyramiden von Sakkara zu gelangen.

Nach einer lebhaften Diskussion mit dem Aufseher sagte Feisal: »Ali ist gestern nicht zur Arbeit erschienen. Mohammed hier ist zu ihm nach Hause gegangen, um nachzufragen; seine Frau behauptet, er sei am Abend zuvor nicht heimgekommen. Ich werde mich mit ihr treffen.«

»Eins nach dem anderen.« Die Hände in die Taschen seiner

Jeans geschoben, blickte John gedankenverloren auf den düsteren Eingang zum Grab. »Können wir reingehen?«

»Warum?«, fragte Feisal.

»Es ist der Tatort«, erinnerte John ihn. »Ich weiß, dass du dir Sorgen machst um deinen Untergebenen, aber ich denke, wir sollten sicherstellen, dass noch alles in Ordnung ist.«

»Ja, das ist das richtige Vorgehen«, sagte Schmidt. »Ich habe eine Kamera mitgebracht, um eventuelle Hinweise festzuhalten.«

»Gute Idee, Schmidt«, sagte ich.

»Und einen Notizblock und einen Kugelschreiber.« Schmidt drückte sie mir in die Hände. Ich hätte wissen müssen, dass er mir wieder einmal die Rolle der Sekretärin zugedacht hatte. Ich drückte sie wieder Schmidt in die Hände.

Gewisse Leute (John) hatten mir vorgeworfen, dass mein Geschichtswissen – abgesehen von meinem eigenen, eng begrenzten Feld – lediglich aus Romanen stamme. Ich hatte ein paar Berichte über die Entdeckung dieses Grabes gelesen, darunter auch einen von Howard Carter selbst, der fast so spannend war wie ein Roman. Aber ich muss zugeben, dass die Version, an die ich mich am besten erinnerte, aus dem Roman einer Frau stammte, an deren Namen ich mich nicht mehr erinnern konnte. Sie behauptete, dass er auf echten Tagebüchern von echten Augenzeugen basierte. Ich hatte mir nie die Mühe gemacht, ihre Fakten zu überprüfen. Warum auch, es war ja nicht mein Fachgebiet.

Beim letzten (und ersten) Mal, als ich mir König Tutanchamun angesehen hatte, war das Grab für Touristen geöffnet gewesen. Heute sah alles aus wie damals: der massive Steinsarkophag und die schwere Glasplatte darauf, verschmiert mit Staub und Fingerabdrücken, der goldene Umriss darin. Schmidt hielt mich mit einem Warnruf zurück, als ich gerade in die kleine Grabkammer treten wollte. Aus seinen Taschen förderte er nicht nur eine Digitalkamera zutage, sondern auch eine große Lupe.

»Das Licht ist nicht gut«, klagte er, beugte sich steif vor und schaute mit zusammengekniffenen Augen durch die Lupe. »Hat jemand eine Fackel?«

»Nein, und auch nicht die Ausrüstung, um Fingerabdrücke zu nehmen«, sagte John.

»Dann müssen wir sie uns besorgen.« Schmidt beugte sich tiefer hinunter, was seinen Hosenboden in akute Gefahr brachte.

»Wir würden Hunderte von Abdrücken finden«, sagte Feisal. »Meine und Alis …«

»Und die der Missetäter, die den Pharao geraubt haben.« Schmidt richtete sich auf und fuchtelte mit der Lupe herum. »Vielleicht sind sie bereits aktenkundig, bei Interpol oder einer anderen Behörde.«

»Auf deren Unterlagen wir keinen Zugriff haben«, wandte John geduldig ein. »Mach weiter, Feisal. Halt dich nicht mit Fußspuren auf, wir wollen nur wissen, ob irgendetwas ungewöhnlich ist oder sich nicht am richtigen Ort befindet.«

»Ob es Blutspuren gibt?«, fragte Schmidt mit strahlendem Blick.

»Klappe, Schmidt«, sagte ich. »Bitte.«

Der Boden war nicht gerade sauber. Abgesehen vom Staub gab es allen möglichen Kram, Papierfetzen und Brotkrümel, Orangenkerne und ein Häufchen Mäusekot. Das meiste davon war schon Wochen hier, wenn nicht Monate. Schmidt fotografierte jeden Quadratzentimeter des verdammten Grabes – den staubigen Boden, die bemalten Wände, den Sarkophag und seinen Inhalt. Nachdem ich das Mäusehäufchen entdeckt hatte, klinkte ich mich aus den Nachforschungen aus und gesellte mich zu Feisal, der dastand und in den Sarkophag hineinschaute.

Das goldene Gesicht mit seinen wundervoll ausgestalteten Augen starrte zu mir hoch. Es stellte keine Fragen oder Forderungen. Es war tot und leblos. Feisal, dessen Finger sich um den Rand des Glases krallten, sagte plötzlich: »Ich denke immer, er wäre noch dort drinnen.«

Wenn man etwas verstecken will, muss man es an den unwahrscheinlichsten Ort packen, einen Ort, der bereits durchsucht worden war, einen derart offensichtlichen Ort, dass niemand darauf käme, dort nachzusehen.

Ich lese zu viele Krimis. Aber dieser Vorgehensweise wohnte eine gewisse wahnwitzige Logik inne; hatte John nicht gesagt, es wäre schwierig, Tutanchamun aus Luxor herauszuschmuggeln? Was, wenn »sie« zurückgekehrt waren und ihn wieder hierhergebracht hatten? Wenn das Lösegeld erst einmal bezahlt war, mussten sie sich bei der Übergabe der Mumie keinem Risiko mehr aussetzen, sie würden die Suchenden einfach zur Grabkammer dirigieren. Und was wäre, wenn Ali der einzige Zeuge ihres zweiten Besuches gewesen wäre? Er war verschwunden. Er konnte jetzt gar nichts mehr bezeugen.

»Wenn er hier ist, dann fehlt ihm eine Hand«, sagte ich und versuchte, mich von der Absurdität der Idee zu überzeugen. »Äh – kannst du beurteilen, ob der Sargdeckel bewegt wurde, seit ihr, Ali und du, ihn zurückgelegt habt?«

Unglückseligerweise hörte Schmidt die Frage ebenfalls. Unglückseligerweise deswegen, weil seine Fantasie noch viel durchgedrehter ist als meine und er noch begeisterter von Sensationsromanen ist.

»Aha!«, kreischte er. »Der alte Trick mit dem entwendeten Brief aus Edgar Allan Poes Erzählung! Genial, Vicki, genial!«

Er kannte kein Halten mehr, und mittlerweile hatte ich auch mich selbst schon halbwegs überzeugt. Aber sogar zu viert war es nicht einfach, die Glasabdeckung und den Sargdeckel zu bewegen; ich hatte keine Ahnung, wie Feisal und Ali das geschafft hatten. Die blanke Verzweiflung hatte ihnen die nötige Kraft gegeben, vermute ich. Feisal sagte immer wieder: »Seid vorsichtig! Macht den Sarg nicht kaputt!«

»Halt dich ran!«, sagte John ungeduldig. »Du kannst jegliche Beschädigungen den Dieben zuschreiben. Seid ihr bereit? Anheben, zur Seite schieben, absenken. Eins, zwei ...«

Wir mussten den Deckel nicht weit schieben. Es war dunkel dort drinnen; Feisal zwängte seine Hand durch den Spalt, was ich nie getan hätte, und tastete herum. Sein Gesicht verriet, wie es stand.

»Nein.«

»Bist du sicher?«

»Ja.«

»Es war ohnehin eine absurde Idee«, sagte John.

»Es musste aber getan werden«, sagte Schmidt. »Unbedingt. Man muss unter jeden Stein sehen, jeden Sargdeckel anheben. Ich wüsste nicht, warum wir ihn zurückschieben sollten, ihr?«

Er sah Feisal an, der den Kopf schüttelte. »Wenn jemand so weit kommt, sind wir sowieso verloren. Legt einfach nur das Glas zurück, damit es nicht runterfällt und zerbricht.«

Einfach nur, hatte er gesagt. Wir bekamen es hin, aber ich zerrte mir etwas in der Schulter, und Schmidt klemmte sich einen Finger böse ein. Unsere erste Verletzung, dachte ich, während ich ein Taschentuch um seine Hand wickelte. Schmidt findet es durchaus spannend, im Kampf verwundet zu werden, nobel lehnte er daher meinen Vorschlag ab, zur ausführlichen Ersten Hilfe ins Hotel zurückzukehren.

»Wir müssen jetzt sofort zum Haus des armen Aufsehers und seine Frau befragen«, erklärte er.

»Du musst nicht mitkommen«, wandte Feisal ein. »Du solltest die Wunde säubern lassen, Schmidt, man kann sich hier nur allzu leicht eine Infektion einfangen.«

»Es hat stark geblutet«, sagte Schmidt und bewunderte den Taschentuchverband. »Du brauchst Zeugen, Feisal, und fähige Vernehmer. Vicky wird Notizen machen.«

Feisal schloss das Tor und schaltete die Lichter aus. Wir gingen zurück zum Eingang, Feisal winkte ein Taxi heran, und ich fragte: »Stehen dir eigentlich nicht ein Wagen und ein Fahrer zu?«

»Mir steht ein uralter Jeep zu. Er ist in der Werkstatt – wie fast immer.«

Aus der Bitterkeit seines Tons schloss ich, dass er an Ashrafs gepolsterte Limousine und seine zahllosen Assistenten dachte.

Wir nahmen denselben Weg zurück, den wir gekommen waren, Richtung Anlegestelle. Da es Schmidt nicht gelungen war, mir Notizblock und Stift in die Hände zu drücken, begann er nun selbst, Notizen zu machen. Zog man den Zustand der Straße und den der Stoßdämpfer des Taxis in Betracht, bezweifelte ich, dass er in der Lage sein würde, sein Gekrakel jemals zu entziffern, aber er war beschäftigt und glücklich. Die Szenerie war extrem monoton, nackte Erde reichte bis an ebenso nackte Felsabbrüche – alle möglichen Brauntöne, ab und zu ein kleines Fleckchen Grün. Aber ich meckerte nicht daran herum, denn ich wusste, dann würden sich sofort die Experten auf mich stürzen und anfangen, mir faszinierende Geröllhaufen zu zeigen und mir zu erklären, was das alles war.

Das Taxi hielt vor einer Ansammlung von Häusern, die sich an einen steinigen Hang schmiegten. Sie sahen aus wie wahllos platzierte quadratische Boxen, aber sie waren immerhin das Interessanteste, was mein laienhaftes Auge erblickte, seit wir das Tal verlassen hatten. Einige der glatten Fassaden waren in strahlendem Weiß, goldenem Gelb oder blassem Blau gestrichen, auf anderen waren Szenen mit Menschen und Kamelen, Schiffen und Flugzeugen willkürlich nebeneinandergesetzt.

»Ich dachte, die Behörden hätten diese Leute in ein neues Dorf umgesiedelt«, sagte Mr Allwissend-Schmidt, ohne aufzusehen.

»Sie sind gerade dabei.« Feisal erhob sich vom Beifahrersitz und rang dann von außen mit der hinteren Tür, die auf der Innenseite überhaupt keinen Griff hatte. Schließlich gab sie nach, und ich stieg aus. »Von hier aus müssen wir zu Fuß gehen«, fuhr Feisal fort. »Alis Haus ist weiter oben, in der Nähe des Grabes von Ramose.«

»Es ist eine Schande«, sagte Schmidt. »Sie leben hier seit Jahrhunderten.«

»Und haben gut daran verdient, die Gräber unter den Häusern zu plündern«, sagte Feisal. »Ich weiß, Schmidt, das Dorf ist sehr malerisch, und die Gurnawis haben sich mit Händen und Füßen gegen die Umsiedelung zur Wehr gesetzt, aber es muss sein.«

Es war malerisch, sofern einen der viele Staub, die herrenlosen Hunde und barfüßigen Kinder, die unschuldige Touristen drangsalieren, nicht nerven. Manche versuchten, lächerlich schlecht gefälschte Skarabäen und kleine Figürchen zu verkaufen, andere forderten einfach nur ein Bakschisch. Feisal schrie sie auf Arabisch an. Einige zogen sich zurück, die Mutigeren hingegen umkreisten uns bloß und kamen von hinten wieder. Schmidt blieb stehen und wühlte in seinen prallen Taschen. Zuerst zog er die Lupe hervor, die die Kinder ein Keuchen des Verlangens ausstoßen ließ. Einer der Jungen, ein dürrer Kerl in einem zerfledderten T-Shirt, griff danach. Feisal schlug seine Hand beiseite.

»Gib ihnen nichts, Schmidt; sie müssen lernen, nicht zu betteln. Das ist einer der Gründe, warum wir sie umziehen lassen; die Touristen beschweren sich darüber, dass sie belästigt werden.«

»Sie sind arm«, sagte Schmidt. »Wenn du so wenig hättest, würdest du dann nicht betteln?«

Er steckte die Lupe zurück und zog eine Handvoll Kugelschreiber hervor. Offenbar waren sie eine populäre Alternative zu Bargeld. Die Verteilung geriet ein wenig aufgeregt, weil die größeren Jugendlichen den Kleineren die Stifte wegschnappten, und Schmidt stand mittendrin, ärgerte sich und schnappte sie wieder zurück. Eine Welle der Zuneigung überflutete mich, während ich ihm zusah. Er war wirklich verdammt weichherzig. Wenn es mehr Menschen wie ihn gäbe, wäre die Welt nicht so ein übler Ort.

Schließlich entledigte sich Feisal mit einem lauten Schrei der Nachwuchsgauner. Ein paar rannten voraus. Als wir Alis Haus erreichten, war unsere bevorstehende Ankunft bereits bekannt.

Die Sommertemperaturen in Ägypten liegen bei etwa achtunddreißig Grad Celsius. Die Häuser haben dicke Mauern und kleine Fenster, um die Hitze abzuhalten, und das Zimmer erschien nach der gleißenden Helligkeit draußen pechschwarz. Nachdem meine Augen sich daran gewöhnt hatten, sah ich, dass der Raum voller Menschen war, vor allem Frauen und Kinder; einige saßen auf einem niedrigen gepolsterten Diwan an einer Wand, andere kauerten auf dem Boden. Die schattenhaften Formen und die hellen Augen, die nie zu zwinkern schienen, wirkten ein wenig unheimlich. Wie lange hatten sie schon dort gesessen, reglos wie Statuen? Sie hatten nicht wissen können, dass wir kommen. Ich riss mich zusammen. Offensichtlich war unsere Ankunft früher, als ich gedacht hatte, angekündigt worden. Vermutlich bereits in dem Augenblick, als Feisal aus dem Taxi stieg.

Eine der Frauen erhob sich und begrüßte Feisal. Ich erkannte das formelle *»Salaam aleikhum«,* das Feisal erwiderte. Er wusste, dass er den offiziellen Teil nicht abkürzen konnte; uns wurden Plätze auf dem Diwan angeboten, Gläser dampfenden Tees, ein

Teller mit süßem Gebäck. Ich bekam den Platz neben der Frau zugewiesen, die uns begrüßt hatte. Das konnte keinesfalls Alis Frau sein. Frauen alterten hier schnell, aber ihr Gesicht war derart mitgenommen, dass sie aussah wie eine der besser erhaltenen Mumien im Museum. Sie war vollkommen in Schwarz gehüllt, an Kopf, Armen und Körper – die traditionelle Kleidung der vorigen Generation, die ein Großteil der modernen Frauen modifiziert oder abgelegt hat –, und als sie mich anlächelte und sprach, sah ich, dass ihr die meisten Zähne fehlten. Aber ihre Augen, halb verborgen unter hängenden Lidern, waren hell und stechend wie die eines Raubvogels.

»Das ist *Umm* Ali«, sagte Feisal. »Alis Mutter. Trink deinen Tee, Vicky, sie hat gefragt, ob du etwas anderes haben möchtest.«

Ich hätte es auch riskiert, mir Brandblasen an den Fingern zu holen, nur um sie nicht zu beleidigen, aber gerade noch rechtzeitig erinnerte ich mich an die Technik – Daumen unter den dicken Glasboden, die Finger stabilisieren den Rand. Ich nickte der alten Dame entschlossen zu, fletschte grinsend die Zähne und nippte. Der Tee war stark und sehr süß. Herzlich willkommen, Karies, verkündete er.

Ich war die Letzte, die ihrer Pflicht nachkam. Als ich das erledigt hatte, stürzte sich Feisal in seine Befragung. *Umm* Ali antwortete. Ich verstand kein Wort, also versuchte ich mir zu überlegen, welche der anderen Frauen wohl Alis Gattin sein mochte, ich nickte und lächelte, während mein Blick ein Paar brauner oder schwarzer Augen nach dem anderen traf. Eine Frau, die ebenfalls von Kopf bis Fuß verschleiert war, hatte Augen in einem blasseren Ton und senkte den Kopf scheu, als ich sie ansah. Ihrem Aufzug nach zu urteilen, war sie zu alt, um seine Frau zu sein, aber was wusste ich schon? Mama war offensichtlich diejenige, die das Sagen hatte. Die anderen waren vermutlich Teil der Großfamilie, zu der auch Schwestern und Tanten und sogar noch fernere Verwandte gehören konnten. Sie sagten kein Wort. Zwei der anwesenden Männer mischten sich nach einer Weile ein, sie setzten kurze Kommentare hinzu, beugten sich aber, wie es auch die Frauen getan hatten, der Matriarchin. Hinter dem Haus hörte ich einen Esel schreien und eine Ente quaken. Ein Huhn schlenderte ins Zimmer, den Kopf leicht schief gelegt in diesem täuschenden Ausdruck von Intelligenz, über den Hühner verfügen, und versuchte dann, mir auf den Schoß zu springen. Ich schob es beiseite und lächelte entschuldigend der Frau links von mir zu in der Hoffnung, nicht unhöflich gewesen zu sein. Ich habe nichts gegen Hühner, abgesehen von der Tatsache, dass sie nicht stubenrein sind.

Das von mir abgewiesene Huhn näherte sich John. Ich hoffte, es würde ihm auf den Schoß springen, aber irgendetwas in seinem eisigen Blick musste sogar das kleine Hühnerhirn erreicht haben. Es zog sich zurück. Ich hatte den Großteil meines Tees ausgetrunken und fühlte mich erstaunlich wohl, die Tiergeräusche und der Geruch ließen mich zurückdenken an die Tage meiner Kindheit auf dem Bauernhof meiner Familie in Minnesota, wo ich gelernt hatte, den Duft eines frisch gedüngten Gartens zu lieben.

Feisal riss mich aus meinen Träumen, als er mich direkt ansprach. »Ich vermute, du hast nichts davon verstehen können. Tut mir leid mit dem Huhn«, setzte er hinzu.

»Kein Problem. Wäre es unhöflich, um einen weiteren Tee zu bitten?«

»Ja«, sagte John streng.

»Nein«, sagte Feisal. »Aber wir sollten keine Zeit mehr hier verbringen. Ich werde das erklären, nachdem wir …«

»Ich habe eine Frage«, sagte Schmidt.

»Später, Schmidt.«

»Aber ich …«

»Nicht jetzt!« Feisal hob die Stimme. Es war der erste Ausdruck von Emotionen, den er sich erlaubte, und mir wurde klar, dass er sich die ganze Zeit über sehr zusammengerissen hatte.

Die abschließenden Formalitäten nahmen beinahe genauso viel Zeit in Anspruch wie die Begrüßung, aber nach mehreren *»Shukrans«* und *»Maasalamas«,* konnten wir schließlich gehen. Eine Horde Kinder folgte uns den Hang hinunter zum Taxi.

»Was war in dem Tee?«, wollte John von mir wissen. Er wischte sich ein paar Federn vom Ärmel. »Du hast ausgesehen, als wärst du bereit, ewig da sitzen zu bleiben.«

»Mir hat es gefallen«, sagte ich verträumt. »Sie waren alle so nett. Es war ein nettes Huhn.«

John gab mich auf. »Vergiss das verdammte Huhn; was haben sie gesagt?«

»Sie glauben, er ist tot«, sagte Schmidt nüchtern. »Die arme Mama hat uns gebeten, seine Leiche zu finden, damit er ordentlich begraben werden kann.«

Feisal schloss den Mund mit einem hörbaren Schnappen. »Wieso erzählst du nicht gleich alles, was sie gesagt haben? Ich wusste nicht, dass dein Arabisch so gut ist.«

Schmidt wurde klar, dass er ihn beleidigt hatte, obwohl er nicht wusste, warum. »Ich habe ein wenig Arabisch gelernt«, sagte er bescheiden. »So viel habe ich verstanden, aber nicht alles. Tut mir leid.«

»Nein, mir tut es leid.« Feisal schüttelte den Kopf. »Ich bin ein wenig gereizt. Wenn sie recht haben, dann ist es meine Schuld.«

Laut dem, was die Mutter Feisal erzählt hatte, konnte die Familie nicht beweisen, dass es nicht mit rechten Dingen zugegangen war, aber die Indizien waren entmutigend. Noch nie war Ali nach der Arbeit nicht nach Hause gekommen. Noch nie hatte er in einem Café haltgemacht oder sich zu einem Schwätzchen mit seinen Freunden getroffen. Noch nie hatte er eine Reise unternommen, ohne seiner Mutter zu sagen, wohin er fuhr und wie lange er weg sein würde.

»Erzählt er der alten Dame alles?«, fragte ich.

»Würdest du das nicht tun?«

»Oh doch«, sagte ich und dachte zurück an ihre glänzenden schwarzen Augen.

»Nicht alles, hoffe ich«, sagte John.

»Natürlich würde ich nichts über den – äh – Diebstahl erzählen«, gab Feisal zu.

»Das wollte ich fragen«, sagte Schmidt.

»Ich glaube es jedenfalls nicht. Ich konnte mich nicht direkt danach erkundigen. Sie hat gesagt, etwas hätte ihm Sorgen bereitet, er sei tagelang gereizt und launisch gewesen, aber als sie fragte, hätte er gesagt, alles sei in Ordnung. Dann, vorgestern, kam er nach Hause und sah aus – ich zitiere –, ›als hätte er eine Vision des Paradieses gesehen‹. Großes stünde ihm bevor, ihnen allen.«

»Er hatte mit Ashraf gesprochen«, sagte John.

»Das vermute ich auch. Wieso fährt das verdammte Taxi nicht?«

»Vielleicht, weil du ihm nicht gesagt hast, wo du hinwillst«, schlug ich vor.

* * *

Die Sonne versank hinter uns, als wir über den Fluss zurücksegelten. Feisal hatte sich vorläufig von uns verabschiedet, um in seinem Büro vorbeizuschauen, das sich in der Nähe des Luxor-Museums auf der East Bank befand, und sich dann in seiner Wohnung umzuziehen, bevor er uns zum Abendessen wieder

Gesellschaft leistete. Ich ging davon aus, dass ich mir erst einmal Schmidts verletzten Finger ansehen sollte, den er in einer ungewollt (das vermutete ich zumindest) vulgären Geste zur Schau stellte.

Er war nicht gebrochen, nur gequetscht und zerschrammt; Schmidt zauberte eine Erste-Hilfe-Ausrüstung aus seinem magischen Koffer, und ich reinigte die Wunde und wickelte so lange Verbandsmaterial darum, bis er zufrieden war. Wir gesellten uns zu John auf den Balkon, der in sein Handy murmelte. Ich setzte mich so weit weg von ihm, wie es ging, und genoss die Aussicht. Durch die Spiegelung des Sonnenlichts schien der Fluss in Flammen zu stehen, und die steilen Felsen am Westufer hatten einen sanften Violettton angenommen. So großartig diese Aussicht auch war, ich konnte die Entspanntheit, die ich für kurze Zeit verspürt hatte, nicht wieder heraufbeschwören. Nicht ohne das Huhn.

Ich hatte es mir erlaubt, mich von nostalgischen Erinnerungen ablenken zu lassen, weil ich nicht an den Anlass denken wollte, der uns hierhergeführt hatte – die Möglichkeit, dass die Leiche des bedauernswerten Wachmannes irgendwo im Sand der West Bank in einem seichten Grab ruhte. Wir hatten während des ganzen Rückwegs alle möglichen Theorien gesponnen. Hatte Ali sich vielleicht doch entschieden, sich zu verstecken? Das war möglich, aber unwahrscheinlich, wenn man die Aussage seiner Mutter in Bezug auf seine Gewohnheiten und seine Stimmung bedachte. Hatte er während des Raubes etwas gesehen oder gehört, ohne zu diesem Zeitpunkt zu realisieren, dass es wichtig war? Das klang plausibel, warf aber eine ganze Reihe weiterer unbeantwortbarer Fragen auf. Wann hatte ihm gedämmert, dass er über entscheidende Informationen verfügte, und was hatte er dann unternommen? Hätte er sich an die Diebe gewandt und versucht, sie zu erpressen? Das setzte voraus, dass sie für sein Verschwinden verantwortlich waren – wie sonst hätten sie herausfinden können, dass er zum Schweigen gebracht werden müsste?

John hatte sein Gespräch beendet und wandte sich an Schmidt. »Ashraf behauptet, Ali hätte ihm absolut nichts verraten, was darauf hindeutete, dass er über neue Informationen verfügte.«

»Aber wie ausführlich hat er Ali befragt?«, wollte Schmidt wissen. »Hat Ashraf vielleicht eine Frage gestellt oder eine Aussage getroffen, die in dem armen Kerl eine vergessene Erinnerung hat hochkommen lassen?«

»Glaubst du, ich hätte es versäumt, ihn das zu fragen?«, hielt John dagegen. »Falls es so war, hat er keine Ahnung, was es gewesen sein könnte. Du kannst ja hier sitzen und Bier trinken und dir die unterschiedlichsten Szenarien ausdenken, aber das bringt uns nicht weiter.«

Der Sonnenuntergang war verblasst zu Rosa und Grau, und die Rufe der Muezzins waren verklungen. Johns Stimme hat diesen unangenehmen Unterton, der mich jedes Mal auf die Palme bringt. »Und was machst *du,* um uns weiterzubringen?«, wollte ich wissen. »Auch nichts, soweit ich das beurteilen kann. Die Zeit läuft, und du …«

John sprang auf und ging zur Tür. »Ich gehe raus. Versucht, nichts allzu Blödes anzustellen.«

»Ich dachte, du hättest gesagt, wir sollen nicht allein rumziehen«, rief ich ihm hinterher.

Das Knallen der Tür war meine einzige Antwort.

»Er hat gesagt, *du* sollst nicht allein herumziehen«, sagte Schmidt.

Er war der Einzige, der noch hier war, also ging ich natürlich auf ihn los. »Hat er dir das gesagt? ›Die arme, dumme Vicky, sie hat weniger Verstand als ein Huhn; versuch zu vermeiden, dass sie in Schwierigkeiten gerät.‹«

Schmidt sagte: »Ts, ts, ts«, und nippte an seinem Bier.

Ich atmete ein paarmal tief durch. »Okay, entschuldige bitte. Aber was ich gesagt habe, stimmt doch. Wir kommen nicht weiter. Das Meisterhirn macht seinen Job nicht.«

»Dann sollte«, sagte Schmidt hoffnungsvoll, »vielleicht ich wieder das Meisterhirn sein.«

»Meine Stimme hast du, Schmidt.«

»Gut. Das Licht lässt nach, gehen wir rein und schmieden einen Plan.«

Wir zogen uns ins Wohnzimmer zurück und schalteten alle Lampen an. Schmidt öffnete zwei Flaschen Bier und deutete auf Notizblock und Stift, die strategisch geschickt auf dem Couchtisch lagen. Ich nahm sie. Schmidt begann mit seinem Vortrag.

Der gute alte Junge kann durchaus logisch denken. Wir begannen mit der Annahme, dass Tutanchamun sich immer noch irgendwo in der Gegend von Luxor befand, da die Alternative – dass dem nicht so war – bedeutete, dass er an einem beliebigen Ort auf der Welt sein könnte. Einen Weg waren wir noch nicht gegangen: Wir hatten nicht versucht, den Lieferwagen ausfindig zu machen. Aber wie Schmidt zu Recht einwandte, war das vermutlich ohnehin eine Sackgasse. Ali hatte Feisal gesagt, das Fahrzeug sei nicht der riesige Lastwagen gewesen, der beim ersten Mal gekommen sei, sondern habe etwa die Größe eines normalen Kleinbusses gehabt. Es handelte sich also vermutlich um einen ganz normalen Bus oder Van, der zur Tarnung mit irgendwelchen mysteriösen Symbolen beschriftet worden war. Die Diebe benötigten im Anschluss an den dreisten Raub nur eine ruhige Stelle am Straßenrand, wo sie die Beschriftung entfernen und zerstören konnten. Das Fahrzeug, das nun neutral und unauffällig aussah, würde dann weiterfahren nach …

Es gab tausend Verstecke in den Felsen des Westufers – Höhlen, verlassene Gräber, Schluchten im Stein. Schmidt beharrte darauf, dass die Diebe ihre wertvolle Fracht nicht an einen Ort bringen würden, der so viele Risiken barg, von Steinschlag bis zur Entdeckung durch wandernde *Fellahin.* Ganz abgesehen davon, wie verdächtig ein großer Lieferwagen wirkte, der auf Wegen, die für Ziegen vorgesehen waren, in die Berge holperte.

»Sie müssen zu einem Haus gefahren sein« war deshalb der logische Schluss unseres neuen Meisterhirns. »Aus naheliegenden Gründen kann es sich um kein Hotel handeln, aber es muss eine Umgebung sein, die man wenigstens in einem gewissem Maße kontrollieren kann und die Schutz bietet vor der extremen Hitze, der staubigen Luft und herumstreunenden Tieren.«

»Das ergibt Sinn«, gab ich zu, durchaus beeindruckt von seiner Argumentation. »Bist du sicher, dass du nicht hinter der ganzen Sache steckst, Schmidt?«

Schmidt keckerte. »Es sind nur Vermutungen«, sagte er bescheiden. »Aber zumindest verschaffen sie uns einen Anknüpfungspunkt.«

»Nun ja. Es könnte jedes Privathaus in Luxor und Umgebung sein.«

Die Dunkelheit hing vor den Scheiben. Auf der anderen Seite des Flusses begannen Lichter zu glitzern. Ich hatte pflichtbewusst Notizen gemacht, aber auch zugehört. Als es an der Tür klopfte, sprang ich auf und rannte hin, um sie zu öffnen. Die präzise ausformulierte Schmährede, die ich vorbereitet hatte, erstarb mir im Hals. Der Neuankömmling war nicht John. Es war Feisal.

»Oh«, sagte ich.

»Ich freue mich auch, dich wiederzusehen«, sagte Feisal. Er sah sich um. »Wo ist Johnny?«

»John ist vor einer Weile gegangen und noch nicht zurückgekehrt.«

»Wo ist er hingegangen?«

»Hat er nicht gesagt.«

»Ihr hattet Streit«, sagte Feisal begeistert. »Damit habe ich gerechnet.«

»Er sucht zweifelsohne neue Wege, um in der Sache weiterzukommen«, sagte Schmidt, während ich Feisal wütend anstarrte. »Und wir haben dasselbe getan. Möchtest du unsere Schlussfolgerungen hören?«

Feisal ging zur Minibar und nahm eine Flasche eines kohlesäurehaltigen, alkoholfreien Zitronengetränks heraus.

Ich hatte es probiert, es schmeckte ziemlich ekelhaft. »Bitte«, sagte er.

Als Schmidt fertig war, schüttelte Feisal den Kopf. »Das klingt so weit ganz gut. Aber weißt du, wie viele Privathäuser, Villen und Wohnungen es in der Gegend gibt? Wir können nicht einfach bei den Leuten anklopfen und Einlass fordern.«

»Also müssen wir die Möglichkeiten durch logisches Ausschließen verringern«, sagte Schmidt. »Hast du irgendwelche Vorschläge, Feisal?«

Feisal leerte seine Flasche. »Spontan fällt mir nichts ein.«

»Wie sieht es bei dir aus?«, fragte ich. »Gibt es etwas Neues im Büro?«

»Nur ein Dutzend Nachrichten von allen möglichen Bereichsleitern, die verdächtige Aktivitäten und/oder illegale Übergriffe auf geschützte Stätten und/oder …«

Er sprach noch eine Weile weiter. Ich hörte nicht zu, ich lauschte auf Schritte oder das Drehen eines Schlüssels im Schloss.

Nichts. Er musste doch langsam mal mit dem Schmollen fertig sein.

Schmidt stupste mich an, und ich begriff, dass er auf die Antwort zu einer Frage wartete, die ich nicht gehört hatte. Als er sah, wie verwirrt ich ihn anschaute, wiederholte er sie.

»Können wir essen gehen? Feisal hat ein Restaurant vorgeschlagen.«

»Sollten wir nicht auf John warten?«, fragte ich.

»Der kommt schon, wenn er so weit ist«, sagte Feisal. »Ich habe Hunger.«

Meinem Vorschlag folgend, hinterließ Feisal eine Nachricht für John, in der er ihm erklärte, wo wir hinwollten, woraufhin ich es mir erlaubte, mich aus dem Hotel herausbegleiten zu lassen. Wir wehrten einige aufdringliche Taxifahrer und Kutscher ab und spazierten am Nilufer entlang Richtung des Luxor-Tempels. Die riesigen Säulen schimmerten blassgolden in der Dunkelheit.

»Ah, er ist heute Nacht geöffnet«, sagte Schmidt. »Sollen wir hineingehen?«

Ich wollte gerade Nein sagen, als ich jemanden auf den Eingang zulaufen sah. Er war umgeben von allen möglichen anderen Besuchern verschiedenster Größen, Körperformen und Bekleidungsstile, aber das Licht brach sich auf einem blonden Haarschopf. Sein Anblick, wie er sich eine kleine Besichtigungsrunde gönnte, nachdem er mich sorgenvoll zurückgelassen hatte, verärgerte mich in höchstem Maße.

»Da ist er!«, rief ich. Ich riss meinen Arm aus Feisals Griff und rannte hinter John her. Feisal rief mir nach, ich sollte warten, und einer der Kartenabreißer wollte mich ebenfalls aufhalten. Letzteren umrundete ich einfach, doch als ich die große Säulenhalle erreichte, war John nirgends zu entdecken. Keuchend und schwitzend wollte ich gerade den Tempel selbst betreten, als Feisal mich einholte.

»Was tust du?«, wollte er wissen und hielt mich fest.

»Hast du ihn nicht gesehen?«

»Wen?«

Schmidt kam hinterhergehechelt. »Vicky, du darfst nicht einfach davonlaufen.«

»Das war John«, sagte ich. »Er ist in den Tempel gegangen.«

»Du musst dich geirrt haben«, sagte Feisal.

»Nein! Ich habe doch ...«

Aber was hatte ich eigentlich gesehen? Das, was ich sehen wollte, was ich zu sehen hoffte?

»Wo wir schon hier sind, gehen wir auch hinein und sehen uns um«, sagte Schmidt in besänftigendem Ton wie zu einem quengeligen Kleinkind.

Es war sinnlos, hoffnungslos, Zeitverschwendung. Das wusste ich sogar schon, bevor wir zwischen den riesigen Statuen irgendeines Ramses oder anderer historischer Persönlichkeiten hindurch auf den großen offenen Innenhof traten. Die Tempelanlage war riesig, mit Dutzenden hoher Säulen und Durchgängen und Statuen und Seitenkapellen – alles ideale Verstecke für einen Mann, der keine Aufmerksamkeit auf sich ziehen wollte –, und dann marschierten auch noch etwa hundert andere Leute rein und raus und hin und her. Etliche der Männer hatten blondes Haar.

»Sehr interessant«, sagte Schmidt und strich sich über den Schnauzbart. »Sehr schön. Das ist der schönste Tempel in Ägypten, sagen manche ...«

»Du musst nicht taktvoll sein, Schmidt«, schnarrte ich. »Ich hatte eben unrecht. Gehen wir.«

Das Restaurant verfügte über einen Innenhof, der friedlich

und einladend im Schein der Laternen lag. Ein kleiner Brunnen plätscherte in der Mitte, und an einem der Tische saß John.

Er erhob sich, rückte mir einen Stuhl zurecht und sagte: »Endlich! Ich bin schon eine Weile hier.«

»Wo warst du?«, erkundigte ich mich in extrem höflichem Tonfall.

»Ich bin herumgelaufen. Ich war in einem der Läden um die Ecke.«

Er reichte mir ein kleines Päckchen. Ich wickelte es aus und fand darin ein Paar silberne Ohrringe in der Form von Katzenköpfen.

Es war als Friedensangebot gedacht, aber ich war noch nicht bereit zu vergeben und zu vergessen. »Ich dachte, ich hätte dich in den Luxor-Tempel gehen sehen«, sagte ich.

Nach einer Mikropause zog John eine Augenbraue hoch. »Deswegen hat das so lange gedauert. Ich nehme an, Schmidt musste jede Ecke sorgsam inspizieren.«

»Ich habe nichts inspiziert, sondern ein ästhetisches Erlebnis genossen«, sagte Schmidt.

Feisal bestellte für uns, und Schmidt entschied sich, noch ein Stella zu trinken. Ich sagte: »Schmidt und ich haben einen Plan für unser weiteres Vorgehen entwickelt.«

»So?« Dieses Mal zog er beide Augenbrauen hoch. »Kann ich ihn hören?«

Schmidt erstattete nur zu gern Bericht. »Bleibt nur«, schloss er, »die Möglichkeiten zu reduzieren.«

Wie man hätte erwarten können, begann John unsere Argumente zu demontieren. »Weswegen geht ihr davon aus, dass sie sich die Mühe machen, einen angemessenen Aufbewahrungsort zu suchen? Er liegt seit über dreitausend Jahren in der Grabkammer, und seit mehr als achtzig davon wird er jeder nur denkbaren

Umweltbelastung ausgesetzt. Ein paar Wochen in einem Felsloch werden ihm nicht schaden.«

»Das würde heißen, er wäre immer noch auf der West Bank«, sagte ich, nicht willens, unsere nette kleine Theorie fallen zu lassen. »Wie könnten sie ihn in die Felswände hinaufschaffen, ohne bemerkt zu werden?«

»Auf einem Karren oder Wagen«, sagte John. »Nachts. Ich wage zu bezweifeln, dass es sie kümmert, ob er noch ein bisschen mehr in Mitleidenschaft gezogen wird. Sie haben ihm schon die Hand abgehackt.«

Feisal schnitt eine Grimasse. »Sag so etwas nicht.«

»Nun, was denkst denn du?«, fragte John. »Hat es Sinn, Schmidts Vorschlag zu folgen?«

»Ich glaube, das wäre eine gottverdammte Zeitverschwendung«, gab Feisal zu. »Zeit, die wir nicht haben. Wenn wir eine Spur hätten – irgendeine vage, unscheinbare Spur ...«

Er sah John an, der den Kopf schüttelte. »Was ist mit Ali?«, fragte er.

»Ich schicke morgen ein paar Männer los, die nach ihm suchen sollen. Es ist inzwischen allgemein bekannt, dass er verschwunden ist; die Theorie lautet, dass er irgendwo in den Felswänden einen Unfall hatte. Selbst erfahrenen Ortskundigen passiert das manchmal.«

Ein Kellner begann, Teller und Schalen zu verteilen. Es gab unter anderem Reis und ein Gericht aus gedämpftem Gemüse, das vor allem aus Tomaten bestand. Feisal bedeutete mir, mich zu bedienen, was ich tat, wobei ich Auberginen, auf unterschiedliche Arten zubereitetes Lamm und Linsen entdeckte. Eine Weile war nichts zu hören außer Schmidts Schmatzen.

»Es sieht so aus, als müsste ich morgen oder übermorgen kurz nach Denderah«, fuhr Feisal fort. »Dort ist jemand in ein Lager eingebrochen und hat sich mit dem unteren Teil eines Granit-Sarkophags davongemacht. Es gibt einen Verdächtigen, sie haben ihn aber noch nicht ausfindig gemacht.«

»Wo könnte man einen solchen Gegenstand verstecken?«, fragte ich. »Er muss doch eine Tonne wiegen.«

»Allerdings«, stimmte Feisal zu. »Aber Farouk hat viel Erfahrung mit so etwas. Er und seine Leute haben vor ein paar Monaten eine Hathor-Statue aus dem Tempel gestohlen, bei hellem Tageslicht, vor den Augen von Hunderten von Zeugen. Sie ist nie wieder aufgetaucht.«

»Vielleicht sollten wir ihn fragen, wo er Tutanchamun verstecken würde«, sagte ich.

Niemand fand das amüsant, nicht einmal ich.

Der Fluch des allgegenwärtigen Handys hatte auch Ägypten erreicht; während unserer Mahlzeiten hatte es um uns herum allerorten gepiepst und geklingelt. Als eines näher an mir dran zu tirilieren begann, sah ich Schmidt an. »Das muss deins sein«, sagte ich. »Wer sonst hätte als Klingelton einen Song von Johnny Cash?«

»Nicht drangehen«, befahl John. »Sie soll eine Nachricht hinterlassen.«

»Du kannst doch nicht wissen, ob es Suzi ist«, sagte ich.

»Wenn sie es ist, möchte ich nicht, dass Schmidt mit ihr spricht, bevor er darüber nachgedacht hat, was er sagt.«

»Und bevor ich mit dem Essen fertig bin«, sagte Schmidt und angelte das letzte Stückchen Aubergine von seinem Teller.

»Ich sollte auch meine Mailbox abhören«, sagte Feisal und zog sein Handy heraus. »Ich habe Alis Bruder gebeten, es mich wissen zu lassen, wenn sie von ihm hören.«

Ich konnte ihm keinen Vorwurf daraus machen, dass er sich an diese Hoffnung klammerte, obwohl sie immer unwahrscheinlicher wurde. Er hatte mehrere Nachrichten, von denen ihm keine einen Kommentar abrang, außer der letzten. Er stieß einen gequälten Schrei des Entsetzens aus.

»Oh nein«, sagte ich. »Sag nicht, dass Ali …«

»Nicht Ali«, murmelte Feisal. »Aber es ist schlimm. Sehr schlimm. Was soll ich nur machen?«

Wir warteten. Wir hielten alle den Atem an. Feisals Gesichtszüge sackten herunter. »Saida. Sie kommt. Morgen. Sie will … ihn sehen.«

9

Feisals erster Impuls bestand darin, einfach unterzutauchen. »Sie kommt nicht in das Grab hinein, wenn ich nicht da bin.«

»Wollen wir wetten?«, hielt ich dagegen.

Feisal dachte darüber nach. »Verfluchter Mist«, sagte er.

»Vielleicht«, sagte Schmidt, »sollten wir uns ihrer Unterstützung versichern. Sie ist sehr intelligent.«

»Du meinst, wir sollen ihr die Wahrheit sagen?«, fragte Feisal entsetzt.

»Unmöglich«, sagte John. »Halte deine Lüsternheit im Zaum, Schmidt. Dich interessiert ihre Intelligenz doch nicht. Du wirst Ashraf anrufen müssen, Feisal. Er ist der Einzige, der sie aufhalten kann.«

»Ja, das stimmt.« Feisal schob seinen Stuhl zurück und erhob sich. »Suchen wir uns einen ruhigeren Ort.«

Wir ließen Schmidt bezahlen und eilten zurück zum Hotel. Ein Mitarbeiter mit Turban machte gerade die Betten und legte kleine in Folie gewickelte Schokoladenstückchen auf die Kissen.

»Der Service hier ist sehr gut«, sagte Schmidt, während er sein Schokoladenstückchen auswickelte.

»Zu gut«, sagte John, der unruhig durch das Wohnzimmer tigerte. »Schick ihn weg, Feisal. Höflich.«

»Hast du etwas gefunden?«, erkundigte ich mich, nachdem John hinter die Sofakissen und unter den Tisch gesehen hatte.

»Nein. Das ist das Problem bei diesem gnadenlosen Service, man kann einfach nicht erkennen, ob das Zimmer durchsucht worden ist. Achte darauf, was du Ashraf sagst, Feisal. Schmidt, du meldest dich besser mal bei Suzi.«

»Ich möchte erst hören, was Feisal sagt«, sagte Schmidt und setzte sich aufs Sofa.

Feisal erreichte Ashraf direkt. Das fand ich überraschend, bis mir aufging, dass Ashraf genauso besorgt sein musste, wie wir es waren, und sich daher bemühte, Kontakt zu halten.

»Schalt den Lautsprecher ein«, forderte Schmidt neugierig.

»Tut mir leid, meine Ausrüstung ist nicht so modern«, blaffte Feisal. »Ashraf? Feisal hier. Wir haben ein kleines Problem … Nein, nichts Derartiges … Nein, nichts Neues von ihm. Aber Saida möchte morgen ein bestimmtes Grab im Tal besichtigen, und … Ja, dieses Grab. Kannst du … Gut. Nein, ich fahre morgen nach Denderah, dort wurde … Oh. Wenn du es sagst. Was? Oh. Bist du sicher, dass du … Oh. Du hast recht. Ja.«

»Lass mich raten«, sagte ich fröhlich. »Er wird Saida aufhalten. Und du fährst nicht nach Denderah.«

»Sehr clever«, sagte Feisal und fletschte die Zähne. »Mach weiter.«

»Ashraf kommt nach Luxor.« Ich riet jetzt, aber Feisals zunehmend finsterer Gesichtsausdruck bestätigte meine Ahnung. »Wann?«

»Vielleicht morgen. Spätestens übermorgen. Er sagt mir Bescheid.«

»Hmpf«, machte John. »Er wird Fortschritte erwarten, nicht wahr?«

»Aber sicher.«

»Dann müssen wir eben Fortschritte machen«, sagte Schmidt und zog sein Handy hervor. »Was soll ich Suzi sagen?«

»So wenig wie möglich«, sagte John.

Ich muss zugeben, der kleine Schlawiner war gut. Nach einer freundlichen Begrüßung war seine erste Frage ein scheues »Rate mal, wo ich bin?«.

Suzi musste nicht raten. Sie wusste Bescheid. Schmidts Schnauzer zuckte; er kaute auf seiner Unterlippe, während er ihrem Gerede lauschte. »Aber mein Schatz«, begann er, »ich hatte noch keine Gelegenheit ...« Eine weitere längere Unterbrechung. Keine gute Idee, Suzi, dachte ich, während ich zusah, wie Schmidt immer störrischer wurde und die Stirn runzelte. »Es ist sehr ungerecht von dir, mir solche Vorwürfe zu machen«, beschwerte er sich lautstark. »Sie wissen auch nicht mehr als du. Dafür würde ich meine Hand ins Feuer legen. Wir sind den wahren Tätern auf der Spur. Wenn ich dir wirklich etwas bedeute ...« Er hörte zu und setzte ein säuerliches Lächeln auf, das ich mittlerweile gut kannte; Suzi hatte beschlossen, sich versöhnlich zu geben. Zu spät – Pech für sie. Dann stieß Schmidt einen Ruf aus: »Nein! Nein, das darfst du nicht tun! Du traust mir nicht! Ach Gott!«

Letzteres traf, so viel war klar, auf taube Ohren – jedenfalls auf Suzis Seite.

»Lass mich raten«, sagte ich. »Suzi kommt nach Luxor.«

Suzi war dümmer, als ich angenommen hatte, oder sie war sich ihrer Verführungskünste gefährlich sicher. Wenn ich an ihrer Stelle gewesen wäre, hätte ich angefangen, mir Sorgen um Schmidt zu machen. Sie war klug genug gewesen, ihm zu beteuern, dass sie ihm absolut traute, und sie hatte versprochen, sich von uns fernzuhalten, während sie in Luxor weilte. Dieses Versprechen schien mir nicht glaubwürdig. Es wäre nicht schwierig, uns unbemerkt zu folgen; die ägyptische Bekleidung für Männer wie Frauen besteht aus langen, weiten Gewändern und allen möglichen Kopfbedeckungen, und die meisten Männer tragen Bärte. Bärte können wirklich nützlich sein. Suzi war groß genug, um als Mann durchzugehen.

Feisal hatte verkündet, dass er vorhatte, am nächsten Morgen zur West Bank zu fahren, um sich der Suche nach Ali anzuschließen. Nach einer etwas bissigen Diskussion beschlossen wir, ebenfalls mitzukommen. Der Großteil der bissigen Bemerkungen stammte von John, der nachdrücklich darauf hinwies, dass wir nur im Weg sein würden, denn wir wüssten nichts über die Gegend und waren auch nicht dazu ausgerüstet, in den Felsen herumzuklettern. Schmidt nahm das persönlich und fing an, im Wohnraum herumzustolzieren und seine Muskeln vorzuführen.

Ich stritt mich nicht mit Schmidt. Ich begriff, warum er sich der Suche anschließen wollte; etwas zu tun, irgendetwas, war besser, als herumzusitzen, vor sich hin zu brüten und zu spekulieren. Er erklärte sich sogar bereit, das Frühstück ausfallen zu lassen und bei Sonnenaufgang loszuziehen, damit uns mehrere Stunden blieben, bevor es zu heiß wurde.

Wenn Schmidt ging, würde ich auch gehen. Ich dachte, John würde versuchen, es mir auszureden, aber das tat er nicht. Nachdem er die Auseinandersetzung mit Schmidt verloren hatte, zog er sich auf hohem Ross (und Johns Rösser sind extrem hoch) in unser Zimmer zurück; so blieb es an mir, die Details abzusprechen. Als ich zu ihm kam, war er bereits zu Bett gegangen und las. Er legte das Buch beiseite und streckte mir eine elegante, ausdrucksstarke Hand entgegen. »Es tut mir leid«, sagte er sanft.

Es wäre kindisch gewesen, weiter zu schmollen. Außerdem war das Sofa im Wohnzimmer nur ungefähr eins fünfzig lang.

* * *

Schmidt weckte uns um sechs Uhr morgens. Es gab Kaffee. Außerdem standen eine Menge weißer Schachteln herum: Lunchboxen, die das Hotel Ausflüglern zur Verfügung stellte. Schmidt öffnete die erste bereits, als wir das Zimmer verließen, und hatte, noch bevor wir aus dem Hotel traten, eine Banane gegessen. Er hatte am Abend vorher einen Wagen bestellt und taktvoll Feisals Angebot abgelehnt, in dessen Jeep mitzufahren. Schmidt hatte wenig übrig für Jeeps, vor allem nicht für welche, die oft in der Werkstatt sind. Unser Fahrzeug war ein kleiner Van mit reichlich Platz für uns und die Lunchboxen. Es dauert länger, den Nil auf der Brücke zu überqueren als mit dem Boot, aber Schmidt hat auch für Laufplanken nicht viel übrig, vor allem nicht für die der Barken, die nur etwa zwanzig Zentimeter breit waren. Normalerweise kippen sie nicht, sie sehen aber so aus, als würden sie das jeden Moment tun. Da Schmidt sich am Tag zuvor nicht beschwert hatte, erklärten wir uns damit einverstanden, den Nil diesmal auf seine Art zu überqueren.

Vorn beim Fahrer hielt Schmidt einen Monolog, dem ich nicht zuhörte. Wir anderen redeten nicht viel. Ich vermutete, dass John und Feisal, wie ich, mit der bevorstehenden Ankunft von Leuten, die wir nicht sehen wollten, beschäftigt waren. Suzi ging nicht ans Telefon. Ashraf hatte Feisal befohlen, auf seinen Anruf zu warten, statt sich bei ihm zu melden. Laut Feisal war Ashraf am frühen Morgen gar nicht gut gelaunt gewesen. Das erschien mir grundsätzlich als ausgesprochen zivilisierte Eigenschaft, aber ich hätte viel dafür gegeben zu hören, dass Ashraf wenigstens Saida unter Kontrolle hatte. Es wollten wirklich viel zu viele Leute nach Luxor. Ich kam mir vor wie eine Kinderfrau mit einem Haufen undisziplinierter Blagen oder ein Wärter, der versucht, ganz allein einen Gefängnisausbruch zu verhindern.

Die Brücke war eine grandiose Anlage mit mächtigen Statuen

und riesigen Mubarak-Porträts. Auf der West Bank fuhr der Van dann gen Norden, entlang an Bewässerungskanälen voller Schilf und Müll. Im Verkehrsstrom waren auch Karren, die von mürrischen Eseln gezogen wurden, Fahrräder und Motorräder, Reiter auf mürrischen Eseln und einige Touristenbusse unterwegs. Schmidt hielt mir ein hart gekochtes Ei hin.

»Iss, Vicky, iss. Du musst stark sein für die bevorstehende Aufgabe.«

Das erwies sich als ausgezeichneter Rat.

Feisals Mannschaft erwartete uns wie verabredet nördlich des Damms, der von der Straße zum Hatschepsut-Tempel in Deir el-Bahari führte. Der Tempel ist eine der beliebtesten Sehenswürdigkeiten der West Bank, aber es war noch früh, und deshalb waren noch keine Touristen da.

Feisal versammelte das bunte Grüppchen um sich und begann zu reden und zu gestikulieren. Es schien sich um einige Freiwillige zu handeln, nicht um einen offiziellen Suchtrupp; die Bekleidung reichte von den schwarzen Uniformen der Sicherheitspolizei über Jeans und T-Shirts bis zu den allgegenwärtigen *Galabijas* und den dazugehörigen Kopfbedeckungen; die Altersspanne reichte von grauen Bärten bis zu Kindern, die vielleicht zehn Jahre alt waren. Feisal schloss mit einer weit ausholenden Armbewegung, und die Männer stapften in verschiedene Richtungen davon. Zwei Jungen ließen sich auf den Boden nieder und erwarteten weitere Anweisungen.

»Darf ich fragen, wie dein Plan aussieht?«, fragte John. »Vorausgesetzt, du hast einen.«

»Ich wüsste keinen guten Grund, warum ich ihn dir erklären sollte«, entgegnete Feisal.

John zog eine Augenbraue hoch. Feisals dunkle Brauen zogen sich zusammen wie kleine Gewitterwolken. Ich hatte das Gefühl, es würde ein schwieriger Tag werden, in jeder Hinsicht. Feisal war höchst angespannt, er hoffte, nicht zu finden, was er zu finden fürchtete, und John hatte schon seit mehreren Tagen eine richtige Scheißlaune.

»Aber, aber, Jungs, seit nett zueinander«, sagte ich.

»Ich bin nett«, knurrte Feisal. »Einigermaßen. Es ist so, dass ich sehr wohl einen Plan verfolge, den zu erklären aber zu lange dauern würde, selbst wenn ihr auch nur im Entferntesten wüsstet, wovon ich eigentlich rede. Ihr drei bleibt bei mir. Lauft nicht weg.«

Er bedachte uns mit einem kritischen Blick. Ich hatte Feisal durchaus schon unter Druck gesehen, aber nie als Chef von irgendwem oder irgendwas; hier war er in seinem Element, in seiner Heimat, und ich musste mich gegen den Impuls wehren, strammzustehen und zu salutieren. Ich bestand die Inspektion; ich war vernünftig genug gewesen, feste, flache Schuhe anzuziehen, bequeme Kleidung, dazu einen Hut. John, hutlos und in Freizeitklamotten, kassierte ein knappes »Falls du dir einen Sonnenstich holst – ich trage dich nicht«.

Feisal schnappte sich eine Wasserflasche von Schmidt, der versuchte, sie in eine wasserflaschenförmige Tasche zu stopfen, die an einem Haken hing, der wiederum an seinem Gürtel befestigt war. An seiner Weste befanden sich noch weitere Haken und Schlaufen, es war eines dieser khakifarbenen Kleidungsstücke mit etwa hundert Taschen. Jede einzelne davon war voll. Die meisten der Schlaufen waren ebenfalls in Betrieb – Kamera, Taschenlampe, Schweizer Taschenmesser, Kompass, dazu die Lupe und zahlreiche weitere Objekte.

»Nehmt nicht zu viel mit«, befahl Feisal. »Yusuf und Ahman tragen Essen und Wasser. Gib ihnen die Lupe.«

Schmidt umklammerte sie schützend. »Geben sie sie zurück?«

Feisal konterte mit einer Gegenfrage: »Willst du deine Hose in Brand stecken?«

Schmidt reichte die Lupe einem der Jungen, dessen Grinsen nicht unbedingt auf eine spätere Herausgabe hindeutete, dann zogen wir los.

Erwarten Sie jetzt keine präzisen Details; den Großteil der Zeit hatte ich keine Ahnung, wo ich war oder woher wir kamen, ganz zu schweigen davon, wohin wir gingen. Nachdem wir erst einmal den Tempel und seine Umgebung hinter uns gelassen hatten, gab es nur wenige Orientierungspunkte, nur meilenweit nackten braunen Sandboden, der sich endlos wellte und aus dem dann ebenso nackte steile Felswände hochschossen. Hier und da waren blassere Farbtöne auszumachen, am Boden wie auf den Berghängen. Es war die ödeste Gegend, die ich je gesehen hatte; ich konnte mir überhaupt nicht vorstellen, wie hier eine effiziente Suche durchgeführt werden sollte. Wir gingen kleine Hügel hoch und wieder hinunter, und dann und wann hielten wir, um in ein Loch oder eine Spalte zu schauen. Die Luft war immer noch kühl und so klar, dass man die Umrisse einiger der anderen Suchenden ausmachen konnte, die sich von unserem gemeinsamen Startpunkt aus aufgemacht hatten. Die Sonne war über die Hügel Luxors gestiegen, ihr blasses Licht breitete sich vor uns aus und beschien die Felswände im Westen.

Je weiter wir kamen, desto beschwerlicher wurde das Gehen. Die Sonne stieg höher, und der Weg wurde steiler. Selbst mit Sonnenbrille schmerzten die Augen von der Helligkeit. Bergeweise loses Geröll, von Kieseln bis zu richtigen Steinbrocken, war von Wind und Wasser die Abhänge heruntergetrieben worden und häufte sich nun am Fuße der Felswände. Die restliche Mannschaft war längst nicht mehr zu sehen, aber dann und wann begegneten wir einem Dorfeinwohner, der seinen eigenen Geschäften nachging; immer öfter waren wir gezwungen, um Steinhaufen oder Löcher unbekannter Tiefe herumzugehen. Als wir hielten und die Wasserflaschen kreisen ließen, sank Schmidt vorsichtig auf einem Felsbrocken nieder. Feisal warf einen Blick auf sein gerötetes Gesicht und sagte: »Kurze Pause. Ab jetzt geht es bergauf.«

Meiner Meinung nach waren wir schon die ganze Zeit bergauf gegangen. Ich nahm eine Wasserflasche von Yusuf entgegen, oder vielleicht auch von Ahman. Das Wasser war warm wie Blut. Ich hielt meine Hand über meine Augen und schaute himmelwärts. Wir kamen dem Fuß der Felswand näher, die senkrecht in die Höhe zu ragen schien.

»Ich hoffe, du hast nicht vor, da raufzuklettern«, sagte ich und deutete auf die Felsen. »Falls ich das fragen darf.«

Feisals zusammengepresste Lippen entspannten sich. »Tut mir leid, dass ich vorhin ein bisschen brüsk war. Natürlich darfst du das fragen, aber ich muss leider sagen, dass alle Erklärungen ohne Karte ziemlich sinnlos sind.«

Schmidt hüstelte. »Wir sind nicht weit von DB 320 entfernt, oder?«

Feisal starrte ihn an, dann begann er tatsächlich zu lachen. »Touché, Schmidt. Nimm dir ein Sandwich.«

»Habe ich schon«, sagte Schmidt, der das tatsächlich schon getan hatte. Er hatte den wachsamen Händen Ahmans, oder vielleicht auch Yusufs, eine der Lunchboxen entrissen.

»Ist DB 320 ein Grab?«, fragte ich.

»Genau. Sie sind nummeriert, wobei es in jedem Abschnitt mit einem eigenen Buchstabenkürzel von vorn losgeht. KV ist das Tal der Könige, das *Valley of the Kings,* DB ist der Bereich von Deir el-Bahari.«

Selbst Feisal schien eine Pause zu brauchen, oder vielleicht wollte er auch einfach nur nicht weitergehen. Auf unterschiedlichsten Höhen waren Gräber in den Felshängen, ganz abgesehen von den Spalten und den natürlichen Löchern. Wenn Ali nicht aus freiem Willen verschwunden war, gab es nur zwei Möglichkeiten: Er war einem Unfall zum Opfer gefallen – dann sollte er nicht zu schwer zu finden sein –, oder einem Verbrechen, das nicht ans Licht kommen sollte. In diesem Fall war es möglich, dass seine Leiche über Jahre unentdeckt blieb.

Schmidt wies die Jungen an, die Essensschachteln herumzureichen, und forderte alle auf, sich zu bedienen. Ich kaute auf einem sehr warmen Käsebrot herum und sah mich um. In der Ferne konnte ich die grünen Streifen bewirtschafteten Landes ausmachen, und das Sonnenlicht glitzerte auf dem Fluss hinter dem Grün. Deir el-Bahari war nicht zu sehen, es lag verborgen hinter den Felsen.

»Was ist das für ein Gebäude?«, fragte ich und deutete auf ein Haus, das in einiger Entfernung lag. Es war aus Schlammziegeln erbaut und hatte dieselbe Farbe wie die umgebende Erde, nur die rechteckigen Umrisse hatten es mich überhaupt erkennen lassen.

»Das ist Metropolitan House«, entgegnete Feisal. »Es war einst das Hauptquartier der Leute vom Metropolitan Museum; sie haben viele Jahre in dieser Gegend gearbeitet. Wenn du denkst, was ich denke, dass du denkst, Vicky, vergiss es. Es ist nicht verlassen. Es wird jetzt von einer polnischen Archäologen-Gruppe genutzt.«

»Und das da?«, fragte ich und deutete auf ein weiteres niedriges Gebäude.

»Das gehört einer britischen Archäologengruppe, FEPEA. Die kommen normalerweise im Oktober für etwa sechs Monate.«

»Eine bewundernswerte Organisation«, verkündete Schmidt. »Ich hatte das Privileg, sie mehrfach zu besuchen. In ihren Archiven befindet sich bemerkenswertes Material. Das sollte vor allem dich interessieren, John.«

John war an diesem Morgen ungewöhnlich schweigsam. Das blieb auch so, er starrte den fernen Umriss des FEPEA-Hauptquartiers mit einem bemerkenswert desinteressierten Ausdruck an. Ich stieß ihn in die Seite.

»Alles in Ordnung?«

»Was?« Er schaute überrascht auf. »Ja, natürlich. Sollten wir nicht weitergehen?«

Wir trotteten also weiter, wobei wir immer öfter anhalten mussten, damit Schmidt zu Atem kam. Es gab nicht den Hauch von Schatten, nicht einmal am Fuße der größeren Hügel, die Sonne stand einfach zu hoch.

Ehrlich gesagt begann ich, das Interesse an der ganzen Geschichte zu verlieren. Wie um Himmels willen sollte man hoffen, in dieser Wildnis einen menschlichen Körper zu finden? Selbst die Lebenden wurden zwischen den hoch aufragenden Felswänden zu Zwergen.

Nur einmal geschah etwas, was mich aus meiner fatalistischen Stimmung riss. Als wir um eine Felsnadel kamen, sahen wir eine unregelmäßige dunkle Form aus einem vor uns liegenden Steinhaufen ragen. Sie bewegte sich ein wenig, wie ein erschöpft winkender Arm.

Feisal stürzte sich auf das Geröll und begann mit bloßen Händen zu graben. Wir anderen standen starr da, bis er sich aufrichtete und einen Fetzen Stoff hochhielt. »Frauenbekleidung«, sagte er schwer atmend. »Schwarz. Ausgeblichen.«

Er und die beiden Jungen gruben noch etwas weiter in dem Haufen, obwohl ein zweiter Blick klarmachte, dass er gar nicht hoch genug war, um überhaupt einen menschlichen Körper zu beherbergen. Irgendeine Frau hatte hier vor längerer Zeit ihre Tunika zerrissen. Der Stoff war so verrottet, dass er praktisch unter den Fingern zerkrümelte.

»Das war's«, murmelte Feisal und wischte sich die feuchte Stirn mit einem feuchten Taschentuch. »Ihr drei geht zurück. Ich komme nach.«

»Wir können Feisal nicht im Stich lassen«, sagte Schmidt unbeugsam. Sein Gesicht war gerötet, und sein Schnauzbart hing nass vom Schweiß herunter. Selbst sein riesiger Hut hatte ihn nicht ganz vor dem Sonnenlicht schützen können, das von den Oberflächen reflektiert wurde. Schuldgefühle übermannten mich. Ich hätte ihn genauer im Auge behalten müssen.

»Ohne uns kommt er besser klar«, sagte John. »Ich glaube, ich kann nicht mehr, Schmidt.«

Er versuchte, erschöpft und schlapp auszusehen, was ihm nicht schwerfällt. Die Aura aristokratischer Schwäche steht ihm gut.

Schmidt gab beruhigende Geräusche von sich. »Ach, mein armer John. Wir werden sogleich umkehren.«

Er griff nach seinem Kompass, aber Feisal sagte: »Den wirst du nicht brauchen, Schmidt. Geh einfach direkt in Richtung des FEPEA-Hauses und sag deinem Fahrer, er soll euch dort abholen. Er weiß sicher, wo es ist.«

Schmidt sammelte seine Sachen ein. Beide Jungen bestritten, je von einer Lupe gehört zu haben; während Schmidt sich mit ihnen herumstritt, sagte ich leise zu John: »Gut gemacht. Du hast es prima hinbekommen, erschöpft auszusehen.«

»Ich *bin* erschöpft.«

Feisal entriss einem der Jungen – Yusuf – Schmidts Lupe und ging dann mit ihm in die Richtung, die wir ursprünglich eingeschlagen hatten. Fast augenblicklich verloren wir ihn aus den Augen, er verschwand hinter einem hervorkragenden Stück Fels. Wir marschierten in Richtung des Flusses, begleitet von Ahman, dem anderen Jungen, der die letzten verbliebenen Wasserflaschen und die letzte Lunchbox trug. Den Großteil des Weges ging es bergab, aber die Sonne brannte auf uns herunter, und als wir unser Ziel erreichten, waren wir alle schweißnass, außer Ahman, der herumsprang wie ein Zicklein.

Die kleine Ansiedlung, denn als solche erwies es sich, befand sich am Rande einer landwirtschaftlichen Fläche. Palmen und kleine Büsche standen um mehrere Gebäude herum, bei denen es sich um Lager und Labore zu handeln schien. Das Haupthaus war von überraschender Größe, erbaut aus den hierzulande üblichen Schlammziegeln. Die Mauern waren mehrfach ausgebessert worden; die Form des Gebäudes war ungewöhnlich für diesen Teil der Welt. Eine Veranda, die begrenzt wurde durch mit Fliegengittern geschützte Bögen, erstreckte sich vor dem Haus. John betätigte versuchshalber die Klinke einer Tür, die ebenfalls durch ein Fliegengitter geschützt war.

»Es ist offen«, sagte er. »Gehen wir aus der Sonne. Setzt Euch.«

Der Schatten war himmlisch. Die einzigen Möbelstücke auf der Veranda waren ein Rattansessel mit ausgeblichenen Kissen und ein wackeliger Tisch. Leere Tontöpfe in verschiedenen Größen standen auf einer Fensterbank. Schmidt sackte in dem Sessel zusammen und zog sein Handy heraus. Bislang hatte er seinen Fahrer nicht erreichen können. Diesmal hatte er Erfolg.

»Er war auf der Toilette«, erklärte er, was ich nicht unbedingt hätte wissen müssen. »Er kommt gleich. Essen wir zu Ende, während wir warten, ja?«

John ließ sich auf der breiten Fensterbank nieder. Ich setzte mich zu ihm und sah mich um. »Der Hauswart hat seine Arbeit nicht gemacht«, bemerkte ich und deutete auf die vertrockneten Ranken, die hochgebunden waren, um die Bögen zu bewachsen.

»Er kommt jede Woche«, sagte Ahman.

Es war das erste Mal, dass er Englisch gesprochen oder sich auch nur anmerken lassen hatte, dass er unsere Sprache verstand. Man kann wirklich nie vorsichtig genug sein, dachte ich und schalt mich dafür, der unbewussten Arroganz nachgegeben zu haben, mit der wir oft Menschen aus anderen Kulturkreisen begegnen. Ich hoffte, nichts Unhöfliches über ihn oder sein Land oder seine Verwandten gesagt zu haben.

»Ist er möglicherweise dein Vater?«, fragte John.

»Der Bruder meines Vaters. Er ist ein guter Mann.«

Ich wollte mich gerade dafür entschuldigen, etwas anderes angedeutet zu haben, als ich ein Geräusch an einem der geschlossenen Fenster des großen Hauses hörte. Jemand starrte mich an. Nein, nicht jemand – etwas. Auf den Hinterbeinen stand dort drinnen eine große Katze mit dichtem Fell, schwarz-grau gestreift, und kratzte wie verrückt am Fenster. Sie öffnete den Mund und ein leises, aber nachdrückliches Miauen drang durch das Glas.

John ging zur Tür. Er drückte die Klinke, die Tür öffnete sich, und die Katze verschwand vom Fenster und marschierte wenig später zu uns heraus. Sie wirkte außerordentlich empört. Als sie das Sandwich entdeckte, das Schmidt hielt, lief sie direkt auf ihn zu.

»Ein wundervolles Tier«, schmeichelte Schmidt und trat ein paar Hühnerstückchen ab.

»Hmmm«, sagte John. »*Sollte* die Katze im Haus eingeschlossen sein?«

Ahman antwortete von der Veranda aus. Ich hatte nicht einmal gesehen, wie er dorthin gelangt war. »Nein.«

»Was ist?«, fragte ich.

»Nichts.« Er starrte die Katze an, das Weiße seiner Augen war sehr deutlich sichtbar.

»Du hast doch keine Angst vor der Katze, oder? Wem gehört sie?«

Ahman öffnete die Tür gerade weit genug, um hereinzukommen. »Sie lebt hier.«

»Immer? Wer füttert sie, wenn die Archäologen weg sind?«

»Alle. Sie geht, wohin sie will, und tut, was sie möchte, und wenn sie an ein Haus kommt, erhält sie, was sie will. Die Menschen bringen ihr auch Futter.«

»Oho«, sagte Schmidt interessiert. »Sie ist ein *Genius loci.*«

Ahman schaute entgeistert. »Eine Art Schutzgeist für einen bestimmten Ort«, übersetzte ich.

Der bedeutungslosen Kommentare überdrüssig, sagte Ahman: »Es ist keine normale Katze. Sie geht, wohin sie will, und ...«

»Ich verstehe«, sagte John und lächelte. »Ich vermute, das Tier hat sein Zuhause in einem der kleineren Gebäude und ernährt sich von Mäusen und Kaninchen.«

»Und Hunden«, sagte Ahman ernsthaft. »Die Hunde laufen vor ihr davon.«

Ich war beinahe bereit, das zu glauben.

Die Katze war groß, bestimmt einen Meter lang von der Nasenspitze bis zum Ende des buschigen Schwanzes, den sie jetzt in katzenhafter Zufriedenheit reckte, während sie Schmidts Hühnchen auffraß.

»Jemand scheint sie gefüttert zu haben«, sagte John. Er deutete auf die Schüsseln auf der Fensterbank. »Die sind alle leer. Gib ihr etwas Wasser, Schmidt.«

Das Wasser wurde mit der üblichen katzenhaften Begeisterung in Empfang genommen, was hieß, dass die Katze sich notgedrungen bereit erklärte, etwas davon zu trinken.

»Sie scheint seit gestern nichts gefressen oder getrunken zu haben«, sagte John. »Also war sie mindestens seit gestern im Haus eingeschlossen.«

Er stand auf und ging zur Tür, die er offen hatte stehen lassen.

»Wir sollten nicht hineingehen«, sagte ich. »Wäre das nicht ein Einbruch oder etwa ähnlich Illegales?«

»Die Tür war offen«, sagte John. Dann setzte er hinzu: »Die Katze hat sich sicher nicht selbst hineingelassen, was heißt, dass jemand hier war. Und als gute Bürger ist es unsere Pflicht zu überprüfen, ob das Haus nicht etwa geplündert wurde.«

Der Großteil des Hauses bestand aus Büros und einer umfassenden Bibliothek. Buchregale reichten vom Boden bis zur Decke, und mehrere Tische mit Leselampen darauf standen in der Mitte des Raumes. Schmidt trat sofort an eines der Regale und begann die Titel zu lesen. »Das ist eine der besten ägyptologischen Büchersammlungen im Land«, sagte er voller Bewunderung. »Hier sind alle Bände der Serie über die Gräber von Amarna, die Denkmäler von Lepsius und …«

Ich ließ ihn weiterquaken, während ich den Inhalt zweier Glasvitrinen begutachtete, die rechts und links der Tür standen. Ich rechnete damit, dass wertvolle Manuskripte und/oder ausgewählte Kunstgegenstände darin lägen, und war einigermaßen überrascht, eine kleine, altmodische Pistole, ein großes Messer und ein gefaltetes Stück Stoff in etwa dreieckiger Form vorzufinden. Die Beleuchtung war schlecht. Ich versuchte daraufzukommen, was um Himmels willen das sein könnte, als John Schmidt gewaltsam von den Bücherregalen loseiste und uns alle ins nächste Zimmer zitierte.

Das musste das Büro des Vorsitzenden sein. Der Schreibtisch war ein massiver Mahagoniklotz mit handgeschnitzten ägyptischen Motiven; Krokodilköpfe bildeten die Schubladengriffe. Orientalische Teppiche in einem herrlichen Durcheinander aus Farben bedeckten den Boden, um einen Tisch herum standen Ledersessel mit hohen Lehnen. Die Sessel wiesen Spuren auf, die deutlich machten, dass sie auch als Kratzbaum benutzt worden waren. Das lange Sofa an einer Wand war fast unter Kissen begraben. Es gab einen Kamin mit Steinfront an einer Innenwand, für die kühlen Wüstennächte, und an der Wand darüber hingen zwei überkreuzte Säbel. Es war ein wundervolles Zimmer, würdevoll und heimelig zugleich. Selbst die Aktenschränke waren stattlich, massive Möbel aus poliertem Holz. Ich bewunderte den Gesamteindruck und fragte mich, wo ich ein paar überkreuzte Säbel (und ein gemütliches Sofa) für mein Büro herbekäme, als ich ein leises Geräusch hörte, nicht lauter als Mäusetrippeln. Ich wusste, dass es vermutlich tatsächlich eine Maus war, aber es erinnerte mich doch daran, dass wir eigentlich gar nicht hier drinnen sein sollten.

»Wir gehen besser«, sagte ich unsicher.

»Ja, der Fahrer wartet vermutlich schon«, stimmte Schmidt zu. »Komm, Miez, Miez, gutes Kätzchen, du willst doch nicht wieder hier eingesperrt werden.«

Wagen und Fahrer waren tatsächlich da. Feisal ebenfalls. Ein Blick, und ich wusste, dass wir nicht in den Wagen springen und nach Hause fahren würden.

»Gib mir deine Kamera, Schmidt«, sagte er.

Mit weit aufgerissenen Augen begann Schmidt, in seinen Taschen herumzuwühlen. Ein paar Sekunden lang sagte niemand etwas. Schließlich fragte John ruhig: »Ist er tot?«

»Ja.«

»Dann kann er auch noch eine Weile länger warten«, sagte John. »Wo, wie und wann wurde er getötet?«

Der neutrale, beinahe gleichgültige Tonfall war, entgegen allen Erwartungen, der richtige. Feisal antwortete ebenso emotionslos.

»Das werden wir erst wissen, wenn wir ihn da rausgeholt haben. Ich will Fotos machen, bevor wir ihn bewegen. Er befand sich am Fuße einer schmalen Schlucht, ein paar Hundert Meter vom oberen Ende der Felsen entfernt.«

»Können wir etwas tun?«, fragte ich. Es war der vergebliche Versuch, mein Mitgefühl und die Trauer, die ich empfand, deutlich zu machen, aber etwas sagte mir, dass ich nicht weiter gehen sollte.

»Nein, ich habe die Polizei verständigt. Ich habe auch versucht, Ashraf zu erreichen, aber der ist gerade unterwegs nach Luxor. Daher habe ich ihm eine Nachricht hinterlassen. Vielleicht müsst ihr euch um ihn kümmern. Fahrt zurück ins Hotel und wartet auf mich.«

Stumm offerierte Schmidt ihm die Lupe. Als Geste war es perfekt: herzensgut und absurd in einem. Feisals erstarrte Züge erwachten zur Normalität. »Danke, Schmidt.«

Nachdem er mit langen, schnellen Schritten wieder verschwunden war, standen Schmidt und ich da und starrten einander hilflos an. Keiner von uns wusste etwas zu sagen, das nicht banal oder sinnlos war.

»Worauf wartet ihr?«, wollte John wissen. »Steigt ein.«

»Sollten wir nicht absperren?«, fragte ich.

»Womit? Wir haben keinen Schlüssel. Yusuf…«

»Ahman«, sagte der Junge, den er angesprochen hatte.

»Tut mir leid. Um welche Tageszeit kommt dein Onkel normalerweise her?«

Ahman zuckte mit den Achseln. Die Geste konnte bedeuten, dass er die Frage nicht verstand, dass es ihm egal war oder dass er die Antwort nicht wusste.

»Zur Hölle«, sagte John. »Wir können nicht ewig warten. Wo wohnt er, und wie heißt er?«

Ahman starrte ihn einfach bloß an und zuckte wieder mit den Achseln.

»Feisal wird es wissen«, sagte ich. »Der Junge wird dir nichts weiter sagen, John, er fürchtet, dass sein Onkel in Schwierigkeiten stecken könnte. Gib ihm ein Bakschisch und lass uns fahren.«

Ein langer, unbefestigter Weg führte hinunter zu der Straße am Rande des Flusses. Ich genoss den Schwall kalter Luft aus der Klimaanlage des Wagens, nahm meinen Hut ab und schüttelte mein feuchtes Haar aus.

»Jemand hat das Haus durchsucht«, sagte ich.

»Eine ziemlich pauschale Feststellung«, sagte John.

»Jedenfalls das Chefbüro. Zwei der Sessel waren vom Tisch weggezogen, und …«

»… mehrere Schreibtischschubladen standen ein paar Zentimeter weiter offen.«

»Oh«, sagte ich enttäuscht. »Es ist dir aufgefallen.«

»Es gab noch ein paar weitere Hinweise, kaum zu sehen, aber doch eindeutige Belege dafür, dass jemand vor Kurzem in dem Zimmer war.«

»Wie ist er hereingekommen? Hat er Ahmans Onkel ein hübsches Sümmchen bezahlt?«

»Ich denke nicht. Das Schloss ist geknackt worden. Das ist bei einem derart altmodischen Stück nicht besonders schwierig.«

»Was suchte er?«, fragte ich. »Einen Ort, um …« Alis Name war erwähnt worden, also kam ich um das Thema nicht herum. »… um eine Leiche zu verstecken? Und dann hat der Mörder sich entschieden, dass es doch kein guter Platz war?«

»Unwahrscheinlich.« John presste die Lippen aufeinander. Ich war jetzt dicht dran, ich brauchte seine Hilfe nicht.

»Unwahrscheinlich«, stimmte ich zu. Ich dachte laut. »Alis Tod würde niemals als Unfall durchgehen, wenn man seine Leiche dort fände.«

»Vielleicht war Ali derjenige, der dort war, auf der Suche nach der Mumie«, schlug Schmidt vor. »Und die Diebe haben ihn erwischt.«

Ich schüttelte den Kopf. »Die Bude wurde gründlich durchsucht. Sie – vielleicht war es aber auch eine Einzelperson – haben nicht nach Tutanchamun gesucht, sondern nach etwas relativ Kleinem.«

John lehnte sich zurück, die Arme verschränkt, und starrte zum Fenster hinaus. Der Wagen kurvte um ein Kamel herum, das mit irgendwelchen Kräuterbündeln beladen war.

»Was denkst du?«, fragte ich und stupste ihn an.

»An eine lange, kalte Dusche.«

Ich musste zugeben, das war die beste Idee, die ich seit Langem gehört hatte.

* * *

John leistete mir unter der Dusche keine Gesellschaft. Vielleicht, vermutete ich, während das wunderbare Element meinen klebrigen Körper liebkoste, war ihm die Vorstellung irgendwie unpassend vorgekommen.

Ich war auch nicht in der Stimmung. Ich hatte Ali nie kennengelernt, aber aufgrund von Feisals Beschreibung und den gesammelten Erinnerungen seiner Familie hatte ich mir bereits ein Bild von ihm gemacht: ein zuverlässiger und ehrlicher Mann, der sich entgegen allen Widerständen bemühte, über die Runden zu kommen. Einer von den ganz normalen Menschen – und mehr wert als jeder tote Pharao.

Wir hatten mehrere Nachrichten vorgefunden, die unter der Tür unseres Wohnzimmers durchgeschoben worden waren. Als ich aus dem Schlafzimmer kam und mir die Haare trocknete, las John sie gerade.

»Zeig mal«, sagte ich.

»Bitte schön.« John ging ins Bad und schloss die Tür.

Schmidt, rosig geschrubbt und in einen der kuscheligen

Baumwollbademäntel des Hotels gehüllt, gesellte sich kurze Zeit später zu mir.

»Wir sind sehr gefragt«, sagte ich und reichte ihm einen der Zettel. »Ashraf war schon da, um sich mit uns zu treffen.«

»Aha«, sagte Schmidt, nachdem er die Zeilen überflogen hatte. »Er ist unterwegs auf die West Bank. Was vermuten lässt, dass er Feisals Nachricht wegen Ali erhalten hat. Von wem ist die andere?«

»Von jemandem, von dem ich noch nie gehört habe.«

»Sie ist an mich adressiert«, sagte Schmidt entrüstet. »Du hast den Umschlag geöffnet?«

»Das war John. Ich habe sie nicht gelesen«, sagte ich virtuos. »Wer ist Jean-Luc LeBlanc?«

»Ein angesehener französischer Archäologe. Seine Leute arbeiten in Karnak. Er hat erfahren, dass ich in Luxor bin, und lädt mich ein, ihn zu besuchen.«

»Ein Franzmann, ja? Wir hatten bislang unangenehme Begegnungen in Deutschland, Italien und England. Vielleicht hätten wir Paris nicht auslassen sollen.«

»Jean-Luc ist über jeden Verdacht erhaben. Er ist ein angesehener …«

»Ja, ja. Die nächste Nachricht klingt nach einer Amerikanerin. Es fehlen nur noch ein paar westliche Staaten, dann haben wir alle durch. Ist das auch eine angesehene Archäologin?«

Schmidt betrachtete den Zettel und schüttelte den Kopf. »Sie schreibt John, nicht mir. ›Ich wohne im Mercure, bitte rufen Sie mich so bald wie möglich an.‹«

John tauchte wieder auf. Er hatte sein schweißfleckiges Hemd und die Jeans gegen Anzug und Krawatte (entweder Militär oder Internat, vermutete ich) getauscht. Ich reichte ihm die Nachricht.

»Eines deiner Flittchen?«

»Ich habe keine Flittchen. Nicht mal eines.«

Er strahlte mich an, beugte sich vor und küsste mich auf den Scheitel.

»Wer ist sie?« Ich weigerte mich, mich ablenken zu lassen.

»Eine Bewunderin, vermute ich. *Davon* habe ich eine ganze Reihe.«

»Du weißt nicht einmal …«

Die unverkennbare Stimme Johnny Cashs ertönte. Schmidt fummelte in der Tasche seines Bademantels herum. »Wo ist mein Handy?«

»Wahrscheinlich in deinem Schlafzimmer«, sagte John. »Geh besser ran, es könnte Feisal sein. Ich helfe dir suchen.«

Schmidts Handy lag auf dem Tisch neben seinem Bett, der beladen war mit allen möglichen Klamotten. Ich habe schon so oft für Schmidt aufgeräumt, dass es bereits eine Gewohnheit für mich ist; mit gespitzten Ohren begann ich, abgelegte Kleidungsstücke einzusammeln, darunter verdammt große Boxershorts, bedruckt mit Herzchen und Rotkehl-Hüttensängern. Schmidt teilt also meine Begeisterung für ausgefallene Unterwäsche.

Nach einem ersten, besorgten Ausruf sagte Schmidt nicht mehr viel. Er legte auf, und John fragte ungeduldig: »Und?«

»Feisal kommt«, sagte Schmidt. »Mit Ashraf.«

»Sie sind schnell«, murmelte John. »War es Mord?«

»Sie müssen das Ergebnis der Obduktion abwarten. Er hatte eine tödliche Kopfwunde und mehrere Knochenbrüche, aber die könnten auch von einem Sturz stammen.«

»Wurde die Familie benachrichtigt?«, fragte ich.

»Das habe ich vergessen zu fragen.« Schmidt ließ den Kopf hängen. »Ich schäme mich.«

»Kein Grund, sich zu schämen, Schmidt«, sagte John mitfühlend. »Du bist ein guter Kerl.«

Das war ein seltenes Kompliment, auf das hin Schmidt Tränen in die Augen traten. Um ihn abzulenken, schlug ich vor, einen Wäschezettel auszufüllen, da ich annahm, ihm dürften mittlerweile die weißen Leinenanzüge ausgehen. Diese Annahme erwies sich als zutreffend. Schmidt fischte weitere Klamotten vom Boden seines Garderobenschranks. Es dauerte eine Weile, sie zu sortieren, aufzulisten und in die vom Hotel zur Verfügung gestellte Tüte zu packen.

»Ich rufe an und lasse sie abholen«, sagte ich entschlossen. »Du ziehst dich an, Schmidt.«

»Ja, ja, wir bekommen bald Besuch. Ich werde den Zimmerservice verständigen und …«

»Ich kümmere mich darum. Bier?«

Schmidt nickte. Aktivität riss ihn aus seiner deprimierten Stimmung, aber er sah dennoch eher trübselig aus. »Die Zeit läuft uns davon, Vicky. Wie viele Tage bleiben uns noch?«

Ich musste überlegen. Zehn Tage, hatte Ashraf gesagt. Das war zwei Tage her, und er hatte die Nachricht … wann bekommen? Ein oder zwei Tage, bevor wir ihn getroffen hatten.

»Ich weiß nicht, Schmidt. Weniger, als mir lieb ist.«

»Du hattest recht, weißt du, mit dem, was du gesagt hast. Ein toter Pharao ist weniger wichtig als ein lebender Mensch. Aber wir müssen dennoch weitermachen, um unseren Freunden zu helfen.«

»Natürlich.« Ich tätschelte ihm den kahlen Schädel. Dann zerrte ich die prall gefüllte Tüte mit Wäsche hinaus in den Wohnbereich und informierte den Zimmerservice über unsere Wünsche. Danach setzte ich mich auf das Sofa und griff nach Notizblock und Stift. Es war ein ganz einfaches mathematisches Problem, aber mittlerweile war so viel geschehen, dass ich begann, alles durcheinanderzubekommen. Unser ungeplantes Treffen mit Ashraf hatte am Dienstagmorgen stattgefunden. Er hatte die Lösegeldforderung spätestens am Tag zuvor erhalten. Als wir ihn trafen, waren also höchstens noch neun Tage übrig, keinesfalls zehn. Am nächsten Tag waren wir nach Luxor geflogen, hatten Tutanchamuns Grab untersucht und Alis Familie einen Besuch abgestattet.

Acht Tage.

Heute die West Bank.

Sieben Tage.

Oder hatte ich mich verzählt? Im besten Fall blieb uns eine Woche. Vielleicht weniger.

Ich kritzelte ziellos auf der Seite herum und malte gerade Geier und Schakale, als die Mitarbeiterin der hoteleigenen Wäscherei auftauchte – eine schüchterne kleine Frau mit grauem Haar. Der Service war hervorragend, was vor allem an Schmidts Gewohnheit lag, jeden für die kleinste Bewegung mit einem großzügigen Trinkgeld zu bedenken. Ich suchte in meinen Taschen nach ein paar Pfund, als Schmidt herauskam und natürlich das nötige Kleingeld bei sich hatte.

»Du siehst schmuck aus«, sagte ich. »Wie wäre es noch mit einer Rose im Knopfloch?«

»Das scheint mir unangemessen. Was hältst du von einer schwarzen Armbinde?«

»Das wäre übertrieben«, sagte ich, wobei ich mich fragte, ob eine schwarze Armbinde Teil seiner üblichen Reisegarderobe war.

»Vielleicht hast du recht. Wo ist John?«

Ja, allerdings, wo war der eigentlich? Die Schlafzimmertür war geschlossen. Ich öffnete sie und sah hinein. Keine Spur von ihm dort oder im Badezimmer.

»Verdammt noch mal«, sagte ich. »Schon wieder.« Ich rannte auf den Balkon und beugte mich über das Geländer. Drei Stockwerke tiefer bot die Uferstraße ein malerisches Durcheinander aus Kamelen und Karren und Autos und Kutschen, und zwischen ihnen hindurch wimmelten jede Menge Fußgänger. Keines der kleinen Männchen kam mir bekannt vor.

Ich stieß unzusammenhängende Flüche aus und lief zur Tür. Schmidt schob seinen massigen Körper zwischen mich und meinen Fluchtweg.

»Du verschwendest deine Zeit, Vicky, du kannst John nicht finden, wenn er nicht gefunden werden will. Warum bist du so wütend? Er wird schon wieder auftauchen, wie neulich abends.«

»Er führt nichts Gutes im Schilde, Schmidt. Er weiß etwas, was er uns nicht gesagt hat.«

»Wenn dem so ist«, sagte Schmidt und schwankte von rechts nach links und wieder zurück, weil ich versuchte, mich an ihm vorbeizuschlängeln, »dann, weil er einer Spur nachgeht, die er am besten allein verfolgen kann. Du hast keinerlei Beweise dafür, dass er uns wichtige Informationen vorenthält.«

Ungebeten und unwillkommen erschien ein Bild von Johns Treffen mit Helga, der Händlerin in Berlin, vor meinem inneren Auge.

»Schmidt«, sagte ich. »Wie sieht Helga aus?«

»Wer?«

»Die Antiquitätenhändlerin aus Berlin. Wie sieht sie aus?«

»Oh, Helga von Sturm. Warum willst du …«

»Sag's mir einfach, okay?«

»Sie ist eine ansehnliche Frau. Nicht jung, verstehst du, aber gepflegt und elegant, immer sehr teuer gekleidet. Sie ist äußerst erfolgreich und kann es sich leisten …«

»Dann war sie gar nicht diejenige, mit der sich John in Berlin getroffen hat.« Ich schlug mit der Faust auf den Tisch. »Autsch. Er hat mich angelogen, und er lügt auch in Bezug auf die Frau, die diese Nachricht hinterlassen hat. Wenn er zurückkehrt, fessele ich ihn an einen Stuhl und foltere ihn, bis er die Wahrheit sagt. Ich werde …«

»Ich bin sicher, er ist nur zur Bank gegangen oder eine Zeitung kaufen«, sagte Schmidt. Jemand klopfte an der Tür. »Ah – da, siehst du.«

Stinkwütend riss ich die Tür auf. Ein Kellner samt Servierwagen zuckte zurück, als er meinen Gesichtsausdruck bemerkte. Ich zwang meine Miene, auf Harmlosigkeit umzuschalten, und trat zur Seite.

»Was ist das alles?«, wollte ich wissen. »Ich habe nur Bier bestellt.«

»Ich habe ebenfalls mit dem Zimmerservice gesprochen«, sagte Schmidt. »Ich habe befürchtet, du würdest vergessen, dass wir unseren Freunden etwas anbieten müssen, sie haben in der heißen Sonne hart gearbeitet. Zweifellos werden sie … Ah. Da sind sie ja auch schon.«

Wir ließen Feisal und Ashraf ein und warfen den Kellner mit einem angemessenen Bakschisch versehen hinaus. Es war offensichtlich, dass sie direkt von der West Bank hergekommen waren; Feisals einstmals gestärktes Hemd hing schlaff hinab, der Staub auf seinem Gesicht war von Streifen herunterlaufenden Schweißes durchzogen. Ashraf trug sein Jackett in der Hand, und seine Zweihundert-Dollar-Schuhe waren staubverkrustet. Aber er hatte seine Manieren nicht vergessen; er sank erst in einen Sessel, nachdem ich mich gesetzt hatte. Schmidt huschte herum und reichte kohlensäurehaltige Getränke sowie Platten mit kleinen Häppchen.

»Für mich bitte einfach Wasser«, sagte Feisal mit heiserer Stimme. Er drehte den Verschluss von einer kalten Flasche und trank. »*Alhamdullilah,* das tut gut. Wo ist Johnny?«

»Unterwegs«, sagte ich gereizt.

»Wann erwartet ihr ihn zurück?«, fragte Ashraf.

»Ich weiß nicht.«

»Ah.« Ashraf lehnte sich zurück und lockerte seine Krawatte. Er war direkt zur West Bank geeilt, ohne sich umzuziehen. »Dann könnt ihr, als seine engen Kollegen, mir sicher sagen, wie die Ermittlungen voranschreiten.«

Er musterte Schmidt und mich. Ich hielt den Mund. Feisal ebenfalls. Schmidt, der das Unbehagen aller spürte, begann zu reden.

»Die heutigen tragischen Entwicklungen haben die Lage verändert, wenn Sie verstehen. Wir müssen die Konsequenzen der neuesten Erkenntnisse analysieren, bevor wir komplett nachvollziehen können, wie sie in das Gesamtbild passen.«

»Es gibt also ein Gesamtbild?«, hakte Ashraf nach.

Feisal stand auf. »Wenn ich bitte dein Bad benutzen dürfte, Schmidt, ich würde mich gern waschen.«

Ohne auf eine Antwort zu warten, verschwand er in Schmidts Zimmer.

»Feisal war nicht sonderlich auskunftsfreudig«, sagte Ashraf gelassen. »Er hat mich an Mr Tregarth verwiesen. Ich habe ihn nicht bedrängt, weil er erkennbar verstört ist über den Tod seines Untergebenen.«

Schmidt, dem ausnahmsweise einmal die Worte fehlten, streckte ihm einen Teller mit Käse und geräucherten Putenhäppchen hin. Ashraf schaute reuevoll auf seine schmutzigen Hände.

»Wenn Sie gestatten, werde ich es Feisal gleichtun.«

Ich schickte ihn in das andere Badezimmer. Kaum war die Tür hinter ihm ins Schloss gefallen, schoss Feisal aus Schmidts Zimmer, er trocknete sich noch die Hände ab.

»Schnell«, befahl er. »Ist etwas vorgefallen? Gibt es positive Entwicklungen?«

»Nein«, sagte ich und behielt die Außentür der Suite im Auge. Sie blieb gnadenlos geschlossen.

»Verdammt. Ich kann Ashraf nicht ewig hinhalten, er erwartet Fortschritte.«

»Denk dir etwas aus«, sagte ich.

Feisal warf mir einen verzweifelten Blick zu, aber Schmidt sagte fröhlich: »Ich kann das übernehmen.«

Ashraf kam zurück, jetzt trug er sein Jackett wieder. Er hatte seine Schuhe geputzt, vermutlich mit einem meiner Handtücher, aber was kümmerte es mich?

»Also?«, fragte er.

»Also, es scheint«, sagte Schmidt, die Hände erhoben und die Fingerspitzen aneinandergelegt, »dass unsere anfängliche Theorie sich als korrekt erweist. Das verschwundene Objekt wurde irgendwo in den Bergen Thebens versteckt. Ali ist zum selben Schluss gekommen und hat sich auf die Suche danach gemacht. Er hat die Männer, die zur Bewachung eingeteilt waren, überrascht, und sie sahen sich gezwungen, ihn zum Schweigen zu bringen. Was haben Sie ihm gesagt, Dr. Khifaya, was ihn zu dieser Annahme veranlasst haben könnte?«

Das war eine geschickte Strategie, die unser Gegenüber in Zugzwang brachte. Ashraf guckte erst erstaunt, dann nachdenklich. »Mir fällt nichts ein. Er sprach von dem Apparat aus, zu dem ich ihn hinbeordert hatte, und ich warnte ihn, darauf zu achten, was er sagte, denn es waren noch andere Personen anwesend. Ich habe den größten Teil des Gesprächs bestritten … Warten Sie. Ich habe ihm gesagt, dass der Diebstahl entdeckt worden sei, und ihn unterbrochen, als er zu faseln begann; ich habe ihm versichert, dass ich ihn nicht zur Verantwortung ziehen würde …«

»… sondern dass ich dafür verantwortlich wäre«, sagte Feisal mit gerunzelter Stirn.

»Wie sagen die Amerikaner so schön?«: ›Irgendwer muss schließlich seinen Kopf hinhalten.‹«

»Ja, du«, sagte Feisal. Die beiden starrten einander an. Jetzt konnte ich die Familienähnlichkeit sehen, sie starrten fast identisch.

»Nicht streiten«, sagte Schmidt. »Das lenkt uns nur ab. Was haben Sie Ali noch gesagt?«

Ashraf rieb sich die Stirn. »Nicht viel. Er sollte mich augenblicklich verständigen, wenn sich etwas Ungewöhnliches ereignet.«

»Das war sehr vage ausgedrückt«, bemerkte ich kritisch.

»Ich konnte nicht deutlicher werden«, erklärte Ashraf. Er war jetzt in der Defensive, was mir sehr gut passte. »Nicht am Telefon.«

»Haben Sie keine Vorschläge gemacht, wo sich der – äh – verschwundene Gegenstand befinden könnte, keine Anweisung gegeben, danach zu suchen?«, wollte Schmidt wissen.

»Nein, wenn ich es doch sage. Wie hätte ich etwas vorschlagen können, auf das ich noch nicht einmal selbst gekommen war? Darf ich fragen, wieso Sie darauf gekommen sind?«

»Ich werde es Ihnen erklären«, sagte Schmidt und starrte Ashraf eulenhaft an.

Die Erklärung dauerte gute zehn Minuten. Feisal konnte nicht still sitzen, er tigerte hin und her, sprang auf und ging hinaus auf den Balkon, kehrte zurück, setzte sich, stand wieder auf, tigerte hin und her. Als Schmidt die Sache nicht mehr breiter auswalzen konnte, hörte er auf zu reden und bedachte Ashraf mit einem arrogantes Grinsen.

»Das eröffnet tatsächlich neue Handlungsmöglichkeiten«, gab Letzterer zu, »bringt aber auch neue Schwierigkeiten mit sich. Wenn Alis Tod kein Unfall war – und noch liegen uns keine Beweise vor, dass dem nicht so ist –, müssen wir annehmen, dass der Mord nicht in der Nähe der Stelle stattgefunden hat, an der seine Leiche gefunden wurde. Somit ist ein großer Bereich zu überprüfen. Und wie soll ich Suchtrupps in die Berge schicken, ohne ihnen zu sagen, wonach sie suchen?«

»Und ohne sie davor zu warnen, dass sie, wenn sie es finden, möglicherweise ermordet werden«, sagte ich.

»Auch das«, sagte Ashraf.

Immer noch kam kein Geräusch von der Tür.

»Ihr seid abscheulich«, brach es aus mir heraus. »Ihr alle. Ein Mann ist tot, ein guter, harmloser Mann, und ihr könnt an nichts anderes denken als daran, wie ihr diese Sache geheim haltet. Ihr seid bereit, weitere Leben zu riskieren, um eine vertrocknete Leiche wiederzufinden.«

Ashrafs Ausdruck war so mitfühlend und besorgt, dass ich ihm am liebsten eine reingehauen hätte. Das war genau das, was er von einer Frau erwartete. Hätte er mich dafür auch noch gelobt, hätte ich ihm eine geknallt. Vielleicht hielt ihn Feisals Kopfschütteln oder Schmidts panisches Hüsteln davon ab, jedenfalls sagte er nur: »Wenn ich mich dazu entscheide, Suchtrupps auszusenden, werden sie bewaffnet und auf Schwierigkeiten vorbereitet sein. Ich kann ohne Probleme eine Erklärung finden, die nichts mit – äh – *ihm* zu tun hat. Vielleicht ein verschwundener Tourist. Was sagten Sie, wann Sie damit rechnen, dass Mr Tregarth zurückkehrt?«

Das hast du davon, Vicky.

»Wann immer er will«, sagte ich. »Nehmen Sie noch Käse?«

10

Die Sonne versank langsam im Westen, so wie sie das nun einmal tut, die Muezzine sangen das Lob Gottes, und John war noch immer nicht zurückgekehrt. Feisal lief alle paar Minuten hinaus auf den Balkon. Ich gab mir alle Mühe, nicht dauernd die Tür anzustarren. Schmidt gab sein Bestes, Ashraf abzulenken, aber irgendwann blieb ihm nur noch, ihn zum Abendessen einzuladen. Ashraf lehnte das Angebot jedoch ab, uns Gesellschaft zu leisten.

»Ich habe heute Abend noch einen Termin. Wir treffen uns morgen um acht in deinem Büro, Feisal.«

Es war eine Anweisung. Feisal bestätigte sie mit einem säuerlichen Nicken, Ashraf stolzierte hinaus. Ich sammelte die Nachrichten ein, die wir erhalten hatten, und weil ich nichts Besseres zu tun hatte, begann ich sie in der vergeblichen Hoffnung, dass wir etwas übersehen hatten, ein zweites Mal zu lesen. Die Notiz der unbekannten Amerikanerin verriet mir nichts Neues. Ich griff nach der des französischen Archäologen und furchte die Brauen. Mein Französisch ist nicht so gut wie Schmidts. Ich brauchte außerdem eine Weile, um die krakelige Handschrift überhaupt zu entziffern.

»Moment mal«, sagte ich »Was ist hier mit Karnak? ›Ich habe die Erlaubnis erhalten, den Tempel heute Nacht nach dem *Son et Lumière* zu besuchen, und hoffe, dass es Ihnen möglich sein wird, mir Gesellschaft zu leisten.‹«

»Ah, das ist sehr interessant«, sagte Schmidt und horchte auf. »Es ist ein seltenes Privileg, ausgesprochen ungewöhnlich, den Tempel im Mondschein betreten zu dürfen.«

Feisal hatte zu Boden gestarrt und schaute nun auf. »Allerdings. Wie hat LeBlanc das hinbekommen?«

»Er entschuldigt sich, dich nicht früher in Kenntnis gesetzt zu haben«, fuhr ich fort. »Er hat erst heute Morgen von diesem Plan erfahren. Feisal, wer wäre in der Lage, so etwas zu arrangieren?«

»Ich nicht. Nicht ohne Genehmigung höherer Stellen.«

»Ashraf?«

»Ich vermute mal. Worauf willst du hinaus?«

»Ich bin nicht sicher.« Ich drückte meine beiden Hände gegen meinen Kopf, als würde das die wilden Ideen, die durch mein Hirn jagten, daran hindern hinauszuschlüpfen. »Lass mich nachdenken. Ashraf muss derjenige gewesen sein, der das arrangiert hat. Er hat LeBlanc und vielleicht auch ein paar andere eingeladen – uns jedoch nicht.«

»Das ist nicht nett von ihm«, sagte Schmidt und schmollte. »Es ist eine seltene Gelegenheit, einmal im Leben ...«

»Genau! Also, warum nicht?«

Feisal öffnete den Mund. »Klappe«, sagte ich abgelenkt. »Erinnerst du dich noch, was ich gesagt habe – dass es kein Entweder-oder in der Nachricht der Diebe gibt? Noch etwas fehlt – eine Kontaktmöglichkeit. Sie haben gesagt, sie würden sich melden. Nehmen wir mal an, das haben sie mittlerweile getan. Nehmen wir an, Ashraf ist deswegen nach Luxor gekommen: um sich mit einem von ihnen zu treffen. Im Tempel von Karnak, spätnachts, wenn nur ein paar Leute dort sind, wir jedoch nicht. Er hat nur nicht mit Schmidts großem Freundeskreis gerechnet. Er will ganz einfach nicht, dass wir dort sind.«

Feisals Augenbrauen wanden sich. »Ahne ich da das hässliche Haupt der Paranoia?«

»Nicht nur das Haupt, sie steht aufrecht da, schreit und wedelt mit den Armen. Die Entführer müssen früher oder später mit ihm Kontakt aufnehmen. Wie sonst sollen sie das Lösegeld kassieren?«

Feisal murmelte etwas. Ich wandte mich ihm zu. »Was war das?«

»Ich habe gesagt: Überweisung. Auch du solltest langsam im einundzwanzigsten Jahrhundert ankommen, Vicky.«

»Oh«, sagte ich kurzzeitig entgeistert.

»Nein, sie hat recht«, erklärte Schmidt. »Er muss bestätigen, dass er ihre Nachricht erhalten hat und sich mit ihren Forderungen einverstanden erklärt, nicht wahr? Und sie würden ihm keine Telefonnummer oder ein Postfach nennen oder irgendeine andere Adresse, die man rückverfolgen kann. Ein persönliches Treffen mag altmodisch sein, aber es ist der sicherste Weg. Und bei dem tatsächlichen Austausch wird es genauso vor sich gehen.«

»Ja! Und der Ort ist perfekt für ein erstes Treffen – dunkel und verlassen, abgelegen –, diese großen Flächen, riesige Statuen und weit aufragende Säulen, Leute schlendern romantisch durch die Schatten – gerade genug Menschen, dass alles seine Ordnung zu haben scheint ...« Feisals Augenbrauen zeigten immer noch seine Skeptik, aber ich war überzeugt. »Wenn Ashraf dumm genug wäre, einen Haufen Bullen anzuschleppen, würden sie die sofort bemerken. Also wird er das nicht riskieren, sonst wäre der Deal erledigt, und als Nächstes bekäme er Tutanchamuns Kopf angeliefert, und der Preis stiege.«

»Hmmm.« Feisal kratzte sein stoppeliges Kinn. »Warum hat er uns nichts davon gesagt?«

Ich tigerte auf und ab und wedelte mit den Armen wie die Verkörperung der Paranoia. Alles passte zusammen. »Wegen seines

Egos. Der Mann ist ein Egomane. Er glaubt, er kriegt es ohne uns hin, kann den ganzen Ruhm einsacken, vielleicht sogar seine Kontaktperson dazu überreden, sich gegen die Bosse zu wenden und direkt mit ihm einen Deal zu machen. Er traut uns nicht. Und was haben wir bislang auch zustande gebracht? Verdammt wenig. Er hat uns heute sogar die Chance gegeben, unter Beweis zu stellen, dass wir Fortschritte machen. Aber das konnten wir nicht, denn wir haben immer noch nicht die geringste Ahnung.«

»Beinahe«, sagte Feisal langsam, »überzeugst du sogar mich.«

»Es kann nicht schaden, auf dieser Annahme aufzubauen«, sagte Schmidt und nickte mir zu. »Wir sollten auf jeden Fall hingehen – allein schon, weil es dort großartig ist.«

»Und ich sage euch, wer noch da sein wird.« Ich war jetzt voll in Fahrt, kurz vor dem Ziel. »John. Er hat die Nachricht gelesen. Er ist zum selben Schluss gekommen wie ich – wir. Er hat sich davongeschlichen, bevor Feisal und Ashraf kamen, weil er wusste, dass es schwieriger würde, vier Leuten zu entwischen.«

»Aber wie kann er hineingelangen?«, fragte Schmidt. »LeBlanc schreibt, er würde den Aufsehern sagen, er sollte mich und meine Begleiter einlassen, deswegen können wir davon ausgehen, dass man nur hineinkommt, wenn man auf der Gästeliste steht.«

»Es gibt Möglichkeiten«, sagte Feisal. »Er kann zum *Son et Lumière* gehen und die Tempelanlage einfach nicht mit den anderen Besuchern wieder verlassen. Es gibt jede Menge Verstecke. Oder er kann über eine Begrenzungsmauer klettern, oder …«

»Wenn jemand hineingelangen kann, dann John«, sagte ich. »Also … gehen wir?«

Feisal zuckte mit den Achseln. »Was haben wir zu verlieren?«

Mir fiel einiges ein. Aber ich verzichtete darauf, es aufzuzählen.

* * *

Es erschien mir offensichtlich: Wo auch immer John sein würde, er hatte nicht vor, allzu bald zurückzukehren. Aber Schmidt bestand darauf, an der Rezeption eine Nachricht zu hinterlassen, die ihn darüber informierte, dass wir im Hotel zu Abend aßen. Feisal lieh sich Johns Rasierer und einige Teile aus seiner Garderobe, darunter eine Krawatte (Militär), die im Restaurant Pflicht war. John hatte nichts mitgenommen außer seinem kostbaren Selbst, was für einen vertrauensvollen Menschen ein Hinweis darauf hätte sein können, dass er uns nicht endgültig im Stich gelassen hatte. Mich aber überzeugte es nicht. Vielleicht hatte er eine kleine Wohnung samt Zweitgarderobe irgendwo in Luxor. Oder er saß im Flugzeug nach Kairo, Berlin, Katmandu.

Wir hatten Zeit totzuschlagen (und Schmidt zahlte), also genossen wir ein fünfgängiges Mahl und tranken eine Menge Wein. Mein anfänglicher Enthusiasmus war ein bisschen verblasst, und ich begann mich zu fragen, ob ich auf der falschen Spur war. Mein Szenario ergab schon Sinn, aber das gilt ja auch für die Handlungen zahlreicher Romane.

Schmidt, der reichlich Wein getrunken hatte und nun an einem Brandy nippte, war bekehrt. Aber er ist auch ganz schön starrköpfig, und so war er derjenige, der das unangenehme Thema möglicher Probleme aufbrachte.

»Wir müssen einen Plan schmieden«, verkündete er. »Falls etwas schiefgeht.«

»Irgendetwas geht bestimmt schief«, sagte Feisal missmutig. Er hatte keinen Wein getrunken.

»Erstens«, sagte Schmidt und ignorierte ihn, »bleiben wir zusammen, ja? Wir trennen uns auf keinen Fall.«

»Meinetwegen«, stimmte ich zu. »Und zweitens?«

»Wir finden Ashraf und folgen ihm, aber in einer diskreten Entfernung, sodass wir sicher sein können, dass er uns nicht sieht.«

Ich hatte das Gefühl, dass wir damit bereits die erste Schwachstelle des Plans ausgemacht hatten. Drei Leute können nicht gut eine Einzelperson beschatten, vor allem wenn einer der drei Schmidt ist.

»Wenn er seine Kontaktperson trifft«, fuhr Schmidt fort, »bleiben wir auf Abstand. Wir mischen uns nicht ein, es sei denn, es sieht so aus, als stecke Ashraf in Schwierigkeiten. Dann folgen wir dem Mann, mit dem er sich trifft.«

»Alle drei?«, fragte ich zweifelnd.

»Wir dürfen uns nicht trennen«, betonte Schmidt. »Wenn jemand aus unserer Gruppe verloren geht, dann muss diejenige sofort an den Eingang zurückkehren und warten.«

»Was soll das heißen, ›diejenige‹?«

»Die oder der«, sagte Feisal. »Es gilt auch für dich, Schmidt. In Ordnung, ich denke, damit ist das meiste geklärt. Der Rest liegt in den Händen Gottes.«

Nach dem Abendessen gingen wir hoch, um unsere Sachen zusammenzusuchen. Schmidt ließ seine Zimmertür offen stehen, deshalb fand ich es völlig in Ordnung, ihm zuzuhören, als er telefonierte.

Es war nicht schwer daraufzukommen, dass Suzi am anderen Ende war. Er sagte immer wieder »Nein« und »Aber« und stotterte.

»Wo ist sie?«, fragte ich, nachdem er aufgelegt hatte.

»In Luxor. Sie wollte mir nicht sagen, wo sie wohnt. Sie ist nicht zufrieden mit mir. Sie hat mich gefragt, warum ich sie nicht über Ali informiert habe.«

»Sie weiß wirklich gut Bescheid, nicht wahr? Was sagte sie noch?«

»Sie sagt mir gar nichts«, erklärte Schmidt wütend. »Es sind nur Vorwürfe, Forderungen und Beschwerden. Ich bin fertig mit ihr. Gott sei Dank habe ich herausgefunden, was für eine Art Frau sie ist, bevor ich … äh …«

»Oh, Schmidt«, sagte ich. »Wolltest du ihr einen Antrag machen? Das tut mir leid. Mir war nicht klar, dass die Sache schon so weit fortgeschritten war.«

Schmidt drückte seine Schultern durch, soweit ihm dies bei seinem Körperbau möglich war. »Es gibt andere Frauen auf der Welt. Ich werde sie vergessen. Geh, Vicky, und mach dich für unseren Ausflug bereit.«

»Ich bin bereit. Sehe ich nicht seriös genug aus?«

Mit zur Seite geneigtem Kopf betrachtete Schmidt meine Kleidung; ich hatte mich bewusst für etwas Adrettes, nicht allzu Buntes entschieden – eine dunkelblaue Hose und ein langärmeliges dunkelblaues Hemd, Turnschuhe (blau), dazu ein (blau-grün) gestreiftes Tuch. »Ich mag es lieber, wenn du ein hübsches Kleid trägst. Aber für unser heutiges Abenteuer ist eine Hose vielleicht passender. Vielleicht noch ein Schal? Es wird nachts schnell kalt.«

Ich stellte mir vor, wie ich mit einem Fransenschal aussähe und bekam eine Gänsehaut. »Schals sind lästig, Schmidt, man bleibt immer irgendwo hängen oder verliert das Ding.«

»Dann eine Jacke. Irgendetwas mit Taschen«, erklärte Schmidt.

Seine Jacke hatte eine Menge davon – er trug schon wieder eine dieser Archäologen-Klamotten. Viele der Taschen waren voll.

»Was hast du da drin?«, wollte ich wissen und deutete auf die prallste der Taschen.

»Eine Taschenlampe. Hier ist eine für dich.«

»Keine schlechte Idee, Schmidt. Danke.«

Bevor ich weiterfragen konnte, wedelte Schmidt mit den Händen. »Steck sie ein und lass uns gehen. Wir sollten früh kommen, damit wir Ashraf nicht verpassen.«

Am Himmel war eine Mondsichel zu sehen. Das Wort gab mir zu denken: Sichel, Sense, Tod …

Dabei war »Mondsichel« eigentlich ein ganz harmloses Wort. Und zugleich die Bestätigung meiner Hypothese, dass Ashraf aus ganz eigenen Beweggründen angewiesen hatte, dass der Tempel geöffnet würde. Der Vollmond war der traditionelle Zeitpunkt dafür, wenn der ägyptische Mond am hellsten strahlte. Heute würde es dort drinnen jede Menge düsterer Ecken geben.

Feisal war unhöflich genug gewesen anzudeuten, dass Ashrafs Motive, mit der Tradition zu brechen, vielleicht persönlicher Art wären oder, wie Schmidt es genannt hätte, romantischer Natur. Er war schließlich ein viel beschäftigter Mann, und wenn die Dame, die er bezirzen wollte, ebenso schwer abkömmlich war (beispielsweise aufgrund eines Ehemannes), müsste Ashraf improvisieren.

»Das ist widerwärtig«, schimpfte ich. »Zu unterstellen, Ashraf sei ein Schürzenjäger – Schande über dich.«

»Was für einen damenhaften Wortschatz du hast«, spottete Feisal. »Und was für naive Ansichten. Es sind die Frauen, die hinter Ashraf her sind.«

»Ts, ts, ts«, sagte Schmidt. »Er ist doch verheiratet, oder nicht?«

»Was hat das denn damit zu tun?«

Schmidt sagte: »Ts, ts, ts.«

Die letzten Besucher des *Son et Lumière* verließen den Tempel gerade, als wir aus dem Taxi stiegen und auf den Eingang zutraten. Schmidt zog mich im Schatten einer Sphinx zur Seite – es gab eine ganze Reihe davon auf beiden Seiten des Weges – und deutete auf zwei Leute, die uns gemeinsam entgegenspazierten.

»Suzi!«, zischte er.

»Welche?« Sie waren beide etwa gleich groß und trugen eine Unisex-Uniform aus Jeans und Hemden, Baseballmützen und

Turnschuhen. Ich hörte ein paar Worte von der einen Person, die schwedisch klangen. Die andere lachte und legte seinen oder ihren Arm um ihn oder sie. »Du leidest an Verfolgungswahn, Schmidt. Komm weiter.«

Die letzten Lichter im Inneren gingen aus. Es blieb nur eine einzige Lampe am Eingang eingeschaltet. Ein uniformierter Wachmann stellte gerade eine Sperre auf. »Der Tempel ist geschlossen«, intonierte er.

Ich erwartete, dass Schmidt ihn mit Namen begrüßte, aber offenbar kannte selbst Schmidt nicht wirklich jeden Menschen auf der Welt. Aber der Aufseher erkannte Feisal, und als Schmidt sagte, wer er war, nickte der Mann. »Ja, Dr. LeBlanc hat Sie angekündigt. Ist die Dame Ihre Begleitung? Bitte treten Sie ein.«

Wir durchschritten einen säulengesäumten Weg bis zu einem offenen Hof. Dort sahen wir ein Gewirr eigenartiger Formen. Die Mondsichel ließ die Konturen von Säulenfüßen, noch mehr Sphinxen, dicken Steinquadern und kaputten Statuen schwarz hervortreten. Einige dunkle Umrisse bewegten sich langsam aus den Schatten heraus und wieder hinein. Außer dem leisen Knirschen der Steinchen unter unseren Füßen war kein Laut zu hören. Als Schmidt einen Ruf ausstieß, sprang ich vor Schreck in die Luft.

Eine der gesichtslosen Gestalten eilte auf uns zu und verwandelte sich in einen netten, kleinen Mann mit einem netten, kleinen Kinnbart und einer netten, kleinen Goldrandbrille. Schmidt und er umarmten sich und schnatterten begeistert auf Französisch. Schmidt stellte mich vor, und LeBlanc küsste mir die Hand. Sein Kinnbart kitzelte, aber das störte mich nicht. Ich mag es, wenn man mir die Hand küsst.

»Und Feisal kennst du natürlich«, fuhr Schmidt fort.

Feisal wurde auf beide Wangen geküsst. Sehr französisch und zugleich sehr ägyptisch.

»Bewegt euch vollkommen frei«, sagte LeBlanc mir zuliebe auf Englisch. »Ich würde anbieten, euch herumzuführen, aber Schmidt kennt den Tempel mindestens so gut wie ich, wenn nicht sogar besser.«

»Außerdem musst du deine anderen Gäste begrüßen«, sagte Schmidt. »Wer kommt sonst noch?«

LeBlanc nannte mehrere Namen, die mir alle nichts sagten. »Und natürlich der Generalsekretär. Ohne ihn hätte ich das alles nicht so arrangieren können.«

»Aha!« Das Wort schoss einfach so aus mir heraus.

»Wie bitte?«

»Tut mir leid. Ich dachte an … an etwas anderes.«

»Und warum auch nicht!« LeBlanc lächelte. Seine Goldzähne passten zu seiner Goldrahmenbrille. »Dies ist ein Ort für Zauber und Magie, für Romantik, für Träume. Erfreuen Sie sich daran!«

»Siehst du, was ich meine?«, zischte mir Feisal ins Ohr. »An so einem Ort kann Ashraf von jeder Frau haben, was er will.«

»Nicht von mir.« Ich zitterte unwillkürlich. »Ich kann die Blicke fühlen, diese ganzen leeren Steinaugen starren mich an. Wer ist das?«

Feisal folgte meiner Geste. »Ramses der Zweite.«

»Ein toter Pharao«, murmelte ich. »Tote Pharaonen starren mich an.«

»Denen ist das alles völlig egal«, sagte Feisal. »Reiß dich zusammen, Vicky. Wir müssen Ashraf finden.«

Ich riss mich zusammen und stupste Schmidt an, der verträumt Ramses den Zweiten anstarrte, der steinern zurückstarrte. »Es ist hoffnungslos, Schmidt. Ich erinnere mich an den Plan

Karnaks; es ist riesig, gewaltig, endlos. Wie sollen wir da einen ganz bestimmten Mann finden?«

»Man tut, was man kann«, sagte Schmidt. Und dann, kaum zu glauben, kicherte er: »*Tut! Tut!*«

Feisal knurrte, und ich sagte: »Ich hoffe, das war keine Absicht.«

»Nein, nein. Das war ein Wortwitz, verstehst du. Tut – Tutanch…«

»Schon verstanden, Schmidt. Du gehst voran.«

Schmidt führte uns vorbei an Ramses (eine deutlich kleinere Statue neben ihm stellte eine Frau dar, vermutlich seine eigene, die Königin) und durch ein weiteres Tor in einen Wald aus Steinen. Ich war schon einmal im Großen Säulensaal, aber bei Tageslicht. Nachts, nur im Schein des Mondes, wirkten die hoch aufragenden Säulen noch überwältigender. Wir waren Zwerge, Insekten neben diesen riesenhaften Formen. Sie umgaben und überragten uns. Einige weitere Insekten krabbelten ebenfalls zwischen ihnen herum.

Meine Vorstellung von Romantik besteht in einem kuscheligen kleinen Zimmer, in dem ein Feuer im Ofen brennt, und einer Menge weicher Kissen, und dazu liegt eine Flasche Irgendwas auf Eis. Nicht schlecht wären auch ein abgeschiedener Pool, umgeben von Palmen und Hibiskus und Ranken, die sich träge in einer tropischen Brise wiegen. Oder vielleicht… Aber wie auch immer, auf keinen Fall war es diese düstere Steinlandschaft, in der die Schatten Worte flüsterten, die ich nicht genau verstehen konnte.

»Romantik?«, fragte ich laut.

»Pst.« Schmidt blieb stehen und zeigte mit dem Finger auf etwas. »Da. Ist das nicht…«

Blasses Licht fiel zwischen den riesigen Säulen hindurch und brach sich auf blondem Haar.

»Es ist nicht John«, sagte ich.

»Wie kannst du so sicher sein?«

»Wenn es John wäre, würdest du ihn gar nicht sehen. Wahrscheinlich ist das nur einer dieser zahllosen Archäologen.«

Wir gingen den Hauptgang entlang und verlangsamten unsere Schritte immer wieder, um in die Quergänge zu schauen. Die Aussichtslosigkeit unserer Suche wurde für mich immer eindeutiger; die paar Leute, die wir überhaupt ausmachen konnten, waren aufgrund der Entfernung und Dunkelheit nicht zu erkennen, ich konnte nicht einmal sagen, ob es sich um Männer oder Frauen handelte.

Ich packte Schmidt am Ärmel. »Das hier ist nur ein Teil des Tempels, oder?«

»Ja, ja, es gibt noch weitere große Bereiche dahinter. Etliche weitere Säulensäle, einen Tempel des achtzehnten …«

»Warum sollte Ashraf sich nicht dort mit jemandem verabreden? In diesem Ding kann man einfach niemanden finden.«

»Aber dieser Teil hier ist der perfekte Ort für ein privates Treffen. Man kann nicht in die Enge getrieben werden«, erklärte Schmidt triumphierend. »Weil es keine Engstellen gibt! Und man kann in Sekundenbruchteilen in Deckung gehen.«

Und man konnte unendlich lange Verstecken spielen. Jede Säule sah aus wie jede andere Säule, und jede war breit genug, dass sich dahinter eine ganze Schar von Leuten verbergen könnte.

Aber ich brachte es nicht über mich, die Sache abzubrechen. Schmidt hatte so viel Spaß, er huschte herum und tat so, als suche er nach nichts Besonderem, und ich begann mich langsam wieder zu beruhigen.

Doch dann stieß Schmidt ein gedämpftes Kreischen aus und verschwand.

Ich hatte nicht in seine Richtung geschaut, als es geschah.

Er war hinter Feisal und mir zurückgefallen – nicht weit, nur einige Meter. Da ich mittlerweile das Gefühl hatte, dass nichts Unangenehmes geschehen würde, hatte ich mich weitgehend entspannt und blieb nur noch pro forma hier; pflichtbewusst schaute ich von einer Seite zur anderen. Nun wirbelte ich herum. Kein Schmidt. Er war einfach verschwunden.

Ich lief zurück und rief seinen Namen, bog dann schnell nach rechts in den nächsten Quergang. Das Licht reichte aus, dass ich eine Reihe großer Säulen entlangschauen konnte. Am hintersten Ende, ganz schön weit weg, stand jemand. Es konnte nicht Schmidt sein. Er konnte nicht so weit gekommen sein. Oh Gott, dachte ich, bitte nicht – nicht Schmidt…

Eine Hand legte sich über meinen Mund, und ein kräftiger Arm drückte meine Arme an meine Seiten. Ich trat nach hinten aus, hörte ein Grunzen, dann einen Fluch. »Hör auf«, murmelte Feisal. »Ihm ist nichts passiert, ich habe ihn gefunden.«

Ich entspannte mich wieder. Feisal gab mich frei. »Still«, sagte er leise. »Hier entlang.«

Ich war nicht weit genug gelaufen. Schmidt befand sich im nächsten Nebengang. Er sprach mit jemandem. Sie waren beide hinter den verdammten Säulen verborgen, und ihre Stimmen waren so leise, dass ich nicht hören konnte, was sie sagten, bis wir die andere Seite der Säule erreichten.

Die andere Person sprach. Es ist schwer, eine Stimme zu erkennen, wenn jemand flüstert; der Sprecher hätte genauso gut männlich wie weiblich sein können. Die ersten Worte, die ich verstehen konnte, lauteten: »… helfen will. Ich bin auf deiner Seite, verstehst du?«

»Meinst du das wirklich ehrlich?«, kam es in Schmidts Version eines Flüsterns zurück.

Mehrere Sekunden lang war nichts zu hören außer schwerem

Atem. Feisal drückte meinen Arm. Ich sah zu ihm auf. Er grinste und hob einen Finger vor die Lippen.

Ich war schwer versucht, das unzüchtige Paar mit einigen barschen Worten zurechtzuweisen, aber die Diskretion gebot etwas anderes. Nein, ich würde abwarten, was Schmidt zu sagen hatte. Wenn er wieder Suzi verfiel, müssten wir ihn erneut umdrehen. Seine Gesprächspartnerin musste Suzi sein; Schmidt hatte nicht genug Zeit gehabt für eine weitere Eroberung. Sie musste uns vom Hotel aus gefolgt sein ... Es sei denn, Schmidt hätte ihr gesagt, wohin wir wollten. Man konnte einfach keinem trauen.

Feisal legte seinen Mund an mein Ohr. »Ich folge ihr. Du schnappst dir Schmidt und gehst zurück zum Eingang.«

»Er hat gesagt, wir sollen nicht ...«

Feisal duckte sich in den Schatten und wurde unsichtbar.

Mir reichte es. Ich griff in die Tasche, zog Schmidts Taschenlampe heraus und schaltete sie ein. Ein leises Geräusch hinter mir ließ mich in die entsprechende Richtung wirbeln, im Lichtstrahl glaubte ich zu sehen, wie sich jemand hinter eine der Säulen duckte. Ein weiteres Geräusch aus der Gegenrichtung. Schatten rannten aus dem Licht, als ich mich umdrehte und Schmidt entdeckte, der in mein Blickfeld trat. Er hob die Hände, um seine Augen zu schützen.

»Was ...«, begann er.

Ich packte ihn mit meiner freien Hand am Kragen und schüttelte ihn. »Was soll das heißen: ›Was‹? Ich bin diejenige, die sagen sollte: ›Was?‹ Wie kannst du es wagen, mir so eine Angst einzujagen?«

»Es war Suzi«, sagte Schmidt ruhig. »Sie hat mich geschnappt und hinter die Säule gezerrt. Sie ist ganz schön stark für eine Frau. Ich war im ersten Moment zu überrascht, um mich zur Wehr zu setzen. Und dann hat sie mich überredet, dass ich mir anhören sollte, was sie zu sagen hatte. Wo ist Feisal? Ich habe ihm doch gesagt, er soll dich nicht allein lassen.«

»*Du* hast mich allein gelassen.«

»Es war nicht meine Schuld, aber ich mache dir keinen Vorwurf, wenn du wütend bist.« Schmidt versuchte, reuig zu wirken, aber es gelang ihm nicht wirklich – selbst sein Schnauzer schien zu grinsen. »Ich habe viel Interessantes herausgefunden und mich wieder gut mir ihr gestellt. Sie hat mich um Entschuldigung gebeten und gesagt, sie würde mir glauben. Sie sei jetzt auf unserer Seite.«

»Glaubst du ihr?«

»Natürlich nicht. Aber es schien mir klug, so zu tun, als täte ich es. Vicky, sie sagt, John sei hier in Karnak. Sie hat ihn vor noch nicht einmal fünf Minuten gesehen. Mach die Taschenlampe aus, ich bringe dich …«

»Niemals. Ich habe genug von der Dunkelheit.«

»Er wird uns kommen sehen.«

»Nein, wird er nicht, weil wir jetzt gehen … Hmmm. Wo war er, als sie ihn gesehen hat?«

Schmidt deutete einen der endlosen Gänge entlang. »Unterwegs in die Richtung. Um was wetten wir, dass er Ashraf gefolgt ist?«

»Ashraf wird von John verfolgt, der seinerseits von Suzi verfolgt wird, die von Feisal und uns verfolgt wird? Das ist albern, Schmidt. Ich gehe jetzt zurück zum Eingang, und du kommst mit.«

»Feisal folgt Suzi?«

»Halt einfach die Klappe, okay?«

Es gab nur eine Möglichkeit, dafür zu sorgen, dass er mitkam: einfach loszugehen. Ich wusste, mein Schmidt würde mich nicht allein lassen.

Wir waren erst ein kurzes Stück gegangen, als ein langer, gellender Schrei durch die Gänge hallte. Er klang in der durchdringenden Stille so erschreckend wie eine Explosion, und er hielt lange an, unterbrochen nur durch kurze Atempausen, die das Gehör beinahe genauso strapazierten wie das Schreien selbst.

Der Strahl des Taschenlampenlichts zuckte wild, als ich herumwirbelte und versuchte, die Quelle auszumachen. Schmidt zog mich am Arm. »Hier entlang!«

»Schmidt, wir können doch nicht …«

Aber mir war klar, dass uns keine Wahl blieb. Feisal war irgendwo dort draußen.

Als wir die Säulen umrundeten, stießen wir mit einem Mann zusammen, der in die Gegenrichtung lief – oder jedenfalls in eine andere Richtung als wir, denn in diesem Labyrinth gab es eigentlich gar keine erkennbaren Richtungen. Ich leuchtete ihn an, um Schmidt daran zu hindern, ihn umzurennen. Er war noch dicker als Schmidt, sie prallten voneinander ab und kamen dadurch zum Stehen.

»Wolfgang!«, rief Schmidt.

»Schmidt! Sind Sie das? Was ist passiert? Wer hat geschrien?«

»Ich weiß nicht. Kommen Sie mit.«

»Deine Taschenlampe, Schmidt«, sagte ich atemlos.

»Ach ja, die habe ich vergessen.«

Er hatte es verständlicherweise versäumt, mich Wolfgang vorzustellen, aber ich vermutete, dass der auch zu einer der Archäologengruppen gehörte, die in Luxor Löcher gruben. Das Schreien hatte aufgehört, aber nachdem wir eine Weile weitergelaufen waren, begann ich Stimmen zu hören. Wir waren nicht die Einzigen, die reagiert hatten. Irgendwer musste näher am Tatort gewesen sein als wir, denn es hatte sich bereits ein kleines Grüppchen Leute um jemanden versammelt, der auf dem Boden saß und sich mit beiden Händen den Kopf hielt. Alle redeten gleichzeitig und gaben in den verschiedensten Sprachen gute Ratschläge.

»Nicht aufstehen.«

»Legen Sie sich hin, Sie bluten.«

»Wir müssen einen Krankenwagen rufen!«

»Tretet zurück, er braucht Luft.«

Unter den Schaulustigen befand sich auch Feisal. Wir gingen zu ihm, und er warf uns einen schnellen Blick zu. »Es ist Ashraf. Er ist nicht schwer verletzt.« Lauter sagte er: »Schön, Freunde, eure Hilfe ist nett gemeint, aber unnötig. Er ist ausgerutscht und hat sich den Kopf angeschlagen, das ist alles.«

»Ich habe schon befürchtet, du wärst es«, murmelte ich.

»Nein, ich habe nur um Hilfe gerufen. Ich habe einen leisen Schrei gehört, und dann einen Sturz, ich habe ihn auf dem Boden liegend gefunden. Ich wollte ihn nicht allein lassen, während ich Hilfe holte.«

»Er ist nicht ausgerutscht, oder?«

»Später. Komm jetzt, Ashraf, ich helfe dir beim Aufstehen.«

»Vielleicht hat er eine Gehirnerschütterung«, sagte Schmidt. »Sollten wir nicht auf einen Arzt warten?«

»Er könnte an Altersschwäche sterben, bevor die eine Trage hierhaben«, sagte Feisal. »Oder willst du ihn vielleicht tragen?«

Ashraf ließ die Hände sinken und sah zu uns auf. Blut sickerte seinen Hals hinunter. »Ich muss nicht getragen werden. Ein kleiner Unfall, wie Feisal schon sagte. Ich hoffe, ich habe Ihnen nicht den Abend verdorben.«

Langsam stand er auf, er wedelte Feisal beiseite. Die Schaulustigen erhoben vorsichtig Einspruch, begannen aber einer nach dem anderen davonzugehen, zurück zum Eingang. Die Show war zu Ende, so viel stand fest. Das Licht ließ nach. Der Mond ging unter.

»Nimm meinen Arm«, sagte Feisal. »Keiner guckt, du musst dich nicht mehr aufspielen.«

»Verschwinde«, sagte Ashraf mit zusammengebissenen Zähnen. »Lass mich in Ruhe.«

Wolfgang, einer der letzten Außenstehenden, die geblieben waren, nahm das persönlich. Er marschierte davon, murmelte vor sich hin und schüttelte den Kopf.

»Ihr auch«, sagte Ashraf, drückte seine Schultern männlich durch und bedachte uns alle mit einem ärgerlichen Blick.

»Vergessen Sie's«, sagte ich. »Sie schulden uns eine Erklärung, Ashraf. Mit wem haben Sie sich getroffen? Wo ist er hin?«

»Sie«, sagte Feisal.

»Was?« Ich starrte ihn an.

»Ich habe sie davonlaufen sehen«, sagte Feisal. »Sie hatte einen Schal um den Kopf gewickelt und trug einen Rock. Und versuch nicht, mir zu erzählen, es wäre ein Mann mit einem Turban und einer *Galabija* gewesen, ich kenne den Unterschied.«

»Ich nehme einmal an«, sagte Ashraf, »wenn ich euch erzählte, ich hätte hier eine Verabredung mit einer Freundin ...«

»... würden wir es nicht glauben«, versicherte ich ihm. »Ihre Kontaktperson war also weiblich.« Ich neige, das muss ich zugeben, zu sexistischen Vorurteilen.

Trotz seiner zur Schau gestellten Tapferkeit war Ashraf nicht in Hochform.

Er sackte ein wenig in sich zusammen, und als Feisal seinen Arm um ihn legte, stieß er ihn nicht weg. »Es war raffiniert«, gab Ashraf zu. »Ich war bereit, mich zu verteidigen, wenn das notwendig geworden wäre. Aber eine Frau vorzufinden ließ mich unaufmerksam werden.«

»Warum hat sie Sie geschlagen?«, fragte ich.

»Das hat sie nicht. Wir kamen prima miteinander klar, als jemand plötzlich von hinten auf mich losging.« Ashraf zeigte seine Zähne, aber es war ganz sicher kein freundliches Lächeln. »Und zwar Ihr Freund Mr Tregarth.«

11

Ashraf weigerte sich, zum Arzt zu gehen. Er konnte sich auf den Beinen halten, es war zwei Uhr morgens, also entschieden wir, ihn einfach mit zurück in den Winter Palace zu nehmen. Der gähnende Wachmann versicherte uns, dass wir die Letzten waren, die den Tempel verließen. Ich zweifelte nicht an seiner Ehrlichkeit – er war vermutlich überzeugt, die Wahrheit zu sagen –, wohl aber an der Richtigkeit der Information. Mittlerweile war es mir allerdings ziemlich egal, wer nun noch wen um welche Säulen jagte oder wer hinter wem über irgendwelche Mauern kletterte.

Ashraf schwieg beleidigt und ignorierte unsere Fragen. Die Straßen Luxors waren düster und verlassen, kein Taxi in Sicht, aber natürlich wartete der Wagen des Herrn Direktor auf uns. Ashraf flog schließlich nicht etwa mit einer ordinären EgyptAir-Maschine; er hatte sich von seinem Chauffeur nach Luxor kutschieren lassen.

Als wir im Hotel ankamen, ging ich zur Rezeption und fragte, ob irgendwelche Nachrichten für uns hinterlassen worden waren, worauf man mir mit angemessener Indigniertheit mitteilte, dass sie auf jeden Fall auf unser Zimmer gebracht worden wären. Mr Tregarth hatte auch die, die wir für ihn zurückgelassen hatten, nicht abgeholt. Das überraschte mich nicht.

Schmidt grub seine Erste-Hilfe-Ausrüstung aus, und Ashraf

ergab sich einigermaßen gesittet meiner improvisierten Behandlung. Der Schlag hatte ihn direkt hinter seinem rechten Ohr getroffen, was eine Beule und eine kleine Platzwunde zur Folge hatte. Er lehnte mein Angebot ab, ihm das Haar um die Wunde herum abzurasieren, weswegen ich mich damit zufriedengeben musste, ein wenig antiseptische Creme aufzutragen. Ich schmierte ihm eine ganze Menge davon auf den Schädel, wodurch ich immerhin seine Frisur ruinierte, denn mittlerweile hatte ich Ashraf ziemlich satt.

Er hatte sich inzwischen dem Unausweichlichen gefügt – wobei das Unausweichliche diese drei höchst genervten Leute waren, die bereit schienen, Gewalt anzuwenden, um zu verhindern, dass er abhaute – und außerdem hatte er Zeit gehabt, alles zu überdenken.

»Woher wusstet ihr es?«, fragte er und nahm einen Schluck von dem sprudeligen Zitronengetränk, das Schmidt ihm gereicht hatte.

»Wir stellen hier die Fragen«, sagte ich und verschränkte meine Arme. »Warum haben Sie uns nicht gesagt, dass Sie erneut von den Dieben gehört haben?«

»Die zweite Nachricht warnte mich davor, was geschehen würde, wenn ich mit jemandem darüber spräche.«

»Würde dann wieder ein Stückchen von Tutanchamun angeliefert werden?«, fragte ich.

Ashraf erschauerte. »Bitte sagen Sie nicht so etwas.«

»Aber wir sind keine Polizisten«, sagte Feisal. »Das ist doch eine alberne Drohung, sie können gar nicht wissen, was du uns erzählst.«

»Sie hätten es bemerkt, wenn ihr zur richtigen Zeit am richtigen Ort aufgetaucht wärt«, sagte Ashraf plötzlich empört. »Was euch ja trotz allem gelungen ist. Sie haben euch gesehen. Meine

Gesprächspartnerin war ziemlich sauer. Ich schwor bei diversen Heiligen diverser Kultstätten, dass ich keinem von euch ein Wort verraten hatte. Glücklicherweise glaubte sie mir.«

»Das muss ja eine nette, vertrauensvolle Dame sein«, sagte ich. »Eine tolle Erpresserin!«

Ashraf lehnte sich zurück, streckte die Beine aus, schlug die Knöchel übereinander und lächelte. »Sie war bereit, sich überzeugen zu lassen. Aber vielleicht sollte ich von vorn anfangen.«

Er hatte die zweite Nachricht vorgefunden, als er sein Haus in Luxor erreichte. (Er hatte noch weitere Häuser, wie Feisal uns später berichtete, je eines in Sharm el Sheikh und Alexandria.) Man wies ihn an, seine Kontaktperson zwischen Mitternacht und ein Uhr morgens im Großen Säulensaal in Karnak zu treffen. Sie waren immerhin rücksichtsvoll genug, ihm vierundzwanzig Stunden zu geben, um alles in die Wege zu leiten. Wenn er nicht käme, würde er es bereuen.

»Ich kam hierher, um Sie zu fragen, ob Sie Fortschritte gemacht hatten. Sie präsentierten mir eine Reihe unbegründeter Theorien, aber keine Tatsachen. Mir wurde klar, dass Sie unsere Abmachung entweder nicht erfüllen konnten oder es nicht wollten. Also ...« Er zog eine hübsche silberne Dose heraus, entnahm ihr eine Zigarette und entzündete sie mit einem eleganten silbernen Feuerzeug. »Ich entschied mich, allein weiterzumachen. Ich lud eine Reihe Würdenträger und Archäologen ein, um zu rechtfertigen, dass der Tempel nachts geöffnet war. Ich versteckte mich in der Nähe des Eingangs, in der Hoffnung, meine Kontaktperson zu identifizieren, wenn sie hereinkam. Als ich Sie drei entdeckte, wurde mir klar, dass ich damit hätte rechnen müssen, dass Herr Dr. Schmidt über einen seiner vielen Tausend guten Freunde von der Sache hören würde und dass Sie sich das Vergnügen natürlich auf keinen Fall entgehen lassen würden.«

»Vergnügen, Blödsinn«, sagte ich. »Wir sind gekommen, weil wir wussten, was Sie vorhatten. Allein die Tatsache, dass Sie uns nicht eingeladen hatten, war bereits verdächtig.«

»Es war wirklich eine erstklassige deduktive Leistung«, setzte Schmidt hinzu.

»Wenn Sie meinen«, sagte Ashraf, der ihm kein Wort glaubte. »Wie auch immer, ich befand, dass Ihre Anwesenheit meinen Plan nicht durchkreuzte. Ich kannte den genauen Treffpunkt, und das Gelände ist groß.« Er stieß einen kreisrunden Rauchring aus und lehnte sich zurück, um ihn zu bewundern.

»Weiter«, sagte ich. Wir hätten ihn noch mal auf den Schädel schlagen sollen, um ihn erneut aus dem Gleichgewicht zu bringen. Er genoss seinen Aufenthalt im Rampenlicht.

»Wie gesagt, als ich auf eine Frau traf, überraschte mich das. Aber sie nannte mir das vereinbarte Codewort …«

»Mumie?« Ich konnte nicht widerstehen.

»Woher wissen Sie das?«, erkundigte sich Ashraf überrascht.

Ich hatte es als schlechten Scherz gemeint, aber das würde ich jetzt bestimmt nicht zugeben. Arrogant können wir alle sein. Ich bedeutete ihm nur wortlos, endlich fortzufahren.

»Sie war anfangs ärgerlich und sichtlich nervös gewesen, aber ich konnte sie bald beruhigen. Wir – äh – verhandelten. Ich versprach ihr Immunität und einen sicheren Aufenthaltsort, wenn sie mein Angebot annähme.«

»Wie viel?«, fragte Feisal direkt.

Ashraf zögerte. »Zweihundertfünfzigtausend für sie.«

»Gegen Tutanchamuns aktuelle Adresse?«, fragte ich.

Feisal und Ashraf zuckten zusammen. »Ich wünschte, Sie würden nicht so frivol mit dieser Angelegenheit umgehen«, sagte Letzterer. »Aber grundsätzlich war es das, worauf wir uns einigten. Wir wollten gerade unser nächstes und letztes Treffen vereinbaren, als Ihr Freund uns unterbrach. Als ich mich von diesem feigen Angriff erholt hatte, waren beide verschwunden.«

Ashraf zündete sich eine weitere Zigarette an und wirkte sehr zufrieden mit sich.

Er hatte eine plausible Geschichte erzählt, in der er zugleich Opfer und Held war. Ich fragte mich, wie viel davon stimmte. Ich war durchaus bereit zu glauben, dass ein Mitglied der Gang interessiert wäre, einen Deal zu machen. Kriminelle sind nicht gerade bekannt für ihre Loyalität untereinander. Ashraf verfügte über Privatvermögen. Eine solche Summe konnte er vermutlich aufbringen, wenn es sein musste.

»Ashraf, Sie verdammter Narr«, sagte ich. »Sind Sie nicht darauf gekommen, dass irgendjemand Ihre Freundin im Auge behalten würde? Ich hoffe um Ihretwillen, dass derjenige nicht viel von Ihrem Gespräch gehört hat. Gauner haben ihre eigene Art, mit Verrätern umzugehen.«

»Er muss ziemlich viel gehört haben«, gab Ashraf zu. »Er hat mich niedergeschlagen, gerade nachdem wir uns geeinigt hatten.«

Irgendwann mussten wir ohnehin darauf zu sprechen kommen. »Er kam von hinten«, sagte ich genervt. »Woher wollen Sie also wissen, dass es John war – Mr Tregarth?«

»Ich habe ihn nur aus dem Augenwinkel gesehen. Ich habe ein Geräusch gehört und wollte weglaufen. Aber ich habe genug gesehen. Wie viele blonde Männer waren denn heute Abend da?«

»Mehrere, denke ich.«

»Aber nur einer, der in dieser Sache drinsteckt«, entgegnete Ashraf triumphierend. »Bis zum Hals, möchte ich hinzufügen. Wieso hätte er im Tempel auftauchen sollen, wenn er nicht gewusst hätte, dass ein Treffen geplant war? Sie behaupten, Sie wären in der Lage gewesen, mein Vorhaben mittels deduktiver Leistung – sagten Sie nicht so? – vorauszuahnen, und ich bin geneigt, die Möglichkeit in Betracht zu ziehen, dass Tregarth Sie ebenso betrogen hat, wie er versucht hat, mich zu betrügen; die Beweise gegen ihn wiegen schwer. Wenn er nicht dort war, wo war er dann? Und wo ist er jetzt?«

»Der kommt schon wieder«, sagte ich.

»Dann geben Sie mir Bescheid, wenn es so weit ist.« Ashraf drückte seine Zigarette aus und erhob sich. »Es ist spät, und ich bin ein ganz klein wenig erschöpft. Kann ich dich mitnehmen, Feisal?«

Feisal sah aus, als würde er liebend gern ablehnen, aber die Erschöpfung war größer als sein Stolz. Keiner von uns war in der Stimmung, die Geschichte noch länger durchzukauen. Die beiden Männer gingen, Schmidt stapfte in sein Zimmer, ich hängte ein »Bitte-nicht-stören«-Schild an die Tür zum Flur, schälte mich aus der äußeren Schicht Klamotten und warf mich auf mein Bett.

Ich war so müde, und jeder Muskel meines Körpers schmerzte, aber mein Hirn wollte nicht abschalten. Ashrafs Schilderung beruhte zwar nur auf Indizien, aber die waren nicht von schlechten Eltern. Er war nicht der Einzige, der behauptete, John gesehen zu haben. Suzi hatte ihn ebenfalls gesehen, sofern man ihr glauben konnte. Und was war aus Suzi geworden? Feisal war ihr auf den Fersen gewesen, als er mitbekommen hatte, dass Ashraf angegriffen wurde. Konnte Suzi diejenige gewesen sein, die Ashraf niedergeschlagen hatte? Ihr blondes Haar war kurz geschnitten wie das eines Mannes. Das war alles, was Ashraf gesehen hatte, ein Lichtschein auf einem hellen Haarschopf. Und Feisal hatte nur eine Frau gesehen, die einen Schal um den Kopf gewunden trug.

Die Fenster waren blassgraue Rechtecke. Die Dämmerung war nicht mehr weit. Ich war zu erschöpft, um aufzustehen und die Vorhänge zuzuziehen. Ich zog mir die Decke über den Kopf und schlief endlich ein.

Grelles Sonnenlicht schien mir in die Augen und weckte mich. Meine Uhr zeigte beinahe zehn. Ich rollte hinüber auf den kalten, leeren Platz neben mir. Das Rascheln des Bettzeugs brachte ein Klopfen an der Tür mit sich.

»Bist du wach?« Schmidt, wer sonst. Er musste direkt vor der Tür gewartet haben, das Ohr ans Holz gepresst.

»Nein.«

»Ich bestelle Frühstück.« Schritte entfernten sich.

Da mir keine Wahl gelassen wurde, schleppte ich mich in die Dusche. Genau genommen fühlte ich mich besser, als ich erwartet hatte. Mein Unterbewusstsein hatte allerdings immer noch keine Antworten auf irgendeine der Fragen geliefert, die mich in der Nacht zuvor wach gehalten hatten.

Ich zog mich an, wobei mir klar wurde, dass ich besser auch ein paar Sachen waschen lassen sollte. Ich knöpfte gerade meine letzte saubere Bluse zu, als die Tür sich im direkten Anschluss an ein allenfalls höflichkeitshalber durchgeführtes Klopfen öffnete.

»Du bist angezogen«, sagte Schmidt.

»Tut mir leid.«

»Es gibt Kaffee«, sagte Schmidt schicksalsergeben. »Und Feisal ist hier.«

Ich fragte nicht, ob John zurückgekehrt war. Schmidt hätte es erwähnt.

Der Kellner war gekommen und gegangen, Schmidt stürzte sich auf einen Teller mit Eiern und Putenwürstchen. Ich ließ mir von Feisal eine Tasse Kaffee reichen. »Hast du irgendetwas Nützliches aus Ashraf herausbekommen?«, fragte ich.

Feisal schnitt eine verärgerte Grimasse.

»Er hat nur mit seiner Cleverness geprahlt und mit mir geschimpft, dass ich den Deal vermasselt hätte.«

»Was glaubst du, wie viel von seiner Geschichte stimmt?«

»Die grundlegenden Tatsachen glaube ich«, sagte Schmidt gedankenverloren. »Aber es bleiben viele Fragen offen. Ich habe mittlerweile Suzis Version der Vorgänge gehört.«

»Du hast ja heute Morgen schon eine Menge erledigt. Tut mir leid, dass ich verschlafen habe.«

»Ein Mann in meiner körperlichen Verfassung braucht nicht viel Schlaf.« Schmidt schmierte Marmelade auf ein Brötchen. »Meiner neuen Strategie entsprechend habe ich meiner Sorge um Ihre Sicherheit Ausdruck verliehen und freiwillig angeboten, ihr zu berichten, was Ashraf zugestoßen war, da ich davon ausging, dass sie davon ohnehin bereits gehört hatte.«

»Gut gemacht.« Von der Marmelade war nichts übrig. Ich öffnete ein kleines Gläschen Honig. »Und? Was hat sie gesagt?«

»Sie hat den Angriff selbst nicht gesehen, nur Ashraf, wie er am Boden lag. Als sie Feisal näher kommen hörte, versteckte sie sich und beobachtete das Ganze.«

»Diese Säulen sind wirklich sehr nützlich«, murmelte ich. »Wie ist sie aus dem Tempel herausgekommen?«

»Ich nehme an, sie ist einfach gegangen«, sagte Feisal. »Der Aufseher war nicht beauftragt, auf die Leute zu achten, die den Tempel verließen. Fragt mich eigentlich gar keiner, wie ich den Morgen verbracht habe?«

Mit dem Mund voll Brot und Honig stieß ich bestätigende Laute aus.

»Sehr unglücklich«, sagte Feisal. »Alis Familie will seine Leiche haben. Sie haben eine Delegation – alle Männer der Familie – in mein Büro geschickt. Ich musste Ihnen mitteilen, dass die Obduktion noch nicht abgeschlossen ist. Das hat ihnen nicht gefallen.«

»Nach muslimischem Brauch muss die Leiche am Tag des Todes begraben werden vor Sonnenuntergang, spätestens am Tag darauf«, informierte mich Schmidt.

»Dafür war es ohnehin schon zu spät, als die Leiche gefunden wurde, oder etwa nicht?«, fragte ich.

»Argumente helfen bei Menschen in Trauer nicht weiter«, entgegnete Feisal. »Ich werde mich ins Dorf begeben, um den Rest der Familie zu treffen, und versuchen, es ihnen zu erklären. Möchtest du mitkommen?«

Ich wollte nicht. Es würde höchstwahrscheinlich eine unangenehme Angelegenheit werden. Aber vielleicht würde unsere Anwesenheit die Sache für Feisal einfacher machen.

Er wartete, während ich meine Wäsche zusammensuchte und Schmidt seine Taschen mit allen möglichen nützlichen und weniger nützlichen Dingen befüllte, darunter seine geliebte Lupe, die Feisal ihm zurückgegeben hatte. Man kann nie wissen, wann man über einen Hinweis stolpert.

Da wir keine Limousine zur Verfügung hatten, überquerten wir den Fluss auf einem der Boote. Ich mag die Boote, sie haben leuchtend bunte Sonnensegel und weiche, wenn auch verschossene Kissen auf den Sitzen, und sie tragen Namen wie *Rosenknospe, Cleopatra* und *Nofretete.* Schmidt über die Laufplanke watscheln zu sehen fügte dem Vergnügen sogar noch ein gewisses Element der Spannung hinzu. Feisals Jeep wartete auf der anderen Seite.

»Ich muss nachher noch ins Tal«, erklärte er. »Aber ich will das hier zuerst erledigen.«

Die Begegnung war eine Wiederholung der vorigen – der gleiche Schwarm aufdringlicher Kinder, das gleiche abgedunkelte Zimmer und die gleichen wachsamen Augen, dasselbe Angebot von Tee und Keksen, dasselbe Huhn, oder jedenfalls eine enge Verwandte des Tieres. Ich saß wieder neben *Umm* Ali, die ihren Kopf zum Gruß neigte und auf mein schlecht ausgesprochenes »*Salaam aleikhum*« mit ein paar Worten auf Arabisch reagierte, die nicht zu meinem aktuellen Vokabular gehörten. Schmidt saß mir gegenüber und schaute ernst. Alle starrten Feisal an.

Sie lauschten schweigend seiner kurzen Rede. Das Schweigen dauerte danach an. Das Huhn hopste Schmidt aufs Knie. Er streichelte es geistesabwesend.

»Bitte, Feisal, übermittle der Familie unser Beileid.«

»Das habe ich. Wir können genauso gut gehen. Meine Erklärung wurde nicht akzeptiert«, setzte er missmutig hinzu.

Ich stellte mein Teeglas auf den kleinen Tisch und erhob mich. Ich verspürte den Drang, etwas zu tun oder zu sagen, nicht einfach nur hinauszumarschieren. Ich fühlte mich elend und nutzlos und sagte: »Es tut mir leid, sehr leid. Wenn es irgendetwas gibt, was wir tun können …«

Die alte Dame erhob sich. Eine knochige Hand schoss vor und packte die meine. Sie stand auf Zehenspitzen und sah zu mir auf. Ihre stechend schwarzen Augen waren von Tränen getrübt. Sie sprach leise und drängend und drückte meine Hand. Ihre Finger fühlten sich an wie Vogelklauen, dünn und kraftvoll.

Feisal übersetzte mit heiserer Stimme: »›Mein Sohn wurde ermordet. Finden Sie seinen Mörder, *Sitt,* damit er in Frieden ruhen kann.‹«

»Das werde ich«, sagte ich. »*Aywa.* Ja. Ich verspreche es. *Inshallah.*«

Das musste Feisal nicht übersetzen. Die alte Dame nickte und setzte sich. »*Inshallah*«, wiederholte sie.

So Gott will. Niemand gibt ein Versprechen, ohne das hinzuzufügen. Letztendlich liegt es in den Händen Gottes. Aber ob im Dienste ihres oder meines Gottes, ich war entschlossen, mein Bestes zu geben. Schmidt rieb sich gerührt die Augen, als wir aus dem Haus traten. »Das war sehr schön, Vicky.«

»Es war richtig, das zu sagen«, räumte Feisal ein. Er sah mich eigenartig an. »Ich kann nicht verstehen, warum sie ihre Bitte ausgerechnet an dich gerichtet hat. In dieser Kultur …«

»Ja, ja, ich weiß, hier sind die Männer die Chefs. Aber vielleicht wissen einige der Frauen es besser.«

* * *

Feisals Jeep benötigte dringend neue Stoßdämpfer (unter anderem). Schmidt prallte immer wieder gegen mich, wenn wir in Schlaglöcher krachten oder der Fahrer plötzlich irgendwelchen Tieren oder Fahrzeugen ausweichen musste. Eine Staubwolke umgab uns; leider befand sie sich größtenteils innerhalb des Wagens.

»Sag ihm, er soll langsamer fahren«, rief ich Feisal zu, der vorn beim Fahrer saß.

»Wir sind schon spät dran«, rief Feisal zurück.

Spät dran?, fragte ich mich, hielt aber den Mund. Der Jeep erwischte ein weiteres Schlagloch, Schmidt prallte vom Fenster ab und landete auf meinem Schoß.

Feisal ließ sich schließlich zu einer Erklärung herab, nachdem der Fahrer uns vor dem Eingang zum Tal der Könige abgesetzt hatte. »Ich treffe mich mit Ahmed Saleh, dem Unterinspektor für Theben-West. Er ist sauer, weil ich ihn nicht früher zurückgerufen habe. Er beschwert sich liebend gern, deswegen habe ich mir gedacht, ich kümmere mich besser um ihn, bevor er über meinen Kopf hinweg etwas unternimmt. Oder«, setzte Feisal hinzu, »hinter mich tritt, mit einem Messer in der Hand.«

»Will er deinen Job?«, fragte ich.

»Sie wollen alle meinen Job. Für zehn Piaster können sie ihn haben.«

Der Unterinspektor befand sich nicht im Wachhäuschen.

Feisals irritierte Frage brachte ihm eine weit ausholende Geste und eine Erklärung ein, die er rasch unterbrach.

»Er ist den Hauptweg entlang losgegangen. Verdammt noch mal, ich habe ihn extra angewiesen, hier auf mich zu warten.«

In langen Schritten marschierte er los. Man musste schon zugeben, dass wir inzwischen alle ein bisschen empfindlich waren, was ein bestimmtes Grab anging; wie ein Mörder, der schuldbewusst daran denkt, wo die Leiche versteckt ist, wurden wir jedes Mal nervös, wenn jemand sich ihm näherte.

Die Sonne hatte ihren Zenit überschritten. Viele der Touristen waren zum Mittagessen gegangen, aber es waren noch genügend unterwegs, um uns aufzuhalten; wir mussten Grüppchen ausweichen, die um ihren Führer herumstanden, und dann waren da noch ein paar dieser nervtötenden Dreier- und Vierergruppen, die den ganzen Weg für sich beanspruchten und keinem Platz machten. Als wir schließlich das Grab – *das* Grab – erreichten, blieb Feisal abrupt stehen. Staub wirbelte unter seinen Schuhen hervor.

Auf der Schutzmauer vor dem Eingang saß eine niedliche kleine Frau, die ein hübsch geknotetes Kopftuch trug und einen langen Rock, der sich in einem gelben Kreis um sie ausbreitete. Sie schaute nach unten und schien mit jemandem zu plaudern, der sich außerhalb unseres Blickfeldes auf den Stufen befand.

Feisal stieß einen Ruf aus. Die Frau sah zu uns herüber, zeigte ihre strahlend weißen Zähne und sprang auf. »Da bist du ja endlich«, rief sie und eilte auf ihn zu. »Saleh, er ist da.«

Feisal streckte eine Hand aus, um sie abzuwehren. Ungerührt und immer noch strahlend umarmte Saida ersatzweise eben mich. Über ihren Kopf hinweg sah ich einen Mann die Treppe hoch- und auf uns zukommen. Er schien es nicht sonderlich eilig zu haben.

»Was zum Teufel tun Sie da?«, rief Feisal. »Ich habe Ihnen gesagt, niemand darf in diese Grabkammer.«

Mr Salehs auffälligstes Merkmal war ein wundervoller schwarzer Bart, den er nervös glatt strich. Er begrüßte seinen Vorgesetzten mit einem schleimigen Lächeln und schaute Saida fragend an.

Damenhaft eilte sie ihm zur Seite. »Er hat nur die Treppe inspiziert, Feisal. Ich habe ihn gebeten ...«

»Was gibt es da zu inspizieren? Es ist eine Treppe!« Feisal senkte seine Stimme einige Dezibel. »Du hast ihn hergebeten, nicht wahr? Und gelächelt und mit den Wimpern geklimpert. Und ...«

Ihre braun schmelzenden Augen verhärteten sich wie Karamell. »Wag es nicht, so mit mir zu sprechen!«

Ich löste mich aus Saidas freundlicher Umarmung und nahm Feisals Arm. »Immer mit der Ruhe«, murmelte ich.

»Was?« Er starrte mich an, riss sich dann aber doch zusammen. »Oh. Ja. Tut mir leid, Saida.«

Saida, die mittlerweile von Schmidt umarmt wurde, sagte fröhlich: »Ich vergebe dir.«

»Und was dich angeht, Saleh«, begann Feisal.

»Ich habe nur ...«

»Egal. Weswegen wolltest du mich sprechen?«

»Das kann warten. Kein Problem. Wann immer Sie Zeit dafür haben, Herr Chefinspektor.«

Er entfernte sich, Schritt für Schritt, während er sprach. Feisal nickte abgehackt. »Dann unterhalten wir uns später.«

»Selbstverständlich, Sir. Ganz wie Sie möchten.« Er machte sich eilig davon, aber ich erhaschte noch einen Blick auf sein Gesicht, bevor er sich umwandte, und verstand, wie Feisal auf das Messer im Rücken gekommen war.

»Ooooh«, säuselte Saida. »Ich liebe es, wenn du den Chef spielst.«

»Lass das, Saida«, knurrte Feisal. »Was machst du hier?«

»Hier in Luxor oder hier im Tal?« Sie betrachtete sein gerötetes Gesicht und schlug einen nüchterneren Ton an. »Ich darf doch wohl reisen, wohin ich möchte? Ich habe heute Morgen versucht, dich zu erreichen, aber du bist nicht ans Telefon gegangen. Dann habe ich bei dir im Büro angerufen, und sie haben mir gesagt, du würdest am Nachmittag ins Tal fahren. Als ich kam, wartete Saleh im Wachhäuschen. Er hat mich netterweise begleitet.«

Sie unterbrach sich und sah ihn forschend an, als wollte sie ihn herausfordern, ihr zu antworten. Ihre Augen waren schmelzend, und ihre Lider flatterten, und der arme, komplett verwirrte Feisal versuchte verzweifelt, sich zu überlegen, wie er das Thema wechseln könnte, aber ich, die immun war gegen den schmelzenden Blick und so weiter, realisierte bereits, was uns bevorstand. Sie gehörte nicht zu der Art von Frauen, die ihn vom Haken lassen oder aufhören würde nachzubohren, wenn sie vermutete, dass etwas Wichtiges dicht unter der Oberfläche zu finden wäre.

»Nun gut, Saida«, sagte ich. »Hören wir auf mit den Spielchen. Worauf bist du aus?«

Sie antwortete augenblicklich, ihre Augen funkelten, und ihre Hände wirbelten durch die Luft. »Ehrlichkeit! Offenheit! Das Vertrauen des Mannes, der sagt, dass er mich liebt! Du beleidigst meine Intelligenz, Feisal. Glaubst du, ich wäre zu dumm, zwei und zwei zusammenzuzählen? Tagelang bist du besorgt und verängstigt ...«

Gekränkt unterbrach Feisal sie und protestierte lautstark: »Was soll das heißen: ›verängstigt‹?«

Saida wischte seine Frage mit einer ausholenden Bewegung zur Seite. »Deine Freunde, deine berühmten Freude, die dir geholfen haben, Tetischeri zu bewahren, tauchen plötzlich auf. Sie sprechen mit Ashraf, der nicht dafür bekannt ist, Zeit mit Höflichkeiten zu vergeuden. Sie besuchen das Museum, und eine von ihnen, eine Dame, die nicht dafür bekannt ist, besonders empfindlich zu sein, hat plötzlich etwas gegen Mumien. Da denke ich mir doch schon meinen Teil … Und dann noch Ali, der arme Ali, der keinen Feind auf der ganzen Welt hatte – er verschwindet und wird tot aufgefunden. Ich beginne, Fragen zu stellen. Es ist nicht schwer, Antworten zu erhalten, wenn man weiß, welche Fragen man stellen muss. Ali war nicht der Einzige, der den auffälligen, großen Lieferwagen vor dem Grab hat stehen sehen. Die anderen dachten sich nichts dabei, denn niemand sagte ihnen, dass sie das hätten tun sollen! Sie glaubten, es handelte sich um einen offiziellen Besuch. Aber das war es nicht, nicht wahr, Feisal, denn wenn das der Fall gewesen wäre, hättest du mir davon erzählt. Mir, vor allen anderen. Mir, die seit Jahren Ashraf anfleht, sich besser zu kümmern um …«

Feisal hielt ihr mit der Hand den Mund zu. Über seinen Fingern weiteten sich ihre Augen, bis das Weiße ganz und gar um ihre dunklen Pupillen herum zu sehen war. Sie stieß seine Hand weg.

»Oh nein«, flüsterte sie. »Sag es mir. Schone mich nicht. Ist er … Haben sie …«

Schmidts resignierter Ausdruck spiegelte meine eigenen Gedanken. Es abzustreiten wäre vergebens gewesen. Sie würde darauf bestehen, selbst nachzusehen, und ihr das zu verweigern würde sie in ihrem Verdacht nur bestärken.

Feisals Schweigen hatte denselben Effekt. Er stand da wie die fleischgewordene Schuld, die Schultern heruntergesackt, mit hängendem Kopf. Er fürchtete nicht den Spott, sondern vor allem den Verlust seiner Liebsten.

»Sie haben ihn«, sagte er. »Sie fordern ein Lösegeld.«

Männer glauben, sie wären Herr im Haus, aber manche Frauen

wissen es besser. Saida stieß erleichtert den Atem aus. Sie hatte das Schlimmste befürchtet – die Zerstörung oder Beschädigung der Mumie. »Nun denn«, sagte sie entschlossen, »dann müssen wir ihn zurückholen. Wenn es uns gelingt, ist Feisal ein Held, und Ashraf wird dastehen wie ein verdammter Idiot!«

Es war ein ganz schön ambitioniertes Vorhaben, und ich sah Probleme auf uns zukommen, falls Saida mit von der Partie wäre. Ich versuchte darauf hinzuweisen, aber niemand beachtete mich, denn das Liebespaar hatte sich in eine leidenschaftliche Umarmung gestürzt, und Schmidt beobachtete die beiden voll romantischen Vergnügens. Als sie endlich voneinander gelassen hatten, sagte Schmidt: »Gehen wir irgendwo nett Mittag essen, ja?«

»Wir müssen reden, Schmidt«, sagte ich.

»Reden und essen schließen sich nicht aus. Genau genommen«, sagte Schmidt, »kann ich sogar besser denken, wenn ich esse.«

Wir fanden ein Restaurant an der Straße gegenüber einer der großen Tempelanlagen – Medinet Habu, glaube ich –, dessen Betreiber Feisal mit Namen begrüßte und versprach, alles aufzufahren, was wir wünschten, solange es aus Hühnchen oder Reis bestünde. Wir zogen uns mit allerlei Getränken an einen der langen Tische zurück, während er sich in die Küche begab. Wachsame Katzen strichen um unsere Knöchel. Es war kühl und schattig und ein wenig schäbig, aber der Ausblick war fantastisch: die großen Säulen des Tempels standen blassgolden vor dem leuchtend blauen Himmel.

»Jetzt«, sagte Saida, »erzählt mir alles.«

Schmidt übernahm diese Aufgabe bereitwillig, dann und wann unterbrach er sich allerdings, um den Katzen zu erklären, sie sollten geduldig sein, es würde Hühnchen geben. Saida hörte aufmerksam zu, den Kopf zur Seite geneigt und die Ellenbogen auf den Tisch gestützt. Als Schmidt fertig war, fragte sie: »Ihr habt also nicht die geringste Ahnung, wo er sein könnte?«

Ich dachte, sie meinte Tutanchamun, bis sie ihre großen braunen Augen mir zuwandte. »Glaubst du, er hat dich betrogen?«

Als Erstes empfand ich Zorn. Bisher war niemand so unhöflich gewesen anzudeuten, dass John mich betrogen haben könnte, dass seine Unschuldsbeteuerungen gelogen gewesen sein könnten, dass er hinter der ganzen Sache stecken könnte. Und ich hatte von mir aus natürlich auch nicht darüber sprechen wollen. Ich hielt ihrem freundlichen, aber ausdauernden Blick stand, und mir wurde klar, dass die Zeit gekommen war, sich dem Thema zu stellen.

»Auf jeden Fall hat er mir eine Menge Lügen erzählt«, sagte ich.

»Bist du sicher?«, fragte Schmidt besorgt.

»Oh ja.« Die Händlerin in Berlin, die keine Händlerin war, der sogenannte Monsignore, der wahrscheinlich gar nichts mit dem Vatikan zu tun hatte ...

»Aber das beweist nicht, dass er sie gestohlen ...«, begann Schmidt.

»Pst«, zischten wir alle.

Er fuhr fort: »... ihn gestohlen hätte. Er – John – könnte einem Hinweis auf der Spur sein.«

»Ohne es uns mitzuteilen?«, wandte Feisal ein. Er sah aus, als wäre auch er erleichtert, endlich über diese Angelegenheit sprechen zu können, die ihm auf der Seele gelegen hatte.

»Offenheit ist keine seiner hervorstechenden Charaktereigenschaften«, sagte ich.

»Er würde uns nicht in Gefahr bringen wollen«, erklärte Schmidt. »Vor allem nicht Vicky.«

»Du bist so ein elender Romantiker, Schmidt«, knurrte Feisal.

»Sei doch einmal ehrlich. Er war immer der Hauptverdächtige. Er verfügt über die nötigen Verbindungen und eine ausreichend kranke Fantasie. Wenn ich ihm keine Entschuldigung geliefert hätte, nach Luxor zu kommen, hätte er sich eine einfallen lassen, um für die Schlussverhandlungen vor Ort zu sein.«

In seiner Stimme lagen Schmerz und Wut zugleich. Es tut weh zu glauben, man wäre von jemandem betrogen worden, dem man vertraut hat.

Nur Schmidt, der elende Romantiker, verteidigte John. »Ich werde das nicht glauben, bis er es zugibt.« Er dachte darüber nach, was er gesagt hatte, und setzte dann hinzu: »Und vielleicht noch nicht einmal dann.«

»Nun gut, gehen wir es noch einmal durch«, sagte Feisal müde. »Er war gestern im Tempel ...«

»Zusammen mit einer ganzen Reihe anderer dubioser Gestalten«, unterbrach ich. »Lass uns das nicht noch einmal durchkauen. Wir müssen damit aufhören zu spekulieren und zu raten und uns darauf konzentrieren, sie zu finden ... ihn. Und ich meine jetzt nicht John. Hat jemand eine gute Idee?«

Das Essen (Hühnchen und Reis) kam, zusammen mit Schüsseln voll gedünsteter Tomaten und Brot und Hummus. Unser freundlicher Gastgeber verschwand wieder, die Katzen kamen unter dem Tisch hervor, und wir starrten einander blöde an, bis Saida mit der Faust auf den Tisch schlug.

»Vicky hat recht! Nehmen wir einfach mal an, dass er immer noch in der Gegend von Luxor ist.«

»Das ist eine unbestätigte Vermutung«, sagte Feisal.

Saida warf ihm einen zornigen Blick zu. »Irgendwo müssen wir anfangen, und es ist eine logische Annahme, wenn man einmal die Schwierigkeiten in Betracht zieht, ihn anderswo hinzuschaffen. Die zweite Annahme ...«

Feisal öffnete den Mund. Saida hob ihre Stimme ein wenig und fuhr fort. »... die ebenso logisch ist, besteht darin, dass er sich noch auf der West Bank befindet. Und soll ich dir auch erklären, warum?«

»Ein verdächtiges Fahrzeug wie dieses wäre höchstwahrscheinlich auf den Straßen Luxors bemerkt worden«, sagte Feisal in gelangweiltem Ton.

»Sehr gut«, entgegnete Saida herablassend. »Wohingegen es auf dieser Seite des Flusses ausgesprochen dünn besiedelte Gegenden gibt, in denen, wenn man vorsichtig vorgeht, ein Fahrzeug von der Straße abbiegen und seine Passagiere absetzen kann; anschließend entfernt man die Tarnung. Mit anderen Worten: Es kann verschwinden.«

Wir hatten einige dieser Argumente bereits in Betracht gezogen, aber sie von dieser entschlossenen Altstimme vorgetragen zu hören war deutlich überzeugender. Feisal war allerdings noch nicht bereit, das zuzugeben. »Du hast die Suche damit auf ein paar Hundert Quadratkilometer begrenzt. Das sollte ja kein Problem darstellen.«

»Fahr zur Hölle«, entgegnete Saida freundlich. »Machen wir weiter. Es gibt zwei grundsätzliche Arten von Verstecken für ein solches Objekt – eine Höhle oder ein verlassenes Grab in den Felsen, oder ein Zimmer in irgendeiner Art von Gebäude.«

Ich dachte zurück an meinen Traum, in dem Tutanchamun auf einem Bett in einem schicken Hotel lag, die Klimaanlage voll aufgedreht.

Verrückt, natürlich, aber ...

»Sie würden ihn doch so gut wie möglich behandeln wollen, nicht wahr?«, fragte ich. »Sie würden ihn vor Staub, Insekten, Raubtieren, Steinschlägen und so weiter schützen. Und die Gefahr, dass jemand das Versteck zufällig entdeckt, wäre auch wesentlich geringer, wenn es von Mauern umgeben ist und man die Tür abschließen kann.«

»Aber Alis Leiche wurde in den Felshängen gefunden.« Feisal wollte einfach nicht aufgeben.

»Pah«, sagte Saida. »Die Verbrecher haben ihn nur von dem Ort weggeschafft, an dem er getötet wurde.« Sie sah sich um. Schmidt und die Katzen hatten das gesamte Hühnchen verdrückt. »Lasst uns gehen. Vicky, wollen wir noch auf die Toilette?«

Sie ging voran zu einem Raum im hinteren Teil des Restaurants, der, um es so freundlich wie möglich zu formulieren, nicht einmal einen einzigen Stern in einem Buch über elegante Toiletten wert gewesen wäre. Ich erspare Ihnen die Details und sage nur so viel: Mir wurde jetzt klar, warum Saida Röcke trug statt Hosen. Während wir uns die Hände an einem dreckigen Becken mit einem abgenutzten Stückchen Seife wuschen, warf sie mir von der Seite einen Blick zu und seufzte.

»Es ist nett, Männer um sich zu haben, aber den armen Kerlen mangelt es an gesundem Menschenverstand. Du hast augenblicklich die Logik meiner Argumentation erkannt.«

»Sie denken jedenfalls nicht wie wir, das stimmt.«

»Abgesehen von deinem Liebhaber?«

Sie hatte mich also für ein Gespräch unter Mädchen mitgeschleppt. Ich mochte sie sehr, aber ich war nicht in der Stimmung für Geständnisse. Noch nicht. »John denkt nicht wie irgendjemand sonst«, korrigierte ich. »Du machst dir Sorgen um ihn, oder?«

Ich nahm einige Papiertücher, die sie aus den Falten ihres Rockes gezaubert zu haben schien. Es gab ein Handtuch, das an einem Haken neben dem Waschbecken hing, aber lieber hätte ich mir die Hände am Boden abgewischt.

»Ich habe mich noch nicht entschieden«, gab ich zu.

Schmidt hatte sich schon längst in Saida verliebt, und als sie ihn darum bat, ihr seinen Notizblock und einen Stift zu leihen, wäre er auch bereit gewesen, zu ihren Füßen zu knien. Die beiden steckten die Köpfe zusammen und erstellten Listen, während wir zur Bootsanlegestelle fuhren. Nachdem wir das Westufer des Nils erreicht hatten, marschierten Feisal und Saida Arm in Arm davon, Destination unbekannt, und Schmidt und ich gingen ins Hotel.

Das Telefon klingelte genau in dem Moment, als wir die Suite betraten. Ich stürzte mich darauf; warum sollte ich mir etwas vormachen, ich hoffte immer noch darauf, dass eine wohlbekannte Stimme ihre triumphale Rückkehr ankündigte, mit Tutanchamun unter einem Arm und dem Drahtzieher unter dem anderen. Am anderen Ende war jedoch nur der Zimmerservice; sie wollten wissen, ob sie jetzt meine Wäsche bringen könnten.

Sie kamen und gingen, Schmidt stand unter der Dusche, und ich wollte es ihm gerade gleichtun, als es an der Tür klopfte. Andauernd kamen irgendwelche Hotelangestellten bei uns vorbei, sie boten kleine Dienstleistungen gegen dringend benötigte kleine Trinkgelder an, deswegen ging ich davon aus, dass es auch diesmal jemand mit einer Blumenvase oder einer Obstschale wäre. Stattdessen stand dort eine Frau, die ich noch nie gesehen hatte. Ihr eher bequemer als schön anzusehender Hosenanzug und ihre flachen Schuhe erinnerten mich an das Outfit meiner Tante Sue, wenn sie mit ihren Freundinnen Mittag essen geht. Eine Hornbrille rahmte blassblaue Augen, und bräunliches Haar mit grauen Strähnen war zu einem Knoten zusammengefasst, den eine kokette rote Schleife zierte. Sie klammerte sich an eine riesige Handtasche, die sie schützend vor sich hielt. Ich erwartete beinahe, dass sie mich darum bäte, für das Tierheim vor Ort zu spenden oder das *Ladies' Home Journal* zu abonnieren. Sie versuchte, an mir vorbeizuschauen. Da ich den Türrahmen praktisch ausfüllte und sie deutlich kleiner war als ich, gelang es ihr nicht.

»Ja?«, fragte ich, will sagen: Was wollen Sie?

Sie räusperte sich und entgegnete mit leiser, präziser Stimme: »Ich möchte gern mit Mr John Tregarth sprechen.«

»Tut mir leid«, sagte ich, »er ist nicht da.«

»Darf ich fragen, wann Sie ihn zurückerwarten?«

»Das weiß ich nicht. Also«, gestand ich ihr zu, »Sie können natürlich gern fragen, aber ich kann Ihnen leider keine Antwort geben.«

»Oh.«

Ich hatte das Gefühl, für diesen Tag höflich genug gewesen zu sein. Das hier war bestimmt wieder eine von Johns dubiosen Bekanntschaften. Sie sah nicht aus wie eine Gaunerin, aber den besten unter ihnen sah man es nicht an.

»Möchten Sie nicht hereinkommen?«, fragte ich, trat zur Seite und verbog meine Lippen zu einem Lächeln.

Das Lächeln war vielleicht der Fehler, vermutlich zeigte es zu viele Zähne. Sie schüttelte jedenfalls den Kopf. Die rote Schleife hopste. »Nein danke. Ich … ich komme noch einmal wieder.«

»Wer zum … wer sind Sie?« Mein Tonfall und der feindselige Blick versetzten sie in Panik. Sie tat einen Satz von mir weg und hob ihre Handtasche wie einen Schild. Ihre Augen, vergrößert durch die dicken Brillengläser, waren beunruhigend weit aufgerissen. Ich fürchtete schon, dass sie gleich schreien und ich kurz darauf verhaftet würde, weil ich dieser harmlosen alten Dame, die mindestens doppelt so alt war wie ich, Angst eingejagt hatte, also versuchte ich es mit einer modifizierten Version des Lächelns und fragte: »Ich meine … Kann ich Ihnen helfen?«

»Nein. Nein, danke. Es ist eine Privatangelegenheit. Aber sehr wichtig. Ich habe bereits eine Nachricht hinterlassen.«

»Oh, sind Sie …« Ich konnte mich nicht an den Namen erinnern.

»Wären Sie wohl so nett, ihn zu bitten, mich im Mercure anzurufen? Danke. Es tut mir leid, dass ich Sie gestört habe. Aber es ist sehr wichtig.«

Ich hatte gelogen, als ich Saida gegenüber so getan hatte, als würde ich mir keine Sorgen um John machen. Ich war besorgt und wütend und frustriert, und hier war eine mögliche Spur zu seinen Motiven, wenn schon nicht zu seinem gegenwärtigen Aufenthaltsort. Ich war fast schon bereit, sie mir zu schnappen und in mein Zimmer zu zerren und zu riskieren, dass sie schrie, als der stämmige Umriss Mahmuds, zu dessen Dienstbereich unsere Suite gehörte, um die Ecke bog. Er trug eine Vase mit einer rosa Rose darin.

»Verdammt noch mal«, sagte ich laut.

Ms Wasweißich stieß ein damenhaftes Quieken aus und lief davon. Mahmud strahlte mich an, verbeugte sich und hielt mir die Vase hin. Ich winkte ihn herein. »Stellen Sie sie auf den Tisch.«

Unsere Suite befand sich am Ende eines langen Flures. Die unbekannte Person war immer noch zu sehen. Sie eilte so schnell sie konnte in Richtung der Fahrstühle. Gar nicht schlecht, dass Mahmud aufgetaucht war, dachte ich. So hatte ich Zeit gehabt, meinen ursprünglichen Plan zu modifizieren.

Auf der anderen Seite des Flures, mir direkt gegenüber, begannen zwei lange Treppen, die bis ins Mezzanin zur Lobby des New Winter Palace führten, wo er mit dem älteren benachbarten Bau verbunden war. Ich rannte darauf zu und ließ dabei hinter mir die Zimmertür offen stehen. Wenn ich schnell genug war und der Fahrstuhl langsam genug, wie es meist der Fall war, würde ich die Lobby des Old Winter Palace erreichen, bevor meine Besucherin verschwand.

Ich rannte die Treppe in halsbrecherischer Geschwindigkeit herunter, klammerte mich an das Geländer, um nicht zu stürzen, sauste dann durch den Flur, der in den Altbau führte, und die Treppe hinunter in die Lobby.

Bei meinem ersten schnellen Blick durch die Lobby konnte ich sie nicht entdecken. Ein zweiter, gründlicher Blick brachte ebenfalls nichts. Ich rannte nicht, ging aber so schnell ich konnte zum Eingang. Von der Terrasse aus hatte ich einen guten Ausblick auf die Straße einen Stock tiefer. Eine kleine Frau in einem grauen Hosenanzug glänzte durch Abwesenheit.

»Verdammt noch mal«, sagte ich.

Die Verfolgung fortzusetzen wäre vermutlich Zeitverschwendung gewesen, und nachdem ich mich beruhigt hatte, wurde mir klar, dass ich sie überhaupt nicht hätte verfolgen müssen. Immerhin hatte ich ihren Namen und ihre gegenwärtige Adresse – vorausgesetzt, dass ich die ursprüngliche Nachricht finden konnte. Ich hatte keine Ahnung, was daraus geworden war. Ich hätte nett zu ihr sein sollen, statt sie in die Flucht zu schlagen.

Als ich aus dem Fahrstuhl trat, sah ich Schmidt in der offenen Tür zur Suite stehen, er schwang von einer Seite zur anderen wie ein Pendel. Er sah mich und stieß einen lauten Schrei aus.

»Wo warst du? Wie konntest du mir einen solchen Schreck einjagen? Tu das nie wieder. Herrgott, du solltest es doch besser wissen! Einfach die Tür zu öffnen, wenn ich nicht da bin, um dich zu verteidigen, also nein!« Ich entschuldigte mich und erklärte ihm alles. Schmidt kniff die Augen zusammen.

»Vicky, du klammerst dich an Strohhalme. Diese Frau, wer immer sie sein mag, kann nichts mit der Tutanchamun-Affäre zu tun haben, sonst hätte sie nicht ihren Namen und ihre Adresse hinterlassen. Jetzt komm und zieh dich um. Feisal hat gerade angerufen, Saida und er leisten uns beim Abendessen Gesellschaft.«

Als ich sauber, frisch eingekleidet und einigermaßen wieder bei Verstand aus meinem Schlafzimmer trat, saßen Saida und Feisal mit Schmidt auf dem Balkon und sahen sich den Sonnenuntergang an. Saida erklärte uns, was wir als Nächstes zu tun hatten.

»Wir beginnen morgen bei Tagesanbruch«, verkündete sie und wedelte mit einem Blatt Papier. »Ich habe eine Liste der Orte erstellt, die zu durchsuchen sind.«

Ich nahm ihr die Liste ab. Die Seite war vollständig beschrieben. »Wir und welche Armee?«, fragte ich. »Wir können doch nicht einfach in die Zentrale anerkannter Vereinigungen wie des Deutschen Institutes marschieren, oder ...«

»Wer sagt, dass wir hineinmarschieren wollen? Wir kommen zu Besuch, als Kollegen.«

Ich sah hinüber zu Feisal, doch der wich meinem Blick aus. Ich konnte also nicht auf seine Hilfe zählen und auch nicht auf Schmidt, der in seinem Sessel auf und ab wippte, freudig erregt über die Aussicht aktiver Detektivarbeit. Ich versuchte gerade, mich zu entscheiden, ob ich das Eiswasser gesunden Menschenverstandes über dem Plan ausgießen sollte oder ihnen die Freude lassen würde, als es an der Tür klopfte.

»Rettender Besuch«, sagte ich und ging aufmachen.

Es war ein Hotelangestellter, der eine Plastiktüte mit dem Logo eines der teuren Läden aus den nahen Arkaden trug. »Für Sie, die Dame«, sagte er und streckte mir die Tüte hin.

Schmidt war an meine Seite geeilt, die rechte Hand bereits in der Tasche. Sichtlich enttäuscht, dass ein harmloser Bote vor uns stand statt eines messerschwingenden Attentäters, zog er die Hand wieder heraus. Anstelle einer Waffe hielt er ein Bündel Banknoten darin.

»Moment mal«, sagte ich. »Das kann nicht meine sein. Ich habe nichts bei Benetton gekauft.«

»Sie haben es bestellt«, widersprach der Mann. »Es wurde gerade an die Rezeption geliefert.«

Schmidt nahm die Tüte und gab dem Mann ein Bakschisch.

»Vielleicht ist es ein Geschenk für dich«, sagte er und schloss die Tür. »Mal sehen, ob ein Brief dabeiliegt.«

In der Tüte befand sich unter einer Lage dünnen Papiers eine Holzschachtel mit Perlmutteinlage. Schachteln wie diese kann man in jedem Laden im Souk kaufen.

»Oh mein Gott«, sagte ich.

Mein Aufschrei lockte Saida und Feisal vom Balkon herein. Wir standen um den Tisch herum und starrten das Kistchen an. Ich konnte mich nicht dazu überwinden, es zu berühren.

»Es ist sehr hübsch«, sagte Saida höflich. Sie griff danach. Feisal stieß ihre Hand beiseite. Sein Gesicht hatte einen hässlichen Grauton angenommen.

»Lass es mich aufmachen«, sagte er eisern.

Sie hatte die andere Schachtel nicht gesehen, aber seine Reaktion und der starre Blick von Schmidt und mir reichten aus, um ihre Erinnerung in Gang zu setzen. Sie trat einen Schritt zurück und hob die Hände vor den Mund. »Oh nein«, flüsterte sie. »Nicht noch eine …«

Der Verschluss klemmte. Feisal drückte ihn auf und zog eine Lage Baumwolle heraus.

Es war eine Hand, aber nicht die Hand einer Mumie. So wie es aussah, hatte der Körper, zu dem sie gehört hatte, erst innerhalb der letzten vierundzwanzig Stunden zu leben aufgehört.

12

Saida schaffte es gerade noch rechtzeitig ins Bad. Ich selbst hatte ebenfalls Schwierigkeiten zu schlucken, folgte ihr daher und saß auf dem Badewannenrand, bis sie fertig war.

»Tut mir leid«, keuchte sie, als sie ihr blasses Gesicht wieder hob.

»Schon gut.« Ich reichte ihr ein Glas Wasser und ein paar Papiertücher. »Du hast kein Problem mit Mumien; ich schon. Aber ich vermute, ich bin an frische Leichen eher gewöhnt als du.«

Sie erhob sich mühsam und nahm das Glas. »Vicky. War es … Es war nicht seine?«

»Nein.« Ich hatte nicht gedacht, dass es seine wäre, nicht einen Augenblick lang; ich kannte diese langen, elegant geformten Hände zu gut. Die Vorstellung, dass es seine hätten sein können, brachte meine Magensäfte dennoch zum Kochen. Ich fuhr bewusst sachlich fort: »Es war eine Frauenhand. Klein, bräunliche Haut, Spuren von Henna an den Nägeln und auf der Haut.«

»Es geht mir jetzt wieder besser.« Sie drückte ihre schmalen Schultern durch. »Wir müssen sie uns noch einmal ansehen und versuchen herauszubekommen, wem sie gehört.«

Ich hatte eine ziemlich genaue Vorstellung davon, wem sie gehörte.

Feisal hatte sich von unserem Geschenk abgewandt und sich eine Zigarette angezündet. Schmidt starrte immer noch in die Schachtel. »Es ist eine Frauenhand«, sagte er.

»Die einer ägyptischen Frau.«

Ich gesellte mich zu ihm und zwang mich, einen weiteren Blick zu riskieren. »Sie war bereits tot, als sie die Hand amputierten. Da ist nur wenig Blut.«

Saida gab einen langen, zittrigen Seufzer von sich. Feisal legte ihr einen Arm um die Schultern. »Die Frau, die Ashraf letzte Nacht getroffen hat«, sagte er und stieß eine lange Rauchfahne aus.

»Eine plausible Vermutung.« Jetzt tat es mir leid, dass ich aufgehört hatte zu rauchen. Dann fiel mir ein, dass ich ja noch eine alternative schlechte Angewohnheit hatte. Ich ging zur Minibar und griff mir nach dem Zufallsprinzip zwei kleine Fläschchen. Mittlerweile war mir egal, was ich trank, solange Alkohol drin war.

Schmidt nahm das Glas, das ich ihm reichte. »Vielen Dank, Vicky. Ist mit dir alles in Ordnung?«

»So in Ordnung, wie es eben unter diesen Umständen sein kann.« Scotch platschte in meine deutlich verunsicherten Eingeweide, die sich darüber freuten. »Was machen wir … damit?«

»Wir verständigen natürlich die Polizei«, sagte Feisal.

Schmidt setzte vorsichtig den Deckel auf die Schachtel. »Nicht natürlich, mein Freund. Nicht, bevor wir darüber nachgedacht haben. Es gibt ein Begleitschreiben.«

Der Zettel, den er in der Hand hielt, musste unter diesem schrecklichen Ding gelegen haben. Jedenfalls lag er sicher nicht oben in der Kiste. Erstaunlich, Schmidt hatte wirklich mehr Mumm als wir anderen. Die buschigen Augenbrauen hochgezogen, streckte er das Blatt Papier von sich. Als niemand es nahm, las er laut vor.

»›Sie sind verantwortlich für ihren Tod. Der Preis beträgt nun vier Millionen. Ihnen bleiben drei Tage.‹ Und, Feisal? Willst du das wirklich der Polizei zeigen? Selbst wenn wir ihnen diese Notiz nicht geben, werden sie wissen wollen, warum wir die Schachtel geschickt bekommen haben.«

Feisal fuhr sich mit der Hand durchs Haar. »Und was schlägst du vor?«

»Ashraf«, sagte ich.

Zuerst passte Feisal die Vorstellung gar nicht, seinen Chef anzurufen. »Der macht die Sache nur noch schlimmer. Das alles wäre nicht passiert, wenn er nicht versucht hätte, besonders clever zu sein.«

»Genau«, sagte ich. »Es ist sein Schlamassel, und ich bin dafür, dass wir es ihm unter die Nase reiben.«

»Ich auch«, sagte Saida. »Schmidt? Ja. Du bist überstimmt, Feisal.«

* * *

Ashraf meldete sich nach dem ersten Klingeln. Feisal hielt sich bedeckt, trat aber bestimmt auf. »Nein, ich kann dir nicht sagen, worin das Problem besteht, aber es ist schlimm. Komm einfach her, so bald wie möglich.«

Dann warteten wir. Er kam schneller, als ich erwartet hatte. Er musste sich ganz schön Sorgen machen, dass er so zügig reagierte, aber wie ich ihn kannte, hätte Ashraf das natürlich nie zugegeben.

»Ich musste ohnehin zu einem Termin«, erklärte er steif. Er war erlesen gekleidet, ein Taschentuch mit Monogramm ragte aus seiner Brusttasche, auf der sich das Abzeichen eines Kairoer Sportklubs befand. »Was ist so …«

Sein Satz endete mit einem lauten Ausatmen. Ich hatte alles

außer der Schachtel vom Tisch geräumt und mich davor positioniert. Nun trat ich mit einer einladenden Handbewegung zur Seite; und da stand sie, auffällig wie eine Werbetafel, selbst für jemanden, der die erste Lieferung nicht zu Gesicht bekommen hatte. Ich fühlte mich ein wenig schuldig, als ich sah, wie Ashraf erblasste. Aber nur ein klein wenig. Er fürchtete, es wäre ein weiteres Stückchen seiner tollen Mumie.

Ich fühlte mich noch weniger schuldig, als er mit sichtbarer Erleichterung auf die Wahrheit reagierte . »Ich dachte schon ...«, begann er, dann wandte er sich an Feisal. »Hast du diese Scharade arrangiert? Ich weiß, dass du mich nicht magst, Feisal, aber mich derart zu quälen ...«

»Es ist keine Scharade«, sagte ich wütend. »Und es ist keine gottverdammte, vertrocknete Mumie, die seit über dreitausend Jahren tot ist. Setzen Sie sich und halten Sie die Klappe, Ashraf. Gib ihm das Schreiben, Schmidt.«

Ich ließ ihm zwei Sekunden, um es zu lesen, dann sagte ich: »Das war an Sie gerichtet, Ashraf. Es war sicherer für sie, es hierher liefern zu lassen, statt direkt an Sie heranzutreten, nach dieser blöden Geschichte von gestern Nacht. Was werden Sie nun unternehmen?«

»Vier Millionen«, murmelte Ashraf und starrte auf den Zettel.

»Können Sie so viel auftreiben?« – »Nicht in drei Tagen. Nicht, ohne alles zu verkaufen, was ich besitze.«

»Dann scheint mir Ihre einzige Möglichkeit darin zu bestehen, das Ministerium zu informieren.«

Ashraf stieß einen abwehrenden Laut aus.

»Was gibt es noch für Alternativen?«, fuhr ich gnadenlos fort. »Sollen die doch entscheiden, ob sie das Geld auf den Tisch legen oder die negative Presse riskieren. Wenn ich an deren Stelle wäre, würde ich die letztere Alternative wählen. Diese Bande nimmt sonst vielleicht das Geld und gibt Ihren heiß geliebten Tutanchamun trotzdem nicht zurück. Wie Sie wissen, ist er sowieso schon beschädigt.«

Ashraf atmete tief durch. Er warf den Zettel auf den Tisch. »Es gibt noch eine Möglichkeit«, sagte er. »Wir müssen diese Gauner vor Ablaufen der Frist dingfest machen.«

»Irgendwelche Vorschläge?«, erkundige ich mich sarkastisch.

»Weitersuchen. Uns bleiben drei Tage. Ich verfüge über die Möglichkeit, polizeiliche Unterstützung anzufordern. Ich werde ihnen sagen, dass wir nach einem verschwundenen Touristen suchen, der möglicherweise entführt wurde.«

»Das ist einen Versuch wert«, sagte Feisal. »Schmidt, du hast mit dem Concierge gesprochen. Konnte er dir eine Beschreibung des Mannes geben, der das Paket brachte?«

»Nur, dass er ordentlich gekleidet war und behauptete, ein Angestellter des auf der Tüte genannten Ladengeschäftes zu sein. Die Dame hätte etwas gewünscht, was sie nicht am Lager gehabt hätten, und sie hätten versprochen, es zu besorgen und ins Hotel zu liefern. Er hatte eine Karte mit dem Namen drauf.«

»Meinem Namen«, fügte ich hilfreich hinzu.

Schmidt behielt Ashraf genau im Auge und setzte hinzu: »Wir haben darüber gesprochen, ob wir die Polizei verständigen sollten, und sind zu dem Schluss gekommen, dass es nur fair wäre, zuerst mit Ihnen zu sprechen, denn Sie sind der letzte Mensch, der sie lebendig gesehen hat.«

Ashrafs Kinn sackte nach unten. »Was wollen Sie damit andeuten?«

»Ich wiederhole nur die Tatsachen«, sagte Schmidt, »die ich aus reinem Pflichtbewusstsein auch der Polizei nicht vorenthalten würde. Sie sind der Einzige von uns, der ihnen eine Beschreibung der Frau geben kann.«

Ich musste Ashrafs Nerven bewundern. Schmidts Doppelschlag hatte ihn ganz schön mitgenommen. Aber er war nicht dumm genug, einfach alles abzustreiten. Wir gaben ihm Zeit, die Sache zu überdenken. Nach einer Weile richtete er sich auf und sah Schmidt an. »Nun gut, Herr Professor, die Polizei muss vorerst aus der Sache herausgehalten werden.«

»Das«, sagte Schmidt, »ist Ihre Meinung. Wir haben darum gebeten, diese zu hören, aber die endgültige Entscheidung liegt bei mir – bei uns, sollte ich sagen.«

Meinetwegen konnte er sie auch allein treffen. Bislang hatte er sich gut geschlagen. John hätte es auch nicht besser hinbekommen.

»Sie bestreiten also nicht«, fuhr Schmidt fort, »dass der abgetrennte Körperteil höchstwahrscheinlich zu der Frau gehört, mit der Sie sich im Karnak-Tempel getroffen haben?«

»Verhören Sie mich nicht, als wäre ich ein Verdächtiger«, sagte Ashraf aufbrausend. »Ich bestreite diese Möglichkeit nicht – es ist sogar wahrscheinlich. Aber mich trifft keine Verantwortung für ihren Tod. Ich weiß nicht, wer sie war oder wohin sie ging. Ich bin bewusstlos geschlagen worden, erinnern Sie sich? Fragen Sie besser den Mann, der mich angegriffen hat.«

»Das war nicht John«, blaffte ich.

»Was bleibt Ihnen übrig, als das zu sagen?«, bemerkte Ashraf und warf mir einen mitfühlenden Blick zu.

Ich entdeckte denselben Blick auf einigen der anderen Gesichter und verlor endgültig die Geduld. »Oh mein Gott, hat keiner von euch je von Perücken, Haarfärbemitteln, Hüten und Turbanen gehört? John weiß nun wirklich am allerbesten, wie sehr blondes Haar sogar bei gedämpftem Licht auffällt. Wenn er da war, und ich vermute, dass er es war, dann hätte er sich getarnt.«

»Ah«, sagte Schmidt, strich sich über den Schnauzer und nickte.

»Aber Sie glauben sehr wohl, dass er vor Ort war?«, griff Ashraf an. »Dann könnte er ihr Einverständnis, direkt mit mir ins Geschäft zu kommen, durchaus gehört haben – oder er wurde später von einem seiner Komplizen darüber informiert.«

»Oder er hätte es auch von einem Quija-Brett erfahren können«, sagte ich. Schmidt und ich warfen einander bedeutungsvolle Blicke zu. Wir waren auf derselben Wellenlänge, der gute alte Schmidt und ich, vielleicht weil wir die Einzigen waren, die nicht besessen waren vom Wohlergehen Tutanchamuns.

»Okay«, sagte ich. »Wir versuchen es auf Ihre Art, Ashraf. Es ist Ihre Entscheidung, ob Sie sich an das Ministerium wenden oder nicht. Aber ab sofort informieren Sie uns über alles, was Sie vorhaben, und über jeden Ihrer Gedanken. Sie haben es bei Ihrem Alleingang ganz schön vermasselt.«

»Sie werden sich wieder melden«, setzte Schmidt hinzu. »Um festzulegen, wann und wo Sie das Lösegeld übergeben sollen. Darüber werden Sie uns augenblicklich in Kenntnis setzen.«

Ashrafs ärgerlicher Ausdruck ließ erkennen, wie wenig es ihm gefiel, herumkommandiert zu werden. Aber er hatte keine andere Wahl, als sich einverstanden zu erklären. Wir waren seine letzte Hoffnung. Ich konnte ihm keinen Vorwurf daraus machen, dass er diese Vorstellung ganz offensichtlich deprimierend fand.

Als er aufstand, um zu gehen, hielt ich ihm die Schachtel hin. Er trat einen Schritt zurück, die Hände abwehrend gehoben. »Es ist Ihre«, sagte ich barsch. »Außerdem haben Sie bessere Möglichkeiten als wir, ein gutes Versteck dafür zu finden. Das Hotelpersonal kommt andauernd in die Suite.«

Er erklärte sich einverstanden, nachdem ich die Schachtel in der Tüte verstaut hatte, in der sie geliefert worden war, und trug sie mit ausgestrecktem Arm davon, so wie ich manchmal die

Überreste irgendeines glücklosen Kleintieres entsorge, das Caesar gefangen hat. Glücklicherweise ist er nicht sehr gut darin.

Es war erstaunlich, was für eine Erleichterung sich ausbreitete, als die Schachtel nicht mehr im Zimmer war; sie hatte das Klima kontaminiert wie ein Giftgas. Schmidt erwähnte den Zimmerservice, und wir anderen gaben zu, dass auch wir wohl in der Lage wären, ein paar Bissen hinunterzuwürgen. Saida zog ihre Liste wieder heraus. Bevor Schmidt und sie weitermachen konnten, fragte ich: »He, Schmidt, kann ich mir dein Handy leihen?«

»Was ist denn mit deinem?«

»Tot. Ich habe vergessen, es zu laden.« Ich bin normalerweise eine ganz geschmeidige Lügnerin, aber Schmidts unschuldig blauer Blick ließ mich unnötige Erklärungen abgeben. »Ich will nur Karl anrufen und hören, wie es Caesar geht. Ich zahle auch dafür.«

»Ach nein, das ist doch nicht nötig.« Er reichte es mir, und ich zog mich ins Schlafzimmer zurück. Wie erwartet, befand sich die Nummer in Schmidts Anrufliste ganz weit oben.

* * *

Das nächste Problem bestand darin, das Hotel ohne Schmidt zu verlassen. Ich verwarf einige Ideen, die alle nicht besonders nett waren, und ein paar ziemlich gefährliche. Schmidt betrunken zu machen, war nicht nett und hatte durchaus Nachteile. Er neigte dazu, Leute zu Duellen herauszufordern, und wenn er erst mal eingeschlafen war, war es für viele Stunden unmöglich, ihn wieder wach zu bekommen. Ich dachte darüber nach, während ich in meinem Essen herumstocherte – ich war offenbar doch nicht sonderlich hungrig –, und mir war immer noch keine gute

Lösung eingefallen, als er beiläufig sagte: »Ich gehe eine Weile weg. Bleib hier und schließ die Tür ab.«

»Wohin gehst du?«, wollte ich wissen.

Schmidt keckerte. Kein Putto auf einem Gemälde von Boucher hätte unschuldiger dreinschauen können. »Ich muss ein paar Sachen besorgen.«

»Was denn?«

»Eine *Galabija* und einen Schal. Falls ich mich tarnen muss.«

Die Erklärung war durchaus plausibel, wenn man Schmidt kennt, so wie ich ihn kenne, und fügte sich perfekt in meine Pläne. »Und«, fuhr Schmidt fort, »ich werde auch eine für dich kaufen. Die Läden in den Arkaden sind noch geöffnet. Ich werde auch nicht lange brauchen. Feisal und Saida kommen mit mir.«

Wenn ich nicht so erpicht darauf gewesen wäre, meinen eigenen Plan zu verfolgen, hätte ich vielleicht bemerkt, dass er unnötig viel erklärte, genau wie ich es eben getan hatte. Saida sagte, sie sei so weit, und schon waren sie weg.

Ich hatte ihr gesagt, ich würde sie zurückrufen. Sie wartete darauf.

Im Gegensatz zu anderen Heldinnen gehöre ich nicht zu den Damen, die durch dunkle Straßen fremder Städte schleichen, um sich mit Personen zu treffen, deren Motive zumindest fragwürdig sind. Die Lobby des Old Winter Palace ist ausgesprochen geräumig, und überall stehen kleine Grüppchen Sessel und Sofas. Ich entschied mich für eine Sitzgruppe, die möglichst weit weg von der Tür und den Fahrstühlen gelegen war, setzte mich und hielt mir ein Buch vors Gesicht, über das ich gelegentlich hinweglinste. Es dauerte nicht lange. Ich erkannte sie, sobald sie zur Tür hereinkam, obwohl sie mittlerweile kastanienbraune Locken trug und geschminkt war wie eine Hollywood-Berühmtheit. Lippenstift vergrößerte ihre schmalen Lippen, und sie hatte so viel Mascara und Eyeliner aufgetragen, dass es aussah, als hätte ihr jemand zwei Veilchen verpasst.

Der Wachmann an der Sicherheitskontrolle schaute nur angelegentlich in ihre elegante Handtasche und winkte sie dann durch. Mittlerweile hatte sie mich entdeckt und kam direkt auf mich zu.

»Ein reizendes altes Hotel, nicht wahr?«, sagte sie.

»Wir haben keine Zeit für Small Talk, Suzi. Schmidt ist unterwegs und wird bald zurückkehren.«

Ihre Lippen formten eine Art Lächeln. »In Ordnung. Was wollen Sie?«

»Ich will wissen, was Sie wissen. Ich weiß, dass Leute wie Sie Offenheit hassen, aber Ihnen muss doch mittlerweile auch klar sein, dass wir dasselbe Ziel verfolgen.«

»Ich bin nicht sicher, worin Ihr Ziel besteht.«

»Okay, ich werde Ihnen sagen, was ich will: dass die verdammte Mumie wieder auftaucht und die Verbrecher im Kittchen landen, bevor sie noch mehr Schaden anrichten können.«

»Das klingt vernünftig«, murmelte Suzi.

»Jetzt sind Sie dran.« Sie zog einen kleinen Spiegel aus ihrer Handtasche und tat so, als müsste sie ihr Make-up überprüfen. »Ich möchte, dass weder Ihnen noch Anton etwas zustößt. Ich mag ihn sehr, müssen Sie wissen.«

Mir fielen mehrere sarkastische Entgegnungen darauf ein, aber ich hielt mich stur ans Thema. »Was wollen Sie am meisten? Und jetzt erzählen Sie mir nicht, Ihre Prioritäten wären mit meinen identisch.«

»Ganz offen gesprochen«, sagte Suzi und neigte den Spiegel ein wenig, »ist mir die Mumie vollkommen gleichgültig. Meinetwegen können sie das Ding in Stücke kloppen. Die Leute, die diese

Sache durchgezogen haben, sind käufliche, kleine Ganoven. Auch die sind mir egal. Ich will den Anführer.«

»John? Warum? Vergeben Sie mir meine Offenheit, aber Sie scheinen ziemlich besessen von ihm zu sein.«

Sie legte den Spiegel hin und sah mir direkt in die Augen. »Ich habe ihn auf dem Kreuzfahrtschiff entdeckt, aber ich konnte nicht ganz sicher sein, dass ich richtiglag, bis ich sein Dossier durchging und einige weitere Hinweise überprüfte. Die Gesetze der einzelnen Länder unterscheiden sich, ebenso die Verjährungszeiträume. Mir wurde klar, dass es ziemlich schwierig würde, ihm seine vergangenen Schandtaten anzuhängen. Aber ich glaube nicht, dass ein Leopard seine Flecken verändert. Ich war sicher, früher oder später würde er so etwas wieder durchziehen, und dann würde ich ihn mir schnappen.«

Man soll niemals Leuten trauen, die einem direkt in die Augen blicken. Ich fragte noch einmal. »Warum? Warum er? Sie müssen doch auch andere Fälle bearbeiten.«

»Ich werde ganz ehrlich zu Ihnen sein, Vicky.« Ein kleines, selbstironisches Lächeln gesellte sich zu dem bemüht offenen Blick. »Er ist eine Art Legende in unserer Branche geworden, nicht nur, weil er so viele unredliche Geschäfte abgewickelt hat, sondern auch aufgrund deren bizarrer Natur. Ihn zu schnappen wäre wie… wie Jack the Ripper zu identifizieren. Kommen Sie, Vicky, Sie wissen ganz genau, dass er Anton und uns die ganze Zeit über belogen hat. Er hat Sie benutzt, er hat Ihr Vertrauen ausgenutzt.«

»Er hat mir sicher eine Menge Lügen aufgetischt.«

»Und ärgert Sie das nicht?«

»Oh, das ärgert mich allerdings«, sagte ich ganz ehrlich.

»Dann arbeiten Sie mit mir zusammen. Wenn er unschuldig ist, meinetwegen; dann habe ich unrecht und werde es zugeben.

Wenn nicht, dann sollten Sie genauso erpicht darauf sein, ihn dingfest zu machen, wie ich es bin. Es ist ja nicht so, als würden Sie ihn damit dem Henker überstellen, er würde nur ein paar wohlverdiente Jahre im Gefängnis verbringen.«

»Nun …«

»Ich weiß, wo er steckt.«

Ich lehnte mich zurück und schlug meine Beine übereinander. »Das habe ich mir gedacht. Sie sind ihm gestern Abend gefolgt, nicht wahr?«

»Ja. Lauter Leute, die anderen Leuten folgten. Die meisten hielten sich an Ihren Freund Feisal, der um sein Leben schrie, aber ich blieb bei Smythe – oder Tregarth, wenn Sie wollen –, der hinter der Frau her war, mit der Khifaya sich getroffen hatte. Ich musste über eine verdammte Mauer klettern, das dauerte eine Weile. Ich fürchtete schon, ihn verloren zu haben, aber schließlich entdeckte ich ihn, gerade als er sie einholte, vor einem Haus hinter dem Tempel. Sie sprachen etwa eine Minute miteinander, vielleicht weniger. Dann drehte sie sich von ihm weg und lief davon. Das lenkte mich ab. Das hätte es nicht tun dürfen, aber so war es nun einmal, ein oder zwei entscheidende Sekunden. Als ich zurückschaute, war er verschwunden. Er musste in das Haus gegangen sein. Seitdem ist er nicht wieder herausgekommen.«

Das war nicht die Geschichte, die sie Schmidt erzählt hatte. Sie musste zu dem Schluss gekommen sein, dass sie ihm nicht wirklich trauen konnte, aber sie hielt ihn sich weiter warm, falls er doch noch nützlich würde.

»Warum sind Sie ihm nicht in das Haus gefolgt?«, fragte ich.

Ihre Lippen zuckten. »Unglücklicherweise sind wir an die Gesetze der Länder gebunden, in denen wir agieren. Das Haus gehört einem wohlsituierten Ägypter von untadeligem Ruf, der es manchmal kurzzeitig vermietet. Um einen Durchsuchungsbefehl zu erhalten, müsste ich mich an die Polizei wenden. Aus offensichtlichen Gründen möchte ich nicht …«

»Ups«, sagte ich. »Ducken Sie sich. Da kommt Schmidt.«

Suzi rutschte in ihrem Sessel herunter, bis nur noch ihr Haar über die Lehne hinweg zu sehen war. Ich linste hinter meinem Buch hervor. Schmidt schaute nicht einmal in unsere Richtung. Abgesehen von mehreren Päckchen hatte er auch einen auffällig verzierten Stock mit irgendwelchen Perlenschnüren dran gekauft, den er jetzt fröhlich schwang, während er am Fahrstuhl vorbei in den Flur hineinging.

»Die Luft ist rein«, sagte ich. »Er ist zur Bar gegangen. Aber wir beeilen uns besser. Was soll ich tun?«

»Bringen Sie ihn dazu, aus dem Haus zu kommen. Ich lasse es beobachten. Vielleicht hat er meine Leute entdeckt. Ich werde sie zurückziehen. Das sollte als Beweis meines guten Willens ausreichen.«

Das und das Kreuz, auf das du schwörst, dachte ich.

»Sagen Sie mir, wo das Haus sich befindet.«

Die Beschreibung, die sie mir gab, war ausreichend detailliert. Ich nickte. »Ich denke, das kann ich finden. Ich werde es mir erst mal von außen ansehen.«

»Wann?«

»Morgen. Bei Tageslicht.«

»Und dann?« Die Fragen kamen schnell und direkt, wie Peitschenhiebe. Sie war so gierig, dass sie ganz vergaß zu versuchen, mich zu überreden.

»Wenn alles gut geht, versuche ich es morgen Abend. Vor Einbruch der Dunkelheit. Ich rufe Sie an. Und jetzt gehen Sie.«

»Sie werden nicht in Gefahr sein, Vicky. Das verspreche ich Ihnen.«

Irgendwie kam es mir vor, als hätte ich das schon öfter gehört.

Wir hatten es kurz gemacht. Ich wartete auf den Fahrstuhl, als Schmidt aus der Bar auftauchte; er tupfte sich seinen Schnauzer mit einem Taschentuch trocken. Als er mich sah, begann er schneller zu laufen und gleichzeitig Beschwerden vorzubringen. Was trieb ich in der Lobby? Warum hatte ich mich nicht an seine Anweisungen gehalten?

»Ich habe mir Sorgen um dich gemacht«, erklärte ich. »Du warst so lange weg. Wo sind Feisal und Saida? Du hast versprochen, bei ihnen zu bleiben. Warst du die ganze Zeit in der Bar? Hast du dich betrunken, während ich mir Sorgen machte?«

»Feisal und Saida haben mich zurück zum Hotel begleitet – als wäre ich ein kleiner Junge«, setzte Schmidt empört hinzu. »Dann sind sie allein weitergezogen. Ich habe in der Bar nur ein einziges Gläschen Bier getrunken. Es ist ein geschichtsträchtiger Ort, an dem sich Howard Carter oft aufhielt, als er mit den Ausgrabungen von Tutanchamuns Ruhestätte beschäftigt war. Möchtest du …«

»Nein danke. Ich fange an, Howard Carter zu hassen. Wenn er Tutanchamun nicht ausgegraben hätte, dann würden wir nicht in dieser Misere stecken.«

»Und wie geht es Caesar?« Er folgte mir in den Fahrstuhl.

»Wem? Oh.« Ich hatte ganz vergessen, dass ich mich ja angeblich nach meinem Hund erkundigt hatte. »Prima. Wo hast du den Fliegenwedel her?«

»Das ist kein Fliegenwedel, sondern eines der königlichen Zepter«, erklärte Schmidt. Er ließ die Perlenschnüre durch die Luft sausen.

»Sehr hübsch. Was hast du noch gekauft?«

Es dauerte eine Weile, bis er alle seine Neuerwerbungen präsentiert hatte. Schmidt hatte eine Schwäche für Glitzerkram. Statt einfachen, unauffälligen *Galabijas* hatte er kitschige Touristengewänder gekauft, die mit bunten oder mit Metallfäden durchzogenen Borten verziert waren. Ich begann milde Einwände zu erheben. »Ich dachte, du wolltest etwas, um uns quasi unsichtbar zu machen.«

»Etwas wie das hier?« Er wühlte in einer weiteren Tüte.

Galabijas haben alle ein identisches Grunddesign. Es sind gerade, knöchellange Gewänder mit langen Ärmeln. Man zieht sie über den Kopf, die Halsöffnung ist einfach ein Loch mit einem Schlitz vorn. Die erste, die Schmidt hervorholte, war blassblau, die zweite hatte schmale braune und weiße Streifen, die dritte war komplett braun. Ich schlug vor, dass Schmidt sie anprobierte, eine nach der anderen. Selbst die kürzeste hing noch bis auf den Boden. Schmidt zog seinen Streifenrock hoch und trottete ins Schlafzimmer, dann kehrte er mit einer Schere zurück. Ich krabbelte um ihn herum und schnitt etwa dreißig Zentimeter Stoff ab, dann trat ich zurück, um mir das Ergebnis anzusehen.

»Das funktioniert so nicht, Schmidt. Ein zerrissener Saum mag ja noch gehen, aber nicht, wenn der Rest des Kleidungsstückes nagelneu wirkt. Und erwarte ja nicht, dass ich das umnähe, ich weiß noch nicht mal, wie man Knöpfe befestigt.«

»Eine der netten Damen vom Hotel wird das für mich erledigen. Jetzt binden wir mir erst mal einen Turban.«

Wir versuchten es mit einem der weißen Schals, die Schmidt gekauft hatte. Aber die Enden lockerten sich immer wieder und fielen Schmidt über die Augen. Ungerührt zog Schmidt ein großes, weiß-rot kariertes Stück Stoff hervor, das er sich auf den Kopf legte und festknotete. Er sah aus wie ein schnauzbärtiges Mitglied der Hamas oder der Hisbollah. Ich hielt mich jedoch mit Kritik zurück, da ich sowieso nicht vorhatte, ihn in diesem Aufzug auf die Straße zu lassen.

Immerhin verging so die Zeit. Schmidt überreichte seine gestreifte Robe einer strahlenden »netten Frau«, die wusste, dass sie ein ganzes Wochengehalt für eine Stunde Arbeit bekäme, machte sich ein Stella auf und zog sein Handy hervor.

»Ich muss Suzi Bericht erstatten, damit sie weiterhin glaubt, ich wäre auf ihrer Seite.«

Es überraschte mich nicht wirklich, als Suzi nicht dranging. Schmidt hörte anschließend seine Nachrichten ab. »Heinrich erkundigt sich, wie er eine Anfrage beantworten soll – du sollst einen Vortrag bei einer Konferenz in Zürich halten.«

»Dieses Aas! Wieso wendet er sich hinter meinem Rücken an dich?«

»Er sagt, dass du nicht mit ihm kommunizierst.«

»Er kommuniziert auch nicht mit mir. Er ist scharf auf meinen Job und will mich schlecht dastehen lassen.«

Schmidt kicherte. »Da hat er ja noch einiges zu tun. Hier ist noch eine von ihm. Er fragt, warum du dich nicht bei ihm meldest. Ein ehrgeiziger junger Mann. Und die hier … Hmm, hmm, nur unwichtiges Zeug. Ah! Wolfgang hat angerufen.«

Ich wartete, bis er die Nachricht abgehört hatte, dann fragte ich: »Der Mann, dem wir in Karnak begegnet sind?«

»Ja. Es tut ihm leid, dass unser Treffen so abrupt endete, und er bittet mich morgen zum Lunch.«

»Er will mehr über den sogenannten Unfall erfahren.«

»Aber natürlich. Ich würde es genauso machen. Wollen wir hingehen?«

»Ich dachte, Saida und du hättet den Plan für morgen schon fertig.«

Schmidt zupfte an seinem Schnauzer. »Ja, aber ich bin nicht sicher, ob sie auf dem richtigen Weg ist. Wie könnte man ein Objekt derartiger Größe an einem Ort verbergen, an dem immer Menschen sind?«

»Das stimmt, Schmidt. Warum sagst du Wolfgang nicht ab? Vertröste ihn auf ein andermal. Wir haben keine Zeit für unser soziales Leben. Ich nehme an, Saida und Feisal wollen zum Frühstück hier sein? Dann überdenken wir unseren Plan noch einmal.«

Schmidt verzog sich mit seinen Päckchen und seinem Bier. Er vergaß den Fliegenwedel, der einsam auf einem Sessel lag. Ich griff danach und ließ die Schnüre durch die Luft sausen. Sie klackerten leise wie eine Babyrassel. Für eine potenzielle Waffe fehlte es dem Gerät an Würde.

Nachdem ich mich gewaschen und zurechtgemacht hatte, setzte ich mich auf den Rand meines Bettes und wählte eine Nummer, die ich die letzten vier Abende jeden Abend gewählt hatte. Wie die Male zuvor: keine Antwort.

Das Bett war aufgeschlagen worden, und nicht nur ein Stückchen Schokolade, sondern gleich drei lagen eingewickelt auf dem Kissen. Ich wickelte eines aus. Vielleicht würde ein Zuckerschock meine Denkfabrik in Gang setzen. Ich hatte noch keine Zeit gehabt, über mein Gespräch mit Suzi nachzudenken und darüber, was ich nun tun würde.

Die blassblaue *Galabija,* die Schmidt mir mitgebracht hatte, lag auf einem Sessel. Sie wäre etwa so nützlich wie ein Bauchtänzerinnenkostüm (das Schmidt mir wahrscheinlich als Nächstes kaufen würde). Ohne einen ordentlich gebundenen Turban und zumindest etwas, um meine Hände und mein Gesicht dunkler wirken zu lassen, würde ich niemals als Mann durchgehen. Was ich brauchte, waren ein schwarzes Frauenkleid und ein Schleier, aber die verkauften sie ganz bestimmt nicht im Souk. Ich überlegte, welche Möglichkeiten mir blieben, während ich das zweite Stückchen Schokolade auswickelte. Die »nette Frau« vom Hotel könnte mir vielleicht die gewünschten Kleidungsstücke besorgen – aber das mit ihr auszuhandeln, während Schmidt in der Nähe war, würde nicht einfach werden. Saida würde wissen, wo ich so etwas fände – aber sie wollte ich nicht einweihen.

Es gab nur eine weitere Alternative. Ich aß das letzte Stückchen Schokolade und ging zu Bett.

* * *

»Das muss das Haus sein, von dem man mir erzählt hat«, sagte ich und deutete darauf. »Es ist das einzige in der Gegend, auf das die Beschreibung passt. Kennst du es, Feisal?«

Feisal beugte sich an mir vorbei, um aus dem Fenster des Taxis zu schauen. Wir hatten eines der zahllosen Fahrzeuge gewählt, die vor dem Hotel warteten.

»Ja, ich kenne es. Wann wirst du uns endlich sagen, wie du davon gehört hast und warum es wichtig ist?«

Saida zog ihren Notizblock heraus. »Steht es auf meiner Liste?«

»Woher zum Teufel soll ich das wissen?«, höhnte Feisal.

»Vicky ...«

»Später. Halt einfach Ausschau.«

Irgendjemand hätte durchaus vernünftigerweise fragen können: Wonach? Das Haus war umgeben von einer hohen Mauer aus weiß getünchten Schlammziegeln. Nur die Wipfel der Bäume und die Dachlinie des Hauses im Inneren waren sichtbar. Das hölzerne Doppeltor, breit genug für einen Lieferwagen, war verschlossen. Daneben saß auf einem hochlehnigen Stuhl ein Mann in einer mitgenommenen *Galabija* und mit einem Turban um den Kopf. Er schaute gelangweilt unserem Taxi nach. Nur wenige andere Leute waren unterwegs – zwei Frauen in Schwarz zerrten ein sich wehrendes Kind hinter sich her, eine in sich zusammengesunkene Gestalt schien unter einer staubigen Palme zu schlafen, ein Mann lenkte einen mit Grünzeug beladenen Eselskarren.

Der Taxifahrer wandte sich an Schmidt, der neben ihm saß. »Wollten Sie hierher? Soll ich anhalten?«

»Nein!«, sagte ich nachdrücklich. »Fahren Sie weiter. Langsam.«

Ich zerrte Feisal vom Fenster weg und verrenkte mir den Hals, während wir vorbeifuhren. Ich interessierte mich für die Rückseite des Hauses. Ich konnte jedoch nicht viel erkennen. Die Mauer zog sich in ihrer Rechtwinkligkeit hier weiter. Sie war genauso glatt und nichtssagend wie an der Vorderseite.

»Der Effendi ist nicht hier«, sagte der Fahrer. »Den Großteil des Jahres hält er sich in Kairo auf.«

»Wer lebt im Augenblick dort?«, fragte ich.

Eine Kette aus blauen Perlen, die vom Rückspiegel hing, klimperte melodisch, während das Taxi in eine Straße bog, die vom Haus wegführte. »Fremde. Vielleicht auch aus Kairo. Sie haben ihre eigenen Fahrzeuge. Sie sind vor einem Monat gekommen. Es sind keine freundlichen Menschen. Sie kaufen nicht auf dem hiesigen Markt ein.«

»Was ist mit Bediensteten?«, fragte ich. »Haben sie Leute aus der Gegend angeheuert?«

Ein Achselzucken. »Nein.«

Es tat mir leid, das zu hören, obwohl es mich nicht überraschte.

»Wohin jetzt, *Sitt?*«, fragte der Fahrer. Er hatte offenbar die Tatsache akzeptiert, dass ich das Sagen hatte.

»In ein Café«, verkündete Schmidt prompt. »Das nächstgelegene.«

Ein eisiges Schweigen entstand, belebt nur durch feindselige Blicke von Feisal. Meinen Mitstreitern war klar geworden, dass sie nicht erfahren würden, was sie wissen wollten, solange wir mit einem hilfsbereiten, Englisch sprechenden Fahrer unterwegs war. Er wählte ein Lokal (das wahrscheinlich einem Freund oder Cousin gehörte) an einer vom Nilufer etwas entfernten Straße. Wir nahmen sein Angebot zu warten an.

»Sehr nett«, sagte Schmidt, als wir uns an einem der Tische niederließen.

Sehr nett und sehr leer. Wir waren die einzigen Gäste. Feisal köchelte leise vor sich hin, als hätte jemand seine Zündschnur in Brand gesteckt, während Schmidt mit dem Kellner das Essen erörterte. Als Letzterer in die Küche verschwunden war, beugte sich Feisal vor, schob eine Vase mit zwei Rosenknospen darin zur Seite und stützte seine Arme auf den Tisch.

»Nun gut, Vicky. Wir haben diese Expedition mit dir gemacht und, wie du verlangt hast, auf Fragen verzichtet. Leg los.«

»Ich werde euch alles erzählen«, sagte ich.

»Hah!«, höhnte Schmidt.

Ich erzählte ihnen alles. Fast alles. Schmidts Augen verengten und weiteten sich mehrfach, als ich mein Gespräch mit Suzi beschrieb. Feisals Augenbrauen zuckten. Grinsend zog Saida Notizblock und Stift heraus.

Ich hörte auf zu reden, als der Kellner mit unserem Kaffee kam. Die Standardalternative zu türkischem Kaffee sind Nescafé und ein Becher heißes Wasser. Damit war ich sehr zufrieden. Immerhin gab es keinen Kaffeesatz.

Niemand hatte mich unterbrochen. Sie waren zu beschäftigt damit, die Flut an Informationen zu verarbeiten, die ich geliefert hatte. Saida erholte sich als Erste.

»Genau wie ich vermutet hatte! Natürlich hat eine Frau diese wichtige Entdeckung gemacht!«

»Es ist nur eine mögliche Spur«, sagte ich bescheiden. »Vielleicht hat sie mich auch angelogen. Ich habe nichts gesehen, was mein Misstrauen geweckt hätte.«

»Was genau würdest du denn erwarten vom Hauptquartier der Bande?«, rief Saida.

»Hmm«, machte Feisal.

»Was meinst du, Schmidt?«, fragte ich. Ich begann mir Sorgen um ihn zu machen. Er hatte kaum etwas gesagt, und ich musste ihn mit meinem Alleingang ganz schön getroffen haben.

»Ich denke«, sagte Schmidt, »dass du hinterlistig und gefährlich bist. Und noch klüger, als ich dachte. Wenigstens hattest du genug Verstand, uns mitzunehmen, statt das Haus allein auszuspähen.«

»Ich bin all das«, gab ich zu. »Aber du bist es auch, Schmidt, also mach es mir nicht unnötig schwer.«

»Das tue ich sicher nicht, denn ich weiß, was dich antreibt«, sagte Schmidt. »Aber darüber wollen wir nicht reden. Wir stimmen doch alle darin überein, dass das Haus verdächtig ist, oder? Fremde, die dort seit einem Monat wohnen, die sich nicht mit den Menschen vor Ort abgeben, die hinter einem bewachten Tor und hohen Mauern leben. Suzi hätte keinen Grund, dich anzulügen. Sie will, dass du ihr hilfst.«

»Und sie würde dich jederzeit bedenkenlos als Köder benutzen«, setzte Feisal hinzu. »Vergiss es, Vicky. Nicht einmal, um Tutanchamun zu retten, würde ich zulassen, dass du ein solches Risiko eingehst.«

»Oje«, sagte ich und tätschelte seine Hand. »Das ist so lieb.«

»Du bist eine schreckliche Frau«, sagte Feisal freundlich. »Kannst du nicht einmal eine mitfühlende Aussage akzeptieren, ohne darüber zu spotten?«

»Nein, sie fürchtet tiefer gehende Gefühle«, erklärte Schmidt. »Wir, die sie lieben, akzeptieren das.«

»Klappe, Schmidt«, sagte ich. »Bitte.«

Schmidt tätschelte meine Hand. »Das ist vielleicht ein Thema für eine andere Gelegenheit. Wenn wir davon ausgehen, dass Suzi die Wahrheit gesagt hat, könnte dieses Haus durchaus das gegenwärtige Hauptquartier der Bande sein. Und in diesem Fall könnte Tut… – äh – er dort sein.«

Mit gespitzten Lippen und leuchteten Augen gluckste Saida: »Ja, so muss es sein. Und Vicky ist diejenige, die den entscheidenden Hinweis gefunden hat! Eine Frau!«

Unsere Nerven waren mittlerweile ein klein wenig strapaziert, und Feisal wandte sich mit geschürzten Lippen seiner Liebsten zu. »Aber es stellt sich heraus, dass du doch nicht so clever warst, wie du dachtest, nicht wahr? Er ist nicht auf der West Bank. Du hattest unrecht.«

»Überhaupt nicht«, entgegnete Saida gelassen. »Mein Beitrag war nur eine Theorie unter vielen.«

»Der erste Teil des Szenarios stimmte«, sagte Schmidt, bevor die Liebenden beginnen konnten, sich zu streiten. »Sie haben das Aussehen des Lieferwagens verändert, während sie noch auf der West Bank waren, oder ihn in ein anderes, unauffälligeres Fahrzeug umgeladen. Niemand hätte auf einen kleinen Laster oder Lieferwagen auf der Brücke oder in den Straßen Luxors geachtet. Das Haus liegt abgeschieden; sie konnten direkt auf den Hof fahren. Es ist der richtige Ort. Es muss so sein. Also: Wir kehren heute Nacht zurück, nicht wahr?«

Sein Schnauzer sträubte sich voller Vorfreude. Ich sagte: »Wenn du mit ›zurückkehren‹ meinst: ›Wir stürmen das Haus mit gezogenen Waffen‹, dann ist die Antwort: Vergiss es. Wir müssen das gründlich planen.«

»Genau«, sagte Feisal und starrte Schmidt streng an.

Wir diskutierten noch eine Weile darüber. Wie Feisal Schmidt immer wieder sagte, konnten wir die Polizei nicht ohne einen Durchsuchungsbefehl hinzuziehen, für den wir keine handfesten Gründe liefern konnten. Ashraf würde schon bei der Überlegung komplett durchdrehen. Der interessanteste Vorschlag kam von Saida.

»Vicky und ich machen uns an den Wachmann des Hintereingangs heran. Ja, ja, Feisal, es gibt ganz bestimmt einen Hintereingang. Das Erscheinen zweier hilfloser, harmloser Frauen wird ihn nicht beunruhigen. Wir überreden ihn, uns einzulassen. Dann rufen wir um Hilfe. Das ist die Ausrede für euch und die anderen einzusteigen.«

Schmidt sagte: »Nein, wir können nicht zulassen, dass ihr ein solches Risiko eingeht. Ich werde mich auf das Gelände schleichen, verschleiert und mit einem Kleid.«

Ich sagte: »Nichts gegen deine Verführungskünste, Schmidt, aber …«

Feisal fragte: »Welche anderen?« Dann sagte er: »Das ist der absurdeste Plan, den ich je gehört habe, und wenn ihr auch nur eine Sekunde lang glaubt, ich würde zulassen, dass …«

Das Erscheinen des Kellners, der sich fragte, warum wir alle so rumbrüllten, beendete das Gespräch. Schmidt bestellte noch mehr Kaffee, und ich nutzte die relative Stille.

»Okay, mein Plan sieht folgendermaßen aus: Ich rufe Suzi an und erstatte Bericht. Feisal, du verabredest ein Treffen mit Ashraf. Einer der beiden könnte eine Idee haben.«

»Das ist kein Plan, das ist Zeitverschwendung«, beschwerte sich Schmidt. »Wenn wir heute Nacht dort …«

»Wir steigen dort nicht heute Nacht ein. Wir müssen gründlich nachdenken und alles vorbereiten.«

»Unsere Zeit«, intonierte Schmidt, »läuft ab.«

»Klappe, Schmidt.«

Um meinen guten Willen zu zeigen, rief ich Suzi gleich an und ließ die anderen mithören. Sie war bereits über mein Auftauchen am Vormittag informiert und schalt mich, weil ich die anderen mitgebracht hatte. Die Ausreden, die ich winselte, hätten sie dazu gebracht, die Finger von der Sache zu lassen, wenn Gott sie auch nur mit so viel Gehirn wie eine Ziege gesegnet hätte. Ein genervtes Seufzen folgte meiner Erklärung, dass ich noch nicht bereit wäre, in dieser Nacht loszulegen. »Wir treffen uns in der Lobby, gleiche Zeit, gleicher Ort, heute Abend«, sagte sie knapp. »Dann habe ich alles vorbereitet.«

»Sie ist so reizend«, sagte ich, nachdem ich aufgelegt hatte. »Du bist dran, Feisal. Sag Ashraf, wir treffen ihn später in … irgendwo auf der West Bank. Vielleicht in Deir el-Bahari.«

Niemand fragte, warum ich das Westufer vorschlug. Das war gut, denn ich konnte meine Gründe dafür nicht erklären.

Der Taxifahrer war betrübt, sich von uns trennen zu müssen, aber wir konnten in der Gegenwart von jemandem, dessen Englisch so gut war, nicht frei sprechen. Nachdem er uns vor dem Hotel abgesetzt hatte, schlug Schmidt vor, Mittag essen zu gehen. Über seinen Protest und den von Feisal – »Wir treffen Ashraf erst um drei« – hinweg gelang es mir, sie alle auf ein Boot zu verfrachten, indem ich ihnen ganz einfach die Wahrheit sagte.

»Ich möchte *Umm* Ali besuchen. Ich will nicht, dass sie denkt, wir hätten sie oder ihren Sohn vergessen.«

Wir winkten uns auf der anderen Nilseite ein Taxi heran und fuhren ins Dorf.

Ich fragte mich, ob die Kinder Späher hatten. Sie stürzten sich auf uns mit dem Tempo von Paparazzi, die einem angesagten Popstar auf der Spur waren. Unter ihnen entdeckte ich ein bekanntes Gesicht. Ich blieb stehen.

»He, Ahman. Tut mir leid mit deinem Onkel.«

Das breite Grinsen verblasste, die ausgestreckte Hand sank herunter. »Schon in Ordnung«, sagte ich schnell. »Ich wollte nur wissen …«

Er huschte davon. Ich ließ ihn gehen. Es war ein Versuchsballon gewesen, aber sein eiliger Rückzug verstärkte meine Vermutung. So jung er war, man hatte ihm bereits beigebracht, was seine Vorfahren aus Jahren der Ausbeutung und der Not gelernt hatten: Beantworte keine Fragen und zeig Fremden gegenüber keine Gefühle, wie wohlmeinend sie auch erscheinen mögen. Sie sind nicht wie wir. Sie verstehen uns nicht.

Die Männer saßen im Hof und rauchten. Das war eine Erleichterung. Ich müsste mich nicht der ganzen Familie stellen. Die nächste Hürde nahm ich mithilfe der gleichen Methode, die bislang gut funktioniert hatte: der Wahrheit.

»Bleibt hier«, sagte ich zu den anderen. »Ich möchte allein mit ihr reden.«

»Du sprichst kein Arabisch«, wandte Feisal ein.

»Keine Sorge, ich werde mich schon verständigen.«

Mittlerweile war sie lange genug vorgewarnt, um bereits auf dem Sofa zu sitzen, aufrecht und würdevoll wie eine Statue. Etliche andere Frauen waren ebenfalls anwesend, darunter die verschleierte grauäugige Frau, die mir schon zuvor aufgefallen war. Nachdem ich die formellen Begrüßungen hinter mich gebracht hatte, wandte ich mich an die Grauäugige.

»Sprechen Sie Englisch?«

»Ein wenig, *Sitt.*«

Ich hatte mir ein paar wilde Theorien über sie zusammengesponnen – und hatte in jeder Hinsicht falsch gelegen. Das Gesicht, das sie entblößte, als sie ihren Schleier beiseiteschlug, war das einer jungen Ägypterin, mit glatten Wangen und mir vollkommen unbekannt.

»Sagen Sie *Umm* Ali, ich glaube, ich weiß, wer ihren Sohn ermordet hat. Sagen Sie ihr, ich brauche ihre Hilfe.«

Ich zuckte innerlich zusammen, als mir wieder einmal klar wurde, wie tief verwurzelt meine Vorurteile waren, denn augenblicklich erfüllte ein leises Murmeln das Zimmer. Die jüngeren Frauen waren in Gegenwart der Matriarchin bescheiden verstummt, aber ich hätte wissen müssen, dass einige von ihnen Englisch verstanden und sprachen.

Ich sagte ihnen, was ich wollte.

Als ich zwinkernd wieder ins Sonnenlicht trat, beulte sich mein Rucksack aus, aber nicht so sehr, dass jemand eine Bemerkung darüber gemacht hätte. So weit, so gut. Ein Schritt nach dem anderen. Der nächste würde allerdings riesig sein.

Niemand war hungrig außer Schmidt, der immer hungrig ist. Da wir Zeit totschlagen mussten, suchten wir ihm ein Restaurant.

»Jetzt müssen wir besprechen, was wir Ashraf sagen«, erklärte Saida und stippte ihr Brot in eine Schüssel Hummus.

»Die Wahrheit«, sagte ich unkonzentriert. »Das scheint gut zu funktionieren.«

Feisal ignorierte meine Aussage. Saida und er begannen eines ihrer Standardstreitgespräche darüber, wer wem wann was warum sagen sollte. Schmidt trank Bier, aß und beobachtete mich. Schmidt kennt mich zu gut. Die Wahrheit, die ganze Wahrheit und nichts als die Wahrheit … Es musste funktionieren. Es war meine einzige Chance.

Ich bekam keine Gelegenheit, bis wir mit dem Essen fast fertig waren und Schmidt sagte, er müsste mal aufs Klo.

»Ich auch«, sagte ich und folgte ihm.

Zum fraglichen Raum – *einem* Raum – musste man um das Gebäude herum auf dessen Rückseite gehen. Schmidt blieb stehen und ließ mir höflich den Vortritt.

»Schmidt«, sagte ich leise, »ich bin von dir abhängig, wie ich noch nie zuvor von irgendjemandem abhängig war, und das sagt viel. Kannst du mir versprechen, ganz genau zu tun, was ich dir sage – keine Widerrede, keine Fragen?«

Schmidt antwortete: »Ja.«

Ich wollte ihn umarmen. Also tat ich genau das. Als ich ihm meinen Plan erläutert hatte, sofern man es überhaupt einen Plan nennen konnte, sagte er nur: »Wie entkommst du Faisal und Saida?«

»Das weiß ich noch nicht.«

»Ich werde sie ablenken.«

»Gott segne dich, Schmidt.«

»Aber jetzt musst du mir versprechen, dass du auch wirklich genau das tun wirst, was du gesagt hast. Wenn ich bis fünf noch nichts von dir gehört habe, dann komme ich nach.«

»In Ordnung. Aber das Ganze könnte ein vollkommen ergebnisloses Unterfangen sein, Schmidt.«

Schmidt nickte. »Um deinetwillen hoffe ich, dass es so ist. Sei vorsichtig.« Mit großer Würde betrat er das Klo und schloss die Tür hinter sich.

13

Schmidt taumelte direkt vor einem Kamel auf die Straße.

Das Kamel blökte, oder wie auch immer man diese Geräusche nennt – es ist jedenfalls entsetzlich –, der Reiter schrie, und Schmidt, der sich auf dem Boden wand, stimmte mit ein. Ich stand ein oder zwei Sekunden erstarrt da, dann winkte ein dicker, in weiß gekleideter Arm gebieterisch, und mir wurde klar, dass dies Schmidts Vorstellung von einer Ablenkung darstellte und dass er absichtlich gestürzt und keineswegs vom Kamel umgetreten worden war.

Als ich komplett in Schwarz gekleidet vom Klo kam, kreischte Schmidt immer noch, so laut er konnte. Ich konnte ihn hören, aber nicht sehen, denn seine am Boden ausgestreckte Gestalt war hinter einer Menschenmasse verborgen – Feisal, Saida, der Kamelreiter, das Kamel, der Koch, der Kellner sowie eine bunte Mischung aus Passanten. Einer davon, stellte ich erfreut fest, war eine Frau, zwar ohne Schleier, aber immerhin in ein schwarzes Gewand gekleidet, die ein Baby bei sich trug. Ich stellte mich neben sie und gaffte einfach genau wie die anderen. Niemand ging, es war einfach zu spannend.

Schließlich ließ Schmidt sich auf die Füße ziehen und zurück ins Restaurant führen. Er gab sein Bestes, um meinen Abgang zu decken, er bestand darauf, dass es seine Schuld gewesen war, dass der hysterische Kamelreiter nichts dafür konnte, dass er Wasser wollte, Bier und den Arm Saidas als Stütze. Meine neue Freundin nahm das Baby auf den anderen Arm und sprach mich an. Ich zuckte entschuldigend mit den Achseln und deutete dorthin, wo mein Ohr sich unter der Kopfbedeckung befand. Sie lächelte und hielt mir ihr Baby hin.

Ich nahm es, wie es gemeint war, als Geste des guten Willens und des Mitgefühls. Ich nahm außerdem das Baby. Das passte dem Kleinen gar nicht. Als seine Mama und ich die Straße entlang losgingen, fing es an zu schreien. Der Schleier, der mein Gesicht verdeckte, war ihm wohl zuwider, oder vielleicht lag es auch an mir. Mit Babys habe ich nicht viel Erfahrung. Aber es war eine zu gute Tarnung, um es wieder herzugeben. Feisal und Saida hatten mittlerweile bemerkt, dass ich verschwunden war. Sie waren aus dem Restaurant herausgeeilt und liefen aufgeregt die Straße entlang, erst in die eine Richtung, dann in die andere, sie riefen jedem, den sie sahen, Fragen zu. Die beiden schwarz gekleideten Frauen, von denen eine ein schreiendes Baby trug, fielen ihnen nicht einmal auf.

Zur Erleichterung von Baby und Mama verabschiedete ich mich von ihnen, kaum dass wir aus dem Blickfeld des Restaurants waren. Hicksendes Schluchzen trat anstelle des Geschreis, als Mama es nahm. Ich bedankte mich bei ihr, indem ich mit dem Kopf nickte, dann bog ich nach rechts ab.

Ich war immer noch weit von meinem Ziel entfernt, aber ich hatte es nicht eilig. Unterwegs ging ich mein Vorhaben noch einmal durch. Es war ganz einfach: unbemerkt ins Haus gelangen, ein Versteck finden und unsichtbar bleiben, bis irgendetwas passiert … oder auch nicht.

Ich habe größtes Vertrauen in Vorahnungen und Intuition, die oft auf Beweisen basieren, die man zwar bemerkt, aber nicht bewusst verarbeitet hat. In diesem Fall waren die tatsächlich verarbeiteten Beweise dünn. Ein Haus, auf das alle Bedingungen zutrafen, die uns eingefallen waren; ein Haus, das angeblich unbewohnt war, in das aber in den letzten paar Tagen jemand eingedrungen war; ein Haus, in dem ich geglaubt hatte, ein merkwürdiges Geräusch gehört zu haben; ein Haus, dessen Hauswart seinen Pflichten nicht nachkam. Ein Haus, das die Ortseinwohner mieden, weil es von einer Teufelskatze bewohnt wurde. Ich konnte natürlich total danebenliegen. Die einzige Möglichkeit, das herauszufinden, bestand jedoch darin, zu tun, was ich jetzt vorhatte.

Staub drang in meine Schuhe und färbte den Saum meines Gewandes hell, während ich voranstapfte.

Was hatte ich schon zu verlieren? Wenn meine Annahme falsch war, ein paar Stunden meiner Zeit. Wenn ich richtiglag… ein paar Jahre meines Lebens?

Sei nicht so ein Pessimist, Vicky, sagte ich mir. Wenn du recht hast, dann kannst du viel gewinnen.

Ich begann zu verstehen, wieso manche muslimische Frauen den Schleier als Schutz betrachten und nicht als ein Zeichen der Unterdrückung. Die Leute, denen ich unterwegs begegnete, kümmerten sich nicht im Geringsten um mich. Die Männer schauten nicht einmal in meine Richtung. Je näher ich dem Haus kam, desto weniger Menschen traf ich. Das war entweder ein gutes Zeichen oder ein schlechtes – gut, weil es zeigte, dass die Einwohner das Gebäude mieden, schlecht, weil jeder, der näher kam, Misstrauen erwecken musste. Ich ging immer langsamer.

Der erste Punkt meines Plans war der schwierigste – unbemerkt hineinzugelangen. Ich konnte kein Lebenszeichen ausmachen, aber es wäre dennoch nicht besonders klug gewesen, einfach zur Vordertür zu marschieren und anzuklopfen.

Irgendwer hatte sich eine Menge Mühe gegeben, einen Garten anzulegen und zu erhalten. Es musste also Wasser dort geben, einen Bewässerungsgraben oder einen Teich, obwohl die meisten Pflanzen zu Arten gehörten, die gut in heißem, trockenem Klima überleben können. Ich bin keine Gärtnerin, und die einzigen Gewächse, die ich erkannte, waren Kakteen und Palmen und die staubig grünen Tamarisken, die hier überall herumstehen. Ich hatte mich bei unserem ersten Besuch nicht so genau umgesehen, weil ich keinen Grund dafür gehabt hatte, aber ich erinnerte mich, irgendwas Grünes vor dem Fenster des Direktoren-Büros bemerkt zu haben. Ich bog also nach rechts ab und folgte einem schmalen Pfad, der in die Richtung zu führen schien, in die ich wollte – um das Haus herum auf dessen Rückseite. Das Grundstück war größer, als ich gedacht hatte. Ableger und Anbauten erstreckten sich in eigenartigen Winkeln, und ich konnte durch die Bäume hindurch weitere Gebäude und Gebäudeteile ausmachen. Immerhin wuchs ein Streifen niedriger, buschiger Bäumchen, die von irgendwelchen Ranken halb überwuchert waren, seitlich des Hauses, von der Veranda bis zur Rückseite.

Es war um die Mittagszeit, die die Menschen, die in einem solchen Klima lebten, in der Regel drinnen verbrachten, wo sie dösten oder schliefen. Vom Haus aus konnte man mich dank der praktischen Bäume nicht sehen; ich sah mich schnell um und stellte fest, dass kein Mensch in der Nähe war. Besser würde es nicht werden. Ich entledigte mich meines schwarzen Umhangs; plötzlich fühlte ich mich nackt und bloß, aber die Stoffmenge behinderte meine Bewegungen, und wenn man mich drinnen entdeckte, würde mir sowieso keine Verkleidung helfen. Nun kam ich auch wieder an die Sachen, die ich in meine Taschen gesteckt hatte. Ich hatte meinen Rucksack zurückgelassen, in der absurden Hoffnung, dass irgendein ehrlicher Mensch ihn dem Restaurantbesitzer übergeben würde oder dass Saida ihn mitnähme. Ich zog meine Armbanduhr heraus. Viertel vor drei. Ich hatte zu lange gebraucht, um herzukommen. Bald wäre die Siesta vorüber.

Ich schlich vorsichtig weiter. Statt einfach geräuschvoll durch das Unterholz zu brechen, schob ich vorsichtig die Zweige auseinander. Die Bäume, was immer das für eine Sorte war, piekten. Immerhin waren die Ranken hübsch, dicht besetzt mit kleinen rosa Blüten. Sie wuchsen gerade nach oben, in Richtung Sonne, und stellenweise so dicht, dass ich das Fenster erst sah, als ich praktisch direkt davorstand.

Das Fenster war offen.

Die erste tatsächliche Bestätigung meiner wilden Theorie zu erblicken ließ mich einen kurzen Blackout erleben. Ich glaube, ich hatte nie damit gerechnet, wirklich so weit zu kommen. Ich brauchte ein paar Sekunden, um wieder zu Verstand zu kommen, oder jedenfalls zu dem, was ich dafür hielt.

Das Sofa stand unter dem Fenster, fiel mir ein. Und der Fenstersims befand sich etwa eins zwanzig über dem Boden. Da blinder Eifer bekanntermaßen nur schadet, wollte ich vorher versichern, dass sich keiner dort drinnen befand. Das war nicht allzu schwer. Den Kopf vorrecken und die Augen aufsperren, aufmerksam lauschen und abwarten.

Das Zimmer war dämmrig und ruhig, abgesehen von einem Summen, das ich nach einer Schrecksekunde als einen Fliegenschwarm identifizierte. Die Türen, eine zur Bibliothek und eine in den Flur, waren geschlossen, das Sofa leer. Einer der Sessel war vom Tisch weggeschoben worden. Davon abgesehen sah das Zimmer ziemlich genauso aus wie beim letzten Mal.

John wäre in einer einzigen eleganten Bewegung über die Fensterbank geglitten. John. Ich versuchte, nicht an ihn zu denken. Ich brauchte drei Bewegungen: einen Fuß nach oben, ein Knie auf die Fensterbank, das andere Knie auf die Couch. Das Geräusch war nicht laut, nur ein leises Quietschen rostiger Sprungfedern. Ihm folgte ein weiteres Geräusch, eine Mischung aus Schnarchen und Grunzen.

Ich lag unter dem Sofa, bevor das Grunzen verhallt war. Nackte Angst macht einen ganz schön gelenkig. Irgendjemand saß in dem großen Sessel. Ich hatte ihn – oder sie? – wegen der hohen Lehne nicht gesehen. Glücklicherweise schlief der Mensch im Sessel.

Das Sofa war lang genug, um mich vollständig zu verbergen, aber aufgrund der durchgesessenen Sprungfedern war nicht sonderlich viel Platz darunter. Eine davon bohrte sich in mein Hinterteil, eine andere in meine linke Schulter. Ich wagte es nicht, meine Position zu verändern und es mir bequemer zu machen. Das Schnarchen hatte wieder angefangen – doch es war nicht regelmäßig, sondern es waren die unruhigen Geräusche eines Schlafenden, der gestört worden und noch nicht wieder in den Tiefschlaf gefallen war.

Ich lag da, und es kam mir wie Stunden vor. Niemand hatte in der jüngsten Vergangenheit unter dem Sofa Staub gewischt, daher musste ich immer wieder das Niesen unterdrücken. Meine Nase juckte. Splitter bohrten sich in meine Wange. Indem ich meinen Kopf Millimeter für Millimeter zur Seite drehte, stellte ich fest, dass ich unter dem Überhang herausspähen konnte. Mein Blickfeld war begrenzt, es umfasste jedoch den besetzten Sessel und eine der Türen, diejenige, die zum Flur führte. Mir fiel auf, dass doch etwas Neues hier stand: ein Stapel brauner Kisten neben der Tür zur Bibliothek.

Keine davon war lang genug, um Tutanchamun zu beherbergen.

Der Atem des Schlafenden hatte sich wieder beruhigt, und –

schließlich und endlich – auch meiner. Jetzt kam der nächste Streich.

Mein linker Arm lag gerade an meiner Seite, mein rechter war auf Höhe des Ellenbogens leicht gebeugt. Mein Handy steckte in der rechten Tasche meiner Hose. Ich konnte mich nur horizontal bewegen, es sei denn, ich wollte noch ein Federquietschen riskieren. Wenn ich mich nicht von dem Schnarchen so in Panik hätte versetzen lassen, hätte ich das verdammte Handy herausgezogen, bevor ich mich unter das Sofa quetschte. Mit langsamer Entschlossenheit, wobei ich bei jedem Rascheln des Stoffs zusammenzuckte, schob ich nun meine Hand weiter nach unten und in die Tasche. Mein Atem ging schnell, so aufgeregt war ich, als meine Finger sich um das Handy schlossen, und ich war ernsthaft versucht, mich nur auf meinen Tastsinn zu verlassen. Aber ich wusste, das durfte ich nicht riskieren. Dieser Anruf musste sitzen – beim ersten Mal. Als ich meine Hand bis zu meinem Gesicht hochgeschoben hatte, schwitzte ich wie verrückt – und zwar nicht wegen der Hitze, obwohl es hier unten ziemlich warm war.

Meine unbequeme Haltung verursachte Taubheit in meinen Fingerspitzen und, ob Sie es glauben oder nicht, ein Schwindelgefühl. (Ich habe mir von Leuten, die es wissen müssen, sagen lassen, das sei keine ungewöhnliche Reaktion auf Stress.) Im Zimmer war es dämmrig und still, abgesehen vom beruhigenden Summen der Insekten. Ich war kurz davor einzudösen, als es an der Tür klopfte. Das weckte mich genauso effizient, als hätte mir jemand ins Ohr gebrüllt.

Es weckte denjenigen, der im Sessel saß, ebenfalls. Ich hörte Stoff rascheln, als er seine Position veränderte, und dann einen barschen Befehl. Die Tür öffnete sich, und der Leuchter über dem Schreibtisch ging an. John kam herein.

Er wirkte geschmeidig wie eine gut gefütterte Katze – kein

Härchen auf seinem Schädel lag am falschen Platz, er hatte keinen Kratzer. Seine Hände steckten in den Taschen seiner Khakihose. Das Hemd, am Hals geöffnet, hatte ich noch nie gesehen – es sah ein bisschen mädchenhaft aus, hellblau-weiß gestreift. Er trat ins Zimmer und legte den Kopf fragend zur Seite. Der Mann, der im Sessel saß, bellte in seinem Bariton einen weiteren Befehl. Die Tür ging wieder zu.

Sie spielten eine Weile das alte »Soll der andere zuerst reden«-Spiel. John hielt länger durch. Der andere sagte: »Ich gehe davon aus, du hast alles erhalten, was du wolltest?«

Es war das erste Mal, dass er mehr als ein einzelnes Wort sagte. Er sprach Englisch mit einem deutlichen britischen Akzent. Ich wusste, dass ich die Stimme schon einmal gehört hatte, konnte sie aber nicht zuordnen. Das Summen in meinem Kopf war mindestens so laut wie das der Fliegen. Er war unverletzt. Er war rasiert, gekämmt und gut gepflegt. Aber jemand hatte die Tür für ihn geöffnet. Jemand war draußen im Flur und bewachte die Tür. Noch nicht, sagte ich mir. Warte.

»Reg dich ab«, sagte John freundlich. »Niemand hört uns. Sollen wir mit dem nächsten Stadium der Verhandlungen beginnen?«

»Du hast nichts, worüber du verhandeln könntest.«

Unter der Couch hervor konnte ich sehen, wie John eine Augenbraue hochzog. »Dann formuliere ich es anders: Was hast du als Nächstes vor?«

»Mit dir?« Der andere Mann lachte. Verdammt, das Lachen klang so bekannt! Er fuhr fort: »Überhaupt nichts. Erzähl mir nicht, dass du noch nicht darauf gekommen bist, was ich mit dir vorhabe.«

»Ach, das – das ist die naheliegende Variante.«

»Naheliegend?« Seine Stimme wurde lauter. »Die meisten Menschen in meiner Lage hätten …«

»Nun, nun«, sagte John in einem Tonfall, als versuchte er, ein unartiges Kind zu beruhigen. »Reg dich nicht auf. Für einen Amateur hast du dich gut geschlagen.«

Er versuchte, den anderen Mann aus der Reserve zu locken, ohne dass mir der Grund dafür ersichtlich gewesen wäre – außer dass er einfach nicht anders konnte. Dann dämmerte es mir. Ich war ganz schön durch den Wind, sonst hätte ich es sofort begriffen.

Die Beine des Sessels quietschten über den Boden, als der andere Mann ihn zurückschob und aufsprang. Die beiden starrten einander an wie Spiegelbilder – schlank und groß gewachsen, blond, beinahe identisch gekleidet. Ich hätte die Stimme und das Lachen erkennen müssen, aber schon die Vorstellung, dass er hier war, erschien mir zu absurd, um sie in Betracht zu ziehen. Selbst jetzt hatte ich meine Schwierigkeiten damit.

Johns kleines Spielchen ging nicht auf. Alan war unbewaffnet und nicht so dumm, John mit bloßen Händen anzugreifen. Ich an seiner Stelle hätte mich bis zu den Zähnen bewaffnet, aber das war Alans Problem – er wollte John zu Johns Bedingungen schlagen, er wollte ihn in seinem eigenen Spiel besiegen. Außerdem riskierte er nicht wirklich etwas; direkt vor der Tür stand Unterstützung.

Es gelang Alan, seinen Atem und seinen Zorn unter Kontrolle zu bringen. »Wie reizend«, sagte er und klang fast schon so gelassen wie John. »Du kannst einfach nicht zugeben, dass mir gelungen ist, woran du gescheitert wärst. Ist es nicht so? Diese Operation übertrifft alle deine Kinderspiele. Sie wird in die Annalen der Kriminalgeschichte eingehen.«

»Ist das der einzige Grund, aus dem du mich hast herbringen lassen?«, fragte John. Seine Augen bewegten sich ein wenig, sie wanderten von Alans Gesicht zu dessen Händen und wieder zurück. Er kalkulierte seine Chancen. Es stand nicht gut, und er wusste es. »Um anzugeben? Denn wenn das der Fall ist, dann hoffe ich, du entschuldigst mich.«

Ich hatte die Nummer vorher eingegeben. Ich musste nur einen Knopf drücken. Ich hoffte immer noch, dass Alan doch die Geduld verlieren und anfangen würde zu brüllen, aber ich wagte es nicht mehr länger zu warten. Ich drückte auf den Knopf.

»Setz dich«, sagte Alan angespannt.

»Wozu? Es sei denn, du wünschst meinen Rat.«

»Ich brauche deinen verdammten Rat nicht! Ich weiß ganz genau, was ich tue. In ein paar Tagen verziehe ich mich mit vier Millionen Pfund in bar, und man wird dich unverletzt und ohne Fesseln in Gesellschaft der gestohlenen Mumie Tutanchamuns auffinden. Selbst deine treuen Freunde können dich da nicht rausholen. Und du warst auch nicht ganz offen zu ihnen, oder?«

»Ich muss allerdings zugeben, dass einige Umstände die Vermutung, ich könnte der Schuldige in dieser Angelegenheit sein, untermauern«, gab John zu.

Schmidt, Schmidt, wo steckst du?, dachte ich besorgt. Jetzt ist die Zeit gekommen. Er ist hier, wo er nicht sein sollte, und er hat keine Entschuldigung dafür. Ich habe sein Geständnis gehört. Komm schon, Schmidt, ruf die Truppen zu Hilfe.

Ich hoffte, Sirenen und Fahrzeuge zu hören, Schüsse, Rufe, Explosionen. Stattdessen knallte eine Tür gegen die Wand. Es war nicht die Tür zum Flur. Ich steckte meinen Kopf unter dem Sofa hervor und sah, was ich gehofft hatte, *nicht* zu sehen. Schmidt war durch die Bibliothek hereingekommen. Schmidt. Nur Schmidt, ganz allein. Er klammerte sich an etwas, das wie eine automatische Pistole aussah – und höchstwahrscheinlich nicht war.

Alan wirbelte herum und starrte Schmidt an. John nickte freundlich zur Begrüßung, und ich – denn ich hatte die Nase voll – rief: »Teufel noch mal, Schmidt, was denkst du dir eigentlich? Du kannst niemanden mit einer Spielzeugwaffe umlegen!«

»Es ist kein Spielzeug«, rief Schmidt zurück. Und er stellte es unter Beweis.

Alle schrien, weil die lange erwartete Kakofonie endlich ausgebrochen war – Schüsse, Schläge, Rufe und vonseiten Schmidts eine Salve, die er nach hinten in die Bibliothek auf mehrere Personen abgab, die ihm ins Arbeitszimmer folgen wollten. Sie unterbrachen ihr Vorhaben, und Schmidt knallte die Tür zu.

»So«, keuchte er. »Hände hoch, Mr Wer-auch-immer-Sie-sein-mögen. Wir haben Sie erwischt. Guten Abend, John. Wo ist Vicky?«

»Hier«, sagte ich leise.

John schlenderte zu mir herüber, beugte sich hinab und reichte mir seine Hand. »Also wirklich«, sagte er. »Ich bin erstaunt, dich hier zu treffen.«

Mein Erscheinungsbild lenkte Schmidt ab und ängstigte ihn. »Ist sie verletzt? Ist alles in Ordnung?«

Ein paar entscheidende Sekunden sah niemand zu Alan hinüber. Ein Scheppern ließ uns das nachholen. Hätte ich ein Gebiss gehabt, ich hätte es sicher einfach heruntergeschluckt, als ich sah, dass er jetzt einen der Säbel schwang, die über dem Kamin gehangen hatten. Der andere lag vor dem Kamin auf dem Boden.

»Oh, um Gottes willen«, sagte John und zog mich auf die Füße. »Leg das weg, du verdammter Dummkopf.«

»Ja, fallen lassen«, befahl Schmidt. »Sonst schieße ich.«

»Nein, das tun Sie nicht«, sagte Alan atemlos. »Erstens sind Sie viel zu gut erzogen, um auf einen Mann zu schießen, der nur mit einem Säbel bewaffnet ist. Und zweitens ist Ihr Magazin leer.«

Schmidt stieß eine Reihe mittelhochdeutscher Flüche aus und begann in seinen zahllosen Taschen herumzuwühlen. John bewegte sich vorsichtig auf Alan zu und stoppte plötzlich, als die Klinge direkt an seinem Gesicht vorbeisauste.

»Nimm das andere«, sagte Alan und fletschte die Zähne. »Wir werden ja sehen, wer von uns der Bessere ist.«

»Du«, entgegnete John hastig. »Keine Frage. Ich gebe auf. Ich kann nicht fechten.«

»Ich weiß, dass du es kannst. Aber nicht so gut wie ich. Diese *Reenactments,* über die du so die Nase rümpfst, haben ihren Reiz. Nimm es, oder ich schnitze meine Initialen in Vickys Haut.«

Ich hätte nie gedacht, dass man mit einem Säbel drei Leute in Schach halten könnte. Aber es geht, wenn die anderen drei nicht einmal ein Messer haben und wenn die Klinge so schnell zuckt wie Alans.

»Nimm sie«, befahl er.

»Mir bleibt wohl nicht viel anderes übrig«, sagte John, dessen entspannter Ton gar nicht zu seinem angespannten Mund und den zusammengekniffenen Augen passte. »Er ist durchgedreht. All diese Fantasyspiele … Ups.«

Er duckte sich gerade noch rechtzeitig und griff nach dem zu Boden gefallenen Säbel. Er hechtete zurück, als Alan in meine Richtung schlug. Schmidt eierte unentschieden herum und durchsuchte immer noch seine verdammten Taschen.

»Ruf Hilfe, Schmidt«, schrie ich. »Wo sind die anderen?«

Dem anhaltenden Kriegslärm zufolge, waren »die anderen« vollauf beschäftigt. Alans Bande schoss jetzt zurück, und zwar von allen vier Seiten des Hauses.

»Halt ihn einfach auf«, sagte ich zu John.

Seine Lippen bewegten sich geschmeidig, wenn auch lautlos. Ich machte ihm keinen Vorwurf daraus, dass er das Bedürfnis verspürte, mich zu beschimpfen; es war keiner meiner besseren Vorschläge gewesen. Ich wusste, dass er ein bisschen fechten konnte.

Ich hatte es gesehen – mit einem Gegner, der fett, betrunken und vor allem ungeübt war. Alan war nichts dergleichen, dafür aber in eine Art manischen Rausch verfallen. Ich glaube, inzwischen waren ihm das Geld oder der Sieg egal. Er wollte nur noch so viel Schaden wie möglich anrichten, und zwar mit seinen eigenen Händen, an dem Mann, den er am meisten bewunderte, hasste und beneidete.

Es gelang John, den ersten Angriff zu parieren. Die nächsten drei verpassten ihm Schnitte auf der Wange, den Unterarmen und an der Seite des Brustkorbs. Er wich einigen von Alans Stößen mithilfe von Bewegungen aus, die selbst meinem laienhaften Blick unorthodox erschienen, er duckte und wand sich, sprang zur Seite, wich aus, atmete aber schwer und zog sich immer weiter zurück. Schmidt hatte endlich ein zweites Magazin gefunden und versuchte, es in die Pistole zu schieben. Er fluchte. Alan lachte. Sein Lachen war eines der hässlichsten Geräusche, die ich je vernommen hatte. Ich griff nach einem Schüreisen und versuchte, hinter Alan zu gelangen. Er wirbelte herum und schlug mir das Schüreisen aus der Hand, bevor er sich wieder in Johns Richtung drehte und seinen ungeschickten Angriff mit frustrierender Eleganz parierte.

»Touché«, kreischte er und stach John durch den rechten Arm.

John fiel der Säbel aus der Hand. Mit dem Rücken an der Wand glitt er langsam in eine sitzende Position. Er blutete aus einem halben Dutzend Schnitten, von denen keiner außer dem letzten wirklich schlimm war, war aber dermaßen außer Atem, dass er nicht einmal mehr sprechen konnte. Ich rannte zu ihm und kniete mich neben ihn; ich stützte seinen geschwächten Körper.

»Schieß, Schmidt«, schrie ich.

»Allmächtiger Gott im Himmel, diese verdammte Pistole«,

brüllte Schmidt so laut er konnte. Er warf die Waffe beiseite, und ich stieß einen Schrei aus, der sirenenhafte Dimensionen annahm, als Schmidt sich den Säbel schnappte, den John hatte fallen lassen.

Im Hintergrund herrschte immer noch Lärm, aber nichts davon drang in mein entsetztes Hirn. Ich konnte nur daran denken, dass Schmidt, der selbst ernannte beste Fechtkämpfer Europas, endgültig den Verstand verloren hatte. Und er war nicht einmal betrunken.

John versuchte sich aufzurichten und keuchte: »Nein, Schmidt, nicht. Um Gottes willen, nicht …«

Schmidt ging in Position – so nennt man das wohl – und forderte seinen Gegner in unterschiedlichen Sprachen heraus, zuletzt mit: »En garde!« Alan lachte dermaßen, dass ich glaubte, er würde gleich vornüberfallen. Das ärgerte Schmidt. Er trat einen Schritt vor und …

Ich kann nicht beschreiben, was geschah. Alles, was ich sah, war ein Wirbelwind aus blitzendem Stahl, und ich hörte nur das Klingen von Metall auf Metall. Als es aufhörte, war Alan ein ganzes Stück zurückgedrängt worden und befand sich außer Reichweite von Schmidts Waffe. Er lachte nicht mehr. Seine Augen waren groß wie Untertassen, und sein Mund stand offen. Schmidt hatte sich nicht von der Stelle gerührt, er fletschte die Zähne, und sein Schnauzer sträubte sich. »Ha!«, rief er. »Nimm dies!«

Die nächste Runde verlief langsamer. Alan ging mit seinem Säbel auf Schmidt los, und Schmidt schlug ihn abschätzig beiseite, bevor er seinerseits Alan angriff. John begann sich zu winden, er versuchte, sich aus meinen zärtlich beschützenden Armen zu befreien. »Verdammt, Vicky, geh zur Seite! Ich kann nichts sehen.« Seine Stimme war ein fröhliches Jubeln. »Zeig's ihm, Schmidt! Zeig's ihm!«

Als die beiden wieder voneinander ließen, sickerte Blut über Alans linken Arm. Mit gelassener Würde tat Schmidt einen einzelnen Schritt nach vorn und griff erneut an. Er zwang Alan zurück. Ich war mir vage einer Stimme bewusst, die mir ins Ohr plapperte. Jeder Satz endete mit einem Ausrufezeichen.

»Der beste Fechtkämpfer Europas!« Das war er, bei Gott, das war er! A-bis-Z-Schmidt – Olympisches Gold, Weltmeister! Wir mussten uns die Aufnahmen ansehen! Ich hätte es wissen müssen! Aber das ist fast zwanzig Jahre her, und er war immer nur der gute, alte Schmidt …

Schmidts dicker, alter Arm bewegte sich mit der eifrigen Präzision eines Metronoms. Alan blutete mittlerweile aus mehreren Verletzungen. Schmidts Rache, dachte ich begeistert. Er tut Alan dasselbe an, was Alan John angetan hat.

Diesmal war Schmidt derjenige, der zurücktrat. Sein Atem ging schneller, aber Alan war mittlerweile derjenige, der keuchte, wenn auch vermutlich eher aus Unglaube denn vor Erschöpfung.

Schmidt dröhnte: »Geben Sie auf?«

Melodramatisch bis zum Anschlag kreischte Alan »Niemals!« und griff an.

Zwei schnelle Hiebe, dann ließ sich Schmidt auf ein Knie sinken und stieß zu, Arm und Säbel in einer einzigen Geraden. Die Spitze verschwand in Alans Brust.

Mehrere ewige Sekunden war nichts zu hören, nicht einmal ein Ausatmen. Ich werde nie den Ausdruck auf Alans Gesicht vergessen. Kein Schmerz, kein Zorn – nur absoluter Unglaube. Er fiel langsam, erst auf die Knie, dann auf die Seite. Er zog Schmidt die Waffe aus der Hand.

John löste sich aus meiner erschlafften Umarmung und stemmte sich hoch. »Schmidt«, sagte er leise. »Schmidt … ich … du.« Und dann, ein Gebet: »Gott.«

Er kniete sich neben Alan und drehte ihn auf den Rücken. Die Klinge des Säbels schwankte ein wenig, wie eine Blume im Wind. Schmidt hatte sich nicht gerührt. Immer noch mit einem Knie am Boden sagte er keuchend: »Vicky, kannst du mir bitte aufhelfen?«

»Schmidt, bist zu verletzt?« Ich eilte auf ihn zu.

»Nein. Es ist… Nun ja, weißt du, mein Knie, hilf mir auf, bitte.«

Ich nahm seine Hand und zog. Untermalt von einer Reihe Knacklauten erhob sich Schmidt. »Ach Gott«, jammerte er und lehnte sich schwer an mich.

»Ich habe ihn getötet, das wollte ich nicht. Gott vergebe mir.«

»Er ist nicht tot«, sagte John. »Aber es geht ihm schlecht. Ruft einen Krankenwagen.«

»Ist unterwegs«, sagte eine Stimme, die ich schon eine Weile nicht mehr gehört hatte.

Ohne braune Perücke, dafür aber mit Pistole, stand Suzi in der Tür zur Bibliothek. Hinter ihr konnte ich noch mehrere andere bekannte Gesichter ausmachen. Ich weiß nicht, wie lange sie schon dort gestanden hatten. Ich hätte nicht einmal eine Büffelherde bemerkt.

»Typisch«, sagte ich bitter. »Wo waren Sie, als ich Sie brauchte?«

»Ich kam, kaum dass ich Ihre Nachricht erhalten hatte«, hielt Suzi dagegen.

»Prima«, sagte ich. »Da ist Ihr Dieb, Suzi. Und dort, verwundet, aber unerschütterlich, ist der Mann, den Sie zu Unrecht verdächtigt haben.« Ich streckte den Arm aus. John, der sich nie eine Gelegenheit zur Theatralik entgehen ließ, erhob sich langsam. Ich fuhr mit zunehmender Leidenschaft fort: »Wenn Sie uns jemals wieder belästigen, werde ich dafür sorgen, dass Ihre Chefs erfahren, wie unglaublich Sie diese Geschichte vermasselt haben. Sie haben nicht nach dem Täter gesucht, Sie waren geblendet von Ihrem Wunsch, John fertigzumachen. Er hätte sterben können, ohne die Hilfe von …«

»Schmidt«, sagte John und schwankte theatralisch. »Anton Z. Schmidt, dem besten Fechtkämpfer Europas.«

* * *

»Der Ausfall, müsst ihr wissen, wird in den mittleren Jahren schwierig«, erklärte Schmidt. »Die Kniegelenke machen nicht mehr recht mit. Deshalb muss sich ein Fechter auf die Stärke seines Arms und auf seine Erfahrung verlassen. Das wusste er, und ich glaube, er dachte, ich würde es nicht riskieren.«

Die Worte »mittlere Jahre« führten nicht einmal zu einer hochgezogenen Augenbraue. Schmidt hätte sich auch als »jungen Mann« bezeichnen können, und keiner seiner Bewunderer hätte ihm widersprochen. Am allerwenigsten ich.

»Oh, Schmidt«, sagte ich. »Ich liebe dich so sehr.«

»Das hast du bereits gesagt.« Schmidts Augen glänzten. »Aber du kannst es so oft sagen, wie du möchtest.« Er betrachtete sein leeres Glas. »Ich glaube, ich trinke noch ein Bier.«

John war schneller als ich an der Minibar. Aber ich hatte meine Punkte auch schon gemacht, denn ich hatte im Hotel angerufen und Bier bestellt, bevor wir das Schlachtfeld verlassen hatten.

Die Bezeichnung »Schlachtfeld« war nicht unangemessen. Alans Verbündete hatten sich heftig zur Wehr gesetzt, sie hatten die meisten Fenster verbarrikadiert und die Türen verteidigt. Mit Loyalität hatte das vermutlich wenig zu tun. Jeder, der versucht hätte, das Haus zu verlassen, ob mit oder ohne weiße Flagge, wäre wahrscheinlich niedergemäht worden. Leute, die Pistolen haben, schießen auch gern damit. Und wenn sie aufgeregt sind, treffen sie nicht immer das Ziel, das sie anvisieren. Insofern war es ein kleines Wunder, dass letztlich niemand ums Leben gekommen war.

Unsere Verbündeten, zusammengetrommelt von Schmidt, hatten auf mein Signal gewartet, bevor sie angriffen. (Schmidt war der Befehlshaber, weil er der Einzige war, der wusste, wohin ich verschwunden war.) Es war ein bunt gemischtes Grüppchen, und es ist erstaunlich, dass sie nicht anfingen, sich untereinander zu streiten – Suzi und Ashraf und ihre »Assistenten«, Feisal und eine Gruppe Männer aus dem Dorf, und natürlich Saida. Schmidt war der Kitt, der die Gruppe zusammenhielt. Feisal berichtete, dass er klang wie ein französischer Revolutionär, der die Massen mobilisieren wollte. »Rächt den Mord an Ali! Bergt die gestohlenen Schätze Ägyptens! Rettet die schöne Amerikanerin und ihren Liebhaber!« Ich habe keine Ahnung, wo sie all die Pistolen herhatten, und war klug genug, nicht zu fragen. Feisal wollte Saida keine geben, deswegen warf sie mit Steinen. Sie behauptete, zumindest zwei unserer Gegner am Kopf getroffen zu haben.

Feisal und sie kamen mit in unser mittlerweile lieb gewonnenes Zuhause fern der Heimat im Winter Palace, Ashraf und Suzi leiteten die Aufräumarbeiten. John verweigerte schlicht, sich von der Ambulanz versorgen zu lassen. »Es ist eine einfache Stichwunde«, sagte er zufrieden. »Und ich brauche ein sauberes Hemd. Alan hat einen grauenhaften Geschmack.«

»Gehört das hier Alan?«, fragte ich.

»Dachtest du, ich hätte irgendwo in Luxor eine zweite Garderobe versteckt?« Seine Stimme war nicht unbedingt vorwurfsvoll, aber ich konnte ihm dennoch nicht in die Augen sehen.

»Was *sollte* ich denn denken?«, fragte ich.

»Egal, meine Liebe, ich vergebe dir. Ich werde dir zu gegebener

Zeit alles berichten. Aber jetzt könnte ich erst einmal ein paar Erste-Hilfe-Maßnahmen vertragen.«

»Und Bier«, sagte Schmidt.

Er bekam sein Bier, John und ich tranken etwas Härteres. Nachdem ich John verbunden hatte – eine Aufgabe, die ich immer besser meisterte – und er sich ein Hemd in einem wesentlich schmeichelhafteren Blauton ausgesucht hatte, erzählten wir der Reihe nach unsere Geschichten. Ich muss zugeben, dass Johns die interessanteste war.

»Ich werde am Anfang anfangen«, verkündete er und spielte mit seinem Scotch-Glas herum, »und fortfahren, bis ich das Ende erreicht habe. Unterbrecht mich bitte nicht. Ein schlichter fragender Blick wird hinreichend darauf aufmerksam machen, dass ein bestimmter Abschnitt noch weiterer Erklärungen bedarf.«

Saida kicherte. John zog eine Augenbraue hoch, räusperte sich und fing am Anfang an.

»Kaum hatte ich die Nachricht von LeBlanc gelesen, war ich sicher, dass Ashraf das Treffen im Mondlicht arrangiert hatte, um sich mit seiner Kontaktperson zu treffen. Es war gut durchdacht. Der Tempel ist so groß, dass er einen sicheren Ort wählen konnte, aber es würden dennoch genug Leute herumlaufen, um mögliche Verfolger zu verwirren. Auf jeden Fall ist es ihm gelungen, *mich* gründlich zu verwirren. Nach einer Weile konnte ich nicht mehr sagen, wer wem folgte, obwohl mir dämmerte, dass viel zu viele von ihnen mir folgten. Als das Treffen letztendlich stattfand, wartete ich in einiger Entfernung. Ich konnte sehen, dass Ashrafs Kontaktperson eine Frau war, aber ich konnte nicht hören, was sie miteinander besprachen. Als sie davonlief, eilte ich hinter ihr her. Meine Motive waren nicht ausschließlich altruistisch, das muss ich zugeben … Vicky, könntest du bitte aufhören, mich mit dem, was du wohl für einen schlichten fragenden Blick hältst, zu bedenken?«

»Ich hätte gern, dass du die eleganten Sprachvolten weglässt und ganz normal erzählst. Du bist ihr gefolgt, weil du dachtest, sie würde dich zum Hauptquartier der Bande führen.«

»Ich wollte eigentlich nicht, dass sie so weit kommt. Ich war ziemlich sicher, dass wir dem armen Wesen ein Geständnis entringen könnten, und ganz sicher hatte ich nicht vor, den Drahtziehern so nahe zu kommen. Doch sie war zu schnell für mich«, gestand John mit sichtlicher Unzufriedenheit ein. »Sie wusste, wo sie hinwollte, und ich nicht. Ich erwischte sie erst wieder, als sie tatsächlich das Haus erreicht hatte, und als ich sie mir schnappen wollte, kreischte sie wie eine Verrückte. Sie warteten offensichtlich bereits auf sie. Die Tür flog auf, und mehrere große, unfreundliche Männer zerrten uns beide hinein. Nein, Vicky, ich habe mich nicht gewehrt. Ich wehre mich nicht gegen große Männer mit Messern, die zu sechst sind. Sie haben mich zusammengeschnürt wie einen Truthahn, mir eine Augenbinde angelegt und mich geknebelt, bevor ich mich auch nur mit ihnen unterhalten konnte, und dann warfen sie mich auf einen Karren und auf mich einen Sack mit irgendeiner schweren körnigen Substanz und fuhren los. Das Ganze dauerte nicht länger als zwei Minuten.«

Er unterbrach sich und nahm einen erfrischenden Schluck, und ich sagte: »Als die kluge Suzi kam, warst du also schon lange weg. Wahrscheinlich durch die Hintertür. Sie ist tot, musst du wissen.«

Ihm war klar, dass ich nicht Suzi meinte. »Ich weiß. Alan hat es mir erzählt, in schauerlicher Detailverliebtheit. Sie hatte versucht, ihren eigenen Deal zu machen. Es tut mir leid. Sie war eine verhältnismäßig neue Rekrutin, deren einziges Vergehen in versuchter Erpressung bestand.

Nachdem ich in dem Karren umhergeschleudert und durch irgendwelche schweren Gegenstände schier erdrückt worden war, war ich nicht in bestem Zustand, als wir unser Ziel erreichten. Da ich, wie das meine Art ist, das Schlimmste erwartete, war ich angenehm überrascht, als sie mich einigermaßen vorsichtig losbanden, mich in einen Sessel setzten und mir ein Glas Brandy brachten. Ich erkannte meine Umgebung sofort, und es dämmerte mir, dass die das FEPEA-Haus als alternatives Hauptquartier benutzten. Das Haus an der East Bank war zu Beginn ausreichend, aber für den Fall, dass etwas schiefginge, so wie es dann ja auch geschah, brauchten sie ein zweites Versteck. Ich schaute mich gerade um und suchte nach einer Fluchtmöglichkeit, als Alan auftauchte. Ich war keineswegs überrascht, ihn zu sehen. Mir war bereits klar geworden, dass er mit der Sache zu tun haben musste. Ah. Ich entnehme der Zahl fragender Blicke, dass ich diese Behauptung weiter ausführen muss.

Ihr habt erwähnt, mich im Luxor-Tempel gesehen zu haben. Ich wusste, dass ich nicht dort war, und mir ging auf, dass eure ›Beobachtung‹ vielleicht auf der Ähnlichkeit zwischen mir und Alan basierte. Dann fing ich an, darüber genauer nachzudenken. Ich habe ihn zum Teil wegen seiner Computerkenntnisse engagiert. Mittlerweile war offensichtlich, dass jemand meine geheimen Dateien geknackt hatte, in denen ich meine ehemaligen Gegner und Mitarbeiter aufgelistet …«

»Verdammt«, brach es aus mir heraus. »Du hast vor einiger Zeit gesagt, dass du jede Verbindung zu diesen Leuten abgebrochen hättest.«

»Das habe ich auch. In dem Sinne, dass ich mit keinem von ihnen Kontakt aufgenommen habe, bis …«

»Berlin. Rom. Du hast den Monsignore nicht nach verschwundenen Reliquien befragt, du hast ihn bestochen, um dir Informationen über im Moment aktive Banden zu geben. Und jedes Wort, das du über das Gespräch mit Helga berichtet hast, war gelogen.«

»Ich fand es recht überzeugend«, sagte John mit einem selbstzufriedenen Grinsen.

Aber dann sah er mir direkt in die Augen und danach beschämt zu Boden. »Ich hatte dir versprochen, dass ich alle Kontakte mit meinen ehemaligen Verbündeten ein für alle Mal abbrechen würde. Ich habe gelogen. Es ging nicht anders. Du hättest dagegen argumentiert und protestiert, und die Dateien waren einfach zu wertvoll, um sie zu zerstören. Ich rechne immer mit dem Schlimmsten. Das Schlimmste ist eingetreten.«

»Wie wahr«, befand Schmidt. »Die gegenwärtige Situation hat deine Entscheidung gerechtfertigt.«

Sie nickten einander ernsthaft zu. »Also«, fuhr John fort, »als ich Alan in Karnak entdeckte, wie er im Mondlicht herumflitzte, war ich nicht weiter überrascht. Er machte sich nicht einmal die Mühe, sich zu verkleiden, denn er wollte ja mit mir verwechselt werden. Und das gelang ihm auch. Die Beleuchtung war schlecht, und die Menschen sehen, was sie zu sehen erwarten.«

»Lass doch mal den Lehrvortrag über Verbrechen«, sagte Feisal ungeduldig.

»Oh, ich finde das faszinierend«, rief Saida. »Mach weiter.«

»Nun, er war wirklich sehr überzeugt von sich«, erklärte John. »Ein weiteres Kennzeichen eines Amateurs ist, dass er zu viel redet, und Alan erwies sich als Bestätigung dieser Regel. Psychologisch ist er ein interessanter Fall. Er hasst mich inständig, will aber ich sein, nur besser – oder, aus anderer Sicht betrachtet, schlimmer. Seine *Reenactments* und Rollenspiele stellten den Versuch dar, sein langweiliges Leben zu kompensieren. Dann traf er auf mich, und ihm wurde klar, dass er sich nicht damit begnügen musste, in seinen Rollenspielen der Held zu sein: Aus dem schneidigen Kavalier wurde ein Schwarzer Lord. Das Böse, hat einmal jemand gesagt, ist interessanter als das Gute.«

»Ja, ja«, sagte Schmidt begeistert. »Weit mehr Besucher von Fantasy-Messen kommen verkleidet als Darth Vader oder Saruman oder Klonkrieger, denn als …«

»Als wer?«, fragte Feisal verständnislos.

»Die Bösen«, übersetzte Saida. »Ich erkläre es dir ein andermal, mein Liebling.«

»Wie ich bereits sagte«, bemerkte John laut, »erzählte er mir alles. Er fing in meinem Laden in London an, nebenbei Verkäufe zu tätigen, er fälschte die Bücher mit einem Talent, dem ich wahrlich nicht gewachsen war. Er fertigte Kopien meiner Schlüssel an, öffnete verschlossene Schreibtischschubladen und den Safe.«

»Er war also derjenige, der deine Wohnung durchsucht hat?«

John legte die Stirn in Falten. »Es muss so gewesen sein. Obwohl ich nicht verstehe, warum er …«

Das Telefon klingelte. Ich nahm ab, denn sonst schien sich keiner rühren zu wollen. Die Stimme des Concierge informierte mich darüber, dass jemand an der Rezeption nach uns fragte. »Schicken Sie ihn hoch«, sagte ich und legte auf.

»Das muss Ashraf sein«, informierte ich die anderen. »Das ging aber schnell.«

»Er hat ihn gefunden«, rief Feisal. *»Alhamdullilah!«*

»Es sei denn, es ist Suzi.« Schmidt schaute abwehrend. »Ich will sie nicht sehen.«

Ich war begierig darauf, Suzis Vorwürfe, Entschuldigungen oder was auch immer zu hören, aber an diesem Abend war Schmidts Wort Gesetz, und Suzi konnte warten. Irgendwann würde ich mich ausführlich mit ihr unterhalten. Unter vier Augen.

»Ich schicke sie weg«, sagte ich und ging zur Tür. Das Klopfen hatte etwas zögerlich geklungen. Vielleicht wollte Suzi sich entschuldigen. Als ich jedoch sah, wer unser Besuch war, ging ich in die Offensive. »Suzi hat Sie geschickt, oder? Sie hatte nicht den Nerv, selbst zu kommen.«

Die kleine Frau mit dem großen Hut sagte: »Wer ist Suzi?«

»Oh, kommen Sie, Sie gehören zu ihr, es muss so sein. Wir sind uns hier doch schon einmal begegnet.«

Die Frau richtete sich zu ihrer vollen Größe auf, die allerdings höchstens gut eins fünfzig betrug. »Ich bin gekommen, um Mr Tregarth zu sprechen. Und erzählen Sie mir nicht, dass er nicht hier sei, ich habe den Concierge bestochen, damit er mich informiert, wenn er zurückkehrt. Diesmal werde ich mich nicht abweisen lassen.«

John hatte mitgehört. Er trat hinter mich. »Ich bin Tregarth. Wie kann ich …«

»Ich weiß, wer Sie sind. Ich versuche schon seit Tagen, Sie zu treffen. Wenn Sie mich nicht hereinlassen, setze ich mich vor die Tür und … und tue etwas Störendes.«

Sie versuchte, bedrohlich zu schauen, aber ich für meinen Teil habe noch nie jemanden gesehen, der so wenig bedrohlich wirkte, noch habe ich je eine derart absurde Drohung vernommen. John hob eine Hand vor den Mund, um sein Lächeln zu verbergen, und winkte mich zurück. »Kommen Sie herein, Miss – Ms – Mrs …«

»Meine Karte.« Sie reichte sie ihm und kam ins Zimmer. Schmidt sprang galant auf. Saida stupste Feisal an, der in schöne Träume von Tutanchamun versunken war, und er tat es ihm gleich.

»Oh ja«, sagte John. »Jetzt erinnere ich mich. Aber ich glaube, wir haben einander nie kennengelernt. Sie hatten lediglich mit meiner Mutter zu tun …«

Seine Stimme verstummte. Eine Reihe starker Emotionen zog über sein Gesicht, dann rief er: »Sie sind diejenige, die in das Haus eingebrochen ist und den Dachboden durchsucht hat!«

»Bitte.« Sie sah ihn unter ihrer Hutkrempe hervor an. »Bitte schreien Sie mich nicht an, das macht mich nervös, und wenn ich nervös werde, schreie ich zurück. Lassen Sie es mich erklären. Ich habe etwas Unrechtes getan, und ich bin gekommen, um es zu gestehen und Buße zu tun. Ich weiß nicht, was über mich gekommen ist!«

»Ts, ts, ts«, sagte Schmidt zu John. »Madam, bleiben Sie ruhig. Niemand wird Sie anschreien, solange ich hier bin.«

»Sie sind sehr freundlich.« Sie lächelte ihn an. Zu ihm hoch, genau genommen. Sie hatte ein Grübchen am Kinn. Und an einer Kette um ihren Hals, im Rüschenkragen ihrer altjüngferlichen Bluse kaum sichtbar, hing ein dicker Goldring. *Der Eine Ring.* Das genaue Duplikat des Rings, den Schmidt besaß. Ich bekam eine Gänsehaut, weil ich ahnte, wie das alles ausgehen würde.

»Bitte setzen Sie sich«, sagte Schmidt, der Kavalier. »Darf ich Ihnen ein Bier anbieten, Miss … Ms …«

Er schnappte John die Karte weg und sah darauf. »Ah! Jetzt erinnere ich mich. Ich kenne Ihren Namen. Ich kenne alle Ihre Namen!«

»Wie viele hat sie?«, fragte ich, nicht willens, mich ablenken zu lassen.

»Drei, nicht wahr?« Schmidt erntete ein bescheidenes bestätigendes Lächeln.

»Zwei sind Pseudonyme, müssen Sie wissen.«

»Dann ist der Name auf der Notiz, die Sie hinterlassen haben …«

»… mein wirklicher Name.« Sie lächelte entschuldigend. »Ich muss ihn auf Reisen benutzen, wegen der Kreditkarten und Pässe und solcher Dinge. Ich weiß, dass es verwirrend ist. Manchmal komme ich selbst durcheinander.«

»Aber die Pseudonyme sind notwendig«, verkündete Schmidt. »Wegen der vielen treuen Leser, die Sie bewundern. Ich habe Ihnen einmal einen Fanbrief geschrieben, und Sie haben mir ein Autogramm zurückgeschickt.«

»Ich erinnere mich. Sie haben um ein Foto gebeten, und es tat mir leid abzulehnen, aber ich habe es mir zur Regel gemacht, niemals ...«

»... Fotos zu verschicken, als wären Sie eine Berühmtheit«, jubelte Schmidt. »Eine bewundernswerte Haltung. Ich verstehe Sie ganz und gar.«

»Sollen wir anderen euch allein lassen?«, erkundigte sich John in einer bestürzend höflichen Tonlage.

Schmidt sagte »Hmpf«, und die Frau, deren Namen ich noch immer nicht kannte, lief rot an. »Lassen Sie mich bitte mein Geständnis ablegen. Ich war diejenige, die in den Stammsitz Ihrer Familie einbrach, die Ihre Wohnung durchsuchte, und ich bin Ihnen in verschiedenster Verkleidung quer durch Europa gefolgt. Ich bin zeitweilig etwas aus dem Gleichgewicht geraten.«

John beugte sich vor und nahm ihr vorsichtig den Hut ab. Sie sahen einander in die Augen. Seine Mundwinkel wanderten nach oben, und er sagte: »Dennoch vermute ich, es hat Ihnen durchaus Freude bereitet, nicht wahr? Vor allem die Verkleidungen.«

Ein flüchtiges Lächeln spiegelte seines. Dann sagte sie leicht indigniert: »Doch darum geht es nicht. Sehen Sie, die Tagebücher, die Ihre Mutter mir vor einiger Zeit verkaufte, bildeten die Basis einer sehr erfolgreichen Romanreihe. Und dann – dann waren die Tagebücher zu Ende! Ich wusste, dass es mehr geben musste, denn in der Chronologie waren Lücken, aber Ihre Mutter stritt ab, sie zu besitzen, und sie weigerte sich, mich selbst danach suchen zu lassen. Ich war verzweifelt.«

»Warum haben Sie sich nicht einfach etwas ausgedacht?«, fragte Saida interessiert. »Machen das Romanautoren nicht so?«

»Nein, das konnte sie nicht«, verkündete Schmidt. »Nicht eine integre Autorin wie diese, deren Arbeiten immer auf wahrhaftigen geschichtlichen Ereignissen basierten.«

»Vielen Dank für Ihr Verständnis«, sagte die integre Autorin, die gerade zugegeben hatte, zwei Einbrüche auf dem Gewissen zu haben. »Aber das entschuldigt dennoch nicht, was ich getan habe. Ich habe drei der fehlenden Tagebücher auf dem Dachboden Ihres Heims gefunden, Mr Tregarth (Sie sollten dort wirklich einmal jemanden sauber machen lassen). Ich habe sie mitgenommen. Ich werde sie zurückgeben, wenn Sie darauf bestehen, aber ich bitte Sie, stattdessen meinen Scheck und meine wirklich ernst gemeinte Entschuldigung zu akzeptieren.«

John lehnte sich auf dem Sofa zurück und fragte gelassen: »Wie viel?«

»Hör auf, sie zu ärgern«, mischte ich mich ein. Sie schämte sich sichtlich und war außerdem sehr klein. Solche Frauen taten mir immer leid.

»Ich glaube, auch das genießt sie«, sagte John. Das trug ihm ein flüchtiges, aber uneinsichtiges Grinsen ein. »Nun gut. Derselbe Preis wie die anderen. Einverstanden?«

»Oh ja! Ich danke Ihnen sehr.« Sie zögerte nur eine Sekunde. »Und wenn Sie noch mehr haben sollten …«

»Haben Sie sich die Bibliothek im FEPEA-Hauptquartier angesehen?«, fragte Saida. Sie hatte eine verwandte Seele erkannt, selbst wenn diese so tat, als wäre sie ein Schaf.

»Das wollte ich, aber ich hatte keinen Erfolg. Das ist einer der Gründe, warum ich versucht habe, mit Ihnen zu sprechen,

Mr Tregarth. Dieses Haus, in dem bereits Ihre ehrwürdigen Vorfahren tätig waren, wird derzeit von einer Gruppe merkwürdiger Individuen belegt. Als ich mich dem Haus vor fünf Tagen genähert habe …«

»In der Absicht, einen weiteren Einbruch zu begehen?«, unterbrach sie John.

»Wen kümmert das?«, rief ich. »Erzählen Sie uns von diesen Individuen.«

»Ich wollte diesmal vollkommen korrekt und offen vorgehen«, lautete ihre empörte Entgegnung. »Ich hatte gesehen, dass jemand dort residierte, also klopfte ich an der Tür. Schließlich öffnete mir eine Person, die aufgeregt in Arabisch mit mir sprach. Ich verstehe die Sprache nicht gut, aber seine Gesten waren eindeutig. Als ich ihm meine Karte anbot, schlug er mir die Tür vor der Nase zu.«

»Mein Gott«, rief Feisal. »Sie müssen einen Schutzengel haben. Sie hätten genauso gut getötet oder entführt werden können.«

»Dieses Risiko wären sie nicht eingegangen«, sagte ich. »Sie wollten alles vermeiden, was Aufmerksamkeit auf sie zieht. Vor fünf Tagen, sagen Sie?«

»Ja. Erst dieses Ereignis brachte mich dazu, mit Mr Tregarth Kontakt aufnehmen zu wollen, denn ich hatte das Gefühl, ich sollte Sie über die Anwesenheit dieser Leute in Kenntnis setzen. Ich hoffe – ich hoffe wirklich –, dass die nun eingetretene Verspätung nicht zu Unannehmlichkeiten geführt hat. Wie mir aufgefallen ist, scheinen Sie verletzt worden zu sein.«

Kein Wunder, dass ihr das aufgefallen war, immerhin hatte John auf einer Schlinge bestanden, ebenso wie auf umfangreichem Verbandsmaterial auf den Schnitten an Hand und Wange. Er murmelte ärgerlich etwas vor sich hin, und ich sagte: »Das war nicht Ihre Schuld, Sie haben es gut gemeint.«

»Sie sind sehr freundlich. Ich fühlte mich zudem verpflichtet, ihn darüber zu informieren, dass sein Mitarbeiter ein durchtriebener junger Mann ist, der sein Vertrauen nicht verdient hat. Er hat mir hundert Pfund für die Benutzung des Schlüssels zu seiner Wohnung berechnet.«

»Ah«, sagte ich.

John räusperte sich. »Ich danke Ihnen dafür, dass Sie mir das sagen.«

»Ich tue nur meine Pflicht.« Sie griff nach ihrem Hut und erhob sich. »Ich danke Ihnen dafür, dass sie bereit sind, mir meine Missetaten nachzusehen. Ich schicke Ihnen morgen einen Scheck.«

Schmidt sprang auf. »Ich begleite Sie zurück zum Hotel.«

»Nein, nein, ich habe Ihnen bereits genug Zeit gestohlen; es war mir ein Vergnügen, Sie kennenzulernen, Herr Professor.«

»Das Vergnügen ist ganz meinerseits! Dann lassen Sie mich Ihnen wenigstens ein Taxi rufen.«

Sie gingen gemeinsam hinaus. Eine totale Kehrtwende, dachte ich, eine 180-Grad-Wende. Reiner Seelen Bund, nicht die Lust des Fleisches. Geteilte Interessen, gegenseitiger Respekt …

Das Schweigen, das ihrem Abschied folgte, konnte man nur als missbilligend bezeichnen. Wenn John auf ihre erste Nachricht reagiert hätte, hätten wir einige interessante Dinge erfahren. Vielleicht wäre alles anders gekommen. Vielleicht auch nicht. Aber wie meine Mutter zu sagen pflegt: »Es schadet nie, höflich zu sein.«

Schmidts Rückkehr war für John die Entschuldigung, das Thema zu wechseln, über das wir alle nachdachten. »So schnell zurück?«, erkundigte er sich.

»Ich wollte sie noch in die Bar einladen, aber sie wollte nicht bleiben«, erklärte Schmidt. »Eine reizende Frau, findet ihr nicht?

Sie ist ebenfalls ein Fan von J.R.R. Tolkien! Morgen verlässt sie Ägypten, aber sie war so nett, mir ihre Telefonnummer zu geben. John, hättest du die Höflichkeit besessen, auf ihre erste …«

»Das lässt sich nun nicht mehr ändern«, entgegnete John hastig. »Und wie ich bereits sagte … Wer ist das nun wieder?«

»Ashraf, hoffe ich«, sagte ich und ging zur Tür, an der es geklopft hatte.

»Wenn es Suzi ist …«, begann Schmidt.

»Ich weiß, ich weiß.«

Es war Ashraf, obwohl ich ihn zuerst gar nicht erkannte. Seine Haare standen zu Berge, sein Gesicht war staubverschmiert, sein Blick flackerte wild, und als er sprach, schien seine Stimme zu knistern.

»Er war nicht da! Er ist noch immer weg!«

14

Wir brachten Ashraf mit Brandy wieder zu sich – als medizinische Anwendung ist Moslems Alkohol erlaubt – und bombardierten ihn dann mit Fragen.

»Was soll das heißen, er war nicht da?«, jammerte Feisal. »Wo soll er sonst sein? Du hast nicht gründlich genug gesucht!«

»Wir haben alles auseinandergenommen.« Ashraf spreizte seine staubverschmierten, mit Splittern übersäten Hände. »Nicht nur das Haupthaus, sondern auch alle Nebengebäude. Die Frau – diese schreckliche Frau – ist losgezogen, um die Villa in Karnak zu durchsuchen, aber ich kann nicht glauben, dass sie ihn dort unbewacht herumliegen ließen.«

»Nein«, sagte John.

»Wo kann er sein?« Ashrafs Stimme nahm einen schneidenden, anklagenden Ton an.

»Tja, das ist die Frage, nicht wahr?«, entgegnete John kühl. »Behalten wir doch einmal einen Augenblick lang unsere Gefühle unter Kontrolle und betrachten die Sache logisch.«

»Oh bitte«, sagte ich, »nicht noch eine Lektion über Verbrechen und die Denkweise von Kriminellen.«

»Nur über Verbrechen, meine Liebe. Ich wollte mich gerade diesem Aspekt widmen, als wir unterbrochen wurden. Wenn jemand einen besseren Vorschlag hat…« Mit hochgezogenen

Augenbrauen musterte er sein Publikum. Niemand antwortete. Ashraf schwieg entmutigt, Feisal tigerte auf und ab, Schmidt beobachtete John mit freundschaftlicher Erwartung, und selbst Saida fiel zur Abwechslung mal nichts ein. Es war eine vernichtende Niederlage; keiner von uns hätte angenommen, dass die verdammte Mumie nicht dort sein könnte.

Ich verzichtete auf weitere Kritik. John hatte in letzter Zeit viel durchmachen müssen; er kann es nicht leiden, verletzt zu werden, und auch sein Ego hatte ein paar Tiefschläge abbekommen. Um es drastisch zu sagen: Er hatte nicht nur an einer, sondern an mehreren Fronten versagt. Also faltete ich die Hände und nickte ihm bestätigend zu – aber er hätte sowieso weitergesprochen.

»Dies«, sagte John, »war eine teure Operation. Man braucht eine ganze Reihe Leute, um sie durchzuführen, Leute mit bestimmten Fähigkeiten. Davon gibt es nicht so viele, wie ihr vielleicht glauben mögt, vor allem in dieser Ecke der Welt – man braucht keine Terroristen, keine politischen Fanatiker, sondern eine rein kriminelle Organisation, der es nur ums Geld geht. Nachdem ich mich mit meinen Quellen besprochen hatte, war mir, schon bevor wir nach Ägyptern reisten, klar, dass insbesondere eine Gruppe infrage kam. Sie hatte mehrere ziemlich geschickte Antiquitätendiebstähle durchgeführt, aus Lagerhäusern und in einem Fall sogar aus einem gut bewachten Tempel.«

»Denderah«, rief Feisal.

»Genau. Der *Modus Operandi* in diesem Fall ähnelte dem, der dort angewandt wurde. Nun mögt ihr vielleicht fragen, wieso ich, wenn ich schon die fragliche Gruppe ausgemacht hatte, euch das nicht gesagt habe. Die Antwort lautet, dass die Bande selbst unwichtig ist. Diese Leute sind käuflich, sie befolgen Befehle. Ich wollte den Mann, der sie engagiert hatte, und damals wusste ich noch nicht, wer das war. Es gab zu viele mögliche Motive, zu viele mögliche Verdächtige.

Banden haben ihre Vorteile, aber ihnen haften auch grundlegende Mängel an. Sie sind auf das Geld aus. Wenn ihnen also jemand anderer mehr bietet, dann könnte es durchaus dazu kommen, dass sie sich kaufen lassen. Und wenn etwas schiefgeht, dann entscheiden sie sich vielleicht, ihre eigene Haut zu retten – und nehmen die Beine in die Hand. Deswegen arbeite ich nicht mit ihnen. Man kann sich auf diese Kerle einfach nicht verlassen. Vicky, du wirkst so unruhig. Langweile ich dich?«

»Ja.«

»Mich auch«, schnarrte Feisal. »Worauf willst du hinaus?«

»Ich versuche zu erklären«, entgegnete John heiter, »warum ich euch nicht an meinen Schlüssen habe teilhaben lassen. Ihr wart alle Verdächtige. Ja, Feisal, selbst du. Du hättest Ashraf nur zu gern entehrt gesehen, und du wärst dann der Held gewesen, der Tutanchamun rettet. Die einzigen Menschen, die ich nicht verdächtigte, waren Vicky und Schmidt, aber die beiden haben die unschöne Tendenz, die Sache selbst in die Hand zu nehmen – in Schmidts Fall umfasst das sogar den Einsatz von Waffen.«

Schmidt betrachtete das als Kompliment, kicherte und öffnete eine weitere Flasche Bier.

»Ich hatte ja keine gottverdammten Waffen«, sagte ich schlecht gelaunt. »Schmidt, woher um Himmels willen hattest du eigentlich die Pistole?«

»Ich habe sie in der Nacht gekauft, in der ich mit Saida und Feisal shoppen war«, erklärte Schmidt. »Von einem Taxifahrer, nachdem die beiden endlich gegangen waren. Man kann alles kaufen, Vicky, wenn man sich auskennt.«

Feisal schaute himmelwärts. »Ich will es gar nicht so genau wissen, Schmidt, und ich will auch keine weiteren Theorien mehr hören. Ich will wissen, was zum Teufel aus Tutanchamun geworden ist!«

»Ich auch«, sagte Ashraf. »Wenn Sie schon so verdammt klug tun, Tregarth, dann antworten sie doch mal darauf.«

John trat an die Minibar. »Ich trinke niemals exzessiv, aber ich glaube, heute Abend habe ich es mir verdient, die Grenze auszuloten.« Er schnitt eine theatralische Grimasse und rieb sich den Arm. »Tutanchamun? Der ist natürlich im FEPEA-Haus.«

Ashraf war zu wütend, um auch nur ein Wort herauszubringen; er stotterte und wedelte mit den Armen. Feisal fluchte ausführlich. »Unmöglich. Wir haben es von oben bis unten durchsucht.«

»Ihr habt nicht an der richtigen Stelle nachgesehen«, sagte John.

John weigerte sich, mehr zu sagen; er behauptete, er fühlte sich schwach und benötigte Ruhe.

»Morgen«, sagte er heiser. »Ich… vielleicht bin ich dem Ganzen morgen gewachsen.«

»Scheiß auf morgen«, bellte Feisal. »Ich fahre sofort dorthin.«

»Davon würde ich dringend abraten«, sage John »Du hast doch einige deiner Leute zurückgelassen, die das Haus bewachen, nehme ich an? Dann ist alles in Ordnung.« Er musste die Stimme heben, um sich über die Drohungen und Flüche hinweg verständlich zu machen. »Wollt ihr wissen, wer hinter der ganzen Sache steckt? Dann habt Geduld. Es ist die Sache wert. Glaubt mir.«

Wir warfen Ashraf und Feisal raus, bevor sie John körperlich angreifen konnten. Ich war kurz in Versuchung, es ihnen gleichzutun, aber langsam dämmerte mir, worum es ging. Ich glaube,

Saida wusste ebenfalls Bescheid. Sie hatte sich der allgemeinen Entrüstung nicht angeschlossen.

* * *

Die Katze begrüßte uns als Erste. Sie kam um die Ecke des Hauses geschlichen, den Schwanz aufgerichtet, und spazierte sofort auf Schmidt zu.

»Sie erinnert sich«, sagte Schmidt begeistert, blieb stehen und streichelte dem Tier den Kopf.

»Es ist ein Er, Schmidt«, sagte ich vom anderen Ende der Katze aus. »Definitiv ein Er.«

»Ich habe mir Sorgen um dich gemacht«, sagte Schmidt zu dem Kater. »Ich hätte wissen müssen, dass du klug genug bist, dich von einem Ort fernzuhalten, an dem es laut ist und wo geschossen wird.«

Schmidt hielt mir und dem Kater die Tür auf. Die anderen warteten bereits im Büro des Direktors. Schmidt blieb stehen und schaute betrübt auf den dunklen Fleck auf dem Bokhara-Teppich.

»Schon in Ordnung, Schmidt«, sagte ich und tätschelte seine Schulter. »Er ist noch am Leben.«

Schmidt seufzte. »Gerade so. Aber es war notwendig. Er hätte sonst dich oder John getötet.«

Der dunkle Fleck war nicht das einzige Zeugnis der Gewalttätigkeiten. Das Arbeitzimmer sah aus, wie mein Wohnzimmer normalerweise aussieht – die Sessel waren umgekippt oder zur Seite geschoben, alle möglichen Sachen lagen auf dem Boden. Darunter die zwei Säbel. Die Spitzen waren dunkel befleckt.

»Ts, ts, ts«, sagte Schmidt. »So schöne Waffen derart despektierlich zu behandeln. Sie sollten gereinigt und wieder an ihren Platz gehängt werden.«

»Aber nicht von dir, Schmidt«, sagte ich. »Ashraf, du kannst ja mal ein paar deiner Helfer herkommen lassen, damit sie die Schäden beheben, bevor die Archäologen kommen, sonst musst du einiges erklären.«

»Das ist wohl wahr«, gab Ashraf zu. Etwas knirschte; er hob den Fuß und betrachtete die Sohle seines Schuhs. »Glasscherben. Wo kommen die denn her?«

»In dem Durcheinander letzte Nacht hat jemand einen der Glaskästen umgeworfen«, sagte John und deutete in Richtung der Bibliothek. Er beugte sich vor und nahm vorsichtig ein Messer aus dem Haufen Glasscherben. »Eine hübsche Waffe.«

»Die Menschen früher müssen ganz schön blutrünstig gewesen sein«, sagte ich.

»Das Leben damals war gefährlich«, sagte John und bewunderte das Messer. Es war gute zwanzig Zentimeter lang und wies deutliche Gebrauchsspuren auf.

»Vergiss ›damals‹«, maulte Feisal. »Wo ist Tutanchamun?«

John kam zurück ins Arbeitszimmer. Er legte das Messer auf den Tisch. »Hier.«

»Ich sage dir, wir haben überall nachgesehen«, beschwerte sich Feisal.

»Ihr habt nach einer sargförmigen Kiste von etwa einem Meter achtzig Länge gesucht«, sage John.

Seine Worte knallten wie Bleiklumpen auf einen wehrlosen Schädel. Feisal sackte der Kiefer herunter. Ashraf röchelte. Saida sagte ruhig: »Dachte ich es mir doch.«

John ging hinüber zu den braunen Kisten, die in der Ecke aufgestapelt waren. Sie waren aus schwerem Karton, beinahe quadratisch, keine über einen Meter lang. Die oberste maß nur etwa dreißig mal dreißig Zentimeter. Mit der Langsamkeit eines Magiers, der vorhat, ein Kaninchen aus dem Hut zu zaubern, nahm John den Deckel ab und entfernte einige lose Papierbögen. Der Kopf Tutanchamuns lächelte uns schüchtern an.

»Pah«, sagte ich. »Angeber. Scharlatan.«

»Sie haben ihn zerlegt«, jaulte Ashraf.

»Er war bereits zerlegt«, erinnerte ich Ashraf.

Saida beugte sich über die Schachtel und stöhnte betroffen. Um sie zu beruhigen, sagte ich: »Sie scheinen ihn sehr sorgsam verpackt zu haben – alles ist mit Baumwolle gepolstert, und die Pappe ist sehr stabil.«

Feisal stürzte sich auf die anderen Kisten. Zwei Beine, ein halber Oberkörper, die andere Hälfte, Arme. Er war komplett. Oder, genau genommen, alles war da, außer der Hand, die man Ashraf geschickt hatte.

Die Füße und die zweite Hand lagen in einer separaten Schachtel. Während die anderen Tutanchamun auspackten, stand John ein wenig abseits, hielt sich den Arm und schaute überlegen. Schmidt setzte sich in den Direktorensessel und begann die Katze mit Hähnchenstücken aus einer der Lunchboxen zu füttern, die er mitgebracht hatte. Sein Schnauzer zuckte. Entweder war er tief in Gedanken versunken, oder er versuchte, nicht zu lachen. Gelächter wäre unangemessen, aber der Situation haftete ein Hauch schwarzen Humors an. Ich kam mir vor, als befände ich mich auf einer Trauerfeier, so viel wurde gestöhnt und mit den Zähnen geknirscht.

Ashraf war der Erste, der wieder zu sich kam. Im Gegensatz zu Feisal und Saida kümmerte ihn weniger der arme alte Tutanchamun als sein guter Ruf. Er griff sich die Schachtel mit dem Kopf. »Wir müssen ihn zurückbringen. Sofort, bevor es sich herumspricht. Feisal, du musst die Kisten sofort ins Auto laden.«

Schmidt sah auf. »Jetzt, bei hellem Tageslicht, wo Touristen und Aufseher alles im Tal beobachten?«

»Nein, das geht nicht«, rief Feisal. Er entriss Ashraf die Schachtel. »Verdammt, sei vorsichtig. Schüttel ihn nicht so.«

»Es stört ihn nicht«, sagte ich. »Er ist tot.«

Feisal warf mir einen hasserfüllten Blick zu. Ashraf strich sich über sein frisch rasiertes Kinn. »Wir müssen nachdenken«, murmelte er. »Nachdenken, bevor wir etwas unternehmen. Heute Nacht, wenn das Tal verlassen ist ...«

»Ich fürchte, es wird nicht so einfach sein«, wandte John ein. »Halten Sie sich an Ihren eigenen Rat, Ashraf, und denken Sie zu Ende. Interessiert es Sie nicht im Geringsten, wer hinter der ganzen Sache steckt? Sie müssten doch eigentlich einen persönlichen Groll hegen. Es war immerhin derjenige, der Sie neulich nachts auf den Schädel geschlagen hat.«

»Wir wissen, wer es war. Ihr Assistent ... Ich habe seinen Namen vergessen ...«

»Ich sage Ihnen doch, es ist nicht so einfach. Wir haben keine Eile. Warum macht ihr es euch nicht gemütlich und lasst mich alles erklären?«

»Nicht noch eine Lektion«, stöhnte ich.

»An deren Ende«, sagte John, dessen Nasenflügel sich bereits blähten, »ich den wahren Initiator dieser ganzen Angelegenheit präsentieren werde. Bitte setzen Sie sich, meine Damen und Herren.«

Zögernd und missmutig setzten wir anderen uns um den Tisch herum.

Der Kopf Tutanchamuns, den Feisal vorsichtig in seiner Kiste auf den Tisch gestellt hatte, verlieh der ganzen Sache eine makabere Note. Die Ernsthaftigkeit der Zusammenkunft wurde allerdings ein wenig beschädigt dadurch, dass Schmidt eine Schachtel mit Hühnerkeulen herumreichte. (Die Katze hatte die Hühnerbrust bereits gefressen.)

»Wenn ich darf«, sagte Schmidt, »würde ich gern ein paar Worte sagen.«

»Aber sicherlich«, genehmigte John mit einer gnädigen Kopfbewegung.

»Vielen Dank«, sagte Schmidt, der daraufhin seinerseits gnädig den Kopf neigte. »Ich beziehe mich, John, auf die Schlüsse von gestern Abend: Es scheint mir, du hast noch einiges offengelassen. Der unglückselige Alan mag in der Lage gewesen sein, die Gruppe aufzufinden, die du erwähntest, indem er sich Zugriff auf deine privaten Dateien verschaffte, aber wenn er nur auf Geld aus war, warum sollte er sich dann einen derart bizarren und komplexen Plan ausdenken? Warum entscheidet er sich für Tutanchamun statt für ein Kunstwerk, das er auf dem illegalen Antiquitätenmarkt verhökern könnte?«

»Ich bin froh, dass du das fragst«, sagte John. Sie nickten einander wieder zu. Ganz offensichtlich hatten sie diese Scharade abgesprochen. Nur um Ashraf noch mehr aufzubringen oder aus irgendeinem anderen Grund? John warf immer wieder mal einen Blick auf seine Uhr.

»Genau: Warum Tutanchamun? Die einzig logische Antwort besteht darin, dass Alan mit jemandem zusammenarbeitete, dessen vorherrschende Motive nicht finanzieller Art waren. Wir werden Alan dazu lange Zeit nicht befragen können, wenn überhaupt. Aber ich glaube, es hat sich etwa wie folgt abgespielt:

Alan wurde angesprochen durch eine Person, die auf die Idee gekommen war, das SCA zu blamieren, indem sie sich mit einem der bekanntesten ägyptischen Kunstschätze davonmacht. Anfangs ging diese Person davon aus, mit mir zu tun zu haben. Alan überzeugte ihn dann davon, dass er, Alan, diesen Geschäftsbereich übernommen hatte. Alan wies auch darauf hin, dass die Personengruppe, die den tatsächlichen Diebstahl durchführte, erwarten würde, dafür bezahlt zu werden, und zwar nicht allzu schlecht. Es gab keine Möglichkeit, eine solche Summe aufzubringen, außer ein Lösegeld für die Mumie zu verlangen.«

»Es war also jemand anderer, der vorschlug, Tutanchamun zu stehlen«, sagte ich. »Aber das heißt ... das heißt, er ... Wer, verdammt noch mal?«

»Kannst du es nicht erraten?« Johns Lächeln war widerwärtig hochnäsig.

Ich sah Ashraf an, der seinerseits Feisal ansah, der Saida ansah, die mit leicht geöffneten Lippen John ansah.

John schaute auf seine Uhr.

Schmidt hielt es nicht länger aus. Er sprang auf und zeigte zur Tür. »Perlmutter! Jan Perlmutter. Wer sonst?«

Aber in der Tür zeigte sich leider kein Jan Perlmutter.

»Sei nicht albern, Schmidt«, sagte ich. »Du willst nur, dass er dahintersteckt, weil du immer noch sauer auf ihn bist.«

»Schmidt hat, wie immer, recht«, sagte John resigniert.

Ashraf richtete sich abrupt auf. »Perlmutter? Aus dem Ägyptischen Museum Berlin? Er steckt dahinter? Wie? Warum?«

»Ihr habt ihn wahnsinnig gemacht«, sagte John schlicht. »Als wir in Berlin mit ihm sprachen, hatte Perlmutter praktisch Schaum vor dem Mund, als er darüber sprach, Kunstschätze zu erhalten. Es war, als verfügte er über ein gottgegebenes Recht, sie vor den Barbaren – beziehungsweise vor denen, die er dafür hält – zu beschützen. Er hat, um es einfach zu formulieren, den Verstand verloren. Die meisten Archäologen sind doch etwas verrückt. Überlegen Sie doch einmal, wie Sie und Feisal sich über eine verdammte Mumie aufregen können. Einem geistig gesunden Menschen wäre völlig egal, was damit geschieht.«

»Aber Herrn Dr. Perlmutter war es wichtig«, sagte Saida.

»Genau«, sagte John. Er schaute wieder auf seine Uhr, sah dann zur Tür, runzelte die Stirn.

»Er hatte vor, sie unbeschädigt zurückzugeben«, betonte Saida. »Das immerhin muss man ihm zugutehalten.«

»Nichts wird ihm zugutegehalten«, tobte Ashraf. »Ich werde dafür sorgen, dass er dafür bezahlt, und für seinen Angriff auf mich ebenfalls. Ich fliege gleich morgen nach Berlin, nachdem wir Tutanchamun in seine Grabkammer zurückgebracht haben.«

»Vergeben Sie mir, wenn ich darauf aufmerksam mache«, sagte John, »dass Sie sich immer noch überlegen müssen, wie Sie Letzteres bewerkstelligen. Und was Berlin angeht, das ist nicht nötig. Hier ist er, persönlich. Endlich« setzte er erschöpft hinzu. »Ich habe ihm gesagt, er soll um zehn hier sein.«

Alle schauten zur Tür. »Ich wurde aufgehalten«, sagte Perlmutter.

Er hatte Johns Drehbuch ruiniert, weil er nicht im richtigen Moment aufgetreten war. Ich vermutete, der richtige Moment wäre Johns hochnäsige Frage »Kannst du es nicht erraten?« gewesen.

Für einen Kriminellen, der gerade überführt worden war, wirkte Perlmutter unerschütterlich zufrieden mit sich. Seine silbern angehauchten Locken wippten, während er auf einen der Sessel zuging. »Ich habe den letzten Teil Ihres Gesprächs mitgehört«, sagte er kühl. »Ihre wilden Anschuldigungen sind natürlich reine Fantasiegebilde.«

Ashraf stieß seinen Sessel zurück und sprang auf, die Fäuste geballt. »Feigling! Sie haben mich niedergeschlagen, von hinten. Dafür werden Sie bezahlen.«

Perlmutter lächelte. Man konnte beinahe hören, was er dachte: Diese Araber sind so leicht erregbar. Sie sind viel zu emotional, um auf ihre Kunstschätze gut aufzupassen. Ich hätte Ashraf gern vors Schienbein getreten, damit er die Klappe hielt, saß aber zu weit weg von ihm. Schmidt und John hatten gerade erst angefangen. Wie viele Beweise sie tatsächlich gegen Perlmutter hatten, wusste ich nicht, aber ich hatte das Gefühl, dass es nicht so wahnsinnig viele sein konnten. Sie mussten ihn also dazu bringen, selbst ein Geständnis abzulegen. Erfahrene Leiter von Verhören wissen, dass Gewalt kontraproduktiv ist, wenn man auf ein Geständnis aus ist; Perlmutter in den Bauch zu boxen würde ihn nur wütend machen und sein Gefühl der Überlegenheit verstärken.

Es war der gute alte Schmidt, der tat, was notwendig war. Seine Stimme ließ uns alle zusammenzucken.

»Hinsetzen! Ruhe!«

Schmidt nutzt seine Autorität nicht oft, aber wenn, dann ist er beeindruckend. Ashraf setzte sich augenblicklich, als hätte man ihn geschubst. Hätte ich nicht bereits gesessen, wären mir ebenfalls die Knie eingeknickt.

»Sie auch«, fuhr Schmidt fort und starrte Perlmutter an. »Sie reden nur, wenn Sie etwas gefragt werden. Ich übernehme jetzt die Leitung dieser Befragung und werde keine Unterbrechungen mehr dulden. Ja. So ist es besser. Nun, John, fahr mit deinen Erklärungen fort.«

John war noch nicht an den neuen Schmidt gewöhnt. Sichtlich begeistert räusperte er sich. »Wie ich gerade sagte … Was sagte ich gerade?«

»Dass alle Archäologen leicht durchgeknallt sind«, erinnerte ihn Schmidt.

»Genau. Äh. Die Mumie Tutanchamuns zu stehlen war so eine Idee, die nur einem Besessenen einfallen könnte, jemandem, für den sie einen unschätzbaren Wert darstellte und der davon ausging, dass andere Besessene seine Einschätzung ihrer Bedeutung teilen würden. Mit anderen Worten: ein psychotischer Ägyptologe oder wenigstens ein Kunsthistoriker. Das schloss Alan und seine professionelle Diebesbande aus. Es deutete zudem darauf hin, dass das Motiv persönlich und ungewöhnlich war statt finanziell oder politisch. Wir hatten das als eine Möglichkeit unter anderen in Betracht gezogen, die Idee aber nie bis zum Ende durchgedacht. Ich verschwendete eine Menge Zeit, als ich Zorn auf eine einzelne Person für das Motiv hielt – auf Ashraf, Feisal, mich. Aber da wir alle eine weiße Weste haben …«

Das war nun doch zu viel für Perlmutter, der immer wütender geworden war bei Johns Verwendung beleidigender Adjektive. Es platzte aus ihm heraus: »Eine weiße Weste, sagen Sie? Sie, einer der bekanntesten …«

»Ah«, sagte John. »Sie wussten von mir, nicht wahr? Schreib das auf, Vicky.«

»Womit?«, fragte ich und sah mich nach Stift und Papier um.

»Ich mach das, ich mach das«, rief Saida. Sie zog ihren Notizblock hervor und begann zu kritzeln.

»Ich kannte Sie«, gab Perlmutter zu. Er klammerte sich so fest an die Sessellehnen, dass seine Fingerknöchel weiß hervortraten, aber er war noch nicht bereit, sich geschlagen zu geben. »Während der Bergung des trojanischen Goldes sprach ich mit Herrn Müller über eine mysteriöse Person, die aktiv an den Vorgängen beteiligt und ein Freund von Vicky war. Mir standen – äh – gewisse Regierungsquellen zur Verfügung, und mittels dieser konnte ich das Individuum identifizieren und seine Aktivitäten verfolgen. Das war eine reine Vorsichtsmaßnahme. Ein derartiger Krimineller könnte in Zukunft auch eine Gefahr für unser Museum darstellen.«

»Keine schlechte Begründung«, sagte John herablassend. »Wir können also festhalten, dass Sie auch von meinen früheren Verbindungen wussten. Einen weiteren Fehler haben Sie bei unserem

Gespräch im Museum in Berlin begangen. Sie haben behauptet, nichts von der Existenz des Amarna-Kopfes zu wissen, aber Alan hatte mir versichert, alle wichtigen Museen darüber informiert zu haben.«

»Sein Wort steht gegen meines«, sagte Perlmutter.

»Wie lange sind Sie schon in Ägypten?«

Nach Johns ausführlicher Exposition brachte Schmidts brüske Frage Perlmutter aus dem Konzept. Er ließ sich Zeit mit der Antwort. »Zwei … drei Tage.«

»Was denn nun?« Jetzt war John dran.

Perlmutter wandte sich zurück in Johns Richtung. »Das geht Sie nichts an.«

»Es sind in Wirklichkeit fünf Tage«, sagte Schmidt. »Das hat mein alter Freund Wolfgang vom Deutschen Institut bestätigt.«

»Sie hatten von Alan gehört, dass er bereit war, die Mumie gegen ein Lösegeld zurückzugeben«, sagte John. »Das hatten Sie nie vorgehabt. Sie waren entschlossen, es um jeden Preis zu verhindern. Wir wissen, dass Sie in jener Nacht in Karnak waren.«

Jans Kopf drehte sich hin und her wie der eines Zuschauers bei einem Tennisspiel. Das tödliche Duo gab ihm keine Chance zu antworten, sondern servierte ihm einfach einen Vorwurf nach dem anderen.

»Erst nach Ihrer Ankunft in Ägypten haben Sie von dem Mord an Ali erfahren, und später dem an der jungen Frau.« John übernahm jetzt wieder. Hin und her, hin und her, wir machten es jetzt alle. Ich bekam Nackenschmerzen. Die einzige Ausnahme war Saida, die den Kopf gesenkt hielt und mitschrieb. Jans Blick wanderte zur Seite, und er sah sie kurz an, bevor er sich wieder John widmete.

»Ein ehrlicher Mann, ein Mann mit Mut und Integrität, wäre augenblicklich zur Polizei gegangen. Sie aber haben nachgegeben,

Alan und Sie haben sich geeinigt. Er konnte das Geld behalten, die volle Summe, wenn er Ihnen die Mumie überließ. Ihr verbleibender fachlicher Ruf war Ihnen wichtig genug, um ihn schützen zu wollen. Aber wie Sie sehen können, haben wir Ihre Pläne durchkreuzt.« Mit einer theatralischen Handbewegung deutete John auf die Schachtel, in der sich Tutanchamuns Kopf befand.

Jemand lachte. Ich war nicht die Einzige, die erschrocken in Richtung der Schachtel schaute. Aber es war nicht Tutanchamun, es war Jan. Er war zwar durch den Auftritt von John und Schmidt ganz schön mitgenommen, hatte aber noch immer eine Karte im Ärmel, und es war ein Ass.

»Falsch«, sagte er, lehnte sich zurück und faltete die Hände. »Meine Pläne, wie Sie sie zu nennen belieben, laufen genau nach meinen Wünschen ab. Ich vermute, Sie hatten vor, die Mumie heimlich in das Grab zurückzubringen? Zu spät. Letzte Nacht ist die Weltpresse durch eine anonyme, aber zuverlässige Quelle darüber informiert worden, dass das Supreme Council es zugelassen hat, dass Tutanchamuns Mumie durch eine ganz gewöhnliche Diebesbande gestohlen wurde. Vertreter aller großen Nachrichtenmedien werden in Kürze in Luxor eintreffen.«

Er musste das nicht weiter ausführen. Ich konnte es mir bildlich vorstellen – das Grab wäre umgeben von johlenden Horden von Reportern und Kameraleuten. Man konnte sie nicht aus dem Tal fernhalten, ohne es für alle Besucher zu sperren, und das würde die Spekulationen nur noch anfeuern. Und bestimmte Leute, beispielsweise Feisals eifersüchtiger Untergebener, würden nur zu begierig mit der Presse plaudern.

Saida ließ ihren Stift fallen. Ashraf sprang aus seinem Sessel auf. Feisal war blass geworden, seine Lippen bewegten sich lautlos.

»Sie geben also zu«, sagte Schmidt in einem verzweifelten letzten Versuch, »dass Sie den Diebstahl der Mumie geplant haben, um das Supreme Council bloßzustellen?«

»Ich gebe gar nichts zu«, sagte Perlmutter mit vorgerecktem Kinn. »Ich habe von dem Diebstahl erst vor Kurzem erfahren und es als meine Pflicht angesehen, ihn zu melden. Sie können mir überhaupt nichts beweisen. Und wenn Sie versuchen, mich wider Willen festzuhalten« – er schob seinen Sessel zurück und erhob sich –, »werden Sie es bereuen.«

Ashraf rannte um den Tisch herum auf Perlmutter zu. Ich rief ihm zu, dass er das lassen sollte, und Saida ebenfalls, aber er war zu wütend, um uns zu hören. Perlmutter griff nach dem Messer, das John auf den Tisch gelegt hatte, und wich aus.

»Fassen Sie mich nicht an«, kreischte er hysterisch. »Versuchen Sie nicht, mich aufzuhalten.«

Ashraf stolperte über Johns vorgereckten Fuß und stürzte zu Boden.

»Gern geschehen«, sagte John zu Perlmutter. »Gehen oder bleiben Sie, mir ist es gleich.«

Mit weit aufgerissenen Augen ging Perlmutter rückwärts zur Tür. John packte Ashraf beim Kragen, zerrte ihn hoch und verpasste ihm eine Ohrfeige.

Die Ohrfeige wäre nicht unbedingt notwendig gewesen, schon die Luft abgedreht zu bekommen hat die Tendenz, den Widerstand zu verringern. Ashraf griff nach seinem Kragen, und John dröhnte: »›Bösartiger Angriff auf Kritiker durch Leiter des Supreme Council‹, wollen Sie das wirklich morgen in der Zeitung lesen, Ashraf?«

Perlmutter wandte sich um und lief davon. Er war nicht einmal lange genug geblieben, um sich den Staub vom Jackett zu klopfen.

»Lass ihn gehen«, sagte John und behielt Ashraf fest im Griff.

»Wir sind verloren«, sagte Feisal mit hohler Stimme. »Verdammt, Johnny, du hast genau das erwartet.«

»Du nicht?« John erlaubte es sich, einen Hauch Ungeduld in seine Stimme zu legen. »Hört ihr mir eigentlich nicht zu? Das ist es, was Perlmutter wollte – Publicity. Er wäre im Leben nicht heute hier aufgetaucht, wenn er nicht die notwendigen Schritte bereits veranlasst hätte.«

»Warum dann der ganze Auftritt?«, wollte Feisal wissen. »Warum haben Schmidt und du die ganze Zeit damit verschwendet, ihn zu verhören, wenn ihr wusstet, dass er bereits gewonnen hatte?«

John senkte den Blick. Seine langen Wimpern – er weiß sehr wohl, wie schön sie sind – schimmerten golden im Sonnenlicht. »Es hat Spaß gemacht«, gestand er.

Schmidt kicherte. »Wir haben ihn eine Zeit lang besorgt werden lassen.«

»Jetzt ist er nicht mehr besorgt«, murmelte Feisal. Er vergrub sein Gesicht in den Händen. »Wir sind verloren.«

»Nicht unbedingt«, sagte John.

Das Licht der Hoffnung erhellte ganz rührend mehrere Gesichter. Ashrafs gehörte nicht dazu.

»Was können wir tun?«, wollte er sofort wissen. Seine Krawatte hing schief, sein Haar stand wild vom Kopf ab. »Dieses Aas hat recht, wir können nicht ins Tal fahren und unter der Nase der Presseleute Tutanchamun in diversen Pappkartons in sein Grab zurücktragen. Selbst wenn sie den Zugang sperren und die Reporter zurückhalten, würde irgendjemand sehen, was wir treiben … Irgendein gerissener Reporter würde einen Aufseher bestechen, um sich einzuschleusen … Ein einziges Foto würde schon reichen.«

»Sie denken nach«, sagte John zufrieden. »Das ist gut. Aber Sie denken in die falsche Richtung. Ich habe den Eindruck, es gibt nur einen Ausweg aus Ihrem kleinen Dilemma.«

* * *

Wir passten alle in die Limousine, obwohl wir uns ein bisschen zusammenquetschen mussten, weil der siebte Passagier so viel Platz beanspruchte. Ashraf hatte darauf bestanden, die Kisten in der richtigen Reihenfolge einzuladen, alle nebeneinander, damit sie nicht hin und her rutschten. John saß auf der einen Seite, Feisal auf der anderen. Ich hatte zu viele Bilder der nackten Mumie gesehen, ich musste meine Fantasie nicht besonders anstrengen, um sie mir direkt neben John und Feisal vorzustellen, wie diese grässlichen Königsbildnisse in Saint-Denis – Sie wissen, welche ich meine, der gekrönte und aufwendig gekleidete König in seiner ganzen weltlichen Pracht, der neben einer nackten, verrottenden Leiche liegt. »Was ich jetzt bin, wirst du einst sein.«

Ashrafs ursprüngliche Reaktion auf Johns Vorschlag war ungläubiges, schallendes Gelächter gewesen. John war ungerührt fortgefahren.

»Es sind rund sechshundert Kilometer bis Kairo. Das sollte Ihre Limousine vor Anbruch der Dämmerung schaffen, wenn wir sofort losfahren.«

Halb überzeugt, halb entgeistert, fragte Ashraf: »Und dann?«

»Wenn Sie nicht die nötige Befehlsgewalt haben, um vor der offiziellen Öffnungszeit ins Museum zu gelangen, wer dann? Und wenn er sich erst einmal dort befindet, wer wird dann wagen zu behaupten, dass er nicht schon die ganze Zeit da war? Wer besäße die Frechheit, Sie einen Lügner zu nennen, wenn Sie sagen, es wäre nun einmal so gewesen?«

Feisal erhob sich und begann hin und her zu laufen. »Das

stimmt«, sagte er aufgeregt. »Es würde alles erklären. Der Lieferwagen war ein ganz offizielles Fahrzeug, das du geschickt hast ...«

»Um den Pharao aus seiner unwürdigen Umgebung zu erretten«, unterbrach Schmidt.

»Wie ich es schon seit Langem forderte«, setzte Saida mit blitzenden Augen hinzu.

»Wie es Ashraf schon immer für vollkommen angemessen hielt«, führte John geschmeidig fort. »Er wollte eine erfreuliche Überraschung für bisherige und potenzielle Kritiker daraus machen – einen hübschen kleinen Publicity-Gag. Perlmutter hat Ihnen mit seinen lächerlichen Vorwürfen direkt in die Hände gespielt. So wird seine Saat aufgehen und gedeihen. Wenn Sie Tutanchamun der Öffentlichkeit präsentieren, wird Sie jede Zeitung der Welt um ein Interview anflehen, und Perlmutter steht da wie ein eifersüchtiger, gehässiger Narr.«

Auf Ashrafs Gesicht zeigte sich der verträumte Ausdruck eines Mannes auf Diät, der vor einem großen, mit dickem Schokoguss überzogenen Kuchen steht. »Aber wie ... Wissen Sie, was eine dieser Klimavitrinen im königlichen Mumiensaal kostet – wie lange es dauert, eine zu bauen? Wir haben keine übrig. Ich kann doch Tutanchamun nicht in einer einfachen Holzkiste ausstellen.«

»Verlegen Sie einen der anderen Pharaonen vorübergehend«, schlug ich vor. »Vielleicht Thutmosis III. Er sieht aus wie ein Mann mit einem Sinn für Humor.«

Der Anklang von Unernst in meiner Aussage wurde – verdientermaßen – ignoriert. »Das könnte funktionieren«, sagte Feisal.

»Es ist genial«, verkündete Saida. »Es muss funktionieren!«

Weniger als zwei Stunden später waren wir unterwegs. Ashraf hatte seinen Fahrer mit dem Geld für einen Rückflug nach Kairo entlassen. Es wäre nicht das erste Mal, dass er es vorzog, selbst zu fahren. Wir holten unser Gepäck aus dem Hotel, und Schmidt belud den Wagen mit Essen und Getränken und ein paar anderen nützlichen Dingen, die mir erst auffielen, als ich einstieg. Ich habe keine Ahnung, wie er Decken und Kissen herausgeschmuggelt hatte, ohne dass es jemandem aufgefallen war, aber ich bin sicher, er hat Geld für sie auf den Couchtisch gelegt – höchstwahrscheinlich mehr, als sie wert waren. Von der ganzen Aufregung angesteckt, trottete ich hin und her, ohne viel zustande zu bringen; irgendwann einmal ging ich zum Fahrstuhl und trug dann in einer Einkaufstüte meine *Galabija* zum Auto – ein Kleidungsstück, von dem ich inständig hoffte, es nie anlegen zu müssen. Der Einzige, der sich von der allgemeinen Hektik unbeeindruckt zeigte, war natürlich John. Er lehnte an der Limousine und machte nur dann und wann einen Vorschlag.

Ashraf setzte sich ans Steuer, zog teure lederne Rennfahrerhandschuhe über und richtete sich stolz auf wie ein Schiffskapitän auf dem Oberdeck, oder wo auch immer Kapitäne eben stolz aufgerichtet herumkommandieren. Schmidt saß auf dem Beifahrersitz, Saida und ich mit den Jungs, den lebenden wie den toten, im Fond des Wagens.

»Sicherheitsgurte anlegen«, befahl Ashraf.

Ich setzte im Geiste hinzu: »Wir sind bereit zum Abflug.« Hastig gehorchte ich. So, wie ich Ashraf mittlerweile kannte, stand uns eine wilde Fahrt bevor.

Als wir das Hotel hinter uns ließen, reihte sich ein weiteres Fahrzeug vor uns ein – ein dunkler ziviler Wagen, dem die unverkennbare Aura eines Behördenfahrzeuges anhaftete, obwohl an ihm keine offiziellen Abzeichen oder Ähnliches angebracht waren. »Was soll das?«, fragte ich und beugte mich vor. »Ich dachte, wir wollten nicht auffallen.«

»Ashraf fährt immer in Begleitung«, murmelte Feisal.

»Wir müssen die Kontrollstellen passieren, ohne aufgehalten

zu werden«, sagte John. »Ich gehe davon aus, du hast sie bereits verständigt?«

»Ja, ja«, sagte Schmidt, der schon am Handy hing. »Sie wissen, dass wir kommen.«

Alle wussten, dass wir kamen. Der Fahrer des Begleitfahrzeugs begann zu hupen. Polizisten stoppten an Kreuzungen den Verkehr für uns. Wagen und Kutschen versuchten sich an den Straßenrand zu drücken. Manchmal gelang es ihnen, manchmal nicht. In diesem Fall umrundete unsere Karawane sie – zumindest nehme ich das an, da ich keine Schreie vernahm. Ich hörte hingegen Schmidt in sein Handy brabbeln, und Ashraf äußerte sich deutlich unzufrieden über die Fähigkeiten aller anderen Fahrer. Ich versuchte die Augen zu schließen, aber sie blieben nicht zu. Die Säulen des Tempels von Luxor lagen weit hinter uns. Die Pylonen des Karnak-Tempels kamen in Sicht und verschwanden. Die Auffahrt zur Nilbrücke huschte vorbei. Dann verließen wir Luxor und waren gen Norden unterwegs.

Zehn Stunden. Davon ausgegangen, dass es keine Zwischenfälle gäbe, zum Beispiel einen Platten, einen leeren Tank oder eine Karambolage mit einem Kamel. Denjenigen, die noch nie in Ägypten Auto gefahren sind, sollte ich vielleicht erläutern, dass Kamele nicht die einzige Gefahr darstellten. Die Straße von Luxor nach Kairo ist größtenteils zweispurig und nicht gut in Schuss. Es gibt überall Schlaglöcher, und Laster und Busse halten sich nicht an die Vorfahrtsregeln. Die größte Gefahrenquelle jedoch sind wahrscheinlich die ägyptischen Fahrer selbst. Wenn jemand überholen will, dann tut er das, selbst wenn ein anderer Wagen direkt auf ihn zufährt. Normalerweise gibt es auf beiden Seiten genug Platz, dass die Fahrzeuge, die auf den jeweiligen Spuren unterwegs sind, ein wenig zum Rand hin ausweichen können, um den Drängler in der Mitte durchzulassen. Normalerweise.

Jetzt erinnerte ich mich wieder an all diese Tatsachen. Ich wünschte mir, das wäre mir erspart geblieben.

»Hängst du glücklichen Erinnerungen nach?«, fragte John mitfühlend. Er kann nur zu gut meine Gedanken lesen.

»Keinen sonderlich glücklichen.«

»Nun ja. Sieh es einmal so: Statt in einem uralten Fahrzeug, das nur durch Draht und Gebete zusammengehalten wird, reist du mit Stil und sehr bequem. Statt verzweifelt zu versuchen, den Kontrollen sowie unseren Verfolgern zu entgehen, wollen wir nur direkt nach Kairo. Statt dass Feisal am Steuer sitzt, haben wir …« Er unterbrach sich mit einem Stöhnen, als Ashraf urplötzlich eine Kurve fuhr, um einem entgegenkommenden Laster auszuweichen, der ein Taxi überholte. »Nun ja, vielleicht ist Ashraf keine so große Verbesserung.« – »Das weise ich empört zurück«, sagte Feisal von der anderen Seite Tutanchamuns aus. Er klang allerdings einigermaßen gut gelaunt dabei, vielleicht weil Saida und er eng aneinandergekuschelt dasaßen.

»Angenehm eng hier, nicht wahr?«, sagte John. »Nimm dir ein Kissen.«

»Vielleicht schlafe ich sogar ein bisschen«, murmelte ich. »Das hilft, wenn man sich schlapp fühlt.«

Ich versuchte seinem Rat zu folgen und mich auf die positiven Aspekte der aktuellen Lage zu konzentrieren, aber die schlechten Erinnerungen an unser letztes Abenteuer kehrten immer wieder zurück. Nur John, Feisal und ich waren damals an Bord gewesen; John war ziemlich mitgenommen und kaum einsatzfähig gewesen, Feisal zittrig wie eine nervöse Jungfrau, Schmidts Aufenthaltsort unbekannt und eine Quelle größter Sorge.

Das hier war definitiv besser.

Es war immer noch Tag, als wir Nag Hammadi erreichten und über den Fluss ans Westufer des Nils wechselten. Ich erinnerte mich von jener ersten Reise noch an Nag Hammadi. Wir hatten es nie über den Fluss geschafft, sondern waren wie die Verrückten das Ostufer entlanggebrettert, mitten durch irgendwelche verlassenen Wüstenstreifen.

»Wir müssen tanken«, verkündete Ashraf. »Zeit für einen Toilettenbesuch, die Damen, wenn Sie möchten, aber halten Sie sich nicht mit ihrem Make-up auf.«

»Wie geht es dir?«, fragte Saida und hakte sich bei mir unter.

Ich dachte beim Pinkeln über die Frage nach. »Ich weiß es nicht«, sagte ich dann ehrlich. »Alles ist so schnell gegangen. Das ist echt verrückt, weißt du.«

»Es ist aufregend«, sagte Saida fröhlich. »Dein John ist ein erstaunlicher Mann. Ist er immer so einfallsreich?«

»So kann man es auch bezeichnen.«

»Feisal nicht.« Saida schaute in einen verschmierten Spiegel und zog ihren Lippenstift heraus. »Aber ich liebe ihn trotzdem.«

Sie schien es nicht eilig zu haben, also lehnte ich mich an die Wand und sah zu, wie sie sorgsam frisches Make-up auflegte. Mir das Gesicht anzumalen war im Augenblick die geringste Sorge.

»Ich hoffe, du hast Johns Bemerkungen über den Geisteszustand von Archäologen nicht persönlich genommen«, sagte ich. »Er wollte damit nur Perlmutter ködern.«

»Er hat es durchaus so gemeint«, sagte Saida kühl. »Ihm fehlt der wissenschaftliche Blick. Es ist ungeheuer wichtig, dass Tutanchamuns Körper erhalten bleibt. Ohne ihn kann der Pharao keine Unsterblichkeit erreichen.«

»Ich dachte immer, dass eine Statue oder ein Gemälde oder sogar ein Name einen Ersatz für den echten Körper darstellen können? Wenn das stimmt, dann hat Tutanchamun eine größere Überlebenschance als jeder andere in der Geschichte. Es muss Tausende von Bildern seiner Mumie geben, und in aller Welt

Zehntausende von Reproduktionen seines Sarges, seiner Maske, seiner Statuen.«

»Das stimmt«, gab Saida zu. Sie steckte den Lippenstift weg und zog einen Augenbrauenstift hervor. »Aber ich bin nicht sicher, ob die zählen.«

Während ich über diese Bemerkung nachdachte und mich fragte, ob sie es ernst meinte, hämmerte eine Faust gegen die Tür, und Feisal blökte: »Rauskommen. Wir wollen weiter.«

Saida zwinkerte mir zu. »Er ist so gern der Chef. Es schadet nicht, Männer glauben zu lassen, dass sie die Fäden in der Hand haben, solange wir in den wichtigen Angelegenheiten entscheiden.«

Wir quetschten uns wieder in den Wagen und stellten Tutanchamun um, damit wir es bequemer hatten. Die Sonne sandt ihre letzten Strahlen aus, während wir gen Norden fuhren. Schmidt begann alle möglichen Schachteln mit Essen zu öffnen, die natürlich vorn bei ihm standen. Er reichte Hühnchenstücke, Eier, Orangen und andere Leckereien nach hinten.

»Ich habe keinen Hunger«, sagte ich jedoch matt. Ich erinnerte mich nur zu gut, wie es war, nach Einbruch der Dunkelheit in Ägypten herumzufahren. Die Leute schalten ihre Scheinwerfer nicht ein, außer wenn sie sich einem anderen Wagen nähern. Die plötzliche Helligkeit, die aus dem Dunkel schießt, raubt einem den letzten Nerv, bis man sich daran gewöhnt hat – was mir jedenfalls nie gelungen war.

»Iss«, befahl Schmidt. »Du brauchst Kraft.«

»Ich hoffe nicht.«

Das riesige, rote Rund der Sonne versank in würdevoller Langsamkeit; rote und lilafarbene Strahlen breiteten sich im Westen aus. Die ersten Sterne glitzerten schon schüchtern am sich verdunkelnden Himmel. Wir fuhren schnell, wir überholten Busse und Laster. Ashraf aß ein Hühnerbein und telefonierte gleichzeitig mit seinem Handy.

So blieben ihm, wenn ich richtig rechnete, keine Hände mehr für das Steuer.

Obwohl ich wusste, dass es sinnlos war, rief ich: »Ashraf, warum lassen Sie nicht Schmidt die Anrufe für Sie erledigen?«

»Ich kontaktiere meine Untergebenen«, entgegnete Ashraf steif. »Ich weise sie an, sich im Museum mit mir zu treffen. Selbst der große Herr Professor Doktor Schmidt kann das nicht tun.«

John lachte leise, was mein Ohr kitzelte. »A-bis-Z-Schmidt, der größte Fechtkämpfer Europas. Ashraf wird eine Weile brauchen, bis er darüber hinweg ist.«

Wir passierten einen weiteren Kontrollpunkt und reduzierten die Geschwindigkeit gerade so weit, dass Ashraf seinen Kopf zum Fenster hinausstecken und die Wachleute anschnauzen konnte, dann beschleunigten wir wieder. Schmidt bot mir eine Orange an. Es war stockdunkel geworden, und Ashraf fuhr wie ein NASCAR-Rennfahrer, er fädelte sich durch den kaum sichtbaren Verkehr und sang eines dieser arabischen Lieder, die die gesamte Tonleiter rauf und runter reichen. Ich ließ die Orangenschale auf den Boden fallen. Ich würde Ashrafs wundervollen Wagen verdrecken, nahm ich mir vor, und wenn wir Kairo erreicht hatten, würde ich ihn umbringen.

Ich erwachte, als wir tankten.

»Wo sind wir?« fragte ich und blinzelte im Licht.

»Minya«, sagte Feisal. »Wir kommen gut voran.«

»Letzter Stopp vor Kairo«, sagte Saida. Sie löste sich von Feisal und hopste leichtfüßig aus dem Wagen. Ich folgte ihr, wenn auch keineswegs leichtfüßig. Sobald wir Kairo erreicht hatten, würde ich sie ebenfalls umbringen. Ich war steif wie – na ja, wie eine Mumie.

Der Aufenthalt war kurz. Die endlose Fahrt ging weiter. Ich konnte mich nicht wach halten, aber auch nicht wirklich schlafen. Die Scheinwerfer von sich nähernden Wagen verwandelten sich in entgegenkommende Güterzüge und Feuer speiende Drachen. Jemand lachte. Nicht die Drachen, nicht der tote Pharao. Ich erkannte Schmidts Johlen. Wahrscheinlich erzählte er Witze. Er lacht über seine eigenen Witze immer am allerlautesten.

Ich kam wieder zu mir, als eine andere Art von Licht auf meine Augenlider traf. Mein Kopf lag auf Johns Schulter, und sein Arm war um mich geschlungen. Als ich mich rührte, sagte er: »Mein Arm ist abgestorben.«

»Ich bin komplett abgestorben. Vor allem mein Hintern. Dann nimm doch deinen Arm weg.«

»Das tue ich, meine Liebe, sobald du deinen hübschen Kopf hebst.«

Ich kämpfte mich in die Senkrechte und starrte zum Fenster hinaus. »Wir sind da. Wir sind in Kairo!«

»Ah«, sagte Schmidt und drehte den Kopf so weit er konnte. »Du bist wach.«

»Wir sind da. Wir haben es geschafft!«

Großstädte schlafen nie. Die Lichter am Ufer strahlten hell, und obwohl der Verkehr nicht so dicht war wie tagsüber, waren doch zahlreiche Menschen unterwegs, sie fuhren nach einer ausgelassenen Nacht nach Hause, oder sie mussten um diese unchristliche Stunde bereits zur Arbeit. Die Fassade des Kairoer Museums strahlte wie Himbeereis. Ashraf fuhr direkt auf das schwere schmiedeeiserne Tor zu. Es öffnete sich langsam.

Kaum hatte der Wagen angehalten, da öffneten sich die Türen des Gebäudes. Mehrere Männer eilten heraus und stürzten auf Ashraf zu. Sie begannen sofort aufgeregt miteinander zu reden.

Sie sprachen Arabisch, aber der Kern ihrer Fragen war eindeutig: »Was zum Teufel ist los?«

Was auch immer Ashraf antwortete, er sagte es energisch genug, um sie zurück ins Museum huschen zu lassen. »Schafft ihn raus und nach drinnen«, befahl Ashraf uns. Er griff sich eine der Schachteln (einen halben Oberkörper, glaube ich), Feisal und Schmidt taten es ihm gleich, Saida ebenfalls, sie nahm die Schachtel mit Tutanchamuns Kopf zärtlich in die Arme. Ashraf deutete auf die letzten beiden Schachteln und schnauzte: »Nehmt seine Beine.«

»Kommst du nicht mit?«, fragte mich John.

Ich schwang meine Beine auf den Sitz. »Ich schlafe jetzt erst mal. Weck mich, wenn es so weit ist.«

Es war wundervoll, sich auszustrecken. Ich streifte meine Schuhe ab und wackelte zufrieden mit den Zehen. Statt einzudösen, lag ich einfach da und starrte verträumt die Fassade des Museums an. Ich hatte schon eine Menge eigenartiger Dinge erlebt, aber das hier war wirklich eine Klasse für sich. Was trieb ich hier nur, fragte ich mich, um vier Uhr morgens vor dem Kairoer Museum, als Unterstützung eines Trios durchgeknallter Ägyptologen, die einen toten, auseinandergesägten Pharao wieder zusammenstückelten. Was bedeutete Tutanchamun mir, oder ich ihm, dass ich mir das alles antat? Aber er bedeutete mir offenbar tatsächlich etwas. Das bezeugten die Pronomen: Ich hatte begonnen, die vertrocknete Mumie als einen »Er« zu betrachten, statt »sie« zu sagen (oder eigentlich: »es«).

Ein Gutes hatte unser Abenteuer gehabt: John hatte seine Unschuld bewiesen, und wir waren endlich Suzi los. Schmidt hatte sich brüsk von ihr abgewandt, als sie ihm ihre Hand und eine Entschuldigung darbot. Faisal und Saida steuerten auf den Altar zu. Jan Perlmutter würde wohlverdient auf der Nase landen. Vielleicht könnte man ihn sogar dazu erpressen, Nofretete heimzuschicken. Ich stellte ihn mir ausgestopft und auf einem Sockel in seinem eigenen Museum ausgestellt vor, darunter ein Schild: »Der Mann, der Nofretete verlor«.

Es begann zu dämmern. Der Sonnenaufgang war nicht spektakulär, der Smog in Kairo ist zu dicht. Ein Kopf erschien im Fenster, und eine Stimme sagte: »Wach auf, Vicky. Das musst du sehen.«

»Ich habe nicht geschlafen«, krächzte ich. »Wie spät ist es?«

»Sieben Uhr morgens.« Saida öffnete die Tür. »Komm schnell, du wirst den Anblick nie vergessen. Du wirst zu den Ersten gehören, die es sehen.«

Der königliche Mumiensaal war dämmrig beleuchtet; ein einzelner Strahler war auf einen der gläsernen Ausstellungskästen gerichtet. Männer in weißen Kitteln mit Chirurgenmasken vor den Mündern beugten sich darüber und nahmen die letzten Korrekturen vor. Die Masken erschienen mir lächerlich, wenn man bedachte, was Tutanchamun alles hinter sich hatte; sie sahen aber sehr professionell aus. Schmidt, John und Feisal standen etwas abseits und schauten zu.

»Gut geschlafen?«, fragte John und legte seinen Arm um mich.

»Ich habe nicht geschlafen.«

Thutmosis III. grinste immer noch. Sie mussten einen der weniger wichtigen Könige ausgelagert haben, um Platz für Tutanchamun zu schaffen.

Die Techniker traten zurück, und da lag er. Er sah vollkommen friedlich aus. Wie die anderen Mumien war er ordnungsgemäß bedeckt, vom Kinn bis zu den Knöcheln. Das Tuch war bräunlich und alt; Saida hatte uns berichtet, dass die Museumsleitung dafür antikes Leinen verwendet. Die Falten des Stoffes verbargen die Tatsache, dass sein Kopf nicht mit seinem Körper verbunden war.

»Jetzt haben wir's«, sagte einer der Techniker und atmete aus. Er sprach Englisch, den ganzen Ignoranten im Saal zuliebe, und das Gespräch wurde in dieser Sprache fortgeführt.

Ashraf trat vor den Kasten und starrte hinein. »Das genügt«, sagte er. »Und jetzt hören Sie mir genau zu. Ich habe hier im Museum für zehn Uhr vormittags eine Pressekonferenz einberufen. Ich werde verkünden, dass die Mumie des Pharaos seit über einer Woche hier war, in den Laboren, während wir seine Ausstellung vorbereitet haben. Nachdem er eine Weile im Museum zu sehen ist, wird er in einer angemessenen, nach dem neuesten Stand der Wissenschaft gestalteten Vitrine wie dieser hier in seine Grabkammer zurückkehren. Sie werden den Reportern aus dem Weg gehen. Wenn jemand Ihnen eine Frage stellt, wiederholen Sie, was ich Ihnen gerade gesagt habe. Ich muss wohl nicht erklären, welche Konsequenzen es haben wird, wenn Sie sich davon abweichend verhalten. Haben Sie mich verstanden?«

Nicken und zustimmendes Murmeln bestätigten, dass ihn alle verstanden hatten. Ashraf hatte nichts anderes erwartet. Mit einer lässigen Handbewegung entließ er die Techniker.

»Nun«, sagte er und rieb sich die Hände, »ist alles in Ordnung.«

»Nur Tutanchamuns andere Hand fehlt noch«, sagte ich und unterdrückte ein Gähnen.

»Sie wird zu gegebener Zeit angefügt werden. Sonst noch etwas?«

Was er meinte, war: Hatte er etwas Wichtiges übersehen? Er schaute Schmidt dabei an.

»Ich glaube nicht«, entgegneter dieser besonnen.

Ich warf Tutanchamun noch einen letzten mitfühlenden Blick zu, dann taumelten wir aus dem Museum. Wir überließen es den Aufsehern – denen man, vermutete ich, dasselbe Schicksal wie den Technikern in Aussicht gestellt hatte für den Fall, dass sie in Versuchung kämen, die Wahrheit zu sagen –, hinter uns abzuschließen. Ashraf war immerhin so nett, uns eine Mitfahrgelegenheit zum Hotel anzubieten.

»Haben wir ein Zimmer?«, fragte ich eher hoffnungs- als erwartungsvoll.

»Aber natürlich«, sagte Schmidt. »Ich habe letzte Nacht angerufen.«

»Gibt es irgendwelche Neuigkeiten aus dem Tal der Könige?«, erkundigte sich John.

Ashraf lachte gehässig. »Die Journalisten wurden gestern Abend darüber informiert, dass ich heute hier eine Pressekonferenz abhalten würde. Manche werden es nicht schaffen, rechtzeitig nach Kairo zu gelangen. Sie werden, wie man so schön sagt, von den anderen überflügelt werden.«

Schmidts Zimmer war bereit, aber – wie der Manager uns händeringend mitteilte – unsere würden erst gen Mittag fertig sein. »Egal«, sagte Schmidt. »Keiner von uns hat vor zu schlafen.«

»Das glaubst du«, sagte ich.

»Aber wir müssen auf die Pressekonferenz.«

»Ich nicht. Ich habe für den Rest meines Lebens genug von Tutanchamun.«

Sollten die anderen sich doch gratulieren und Kaffee trinken, ich schmiss mich auf Schmidts großes, weiches Riesenbett und schlief ein. Als ich erwachte, erhellte Sonnenlicht das Zimmer, und Jan Perlmutter stand in der offenen Tür.

15

Er hatte sich nicht rasiert. Seine Klamotten waren zerknittert, sein Gesicht das eines alten Mannes. Seine Krawatte war verdreht, und der oberste Knopf seines Hemdes stand offen, als bekäme er nicht genug Luft.

»Wo ist er?«, wollte er wissen. Selbst seine Stimme war kaum wiederzuerkennen, sie war heiser und gebrochen.

»Wer?«

Es war das Beste, was mir so spontan einfiel. Ich schaute von dem Messer in Perlmutters Hand zum Telefon auf dem Nachttisch.

»Vergiss es«, sagte er. »Wo ist Schmidt?«

Ich verabschiedete mich von der Idee, zum Telefonhörer zu greifen. Mein Hirn lief auf Hochtouren, ich war jetzt überraschend wach. Nacktes Entsetzen kann einen schon ganz schön flott denken lassen. Unglücklicherweise fiel mir nichts Heldenhaftes oder auch nur Nützliches ein.

»Warum sind Sie sauer auf Schmidt?«, fragte ich in dem Versuch, Zeit zu gewinnen.

»Er hasst mich«, sagte Perlmutter.

»Nein, nein«, sagte ich beruhigend. »Er hasst Sie nicht. Niemand hasst Sie. Warum setzen Sie sich nicht und …«

»Sie hassen mich alle. Sie haben mich wie einen Idioten dastehen lassen. Schmidt ist der Schlimmste. Er hasst mich seit der Geschichte mit dem trojanischen Gold.«

Ich warf einen schnellen Blick auf die Uhr auf dem Nachttisch. Es war beinahe Mittagszeit. Wo waren die anderen? Sie sollten doch längst zurück sein. Warum hatten sie mich mit einem mörderischen Wahnsinnigen allein gelassen?

Perlmutter brabbelte weiter. Alles, was er je gewollt hatte, war, die Schätze der Welt zu retten. Und das war nun sein Lohn – gedemütigt, missbraucht und bedroht zu werden.

Er war zwar derjenige, der andere bedrohte, aber ich entschied mich, ihn nicht darauf hinzuweisen. Ebenso wenig gab ich zu bedenken, dass er, soweit ich wusste, nicht als die Quelle der Gerüchte über den Diebstahl Tutanchamuns angegeben worden war. Wir hatten darüber gesprochen, ihn bloßzustellen, und voller Bedauern entschieden, dass es sehr zeitaufwendig wäre, wenn nicht gar unmöglich, eine solche Behauptung zu beweisen. Schmidt hatte gesagt, er würde genug darunter leiden zu wissen, dass er hereingelegt und geschlagen worden war.

»Wie haben Sie es herausbekommen?«, fragte ich. »Sie sind ganz schön clever«, setzte ich hinzu.

Perlmutter zwinkerte und starrte mich an, als hätte er ganz vergessen, dass ich hier war. »Herausgefunden … Oh.« Er fuhr sich mit der Hand über den Mund. Als er mir antwortete, klang er fast wieder vernünftig. »Ich bin gestern Abend nach Kairo geflogen. Heute Morgen wurde über das Radio und im Fernsehen eine Pressekonferenz angekündigt. Einige der Sprecher spekulierten über die Rückkehr Tutanchamuns.«

Irgendwer hatte also nicht widerstehen können, die Nachricht schon früher zu verkünden. Das war zu erwarten gewesen.

»Ich konnte es nicht glauben«, sagte Perlmutter mit anklagender Stimme. »Also rief ich sofort in Luxor an, im Deutschen

Institut, bei Wolfgang Muhlendorfer. Er informierte mich darüber, dass die meisten Journalisten das Tal verlassen hatten und dass Dr. Khifayas Limousine gesehen worden war, wie sie eilig und mit vielen Personen an Bord Luxor verlassen hatte. Selbst da glaubte ich es noch nicht, nicht, bis ich die Pressekonferenz selbst sah und Khifaya angeben hörte; er erzählte lauter Lügen … Und Schmidt im Hintergrund grinste und streichelte seinen absurden Schnauzbart …«

Seine Stimme war wieder in die höchsten Höhen der Hysterie geklettert.

»Ashraf hat letzthin ebenfalls vor dem Museum demonstriert«, sagte ich in der Hoffnung, Perlmutter von Schmidt ablenken zu können. Es half nichts.

»Khifaya hat sich anständig betragen. Aber Schmidt! Er stapfte hin und her mit diesem widerwärtigen Transparent, er rief hinterhältige Slogans und schenkte Zuschauern Würstchen wie ein Zirkusclown … Es war alles im Fernsehen, und ich versteckte mich hinter einer Säule wie ein verängstigtes Kaninchen. Er hat mich zum Gespött der Leute gemacht.«

»Ich war auch dort«, sagte ich.

»Natürlich, Sie müssen sich ja Ihrem Vorgesetzten fügen.«

Und ich war auch bloß eine Frau. Es war beleidigend, aber auch beruhigend zu hören, dass Perlmutter mich derart kavaliersmäßig ausblendete. Ich ging mittlerweile davon aus, dass er mich nicht angreifen würde, es sei denn, ich unternähme etwas Dramatisches. Aber mein Körper glaubte das nicht. Mein Mund war trocken, mein Herz raste.

»Warum ist er nicht hier?«, wollte Perlmutter wissen. »Die Pressekonferenz wurde vor einer Stunde beendet.«

»Ich gehe davon aus, dass er unterwegs ist.« Ich musste mir schnell etwas einfallen lassen, bevor Schmidt hereinspazierte. »Ich sage Ihnen etwas, Jan. Wieso verstecken Sie sich nicht im Bad? Und wenn sie dann kommen, können Sie herausheehten und alle überraschen!«

Wie wahnsinnig jemand ist, kann man immer schwer einschätzen.

Wie Hamlet war auch Perlmutter nur wahnsinnig bei Nordnordwest; er konnte sehr wohl einen Falken von einem Reiher beziehungsweise, in diesem Falle, einen hilfreichen Vorschlag von einer ziemlich blöden Idee unterscheiden.

»Und was würden Sie tun?« Er kniff die Augen zusammen. »Aber wenn ich Sie fessle und kneble …«

Er müsste dazu das Messer weglegen. Ich hatte ein paar schmutzige Tricks von John gelernt, und Perlmutter war ganz schön fett geworden, aber er war durchgeknallt, und ich hatte Angst. Und was wäre, wenn er sich entschiede, mich zuerst bewusstlos zu schlagen oder ganz einfach das Messer zum Einsatz zu bringen, auf eine Art, über die ich nicht einmal nachdenken wollte, bevor er … Aber die Alternative war noch schlimmer. Schmidt mit einem Messer in der Brust.

»Okay«, sagte ich.

»Das ging zu schnell«, sagte Perlmutter. »Moment. Ich habe eine bessere Idee. Ich sperre Sie ins Badezimmer und verstecke mich hinter der Tür.«

»Okay.«

Ich glitt vom Bett und erhob mich. Im Stand fühlte ich mich ein bisschen tapferer. Ich fragte mich, ob ich ihn irgendwie ins Bad locken und die Tür zuschlagen könnte. Nein, das würde nichts bringen, man konnte sie nicht von außen absperren.

Perlmutter trat einen Schritt zurück und winkte mich durch die Schlafzimmertür, während ich langsam auf ihn zukam. Vielleicht könnte ich es bis zur Tür der Suite schaffen, bevor er …

Nein, das würde auch nicht klappen. Er war so dicht hinter mir, dass ich seinen Atem in meinem Nacken spüren konnte. Sollte ich mich im Bad einschließen und zu schreien beginnen? Das brachte auch nichts. Er würde sich auf Schmidt stürzen, sobald die äußere Tür aufging, also bevor irgendjemand meine Schreie hörte oder begriff, was sie bedeuten sollten.

Die Entscheidung wurde mir abgenommen. Es gab keine Vorwarnung, nicht einmal Stimmen waren zu hören. Die Tür schwang einfach auf.

Wie ich erwartet hatte, war Schmidt der Erste, der hereinkam. Platz da für Schmidt, den größten Fechtkämpfer Europas! Er erstarrte in der Tür und glotzte Perlmutter an. John und Feisal standen hinter ihm.

Perlmutter stieß mich zur Seite und ging auf Schmidt los. John versuchte, Schmidt zur Seite zu schieben, aber der dicke Schmidt wankte nur ein wenig. Ich konnte nicht mehr denken. Ich stemmte bloß meine Füße auf den Boden und packte Jans Arm. Er wirbelte herum.

Etwas Hartes traf mich in die Seite, es fühlte sich an wie ein Faustschlag. Es nahm mir ein oder zwei Sekunden den Atem, dann sah ich Perlmutter auf dem Boden liegen, er zappelte mit Armen und Beinen, während Feisal versuchte, ihn niederzuringen. John, der nichts vom Kampf Mann gegen Mann hielt, beendete die Sache, indem er Perlmutter gegen den Kopf trat.

Schmidt stand immer noch, war aber sehr blass. Ich versuchte ihn zu fragen, ob alles in Ordnung wäre, aber meine Stimme schien nicht zu funktionieren. Sie starrten mich alle an. John kam auf mich zu, er ging so vorsichtig wie eine Katze, die sich zwischen etlichen Pfützen hindurchschlängelt, und streckte die Hände aus. Sein Gesicht war noch weißer als Schmidts.

»Ganz ruhig«, sagte er. »Nicht bewegen. Lass mich …«

Drei Worte. Mehr brauchte ich nicht, nur drei kleine Worte. Ich versuchte sie zu sagen. Dann ging das Licht aus.

* * *

Ich kam in einem merkwürdigen Raum zu mir. Ich lag still und fragte mich, wieso ich mich so komisch fühlte, ich versuchte daraufzukommen, wo ich war. Aus dem Augenwinkel konnte ich ein Fenster ausmachen. Draußen war es dunkel. Im Zimmer selbst war es dämmrig und roch eigenartig. Genau genommen lagen mehrere eigenartige Gerüche in der Luft. Sie waren nicht unangenehm, nur … komisch.

Ich drehte den Kopf. Das Erste, was ich sah, war ein Stuhl direkt neben dem Bett, auf dem jemand saß. Jemand, den ich kannte. Er war vornübergesackt, ein Arm hing herunter, der Kopf war abgeknickt. Es sah sehr unbequem aus.

Der Name fiel mir wieder ein. »John?«, sagte jemand. Die Stimme klang nicht wie meine.

John erwachte abrupt. »Du bist wach.«

»Nein, bin ich nicht. Ich bin nicht einmal hier. Ich weiß nicht, wo ich bin.«

»Pst.« Er glitt vom Stuhl und sank neben dem Bett auf die Knie. »Es wird alles wieder gut.«

»Ich möchte etwas trinken.«

»Du darfst nichts trinken, eine Weile lang nicht einmal Wasser. Hier ist ein bisschen Eis.«

Er schob mir ein Stückchen in den trockenen Mund. Es schmolz wie Nektar aus dem Paradies. »Ich bin im Krankenhaus«, sagte ich. »Mehr Eis. Du siehst schlimm aus.«

»Du auch. Hier. Mund auf.«

Eine Tür öffnete sich, und jemand kam herein. Ich nahm an,

dass es eine Krankenschwester war, denn sie trug eine Krankenschwesternuniform. Sie erledigte Krankenschwesterndinge, lächelte ein professionelles Krankenschwesternlächeln und ging wieder.

»Wie fühlst du dich?«, fragte John. Er schnitt eine Grimasse.
»Ich frage mich, warum Menschen blöde Fragen wie diese stellen.«

»Ich fühle mich grauenhaft. Was ist passiert?«

»Du solltest dich ausruhen.«

»Ich habe mich ausgeruht. Warum setzt du dich nicht auf den Stuhl?«

»Ich bin nicht sicher, ob ich aufstehen kann. Meine Knie fühlen sich an wie Schmidts.«

»Bist du hier seit … Seit wann?«

»Seit sie dich hergebracht haben. Kurz nach Mittag.«

»Wie spät ist es jetzt?«

»Nachts«, sagte John knapp.

»Ich will wissen, was passiert ist.«

Ich hatte gar nicht richtig bemerkt, wie angespannt er aussah, bis er lächelte. »Jetzt klingst du wieder wie du selbst. Die Kurzfassung ist: Jan Perlmutter ist in der Psychiatrie, unter Bewachung, und Schmidt geht es gut. Du hast ihm wahrscheinlich das Leben gerettet – und dabei deine Milz verloren.«

»Ist das ein Organ, ohne das ich leben kann?«

»Grundsätzlich ja. Willst du noch irgendetwas wissen? Du solltest dich ausruhen.«

»Ich möchte eine Menge Dinge wissen.«

Auf diese harmlose Aussage reagierte er, als hätte ich einen schlechten Witz erzählt. Er bedeckte sein Gesicht mit den Händen und ließ sich zurück auf seine Fersen sinken. Seine Schultern zitterten.

»Lachst du?«, wollte ich wissen.

»Nein«, sagte John mit gedämpfter Stimme.

»Oh.«

Einen Augenblick später nahm er die Hände vom Gesicht. Seine Augen waren feucht.

Ich hatte ihn noch nie weinen sehen. Ich dachte, das könnte er gar nicht. Ich wusste nicht, was ich sagen sollte.

Er nahm meine Hand. »Schmidt und Feisal und Saida sitzen im Wartezimmer. Ich soll ihnen Bescheid sagen, wenn du wach wirst.«

»Schick sie rein«, sagte ich großherzig. »Wir feiern eine Party.«

»Sie haben dich bis oben hin mit Medikamenten zugedröhnt«, sagte John und schüttelte den Kopf. »Keine Party, noch nicht.«

»Hör auf, meine Hand so zu drücken, das tut weh. Kannst du sie nicht einfach nur zärtlich mit deinen langen, kraftvollen Fingern umschlingen, wie die Helden in den Kitschromanen?«

Jetzt strahlte er. »Du wirst wieder gesund. Jetzt klingst du schon wieder so unhöflich wie immer. Weißt du, was du gesagt hast, bevor du umgekippt bist?«

»Drei kleine Worte«, murmelte ich.

»Drei kleine Worte, genau. Um sie zu sagen, hast du gegen eine tödliche Verletzung angekämpft. Könnte es ›Ich liebe dich‹ gewesen sein?«

»Ich glaube nicht.«

»Du hast«, blaffte John, »gesagt: ›Elizabeth von Österreich‹. Warum hast du gesagt: ›Elizabeth von Österreich‹?«

»Jetzt erinnere ich mich«, sagte ich duselig. Die Spritze, die die Krankenschwester mir gegeben hatte, wirkte. »Du erinnerst dich, sie war Kaiserin von Österreich, 1890 oder so … Sie wurde von einem Anarchisten erstochen – heutzutage würde man ihn wahrscheinlich einen Terroristen nennen –, und dann ist sie noch weiß Gott wie weit gelaufen, keine Ahnung, ich habe es vergessen, bevor sie zusammenbrach, denn sie dachte, er hätte ihr nur in die Seite geboxt, und so fühlte es sich an, und ich dachte, ich sollte dir sagen, dass es sich so anfühlte, nur falls du nicht siehst …«

»… dass dir ein Messer aus den Rippen ragt? Das habe ich sehr wohl gesehen.«

»Ich liebe dich.«

Er beugte sich vor. »Wie war das?«

»Ich habe gesagt … Jetzt hab ich's vergessen.«

»Feigling. Ich liebe dich auch. Schlaf jetzt.« Er umschloss meine Hand zärtlich mit seinen langen, kraftvollen Fingern.

Sechs Wochen später. München.

John kam die Treppe herunter; er hatte Clara über seine Schulter drapiert. Caesar, der neben dem Sofa lag, auf dem ich es mir bequem gemacht hatte, sprang mit einem Heulen auf und raste auf ihn zu.

»Lass das, du blöder Hund«, schimpfte ich. »Du hast ihn erst vor zehn Minuten gesehen, als er nach oben ging.«

Caesar hielt inne und dachte darüber nach. Dann kam er zurück und legte sich wieder hin.

»Schmidt ist unterwegs hierher«, berichtete John. »Er bringt Abendessen mit.«

»Er bringt jeden Tag Abendessen mit. Ich werde fett.«

»Vielleicht solltest du mehr Sport treiben.«

»Danach ist mir noch nicht.« Ich lehnte mich in die Kissen und versuchte auszusehen wie Camille.

John sah ebenfalls nicht allzu gesund aus. Seine ägyptische Bräune war verblasst, und er hatte Gewicht verloren. Kaum war ich reisefähig gewesen, waren wir nach München zurückgekehrt. John war ein paarmal nach London geflogen; er war im Morgengrauen aufgebrochen und um Mitternacht zurückgekehrt und hatte es an diesen Tagen Schmidt überlassen, für mich zu sorgen. Der Laden war geschlossen, bis er Ersatz für Alan gefunden hätte. Ich wusste, dass er Kunden verlor, ganz zu schweigen von dem finanziellen Verlust. Jen hatte ihn beinahe wahnsinnig gemacht, sie wollte wissen, was er trieb und warum er nicht in London war. Als er ihr erklärte, dass ich einen schweren Unfall gehabt hatte und er sich um mich kümmerte, hatte sie angeboten herzukommen und Krankenschwester zu spielen – ein Angebot, das mich beinahe einen Rückfall hatte erleiden lassen.

Ich war unfair und selbstsüchtig. In Wahrheit hatte ich ihn gern um mich; ich mochte es, dass er mir Sachen brachte, den Hund ausführte und abwusch. Wir stritten die ganze Zeit, und manchmal richtig heftig. Auch das mochte ich.

Alan war gestorben, ohne noch einmal das Bewusstsein wiederzuerlangen. Schmidt hatte gelitten, als er das gehört hatte, aber sich um mich zu kümmern besserte seine Laune, und die Neuigkeiten aus Ägypten waren Balsam auf seiner wunden Seele. Die Neuigkeiten aus Berlin waren noch mehr Balsam. Jan Perlmutter hatte seinen Posten aufgegeben. Das Museum versuchte, die Gründe dafür unter Verschluss zu halten, aber Schmidts Quellen hatten ihm verraten, dass Perlmutter in einer Hochsicherheitsirrenanstalt gelandet war. Er erzählte den Aufsehern, dass er Pharao Tutanchamun sei, und verlangte, dass sie niederknieten, wenn sie ihn ansprachen. Mir tat er nicht leid. Die Leute, die mir leidtaten, waren unschuldige Opfer wie Ali und seine trauernde Mutter. Wir würden nie erfahren, ob Ali im Rahmen seiner normalen Hauswartstätigkeit im FEPEA-Haus erschienen war oder ob er Verdacht geschöpft hatte. Es spielte auch keine Rolle mehr, jedenfalls nicht für ihn. Er war tot, weil er versucht hatte, seine Pflicht zu tun. Immerhin war seine Familie versorgt – das war Schmidts Verdienst.

Tutanchamuns triumphales Auftauchen im Kairoer Museum hatte tagelang für Begeisterung in den Medien gesorgt. Ashraf hatte jeden Tropfen Publicity aus der Sache herausgewrungen. Im kleinen Kreis hatte er sich dafür entschuldigt, uns leider weder Belohnungen noch Medaillen oder Anerkennung zukommen lassen zu können, aber er wies darauf hin, dass es dafür notwendig gewesen wäre, die ganze peinliche Affäre öffentlich zu machen.

»Das scheint langsam zur Gewohnheit zu werden«, hatte John missmutig bemerkt. »Nächstes Mal, wenn ich in einen solchen Fall verwickelt werde, bestehe ich darauf, im Voraus bezahlt zu werden.«

Das eine oder andere, was ich im Zusammenhang mit den Ereignissen erfahren hatte, hatte ich jedoch sehr interessant gefunden.

»Warum hast du mir nie gesagt, dass du mit der berühmtesten Archäologenfamilie der Welt verwandt bist?«, fragte ich. »Professor Emerson und seine Frau haben ein halbes Jahrhundert lang die Ägyptologie dominiert!«

Mit den Händen in der Tasche und hochgezogenen Schultern stand John da und schaute zum Fenster hinaus. Er drehte sich nicht um. »Ich und etwa achtzig andere Leute.«

»Bestimmt nicht so viele.«

»Schlag es doch nach. Sie hatten nur ein Kind, aber das hatte drei, und deren Nachkommen haben sich vermehrt wie die Karnickel. Ich bin nicht einmal in direkter Linie verwandt, ich bin ein Nachkömmling ihrer jüngeren Enkeltochter. Das und zwei Pfund zehn, wie man so schön sagt, reichen für eine Tasse Kaffee bei Starbucks.«

»Sei ruhig blasiert, wenn du meinst. Mich beeindruckt es. Amelia P. Emerson ist eine meiner Heldinnen. Es war also ihr Haus, in dem wir waren, wir haben ihre Sachen angeschaut. Den legendären Sonnenschirm, sein Messer ...«

»Es heißt, das Messer und die Säbel gehörten ihrem Sohn.«

»Aber der war ein Gelehrter, kein Soldat. Er hat Abschlüsse an allen möglichen Unis gemacht und Dutzende von Büchern geschrieben.«

»Es gibt eine Menge Geschichten über Ramses Emerson, wie er genannt wurde«, sagte John. »Und manche davon sind ganz sicher erstunken und erlogen… Vergiss doch mal meine verdammten Vorfahren, Vicky, ich muss mit dir über etwas Wichtiges reden.«

»Okay.«

Er wandte sich um, öffnete den Mund, klappte ihn wieder zu, hüstelte und sagte dann: »Möchtest du einen Drink?«

»Nein danke.«

»Ich schon, wenn es dir nichts ausmacht.«

»Bitte sehr.«

Er ließ sich Zeit beim Mixen. Jetzt geht's los, dachte ich. Wenn John Alkohol braucht, um seine Nerven zu stärken, sind keine guten Neuigkeiten zu erwarten.

Er setzte sich in einen Sessel neben dem Sofa und räusperte sich. War es Suzi doch noch gelungen, ihn am Schlafittchen zu packen? War er pleite und hatte sich entschieden, in sein altes Business zurückzukehren? War Jen unterwegs nach München? Als er es schließlich sagte, war ich total überrascht.

»Du wünschst dir ein Kind.«

»Wünsche ich mir das?«

»Ich hab's auf deinem Gesicht gesehen, als du an diesem kleinen Babymützchen gearbeitet hast.«

»Hast du das?«

»Aber es mangelt mir an der nötigen Qualifikation, um ein guter Vater zu sein.«

»Mangelt es dir daran?«

»Und da dies so ist«, sagte John und holte tief Luft, »ist das einzig Anständige, was mir zu tun bleibt, mich aus deinem Leben zurückzuziehen, damit du es auf deine Weise weiterführen kannst.«

Ich richtete mich auf, stieß einen leisen Schrei aus und presste eine Hand auf meine Seite. »Willst du mich etwa sitzen lassen, du elende Ratte?«

Johns Gesicht lief rot an. Die Farbe kontrastierte nett mit seinen kornblumenblauen Augen. »Verdammt noch mal«, rief er, »es ist wirklich unmöglich, mit dir ein vernünftiges Gespräch zu führen.«

»Du warst nicht vernünftig, du warst edelmütig«, knurrte ich. »Das passt nicht zu dir. Sei du selbst.«

»Ich soll ich selbst sein.« Die Farbe wich aus seinem Gesicht. Seine Lippen zuckten. »Ich habe einen Haufen Schulden. Mein Geschäft geht gerade den Bach hinunter. Jederzeit, ohne jede Vorwarnung, kann wieder eine Geschichte passieren wie die, die wir gerade erlebt haben.«

»Mach weiter«, ermutigte ich ihn.

»Reicht dir das nicht? Nun gut. Meine Mutter ist eine Nervensäge. Sie wird dich nie leiden können. Nach vier Wochen in deiner Gegenwart habe ich meine Fähigkeiten auf dem Gebiet der englischen Grammatik verloren. Willst du nun heiraten, oder was?«

»Machst du mir einen Antrag, oder was?« Auf meinem Gesicht erschien ein breites, törichtes Grinsen.

»In unserer Familientradition machen die Frauen die Anträge.«

»Diese Tradition endet jetzt.«

»Zum Teufel.« Er ließ sich neben dem Sofa auf ein Knie sinken und legte seine Hände auf sein Herz. »Willst du mich heiraten?«

Mit offen stehendem Mund und heraushängender Zunge starrte Caesar ihn bewundernd an.

»Nicht du«, sagte John zu ihm. »Vicky?«

Es war vielleicht nicht der Höhepunkt meines Lebens, aber doch ganz schön nah dran.

»Ich überleg's mir«, sagte ich.